周少华◎著

乡路

XIANG
LU

安徽师范大学出版社

·芜湖·

图书在版编目(CIP)数据

乡路 / 周少华著 . — 芜湖 : 安徽师范大学出版社 , 2019.1
ISBN 978-7-5676-3734-4

Ⅰ.①乡… Ⅱ.①周… Ⅲ.①长篇小说 – 中国 – 当代 Ⅳ.①I247.5

中国版本图书馆 CIP 数据核字 (2018) 第 199199 号

乡路

周少华◎著

责任编辑 : 盛　夏
装帧设计 : 丁奕奕
出版发行 : 安徽师范大学出版社
　　　　　芜湖市九华南路 189 号安徽师范大学花津校区
网　　址 : http://www.ahnupress.com/
发 行 部 : 0553-3883578　5910327　5910310(传真)
印　　刷 : 虎彩印艺股份有限公司
版　　次 : 2019 年 1 月第 1 版
印　　次 : 2019 年 1 月第 1 次印刷
规　　格 : 700 mm×1000 mm　1/16
印　　张 : 21.75
字　　数 : 323 千字
书　　号 : ISBN 978-7-5676-3734-4
定　　价 : 58.80 元

如发现印装质量问题,影响阅读,请与发行部联系调换。

序

几经岁月的颠簸,很想记录下那些累累被触动过的心绪。

平淡的生活中,有些印象深刻的画面总是时不时地在脑海里闪现,挥之不去。

对人生目标的追求,想必大多数人的道路都是崎岖的。尤其是生活在农村的年轻人,人生的每个阶段都要付出更大的努力,更多的汗水。他们想取得一点点成绩是多么不容易。

我从小生活在乡村里,对乡村的生活很熟悉,对乡村青年们在追求美好生活时所经历的曲折,以及由此产生的彷徨和苦闷是有深切感受的。

于是,在我的笔下,在这篇小说里,便有了一群为生活而奋斗的青年。小说反映的是最底层的民众生活,描写的是他们坎坷的生活历程,包括他们在城市角落里的艰辛打拼,赞扬了他们在人生路上锲而不舍、持之以恒的进取精神。

小说讲述了落榜青年阿成悲伤地回了家,开始了艰难的乡村生活。一心要改变生活现状的他,买了一辆二手拖拉机,在乡村跑运输。一场意外事故给他造成了严重的伤害,几乎断送了他的整个人生,是坚强的意志和信念支撑着他继续生活。让他没想到的是,在他对治愈伤眼无望时,却突然欣喜地得到了角膜移植。多年以后,他才知道捐献者是谁,让他悲伤万分,感叹人生。在风雨人生中,命途多舛的阿成得到了善良女孩香子的纯真爱情。他们在平凡的生活中,不畏辛劳,勇往直前,在时代的潮流中完成了从农民到市民的转变。

　　阿成的好伙伴阿亮与青梅竹马的小月的爱情没有走到最后，经人介绍，他与吴梅创造了令人羡慕的家庭和事业，却因吴梅的一次出轨，他们的婚姻陷入了危机。在他苦恼时，遇到了以前未曾看好的俞凤云，在爱与恨中，演绎了一场人生的悲剧。

　　柔弱的小月，因家庭因素不得不放弃对阿亮的爱，嫁给了劳教释放的东保。经历了坎坷与悲伤，她在苦难中醒悟，勇敢地走出了生活的泥潭，终于找到了属于自己的人生。

周少华

2018 年 11 月 13 日

目　录

1 / 回乡

记忆中的少年时代，家乡宛如水墨画，那一望无际的田野上分布着密集的河沟港汊，弯弯曲曲凹凸不平的河埂上散乱地生长着一棵棵杨柳，只有在每年的三四月，柳絮飘扬的时候，被绿树环绕的村庄旁，才能看到几棵零星的桃树绽放出粉色的花朵。宁静的乡村里过着恬淡的生活，可少年的心灵却苦闷得无处安放，多少次踟蹰在乡村小路上，徘徊在朝晖暮雨中，毫无着落地彷徨着，总觉得心底有一缕挥之不去的忧思与惆怅。虽然贫穷过早地给人生定下了基调，但是，奋斗却是藏在心中不死的信念。

那年高中毕业，阿成是多么希望自己的人生如年少时编织的梦一样，永远美好下去。可是，在这偏远的乡村学校里，尽管他尽了最大的努力，却始终未能如愿升学。他整个人被沮丧所淹没，多想痛哭一场。

他离开了学校，再也无法在学业的道路上奋斗下去了。那一天，他跑到空旷的田野上，在明媚的阳光下，在紫云英拥抱的田埂上，悄悄地哭了很久，傍晚时分才回家。

相比较之下，阿亮的情绪要好一些。阿亮的父亲顺其自然地安排了阿亮跟着自己学手艺。阿亮虽然不是十分愿意做木匠，可他还是别无选择地背起了工具箱，随着父亲走村串乡地做起了木工活。

阿成孤单了，他不知道自己是否也该学一样手艺。现实情况是，家里没有条件，更不会有人安排他学点什么。他好羡慕阿亮。

无尽的农活淹没了阿成，因为他的母亲还承包了一些别人家的责任田。自从阿成的父亲离家出走后，母亲便一个人撑着这个家，带着阿成和他的弟弟阿明艰难地度日。虽然阿成后来有了继父，可这个继父并没有把心思放在这个家上，有可能是他跟阿成的母亲一直没有自己孩子的缘故，以致他不太愿意为这个家承担更多的责任。他常以跟一帮牛贩子们贩牛做生意为由，喜欢待在外面不回来。所以，这个家也指望不到他什么，实际上还是阿成的母亲在操持着。她不会做生意,也没有手艺,只能种田。今年家里添了劳动力,她当然想在田里多挣些。这几年,村里大多数人家都盖起了新房,而阿成家仍然是年年要修的稻草屋。孩子长大了,也不上学了,谁不想早点盖新房?

一场及时的春雨让农人们整好了水田。田野上,滚动着生机盎然的春波。

阿成一连插了好几天的秧。这一天,他正弯着腰在田里插秧,忽然听到田埂那头的大路上有人在叫他,抬头一看,是龚仪玫和王书琴两个人在向他招手。他赶紧爬上田埂,洗掉腿上的泥,赤着脚走过去:"你们两个闲人怎么到这里来了?"

王书琴说:"到你们村找你,你们村的人说你在这里插秧。"

"有什么事?"

"龚仪玫找你借两本书看。"王书琴用胳膊往龚仪玫身上轻轻地碰了两下,表示是龚仪玫喊她一道来的。

"那我回去给你们拿。"说着,阿成便趿起一双沾满泥水的鞋,领着两个同学往村里走。

进门后,他叫她俩在院子里等着,自己进了里屋。他不想叫同学进去看到他房间里阴暗杂乱的样子。很快,他就拿着两本书出来了。这时,他发现院门两边竟围着一大帮小孩,伸头缩脑地在叫嚷着起哄。阿成训斥了领头的两个小孩,一群孩子才散去。他把书交到龚仪玫手里说:"以后要看书,再过来拿。"龚仪玫接过书,在手里摆弄着卷成一个筒状,腼腆的脸上泛着绯红。阿成知道这是刚才孩子们起哄导致的。他很喜欢她脸上这种绯红的颜色,每一次看到她这样的脸色时,就很自然地将心里的喜爱洋溢成脸上的微笑。

他送她俩出了村庄,上了村前的公路,才折转身,向村后的水田走去。

在保守的乡村,男女青年之间正常的交往往往被当成一件很稀奇的事。即使在学校里,男女同学也很少有正常的交流。

阿成之所以能跟异性同学保持良好的关系,很大程度上跟他个人的品行有关。他绝对是个正派的青年,从小就受他母亲的严格教育,天性里也没有那些野孩子到处撒野的坏毛病，能跟伙伴们、同学们和睦相处，也能大大方方地对待女孩子。他从小爱读书，一有零花钱，就在街上唯一的书店里买上一本《儿童文学》或《少年文艺》，书在全班传阅，很自然地，也就流传到了女生们的手里，直到翻烂。当年的那些小书，不仅让年少的他们获得了知识，也增进了彼此间的友谊。这些良好的习惯使他长大后成了一个充满阳光的年轻人。

　　但是，他的内心里也有着不为人知的苦恼。他从小就没有了父亲，在他很小的时候父亲就离家出走了。据说父亲是"文化大革命"时偷偷跑出去的，再也没回来，杳无音信，不知在外是死是活。但阿成认为他父亲一定没死，迟早会回来的。因为父亲出走时是三十多岁的壮年，怎么会随随便便就死掉呢？父亲要是一直在家该多好呀！家里的光景就不会像现在这样了；父亲若要在家里，也许他这一年还可以去复读。

　　两趟秧插到头，腰疼得直不起来，他顺势仰躺在田埂的草皮上，脑子里又开始胡思乱想。这一段时间，他的思想一直不稳定，他觉得眼下是他人生中最大的困境。他是无法安心在家里跟着母亲种田的，但也找不到什么出路，感觉自己无所适从。两个美丽的女同学来后，他忽然觉得自己潜藏在心底的某一样东西被拨弄了一下，感觉有一点似有似无的东西在眼前飘过，那到底是什么呢？他闭着眼冥想，一种温柔的、甜蜜的东西在心底滋生。难道是爱情？是自己心底的爱情被触碰了？他突然苦恼起来，自己现在这个样子，会有爱情来找他吗？还有自己这破烂的家，这样的现状，真不能想下去了。他苦笑了一下，觉得刚才的想法有些可笑，心里又涌起了一股莫名其妙的烦躁。

　　黄昏的时候，这一块水田的秧终于插完了。阿成坐在田埂上，情绪低落而沮丧。太阳西下，他斜着头，看着落日的余晖映照在白茫茫的水田上，一丝忧郁在眼里闪过。该收工了，他百无聊赖地垂下头，收拾起扁担、箩筐，叹了一口气。

　　凉爽的晚风吹来了幽静的夜。在煤油灯下看书是最好的享受，他可以把疲惫了一天的身体放松下来。是道路上的挫折，是此刻的境遇，是对未来的追求，还是对生活的憧憬，一切复杂的情愫勾起了他那诗一般的情怀，

多少情感凝聚于笔端,他在日记本上写道:

刚刚晴朗的天空中,
又下起了小雨。
你说,创伤的心,
不必再凄楚,
不要捂住眼睛。
我说,你不知道,
刚刚流过血的手指,更敏感,
心里,并非只是一根游丝。

　　最近,他在日记本里写了不少这样的小诗,有思考的感言,也有情感的抒发,他还挑选了几首投了稿。其实,那只不过是他对自己情绪的某种寄托,不抱什么额外的希望。一切就像现时的生活,悠悠地来,悠悠地去。

　　生活的实质,便是必须要解决现实生活中的问题。阿成为了解决囊中羞涩这个问题,开始学着捉黄鳝了。空手掏黄鳝,是乡下小子们从小在泥水里摸爬滚打练就出来的本领,可阿成怎么也学不会。就连晚上带上手电筒用针板捕,他也技不如人。他唯一能做的,就是买些黄鳝笼子回来,放到田沟里去。这样也好,不耽误他白天干活,免得误了庄稼地里的活而遭母亲的骂。

　　早稻秧插完,农事闲了下来。已到立夏,水田里的泥土也被泡得柔软细腻,正是泥鳅和鳝鱼生长繁殖的季节,也是捕捉它们的最好时候。

　　傍晚时分,阿成会非常准时地挑起一担黄鳝笼子,走向纵横交错的田埂,在田野的深处,歇下担子,逐个逐个地将黄鳝笼子下到水沟里、田汊里。

　　天气特别闷热,感觉就要下雨了。阿成回头望望天,西边黑沉沉的,隐约有轰轰的雷声从遥远的天边传来。他赶紧加快动作,将黄鳝笼子放完。

　　一个闪电接着一个闪电下来了,风也大了起来,阿成赶紧挑起空担子往回跑。快到村口时,狂风夹着暴雨便倾盆而下,阿成还是淋透了。

　　母亲在厨房里烧晚饭,出不去的烟气闷在这低矮的草房里,弄得堂屋里烟雾缭绕。继父正弯着腰忙着用盆、桶等各种器皿接房顶上四处漏下的雨水。

　　这是农村典型的三间草房农舍,低矮的屋檐从门头上垂下,东头是厨房,房间在西头,中间是堂屋。家里孩子大了,房子住不过来,便在厨房的后面搭一个更矮的拖间给孩子们睡觉。阿成很不愿意跟父母一起挤在这样拥挤的屋子里,可是家里的条件就是这样,能怎么办呢?

　　现在,阿成已渐渐地习惯了眼下的这种境况,前一段时间里那种落泊的感觉也渐渐地消散,他接受现实了。每天早上将黄鳝换成几块钱的感觉还是令他非常愉快的。

　　他用捉黄鳝换来的钱买了许多他喜欢的书,有《小说界》《散文》,还有《作品与争鸣》和《外国诗选》。他一直都喜欢文学,爱好读书,在书堆里寻找精神上的快乐。

　　夜深了,雨停了。村庄的夜晚没有电灯,没有电视,吹灭小油灯,一切都在宁静中。窗外,雨水滋润过的土地上,只有蚯蚓与甲壳虫躁动不安。

　　阿成的母亲想趁阿成的继父还在家时,抓紧时间踩几塘熟泥做砖坯。村里的新房一家家地做起来了,还有几户殷实的人家盖起了楼房。大家都在充分利用这农闲时间。

　　一大清早,阿成的母亲便做好了早饭。三个热气腾腾的鸡蛋盛在碗里,她还抓了两把炒米泡上,香喷喷的,端给阿成的继父,她像招待亲戚一样招待他吃过了早饭。此时,还不见阿成牵牛回来。她很着急地收拾起工具扛在肩上,手里还拎着一只水瓶,走出了院子。阿成的继父嘴里燃起一根烟,拿着茶杯跟在后面。

　　来到泥塘边,母亲向四处张望着,不知阿成在哪里放牛,便大声地向田野里喊起来:"阿成,阿成——"

　　阿成老远就听到母亲在喊他,他用牛绳在牛屁股后面抽了两下,急急忙忙地把牛往回赶。到了泥塘边,他看母亲和继父已脱掉了鞋,卷起了裤脚。他将牛绳送到他继父手里的时候,母亲已走下泥塘,嘴里仍在骂着他,责怪他早上起来得迟了。

　　阿成像什么也没听见似的,他知道母亲由于生活的压力,这两年的脾气比以前急躁了些,骂就让她骂几句吧。他默默地走回家去吃早饭。其实,早上天没亮他就起了床，将黄鳝笼子收回家后，又赶紧去街上卖掉了黄鳝，然后小跑着回家，把牛赶到河滩上去吃草。

阿成吃了早饭，来到泥塘边时，他母亲和继父牵着那头牛已将第一塘泥踩熟了。他继父将牛牵过田埂，去踩第二塘泥时，阿成便开始将踩熟的泥巴挑上来，在场地上拿起模具打砖坯，又一排排摆好。

他闷头闷脑地干了一天，肩膀和胳膊都感觉很酸痛。还好，今天还有时间去挖蚯蚓，他快速地在黄鳝笼子里上好饵料，又挑着担子下笼子去了。

夕阳正往下落，傍晚时分的光线柔和得让人感觉轻松了不少，淡淡的雾气弥漫在田野上。阿成下完了黄鳝笼子，捧起田沟里的清水洗了一把脸。忽地，一阵微风轻轻吹过，西边的天底露出了一片薄薄的殷红的云霞。这是一种迷幻的色彩，泪珠在他的眼窝里涌动。他想，这生活，抑或这人生，是否就像这轻风中的云彩、日落时的霞光、黄昏里的薄雾一般，变幻莫测。他闷头闷脑干活的时候，什么也不想，什么也想不到，也没有时间去想，一切都是那么单调地过去。当一有空闲时，他就想着要怎样改变现时的处境——他想离家远去！可是，他又能到哪里去呢？有什么地方可以去呢？

2 / 打架

热腾腾的南风鼓荡了几天，倾盆大雨便如期而至了，暴下了一天后，便是连绵不断地阿阿地下着。村前屋后的沟沟凼凼里，水都漫了出来。人们望着门外仍不停歇的雨丝，都抱怨着今年的雨水怎么来得这么早，而且下得让人发愁，嘴里嘀咕起那句老话："圩田好做，五月难过。"而现在还没到五月呢。

村主任已经在喊人去防汛了，说前圩里的田埂都淹在水里了。阳河上，拦河坝下的闸口又给河口村的人封死了。不一会工夫，河埂上就聚集了二十几个劳动力，大家都一脸的怒气，穿着雨衣，扛着铁锹，向拦河坝走去。

很多年前，各村为了养鱼，都将自己村前的河段筑起了土坝，坝底留下水闸行洪。可现在一到发水时，下游河口村就自作主张地将上游的闸口封死，等自己圩里的水排干后，才肯让上游李家院村放水排洪。为此，两村的人经常闹矛盾。

大家来到坝埂上，看闸口果然被封得死死的，两边的水位竟然相差两尺多高。河口村派来看闸口的大宝和小三两个人，大家都认识，大宝还正和李家院村的玉珍谈对象呢。大家都怒气冲冲地责问大宝，为什么这样不讲道理，把闸口给堵上了。大宝显得很为难地说，他跟小三也是村里派来防汛的，做不了主，叫李家院村的人到他们村里去找主任说。李家院村的人一面骂河口村的人不讲道理，一面喊着要开闸放水。

大宝和小三俩人立即警惕地退到闸口边上准备守卫。李家院村的二顺子和贵友相互使了个眼色，便放下手里的铁锹准备合力搬闸门，大宝和小三赶紧拦住，李家院村的人一起大声斥责他俩。瞬时，河埂上一片喧闹。大宝和小三也不示弱，说他俩是村里派来看闸口的，不能让人随便搬开。吵了几句，几个人便扭在了一起。一片混乱中，那边的二顺子已经下了水，这边的贵友却给人高马大的大宝拦住了。阿成一看，赶紧脱去身上的雨衣，也趁机下了水，跟二顺子开始搬闸门。大宝急了，跳到水里去阻拦。阿成哪是他的对手，一下子就被大宝按在水里呛了几口水。俩人又撕打了几下，大宝竟一巴掌将阿成的鼻子打出了血。岸上的人们忙呼喊阿成快上来，阿成也自知不是对手，赶紧捂着鼻子往岸上爬。大宝一双睁圆的眼睛浮在水面上，怒视着岸上的人们，以示自己捍卫水闸的力量与决心。

阿成到了岸边，大宝在后面追赶着阿成也往岸上游。这时，阿成碰到了倒在岸边的一把大铁锹，他顺手拿起来，猛回过头，愤恨地朝着正往岸上爬的大宝劈头砍去。大宝仗着自己的力气大还想搏斗，可这一锹正砸在他左边的胳膊上，疼得牙齿一龇，忙用右手一把捂住，身体失去了平衡，栽倒在水里，鲜血从水里冒上来。在场的众人一看事情闹大了，都有些惊骇，赶忙下到水里，七手八脚地把大宝拖上岸，又叫此刻正愣在一边的阿成快走。

那边的小三早从村里呼出了一大帮人，他们一看大宝浑身是血，坐在河埂上动弹不得，就急忙转身一起去追阿成。李家院村的人一边喊着阿成快跑，一边拦着河口村的年轻人。这时，两个村子里几个年纪较大的人都在极力地劝大家要忍一点,不能再动手了。但还是有几个人挣脱了阻拦,在奋力地追赶阿成,边追边骂。阿成也吓得够呛,没命地往村子里跑,进了村,才缓了一口气。后面追赶的人也被村口几个人拦住了往回劝。可阿成现在也不敢回家,知道事情闹大了,人家不会罢休的,他母亲也不会饶他的。

他又跑出了村,在村口的一块旱地旁徘徊了一会,决定去王家院村的同学王勇春家待几天,等这件事缓和下来再说。

大宝被大家用一辆拖拉机送到了乡卫生院,几寸长的口子缝了十几针,他恨得咬牙切齿,发誓一定要找阿成算账。

两个村庄发生了这样一件大事,很快乡政府就有人来处理了。河口村的人还报了案,派出所也来了几个人,他们到阿成家里去了一趟,在李家院村里转了一圈,就是没有找到阿成。河口村的一些人要求派出所一定要抓住阿成。李家院村的人说河口村一贯仗着人多欺负李家院村,哪有关人家闸口不让放水的,一点不讲道理。

这件事本来就是两个村庄的公事,现在基本上就由两个村庄的几个负责人在一起处理了。乡政府也是在两边尽力调解,认定阿成打人是不对的,但河口村关水闸不给放水也是不妥的,都是小事,以后不允许再发生了。河口村的队长听了,点头表示接受。两边村庄一些上了年纪的人也在尽力地劝解各方的年轻人,说两个村庄都是亲戚连着亲戚,低头不见抬头见,就大事化小,小事化了吧。李家院村还有几个和大宝关系不错的人,特地去卫生院看望了他,希望他不要再追究。大宝想想,既然大家都来劝,派出所又罚了阿成的款,李家院村也认了医药费,再说自己还想跟李家院村的玉珍处对象呢,就让步了,表示不再为难阿成。

这几天,阿成并没有成天待在王勇春家,因为村庄几乎是连在一起的,近得很,河口村的人到李家院村吵吵嚷嚷的喧闹声,这边隐隐约约都能听得见。派出所在李家院村没找到阿成,河口村有几个年轻人就在附近几个村子里到处找,大有找不着人不罢休的样子。阿成也怕碰到那几个手黑的家伙,没个好。现在,他也后悔当时怎么那么冲动,下手那么狠。自己也搞不明白,他以前可从没打过架。

事也碰巧，王勇春的表哥小刘前几天从省城过来，老板要他找一些木瓦匠和杂工。这几天，阿成正好跟王勇春他们一道跑到罗山村那边找人去了。

阿成早就想出去了，就是不知道该去哪里，这次正好可以和王勇春一道走。虽然他不会做木工、瓦工，但做杂工他也愿意去。他很想回去问阿亮去不去，只是打架的事还没有处理好，他不敢随便回去。过了两天，还是王勇春晚上一个人去了李家院村，问了阿亮。阿亮满口答应了要去，并告诉他，阿成打架的事已处理好了，回来不要紧了。

第二天下午，阿成从王勇春家回来，他小心地进了院子门。他想母亲若见到他，一定会骂他，甚至会打他。他轻手轻脚推开了半掩的大门，家里静悄悄的，母亲应该是下田干活去了，不在家里。于是，他迅速窜过厨房，进了自己住的那个小拖间，开始翻找衣物。他把自己要带走的一些衣服和书捡到床上集中到一起，发现有两件衣服脱了线，要缝一缝。他忽然想起风珍来，前几天看见她背着包出门，问她去哪里，她说刚拜了师学裁缝去。现在她若在家里，就找她帮忙缝缝吧。

他提着衣服去找风珍。刚出院门，就看见母亲挑着箩筐回来。母亲叫住他，他慌了一下神，随即低下头，没有听到母亲骂他，便嗫嚅着把要出门打工的事跟母亲说了，还说这两件衣服脱了线，想去找风珍缝缝。母亲一听，坚决不同意他出去打工，说："家里现在正在插中稻秧，你钱伯这几天又气得要命，那天交了二百块钱罚款回来，火流腿的老毛病就犯了，现在还在床上躺着发烧呢。"阿成这才知道继父是在家里睡着了，他也知道继父的火流腿经常犯，一犯病就发烧。母亲又数落了他几句，说家里还有三四亩田中稻秧没插，要他明天一定要下田插秧，说着就进了院门，她也怕吵声大了让阿成的继父听见。

阿成顿了顿还是径直地去找风珍了，他站在她家的院子门口朝里喊了两声："风珍，风珍。"

风珍从屋里走出来，问："什么事啊？"

"想请你帮我缝一下衣裳。"

"那进来呀。"

阿成进了院子，便把衣服交到风珍手里，并对她说了要补的地方，接着挠了挠头，面露些许尴尬说："我跟大宝打了架，怕你姐在家里呢。"

"那有什么关系呀？他跟我姐还没谈成呢，就算谈成了跟我也没什么关系，还不知道他们会怎样呢。"她接过阿成手里的衣服，叫他在屋里等着，说自己的缝纫机不在家，要到她姐姐房里去缝。

阿成进了堂屋，看见风珍的奶奶正由一个二十岁左右的姑娘搀扶着，从坐着的藤椅上慢慢地站起来。姑娘手里拿着一条皮尺，在风珍奶奶身上细致地量着尺寸。阿成叫了一声："三奶奶。"三奶奶答应着，并示意他后面有凳子坐。

阿成没有坐，他想这姑娘应该是请过来给风珍的奶奶裁衣服的，因为风珍的奶奶早就腿脚不方便了，每次给她做衣服，都是请裁缝师傅到家里来给她量尺寸。

那姑娘娴熟地给她量了领口、腰身和下摆，又量了袖长和袖口。三奶奶的心情非常好，她高兴地对阿成说，今天是风珍请来了她的师傅给自己裁衣裳，又不住地夸风珍的师傅手艺好，不但会做时新的衣服，连老年人的衣服也做得好。说得那姑娘有点不好意思，脸颊微微地红了。量好了尺寸，那姑娘拿笔在本子上记下，并看了一眼一直在旁边的阿成。阿成觉得这姑娘的眼睛特别明亮，透着一种柔和的光。

姑娘又小心地将三奶奶扶到藤椅上坐好。这时，风珍已将阿成的衣服补好了，塞到他手里。阿成跟三奶奶打了声招呼，也向那姑娘点了一下头就走了。

吃晚饭的时候，钱伯还没有起床。阿成想，最好在钱伯知道前尽快离开，他不想跟他打招呼。他很快地吃过了晚饭，将自己收拾好的行李装进一只蛇皮袋里，没有听从母亲的劝阻，头也不回地出了门。

3 / 义无反顾去打工

　　阿亮和阿成说好在他家鱼棚里等他。阿成便越过村前的一片稻田,向着那一点亮光走去。鱼棚的门开着,阿成见小月也在,她正低着头,在昏暗的灯光下忙活着渔网。阿成进门时,她抬起头招呼了一声。阿亮坐在小桌旁,用胳膊肘托着下巴。阿成看他俩都心事重重的,好像说了许久的话。阿成不愿意打扰他们,将手里的蛇皮袋放在阿亮收拾好的一只木箱旁准备走开,那边的小月已收拾好手里的活起身要回去了。

　　阿亮跟着小月出了门,走过几条田埂,一直来到村子的东头,在小月家院墙外的拐角处停住了脚步。院子里,一棵枝繁叶茂、挂满果实的杏树,低垂着枝头伸出了墙外,让人闻到一阵阵酸甜的青果味。每一次,阿亮都将小月送到这里,他们最美好的初恋就是在这棵婆娑的树影下开始的。

　　今天他俩的心情都不好。阿亮看着小月推开门进了屋,窗户上亮了灯,便默默地走开了。此刻,他感到很无奈。前天,他跟父母狠吵了一架,只因祖母过世前,一再叮嘱父母,要他们家一定要跟俞树村的表姑家结一门亲事。从小就是孤女的表姑是在祖母跟前长大的,表姑也像对待亲娘一样孝敬阿亮的祖母。表姑家的女儿凤云也常跟她母亲一道过来玩耍,凤云从小就讨人喜欢,祖母希望这样的亲情关系能持续下去,在过世前,她将两家都叮嘱了一遍又一遍。阿亮的父母和表姑、表姑父也都很合得来,一直相处得很好。阿亮的父母上个月去表姑家把这件事给定下来了,可这件事阿亮是不同意的,虽然凤云长得又漂亮又大方,而且非常愿意结这门亲事。但是,阿亮心里一直把凤云当作表妹看待,从未有过别的想法。而他跟小月之间的关系,父母一直都是知道的。

　　小月家就在阿亮家的后面,他们从小就在一起玩耍,在一起长大。小时候,娇怯的小月总能得到阿亮的保护,小月也喜欢跟阿亮在一起玩。上学时,她总是跑到阿亮家去等他;放学时,他俩也是一道回家。后来,小月小学没念完就回家做事了,成天提着篮子和镰刀去打猪草、割牛草,栽秧、割稻样样做,眼巴巴地看着阿亮、阿成他们背着书包上学去。每次阿亮回家后,她还是愿意到他那儿玩,翻着那一本本在她看来一知半解的书。她觉得阿亮的书一年年地多了起来,也一本本地厚了起来,很多书她一点也看不懂了。当她隐隐约约地觉得自己跟阿亮的距离越来越远时,阿亮也快高中毕业了。考大学对于这边远乡村学校的孩子们来说,只能是奢望。

阿亮毕业回家后,小月的心情竟逐渐好起来,她又像以前一样,常来阿亮家玩了。阿亮家时常聚集着许多年轻人,热闹的场面也少不了小月,她甚至常常把手里的活也带到阿亮家里做。阿亮的母亲也把她当作自己闺女似的。阿亮每次见到小月的时候,总是能看到她甜美的微笑,考试落榜的那几分失落和沮丧也慢慢地在他脸上褪去了。

青春的季节里开放着美丽的爱情之花,在村前的马路上,在温柔的晚风里,在皎洁的月光下,留下了他们美好的回忆。

十多天前,阿亮听母亲说,小月的母亲和她的继父到他家来了一趟,问了他和小月的事。老头子非常气愤,要阿亮的父母一定要管教好儿子。他说得很清楚,小月是许给他家东保的,他到小月家来,目的就是为他的儿子东保。东保从小就没了母亲,没有管教好,判了三年劳教,东保回来时,小月就要和东保成亲了。这是他到小月妈这边来时,请了两家的亲戚在一起商量好的事。老头子说得心里很难过,小月妈也说了好些话,话里带着央求。

此后,小月到阿亮家里来的就少了,就是来了,阿亮妈也催小月早点回去,还不时地在家里警告阿亮。

阿亮回来后,冲了凉水澡,他觉得脑子轻松了些。进屋时,阿成已倚在床上睡着了。

这个晚上,小月在床上辗转反侧,难以入睡,本来有很多话要跟阿亮说,却未能说出口。结果,她只是劝他不要走,叫他留下来,两个人一起承担父母们的压力也许要好些。可阿亮说他如果留在家里,父母会逼着他端午节去凤云家送节,那是他绝对不愿意做的事,所以他只有走掉,而且他不在家时,她的压力也许会少些。她不知道阿亮说得对不对,也不知道以后的生活将会怎样。刚才,阿亮送她回家走在院墙边时,她好想像往常一样跟阿亮亲热一下。可是,她竟没有停住脚,连头也没有回,径直走进了院子,推开门进了屋。她想,阿亮也一定是很犹豫的。她进了屋转身关门时,看见阿亮还在那里站着。这样想时,小月的心里难受了起来,泪水浸湿了枕巾。她恨自己胆小,总是怕。阿亮叫她跟他一起走,她不敢答应。她怕母亲的泪水,怕母亲伤心。母亲已经老了,自从父亲病逝后,母亲的头发开始花白,两个姐姐早已出嫁了,弟弟还在念小学,那是父母千般辛苦地逃避计划生育才生下的唯一的弟弟。在痛苦的日子里,母亲流尽了眼泪,她也跟着流泪。是村子里的好心人牵线,东保爸才上了她们家。母亲怕儿女们不同意,时常明里暗里伤心地流泪。她何尝不理解母亲的苦心。母亲哭着跟小月说,她已经老了,不管天晴天阴时,头都是沉沉的。种庄稼的重活,家里无人能顶下来。东保爸比她年轻,身体好,能种田,能吃苦,肯到她们家来,是她们家的福分。都是一个村上的,知道底细。她最不放心的就是东保爸提出的,要小月许给他家东保。

小月一想到这件事,一想到那个东保,心里就害怕。她早就喜欢阿亮了,他们已甜甜蜜蜜地度过了许多时光。她不敢想那东保是个什么样子,虽然是在一个村子,但一个住东边,一个住西边,而且还大她许多岁。她隐约地记得东保曾是远近有名的小混子,成天在外面东跑西逛,被抓走也有几年了。在她心里,对东保也只有模糊的印象。小月淌着眼泪,迷迷糊糊的,不知过了多久才睡去。

第二天早上,阿成、阿亮背着行李走上公路时,听到河下有槌衣的声音,阿成在前面说:"是小月。"

小月已站起身,一边拧着衣服,一边仰起脸朝公路上看过来。

阿亮朝她挥挥手,在她的眼里,看到了一片温柔,看到了一种难舍的眷恋。

此刻,阿成已拦停了一辆三轮车,坐了上去。阿亮看着远处的小月,脸上现出男子汉的庄严,也毅然地跨上了车子。车子开动了,小月仍站在水边,遥望着三轮车颠簸着远去。

阿亮知道大清早小月来河边洗衣服,其实是来送他的。此刻,他只有把这份感情留在心底。

4 / 城市,令人向往令人愁

三轮车在桥埠镇车站旁停下。乡镇的小站,没有站房,只能在公路边上等车。从罗山村来的玉山和保根等八九个人早就到了,路边的一角放着他们的行李。王勇春也走过来,向阿亮介绍了他的表哥小刘。

小镇的早市就在马路的两旁,散乱而嘈杂。王勇春招呼大家在一家小吃摊上吃了些早点。路过这里的长途汽车已停在了路边,等车的旅客们各自拿起行李,从人群里往车上挤。汽车在上一站已上了不少人,这一站只有先上去的几个人有位置,后面上来的便在过道里坐在自己的行李上。

原野上,一片碧绿,一条蜿蜒的公路在这绿色里起伏。汽车很快就驶出了一片丘陵,奔驰在广阔的平原上。此刻,阿成的心情特别舒爽,他终于走出了家门,觉得就像出了鸟笼一般自由。他还是第一次出这样的远门,第一次看到这样宽阔的马路。他坐在车厢的前面,窗外的景色尽收眼底。

阿亮有些晕车,觉得头有点昏,便倚在靠背上闭着眼。他的心情不太好,还想着家里的事情,想着小月。不过,也有让他欣慰的事,他现在已甩掉了端午节那一大堆烦心的事,不用被父母逼着去朝节、送礼,他这一走就解脱了。这样想时,他的心情也就轻松了许多,开始悠然地看着窗外的景色了。他觉得马路两边的景象已跟以前不大一样了,他在上初一那一年的寒假,也是走这一条公路去省城的霍阿姨家,那时的砂石路面很窄,车子很颠簸,路边的房舍大多是矮草房。现在,宽阔的马路两旁,到处是错落有致的红砖青瓦房,路过的每一个小镇都跟以前不大一样了。

下午四点,汽车进入了省城。大家下了车,出了车站,阿亮对阿成说:"霍阿姨家就在车站旁的机械厂里,离这不远,过一段时间我们到她家里去看看。"

一辆公交车徐徐地驶到站台旁停了下来,大家跟着小刘挤了上去。汽车穿过繁华的市区,眼花缭乱的景致在眼前一一闪过。阿成是有生以来第一次看到城市的景象,心里在惊诧:城市原来是这个样子!他欣喜地扒在车窗上一路看着沿途的风景,在拥挤的公交车上感受着城市的气息。公交车一路摇晃着,把他们带到了目的地。

这是一片远离市中心的建筑工地,主体工程已快结束了。小刘领着大家来到一排工棚旁,叫大家在这里等着。他很快去了工地办公室里找来了老丁。老丁手里拿着一大串钥匙,他打开了两间工棚的门,并抽下了两把钥匙交给小刘,说现在乡下正忙,附近的小工都回家去了,把这两间打扫打扫就住在这里,又叫小刘跟他去办公室里领了饭票。

前一批民工刚刚搬走,工棚里很是脏乱,大家甩掉被遗弃在地上的几件破衣服烂被子,清理了垃圾,开始各自整理床铺。

几个年轻人安置好自己的床铺,在工地旁边的一个廉价小餐馆里吃了晚饭,便兴奋地结伴上了大街。一群乡下的青年,来到这陌生的地方,一切都感到新鲜好奇,城市的风景吸引着他们。一幢幢的高楼大厦,宽阔的马路,繁华的商业街,夜晚时辉煌的灯火,这一切是多么迷人。

阿成倚在街边的栏杆上,仰望着周围的大厦,感觉这些现代化的楼宇仿佛在霓虹灯闪烁的光影中旋转。他们走进一个街边的公园,公园里绿草茵茵,翠竹依依,亭台水榭精巧别致。公园中心的一个舞厅里,灯光忽明忽暗,如梦如幻,强烈的有节奏感的音乐在咚咚地回响,一群群舞客此来彼往。几个年轻人虽然只能在这里看一看逛一逛,但也让他们感到置身于这样的繁华之中,心里会有一种从未有过的愉悦。城市,就是这样充满魅力,令人神往。

很晚,年轻的人们才回到宿舍,然而兴奋依然,对新奇的事情议论纷纷。忽然,宿舍里的电灯灭了,漆黑一片。大概是停电了,也可能是灯泡坏了,大家这才上床睡觉。毕竟是坐了一天的车,又玩了差不多一个晚上,也累了。阿成没有蚊帐,睡不多时就被蚊子叮得翻来覆去的,睡梦中,不由自主地把身上抓得沙沙响,后来实在受不了了,爬起来揉揉眼睛坐在床上,便听到满屋子里都是蚊子嗡嗡的叫声。他困得眼昏头沉,蒙眬中,在身上"啪"的一巴掌,打死了一只蚊子,用手一摸,像苍蝇一样大。他忙起来拿了一床被单蒙住全身,过了一会儿,又热得脖颈上的汗水往下流,浸湿了被单,好不容易才过了一个晚上。

早晨,大家在门前刷牙时,发现草丛中一条腐臭的阴沟旁爬满了大黑蚊子。阿成说:"今晚一定要买蚊香。"

他们开始上班了。第一天,他们十几个人清理了整个工地上的垃圾、碎砖头、废旧毛竹和竹笆,填平了两个石灰池,傍晚还拆除了一处脚手架。第二天,他们开始清理大楼下面准备做广场的空地,有一部分人被安排去挖土方埋下水管道。这些勤劳的庄稼人,连续不断地完成了一项项任务,又从老丁手里领来新的任务。他们在这里干着最苦最累最脏的活。

一场大雨才让人们休息了下来,一整天的雨急急地下着,人们安心地围坐在用竹笆支起的床上打扑克牌。黄昏时分,雨小了,阿亮说饭票不多了,喊阿成一道去领饭票。阿成放下手中的书,跟着阿亮一同出去了。外面的行人也多了起来,三三两两的,撑着不同颜色的伞。他们往西走,绕了一个弯,进入了一片崭新的住宅小区"梅园"。这是一片精巧别致的住宅楼,紫色墙体镶着白边,小区里绿化环绕,一条干净的道路穿过一座典雅的广场,广场中心是一尊现代雕塑。整个小区在小雨中显得既恬静又舒展,显示出几个乡下人闻所未闻的一种城市文化的清新气息。

办公室就在这个小区一号楼房的底楼,他们来找老丁,老丁是办公室里他们唯一认识的人。老丁看他们来时,依旧坐在藤椅里,抽着自己的香烟,没有反应。阿亮说明来意。老丁迟疑了一会,深吸了一口香烟,乜斜了一眼,吐出一团烟雾,慢吞吞地说:"饭票是要拿现金来买的。"

阿亮觉得气氛有些不对,老丁的态度跟以前不一样了。他解释说:"我们来的时间不长,还没有领过工资,带在身边的钱都用完了,上几次都是小刘带我们来借的,这好几天没看见小刘了,他以前也说过,叫我们自己来向你借。"

老丁的一只胳膊搭在办公桌上,身子靠住椅背,怔怔地说:"这个我知道,小刘带你们来过几次了,可这食堂里的资金也很紧张。"阿亮为难了,他也不知道是不是在什么地方得罪了老丁。

阿成也很焦急,想插话,但看老丁不愿搭理的样子,还是忍住了。老丁手里的香烟快抽完时,他赶紧上前递过一支烟,给点上。老丁几口就抽掉了半截，办公室里烟雾缭绕。沉闷中，阿亮又恳切地往老丁跟前凑凑说："丁师傅，我们晚上的饭票都没有了，先少借一点吧。"

老丁的语气暖和了一些："今天二十七号，过两天就要发工资了，先少拿一点吧。"说着，他从抽屉里取出一叠饭票，往办公桌上一放，又说："小刘这小子，你们可要当心点，跟他要把账算好。"阿亮将饭票收好，觉得老丁的话里有话，让人有些疑惑，不过倒像是有几分关心。

出了门，阿成对阿亮说："一个星期前，老丁跟小刘吵了一架。"

阿亮问："在哪里？"

阿成说："就在工地上。"

从食堂打好饭出来，已是傍晚，城市的灯火已通明。雨又下大了，所有的街景都笼罩在一片雨雾茫茫中，城市显得既沉静又神秘。

低矮的工棚里，这一群乡下来的打工仔，在昏黄的灯光下，在阴暗的角落里，吃完了简单的一顿晚饭后，就躺在各自的床铺上，打发着寂寞空寥的时光，听着窗外风吹雨滴的单调声，任凭黑夜侵袭。

正直雨季，工程管理部门要求施工人员加快进度，想尽快将下水道修通。外面雨刚停，民工们便拿起了铁锹和钢钎，继续挖沟埋下水管道。很快，太阳白花花地亮出来了。今天，阿亮他们在这里要把最后一段水管跟整个下水管道系统连接上。上午，他们开挖到壕沟的尽头处，一个阴井的深坑里出现了一块横卧的大青石，阻碍了工程的进展。因为大石块在阴井的圆形深坑里，没法抬，大家都在想办法，怎样将这块大石头弄上来。大家轮流着下去了好几次，费了很大的力气，都搬不动它，于是就聚在大楼下面的背阴处休息，等会儿再干。

夏天的太阳一冒头，便火辣辣的，温度急剧上升，酷暑即将来临。

马路的对面，一个卖馒头的老头准时推着自行车吆喝着过来了。阿成迅速地走过去，一会儿便拎来了一网兜馒头，大家每人拿一个嚼了起来。现在，阿成已习惯了这里的一切，而且精神非常好，虽然干很重的体力活，却也不觉得有多累。自从那一天离开了家，他就一下子觉得好轻松，身边不再有继父那不自在的眼神和母亲的唠叨，感觉无比自由和愉快。每天下班，晚饭后，都能跟同伴们一起去街上马路上逛逛，一起到电影院去看电影,去广场学跳舞。最近那部《霹雳情》电影,他们连续看了好几场,跟城市里的好多年轻人一样,边看边学,以至于他们现在一听到那音乐的节奏,身子便情不自禁地扭动起来。他们现在的心情真是无比的快乐舒畅。

阿成又去工地的茶水处打来一桶凉茶,大家喝了茶又继续干活。玉山想出办法了,他说先在圆坑里挖出几个台阶,然后再把大石头一个台阶一个台阶地往上移。他可是在罗山的采石场里炸了四五年的石头,大家都相信他是有经验的。

保根握住铁锹开始挖台阶。大热的天,强烈的阳光下,汗水一会儿就将他的全身浸透。台阶挖好了,玉山走下去,他脱掉湿淋淋的上衣,光着膀子弯下腰,两手抱稳石头,"嗨"的一声,用小肚子一挺,把石头送上了第一个台阶。大家在上面给他鼓劲,接着大石头被搬上了第二个台阶、第三个台阶。只见他的膀子上、背上,豆大的汗珠往下滚。玉山抹了一把脸上的汗水,稳了稳双脚,又"嗨"的一声,大青石终于被掀上了地面。大家赞叹不已,都夸玉山的力气大。可这时,玉山却一手扶住自己的腰,一手撑在地面上,脸上显出痛苦的表情。大家问他怎么了,他说腰闪了。大家赶紧把他扶到阴凉处,叫他坐下来歇一会。阿亮说:"赶紧到宿舍里躺下,等一会我去买膏药给你贴。"玉山摆摆手,说没什么,不要紧的。他在阴凉处喝了一杯茶,歇了一会,就站起来想继续干活,可腰却疼得厉害了起来,他不得不扶着腰回宿舍里去了。

工地上,平整广场的工程还在继续,广场右边的一段隔离墙要拆除。这是工程施工时,工地跟外界需要隔离而临时用毛竹、竹笆加尼龙布搭建的一道简易隔离墙,但扎得很高,很结实。阿成拿起工具跟几个人拆起来,将两端的钢丝扭开后,把几根毛竹松了松,大家开始用力推,只听"麦"的一声,围墙倒下,扬起一阵灰尘。霎时,人们面前豁然开朗。原来,那边竟是一片如画的天地,让人有些惊异,感觉有一股清新的幽香飘过来——绿色的草坪上,是几排整齐的正吐露芬芳的花坛;一片小树林边是曲折的小径,浓荫匝地的;路旁的藤蔓缠绕着屏栏,一棵棵枝繁叶茂的香樟树如一把把绿色的伞投下荫凉;依稀看到小竹林后面的粉墙回廊,以及回廊上古色古香的亭台和飞檐;回廊下的长椅上还有人在看书,大概是被这边发出的响声所惊动,朝这边张望了一下,便又依旧专心地看着手里的书。

几个青年男女在林荫道上悠闲地走过。阿成觉得这是个公园,他不由自主地往前走了一段,发现那边炽热的阳光下还有一块篮球场,中间的一幢楼房顶上竟然跳跃着几个金色的大字——"江淮医学院"。哦,这是一所大学的校园。顿时,一种不知从哪儿来的亲切感在阿成的心头油然而生,那种喜悦在他的眼波中转动,直到后面有人叫他时,他才恋恋不舍地往回走。

现在,工地跟这个校园连接在一起了,阿成的心里产生了一种不可名状的激动,对自己在不知不觉中突然置身于这神秘的校园之中而感到惊奇。也许是想把这个神秘探个究竟,下班时他便跨过这围墙的豁口,小心翼翼地往前走。黄昏的校园里是一片柔美和安详,同学们大概刚从教室里出来,相伴着,或去宿舍,或去食堂,一切秩序井然。

他看到图书馆里进进出出的学生,一种神往和惆怅的情绪便涌上心头。他踟蹰着不再往前走,怕被校园里的工作人员撞见,转身走进了一条小径。一抬眼,看见前面有一幢小房子,像一个优美的音符一样镶嵌在这令人陶醉的环境里。阿成走进去,那竟是一座装潢考究的厕所。出来时,发现对面有块指示牌,是这个校园的地图。从图上看,工地上那幢新建的九层高的大楼,竟是这个学校的主体建筑,是一幢综合性的教学楼。他们现在住的那几间工棚的位置,将是学校的新大门。阿成回过头来时,夕阳已经西下,他觉得这里如此宁静优雅,大概是学生已上晚自习,校园里已看不见什么人了。周围的几幢楼房里,每一扇窗户都亮起了灯。一种崇敬的羡慕的神情在他的脸上现出,他瞅了瞅那一排排明亮的窗户,心里在估摸着窗户里的那些人此刻在做什么。他有些苦恼地低下了头,眼里仿佛有些泪光,快快地从那个豁口处出来,走入城市的迷离晚雾中。

随着工程的进展,他们住的那几间工棚拆除了,他们暂时搬进了大楼里。工程到了尾期,进入了全面装修阶段。大楼下面的广场和学校的新大门也在修建中。

大楼里的房间非常宽敞,他们可以住到任何一间房子里。阿成和阿亮搬进了六楼的一个房间,这里远离嘈杂,清静,更加自由轻松,可以自由地活动。上个月发工资时,阿成买了一顶蚊帐,还买了一台他早就想买的收录机,动人的音乐把他们带进了那如痴如醉的舞蹈中。他们的舞技有了进步,不仅霹雳舞和迪斯科跳得起劲,而且还跳一种飘柔的太空漫步舞。特别是阿亮,他以前曾照着杂志上的功夫图,苦练过好长一段时间的功夫,他现在可以在光滑的地板上,用手掌或膝盖作支点,三百六十度地旋转,而且可以连续转好几圈。他的裤子和衣袖几乎都给磨烂了,阿成上街给他买来护腕、护膝和护肘。有了这些装备,阿亮更是跳得得心应手了。傍晚时分,他们也经常加入街头的舞蹈队,即兴表演。随意而潇洒的舞步,热情奔放,常常获得大家的喝彩和赞赏。这段时间的生活充满了欢笑与快乐。

然而,青春期的惘然与敏感也时不时地侵袭着他们。偶尔,他们看到对面教学楼那一排排透着亮光的窗户,或听到那隐约传过来的充满青春的笑语时,他们的心中不免有些悸动,感觉这就是他们与那些同龄人之间的距离。唉,几许失落,几许惆怅,又上了心头,好让人愁苦,让人颓然地陷入无尽的思绪中。

读书,是他们生活中的另一项丰富的内容。那些在乡下无法买到的书,如《普希金诗选》《拜伦诗选》《雪莱诗选》《徐志摩诗选》《全国青年诗选》《朦胧诗选集》,在这里应有尽有。阿成读了,阿亮也看。年轻人就这样相互学习着,相互进步,在这多风多雨、多愁善感的青春时节里茁壮成长。

时阴时雨的天空,阴霾得让人发愁。窗外还在下着小雨,现在早过了梅雨季节,可今年的雨水特别多。听广播里说,今年长江流域的洪涝灾害严重,而且,后面的雨势仍然很强。

阿成的额头上掠过了一丝忧虑。此刻,他想起了家乡的田野上,一定又是一片汪洋,家里的那几亩低洼田肯定早被淹掉了,母亲也一定是满脸的愁容;乡亲们的劳动,多半又化成了泡影。对家乡的牵挂,又缕缕缠绕在他的心头。

吃过了晚饭,阿亮喊阿成出去走走。他们逛了四牌楼,又逛到城隍庙。天气很阴沉,两个人就这样在街上闲遛。雨季里,街头的舞蹈队也不见了踪影。路灯昏暗,街上显得有些冷清,街边的小贩也少了。两人在一个西瓜摊上买了一个西瓜。西瓜不大,阿亮一拳打开,也不太红,掰开一半给阿成。阿成咬了一口,一点也不觉得甜,却有一种酸水味。阿成想,这都是受雨水渍涝的瓜，他家前年种了三亩田的西瓜，也是遇到了严重的水涝，瓜藤全部都蔫了，太阳一照，整个瓜田里、畦垄上尽是光秃秃的半熟的西瓜，一个也不能吃，那年的辛苦也就那样泡汤了。

细雨又在街巷里纷纷落下，俩人赶紧往回走。刚到楼下，听到有人叫他们，俩人走过去，保根说："刚才找你俩没找到，以为你俩看电影去了。""我们几个刚才商量，准备回家去了。"玉山从草席上一蹿，语气急切地说，"我已经去了办公室，问老丁能不能把我们的工资结了，你说！你说！这事就气死人了……"玉山显得十分生气，有些激动得说不下去了。

阿成和阿亮都有些发愣，不知发生了什么事。

原来，傍晚下班的时候，玉山在工地的收发室里收到了家里的一封信，他老婆说今年家乡发大水了，圩里的水到现在还没有排干，今年的早稻肯定是不行了。昨天上街买了晚稻种，问他什么时候回家整田补种。玉山看信后，情绪很不好，他没有吃晚饭，就一个人去了办公室，问能不能先结点工资，明天回去一趟。

阿亮劝他别急，吃点晚饭，说发水的事又不是哪一家，家家都是一样的。屋子里，气氛很是沉闷。

玉山哪有心思吃晚饭，他对阿亮说："小刘这东西简直不是人，我听老丁说，我们在这里做的事全部都是按包工算的，可小刘上个月只按三块钱一天的工资结给我们，不是我今晚去翻账本还什么都不晓得。"玉山仍很愤怒，站在屋中间说："老丁那账本上记着我们挖土方埋下水管道是六百块钱，我们十几个人干了五天，按三块钱算，我们只得了二百来块钱，剩下的全都给他一个人拿走了。我们清理垃圾是一百五十块钱，他一人搞去一百，这东西心太黑了。上一次我叫他先借点钱给我去医院看腰，他说他口袋里一分钱都没有。"玉山气得咬牙切齿，在座的人都在骂小刘，没有人不生气的。

阿成说："我们明天去找小刘，这七八天都没看见他了。"

"还找什么呀！老丁说他前天在赌场上给公安局抓去了，真是一个骗子。"玉山气得一屁股坐在床上。

遇到这样的事，大家都很沮丧，低着头坐在那里，没有人说话。小刘做出这样不厚道的事,伤了大家的心。大家都气恼至极,来的时候,小刘对他们说,他带他们到这里来打工,他是带班,只在公司里拿一个人的工资。事实上,他从来也不在工地上待着,有事还找不着他人影,所有的事都得由阿亮牵头。没想到,这小子是这样阴险,这样黑心。

阿亮劝大家冷静些,说只有明天再去问老丁了,大家气死也没用。再说,钱已被小刘领去花掉了,他现在也被公安局抓走了,有什么办法呢?

"我们今天晚上就回去了。"玉山坐在那里把头一抬。

勇春也在一边说:"我也回去。"他知道玉山的脾气,再说小刘是他的表哥,他心里也十分惭愧,十分难过。玉山最先说回家时,他还使劲劝他,他现在也觉得留在这里没什么意思了,回家就回家吧,他也想回家去,心里也在恨他的表哥。大家都有一种被愚弄的感觉,对这里的工作也就失去了信心。

"要回去也要等明天再说。"阿亮劝大家,叫大家早点休息。

"我们晚上就走。"玉山的火暴脾气还是没有平息。

阿成感到很突然,更没想过现在就要回去,他劝大家说:"来了才两个月,不能说回去就回去吧。有什么事,明天去工地上找领导来处理。"

"走就走吧,这里的事差不多都要结束了,也干不到什么玩意。"大家几乎都这样说着,"就你俩留下来吧,等下个月发工资,你们一道结了再回去。"有几个人已经在后面收拾自己的东西了。遭到小刘的欺骗,他们非常失望。显然,他们已做出了最后的决定,玉山在自己的床铺上闷闷不乐地收拾起来。

阿成望了一眼阿亮,阿亮觉得再拦着也没有用,由他们去吧。他看得出,玉山今天傍晚接到信后就有点想回家。他们大多是成了家有了孩子的人,年龄都比自己大,或许是知道家乡发水的缘故,或许是想家了。玉山的身上还贴着药膏,腰伤还没有好全呢——小刘这小子也实在是可恨。

大家要赶明天凌晨的汽车,决定早一点去车站。刚下过一阵蒙蒙细雨,路面上还有些潮湿,昏黄的路灯下,一群从乡下来的人们,跟他们前一段时间来的时候一样,一个个背着破旧的行李,踏着匆匆的脚步,带着默然的神情,离开了这座城市。在这座城市里,他们留下的是那曾经充满希望的笑脸和辛劳的汗水,带走的却是愤恨和失望,甚至是伤痛。

只有阿亮和阿成留下来了，特别是阿成，现在根本不想回去。虽然在这里有一些困难，生活也没有根基，但是他感到在外面是轻松自由的。

5/揪心的感情唤阿亮回家

秋天的傍晚，太阳蔫头耷脑地无力地悬挂在城市的楼角边。工地旁的一条小巷里，吹起的晚风让人们觉得有些凉意。阿成用胳膊夹紧汗衫，跟着阿亮进了一家不起眼的小吃部。阿成点了两个菜，要了半斤酒，自己倒了一大杯，他没有酒量，剩下的全部送到了阿亮手里。

自从来到这座城市，他们很少喝酒。今天下午拿工资时，那早已被小刘支走的钱得到了证实。虽然心里早就清楚，但今天这结果还是让他们不愿意接受。

酒喝得差不多了，几分醉意现在脸上。小酒馆的窗外就是医学院大门外的广场。快要结束的工地上，仍然有人在忙碌着。高楼下，那些原有的工棚和一些低矮的临时建筑都被推倒拆除了，到处散落着横七竖八的杂物，一辆笨拙的推土机正在将最后两个垃圾堆铲平。一阵不大的风又吹散了一些垃圾堆上的碎末和纸屑，暮色临近的工地上显得空旷又杂乱。

阿亮稍有几分醉意，今天工资的问题已被他当成是鸡毛蒜皮的一件小事情抛到了脑后。他掏出一包香烟，递了一根给阿成。阿成虽然只喝了半杯多酒，脸已红到了耳根。他拿火给阿亮点上烟，自己也点着吸了一口，便呛得猛咳嗽起来，咳得阿亮想笑。

阿成一边揉着眼睛，一边听阿亮在问他："现在跟林师傅学得怎样了？"

阿成说："林师傅待人挺好的，一般的东西他都教了。"

"你现在在做什么呢？"

"刮腻子，钢窗上的喷漆也干过两回，这几天在刷门上的漆。"

"过几天，我们木工组的这一批办公桌椅要下来不少，你们肯定要忙上一段时间。"阿亮一根烟吸完，将烟蒂丢进烟缸里："有时间，我们到街上找家具店看看，其实现在的组合家具没有什么玩意，做起来比老式家具还简单，只是装潢要讲究些。"

"嗯。"阿成接过服务员送来的一杯茶水，点头表示同意，并将另一杯水递给了阿亮。

阿亮接过水杯说："等你的油漆学会了，我们就回桥埠镇上去开一个家具店，怎么样？"

阿成抬起头，眼里闪着兴奋的光彩："那肯定行。"两个人的脸上都显出愉快的笑容。

自从玉山、保根、勇春他们回去后，一道来的十几个人就剩下他俩。挖沟埋下水管道的工程结束后，老丁给他俩重新安排了工作，叫他们到木工组去，在那里还可以学到木工技术。阿亮家本来就有祖传的木匠手艺，他在家里已跟他父亲学过一段时间了，这正是他的本行，他很乐意地接受了。但他却提出建议，叫阿成到油漆组里去。为此，两人还专门在饭店里请了油漆组的林师傅。林师傅为人也很和善，表示愿意接受阿成。最后，老丁也同意了。现在，阿成才感觉到阿亮考虑问题是全面的，比一般人要成熟。阿成一直都很佩服阿亮，虽然阿亮只比他大一岁。

尽管这段时间里，两人不在一起干活了，也没有什么时间在一起玩，更没有时间进舞厅，但他们各自在学着自己的手艺，很充实，也觉得值。两人从小吃部出来的时候，城市已是灯火通明了。两人走过还没有完全整修好的广场，阿亮便拐个弯进了木工组的宿舍，随后阿成也进了油漆组的宿舍。

现在，阿成跟一个叫刁鸿宝的伙伴同住在一间宿舍里，俩人在一块干活，没几天便熟悉了。虽然刁鸿宝讲普通话，但阿成听他的口音还是跟这边的人不一样。阿成问他是哪里人，刁鸿宝说他是江苏无锡那边的。阿成问他，江苏无锡那边的经济比这边好，为什么要到这里来打工。刁鸿宝说他在老家跟他们村的村主任打了架。他们村的砖瓦厂占了他家的农田，有几年没给补偿费，他跟村主任吵架时，用铁锹砸破了村主任的头。村主任报了警，自己的父母也大骂他，还拿着棒子撵着打他，他就一个人跑出来了。他的哥哥在这里念书，就在这个江淮医学院里，他就暂时在这里做小工。哥哥也就这一个学期末要毕业了，到时俩人一道回去。阿成听了，很羡慕刁鸿宝，又觉得刁鸿宝跟自己的情况很相似，就把自己在家里防汛时与外村人打架的事跟他说了一遍。俩人竟越谈越开心，高兴得大笑。没过多长时间，这个工地上唯一的外省人就跟阿成成了要好的朋友，干活也是一道来一道去。

严酷的现实，美好的向往。抓住机遇，一切从实际出发。鼓起勇气，不畏艰苦，真诚友善地对待朋友，脚踏实地地做好手里的工作，会让人在任何时候都觉得生活充满了希望与乐趣。

傍晚时分，阿亮和另外两名小工将电锯厂里加工了一天的木料装上了汽车，穿过几条热闹的大街，直奔工地，运到了木工房前。最近，木工组的王师傅经常将一些比较重要的活交给阿亮，有两种新款式办公桌椅的加工流水线就是由阿亮负责完成的。他对阿亮的技术和细心的工作态度很是放心。今天，阿亮又在电锯厂里忙活了一整天，满身的锯末和灰尘，蓬头垢面的。

三人跳下汽车，正将木料向木工房搬运时，从木工房里走出一个人来。阿亮一愣，那人已喊他了："阿亮。"

"小正子。"阿亮也惊喜地叫了一声。小正子是霍阿姨家的儿子。

"我在这里等你快一个小时了。"小正子将手里拿着的一只头盔顺手挂在木工房门外的一辆摩托车把手上。

"你怎么知道我在这里？"

"吃点苦，慢慢找呀。"

阿亮将肩上的木料扛到木工房里放下，出来跟另外俩人打了招呼，便领着小正子向宿舍里走去。

"哎呀，我找你找得好苦啊，一个月前我就找过你一次，今天又找了一整天，你看天都黑了。"小正子边走边说，"你在这里都几个月了，都不到我家里去。"

"刚来的时候就想去，一直没什么空。"宿舍里已经很黑了，阿亮拉亮了电灯。

小正子在宿舍里环顾了一下说："就住这？"

"打工的哪有什么好地方住？就在床上坐吧。"

乡路

小正子在床沿上坐下说："姨妈来了。"

阿亮听说他妈来了，一愣："什么时候来的？"

"昨天下午。你什么时候去我家？"

阿亮咂着嘴，似乎有点不情愿："那……我明天上午去吧。你在我这吃晚饭，我们到街上去吃。"

"我不在这吃了，我找到你就算完成任务了。"小正子站起身来就要走，似乎还在埋怨阿亮："上次在东城找了一天，今天在这边又找了一天，找得好累呀，把嘴都问干了。"

阿亮拍拍他的肩膀，满脸堆笑："好，好，对不起，对不起，让你吃苦了。"

小正子油滑地一笑，跟阿亮走出宿舍，在木工房前跨上了摩托车，向阿亮挥挥手，一溜烟地驶向灯火辉煌的大街。

阿亮和另外两名小工继续将木料搬完。晚上，他到阿成那里去了一趟，决定明天跟阿成一道去霍阿姨家。

霍阿姨叫霍淑芳，是"文化大革命"期间下放到李家院村的，当时还是个文弱的小姑娘。她初到农村，没有熟人，什么都不懂，什么都不会做，生活不习惯，晚上住在知青点的草房里，经常害怕得要哭。那时候，阿亮妈是村子里的妇女队长，大家都是年轻的姐妹，她很理解知青们的苦处，女知青们的困难也只有找她解决。阿亮妈当时给予了她们很多的帮助，真的像对待亲姐妹一样对待她们。女知青们感受着她的善良与爱护，心里也充满了感激。特别是1969年的那次大水，破圩了，整个圩里很快就变成了一片汪洋。面对滔滔洪水，霍淑芳她们都吓傻了。她们从未见过这样的情景：洪水漫过村庄，房屋在大水中倒塌，毒蛇盘旋在树杈上，老鼠在飘浮的草木和各种物件上乱蹿。

当所有人都各顾各地抢运自家财物时，几个女知青早已慌得不知所措，急得在知青点的草房外望着不断上涨的水位，站在腿弯深混浊的水中哭喊着求救。真是叫天天不应，叫地地不语，没有一个干部组织人来救她们。这时候，阿亮的母亲划着他们家的小木船过来了，一面安慰她们，一面叫她们在船里平稳地坐好，在齐腰深的水里推着小木船，把她们送到一里多远的圩埂上。然后又带她们一道去罗山的山坡上搭好临时房屋，一起度过了灾难。那个时候的情景，那个时候的苦难，还有那个时候的恩情，叫人怎会忘记呢？多少年过去了，霍淑芳她们几个人还是把阿亮妈当亲姐姐一样看待。她们现在在城里都有了正式的工作，有了像样的家庭，还经常相约结伴去乡下看望阿亮一家，每一次都邀请阿亮妈和她全家去城里玩。阿亮小时候也跟她妈来过好几次。

第二天，阿亮和阿成都请了假，换了衣服，在马路边乘上公交车，一直向南。下车后，拐进一条小巷子，在一幢幢基本一样的庭院中，阿亮找到了霍阿姨家的小院子。他轻轻地推开了院门，发现客厅的门是开的，他母亲就坐在客厅里。阿亮叫了一声："妈。"阿成也在后面叫了一声："大婶。"阿亮妈应着声，从椅子上站起来，一脸的高兴。

这时，霍阿姨从后面的一个房间里出来，连忙招呼着给他们倒茶。两个人在旁边的沙发上坐下，霍阿姨端过来茶杯，又摆上一些糖果，然后进了后面的厨房，准备午饭去了。

阿亮妈好几个月没见到儿子，她亲切地看着阿亮，好像有好多的话要跟他说。阿成从小就跟阿亮在一起玩，阿亮妈也不把他当外人，一面叫他喝茶，一面叫他吃茶几上的糖果。

阿亮妈心里装着事，她的神情有些忧虑，对他俩说："你们到外面这么长时间了，也不往家里写封信，家里人也不知道你们在哪里，真急人。前一个多月我写了一封信到霍阿姨家，小正子在城里找了一天也没找到你们。罗山村的那些人都回去了，你们也不回去。在家为些小事争几句骂几句，都是自家的孩子，也心疼，出了门，还都牵挂着。"

两个年轻人听着，都感到惭愧。这么长时间了，都没往家里写封信，心里不免有些内疚。阿成要给大婶的杯子里加些水，她把杯子放茶几上说："阿成呀，前天晚上你妈到我家里去了一趟，做父母也不容易呀。今年你家买了板车，你妈和你钱伯把准备盖房子下地脚的石头全拉回来了。前几天还跟别人的板车队一起，拉石头往桥埠镇那边去卖，下山坎时板车歪了，你钱伯的一条腿给石头压了。"

阿成听了一惊，忙问："压什么样了？"

"也没什么大事，现在在家里治着不要紧，也就那条火流腿刮掉一块皮。你别急,你在外面挣点钱也好,你妈打算今年盖房子了。"阿成听了,心里平静了些。

阿亮妈叫阿亮把客厅里的电风扇开小些,秋天了,坐在屋子里不感到太热。阿亮妈是个善良的人,对人总是那么和蔼可亲,她温和地对儿子说:"阿亮呀,过两天你跟我一道回去……唉,你不回去我和你爸真不知道这事情该怎么办了。端午节前你走了,我和你爸给你把节送了。现在中秋节又到了,唉,这事难呀。"她掩饰不住心里的烦愁,焦虑的脸上布满了皱纹,不住地叹着气:"前天,你表姑表姑父也是这个意见,叫你必须要回去。他们也管不着你跟凤云的事了,要是你们实在不愿意的话,回去就当面讲清楚,我们做大人的也不强求了。前一阵子,我就听说有个做瓦匠的年轻人正跟凤云谈得紧呢。这也不能怪凤云,主要原因还是你不太愿意,凤云是个好姑娘呀。"她为儿子始终不同意这门亲事而感到可惜。

阿亮从母亲的话语中听出包括表姑表姑父在内的长辈们现在对这件事情有了新的认识,感到很高兴。他觉得这件事不需要他再回去了,既然大家都想清楚了,就当没有这回事。回去说什么呢?如再把这件事谈起,反而不好。凤云现在正在谈恋爱,是个好事,这说明凤云在这件事情上并没有受到很大的伤害。现在阿亮的心情非常好,他觉得他摆脱了一副枷锁,也就是说,他现在可以按照自己的意愿去追求属于他的一切,父母也不会再阻拦了。此刻,他正在考虑如何找出一个充分的理由说服母亲,他不想跟她一道回去。

霍阿姨已将午饭准备好了。小正子的父亲老王刚下班回来,他推开餐厅的门,客气地招呼大家进了餐厅。小正子也下班了,他妹妹小丹子也从学校骑自行车回来了。本来他俩是不回家吃午饭的,但今天家里来了客人,就回来了。小正子和他父亲是一个单位的,也是今年刚毕业,他父亲搞了个内退,让小正子顶上了。小丹子去年初中毕业,成绩比她哥还糟,她父亲搞了个内部指标,让她进了一所技校,现在还在读书。老王是从部队转业到这个机械厂里的,一直担任厂领导,所以,他的子女们可比农村的年轻人不知幸运了多少。

饭桌上,年轻人情不自禁地拉扯起许多童年的往事。老王不住地感叹,说时间过得真快啊,小孩子们都已长大了,不怪自己老了,叫小正子、小丹子要向阿成、阿亮他们学习独立自主的精神。

午饭后,阿亮看他妈一个人在霍阿姨的房间里,他想正好进去跟她说说他这次不想回家的理由。没等他开口,他妈先说话了:"今年双抢前,东保回来了,减了半年刑。"阿亮有点惊讶。他妈继续说:"东保跟小月已经订婚了。"

阿亮真的愕然,心里一下子慌乱了许多,赶忙问他妈:"是怎么回事?"

"其实这事情早就定下来的,东保爸到小月家里来,就是为他儿子着想,这事也早就通过了两边的亲戚。再讲小月有多难呀,她不能不管她妈呀,还有那么小的一个兄弟。"

阿亮急得不知说什么了,他只觉得心里一阵疼痛。过了一会儿,才默然地说了一声:"我和你一道回去。"

俩人从霍阿姨家出来的时候,天色还早。阿亮说不乘公交车了,沿着机械厂外围的小路慢慢地走回去。阿成答应着,见阿亮还是满腹的心事,便安慰他说:"再好的事情也不一定是一帆风顺,总是有些波折的。"

阿亮无可奈何地说:"真是烦心的事。"

隔了一天,阿成送他到车站说:"你放心回去吧,这边的事有我,工资结好了给你寄回去,说不定你把事情办好马上就回来了。回去好好谈谈,一定还能改变。"汽车开动了,俩人挥挥手。阿成孤孤单单地一个人走出了车站。

6/ 留下的只有伤感

傍晚时分,阿亮母子俩到了村口,农村已是一片秋收的景象了。除了村庄周围已零星收割的田块外,整个田野都是一片金黄色,只有村庄掩映在高大的绿色树冠下。阿亮本家的一位四叔,正在村头的稻场上收稻谷,见到阿亮便大声说:"阿亮,你怎么回来了? 在外打工比在家里种田还不是强多了。"

阿亮掏出香烟,递了一根给他四叔,同时还递了一根给旁边叫卖糖果的常理叔,并给他们点着,说:"今年的稻子还好吧?"

四叔说:"哪里还好?你看我这几分田,就割了两担稻,秕秕壳还不少。"阿亮妈叹了一声说:"唉,今年给水淹了嘛,有什么办法呢?"

"阿亮,再要走的时候,把我家三旺也带上,他书不念了,在家也没什么事。"四叔一口将香烟吸了一大截,吐出一股浓重的烟雾。

"嗯,嗯。"阿亮点点头,心不在焉地答应着。

踏进家门时,阿亮爸刚歇了手里的活,已点上了煤油灯,准备收拾自己的工具。这几天阿亮妈不在家,他也没有出门做活,只在家里修理本村人送过来的几件损坏的农具。家里人回来了,他便不着急地点起了一根烟,晚饭让阿亮妈去做了,并对阿亮妈说:"厨房里有早上买的菜。"

一家人坐在饭桌上吃晚饭时,已是很晚,阿亮爸一个人自斟自饮。阿亮发现父亲的神情比他刚进门时沉重了许多,似乎在喝闷酒。几杯酒下肚,他便忍不住自己的心里话,责备地看了阿亮一眼,眼圈早已泛红,醉眼蒙眬地说:"现在的这些年轻人啊,都不懂事,一点也不晓得体谅父母,就像父母要害他似的,把父母的话一点也不当回事。"他愤恨地看着眼前的酒杯,又喝了一杯。阿亮只是默默地听着,仿佛一听到这样的话,就麻木了似的。突然,他父亲大声斥责着阿亮:"明天你去俞树村,中秋节的礼照样送,就把这事撂给你表姑父,看他怎么做。"显然,阿亮爸对阿亮表姑父一家已十分不满。

阿亮妈见他爸生闷气、发火,劝他少喝点。他没有理她,又斟了一杯酒喝下,拿筷子的手颤巍巍地夹住菜往嘴里送,口里嚼着菜,无奈地叹口气:"唉,现在的年轻人,跑出去的心也难拉得回来了。昨天早上,我在街上听俞树村的人说,凤云已跟那个瓦匠一道走了。"阿亮妈叫他不要多喝了,她端来一碗稀饭,放在他面前。然后,她把酒壶也收起来了,送到了厨房里。阿亮也听得烦躁,叫他不要再说了。

阿亮爸仍然在生气,稀饭一口也没吃。显然,他酒已喝多了,靠在椅背上,口齿不清地自顾自地说着话:"唉,挑来拣去的,到头来……真是锅铲把子捞汤果,一头抹了,一头刷了。"

静静的夜，终于淹没了人们难以平静的心。这个勤劳朴实、精明持家的老木匠，在善良的妻子的搀扶下，倒在床上便呼呼地睡着了。

阿亮怎会听他父亲的酒话，去凤云家制造麻烦？他跟凤云的事，当初就是因为自己不愿意，怎么能怪表姑父一家呢？想想凤云这段时间在家里也一定承受了不小的压力。这样的结果对他来说，应该是一个最好的解脱。可他一想到小月，心情就沉重了，简直心都碎了，无法理解，无法想通。他跟小月的事，虽然没有海誓山盟，但这样的变化是意想不到的，他真是无法接受。

就在一个多月前，东保释放回来没多长时间，东保爸和小月妈就请来了两家的亲戚，还请来了村里的领导，给他俩确确实实地订了婚。阿亮无法想象，小月是怎样想的，是怎样答应的，是迫于东保父子俩的威胁，还是屈从于母亲的逼迫？阿亮有些恍惚。

回到家里的阿亮赶上了秋收。阳光下的河水，明净而透彻；水底的绿藻，随波影荡漾，一派生机盎然的景象。

阿亮想见小月，他要把心里的话说清楚。回来快一个星期了，小月也早就知道他回来了，他们曾在河边很远的地方互相看见过。可是，阿亮在村前的稻谷场上，河边的柳树旁，怎么也等不到小月的身影，真是令人惆怅。

阿亮在河东割稻，看到小月在河西的责任田里，那红衣服的身影牵动着阿亮，他经常直起身子，呆呆地看着河西。收工时，他想撵上去，小月便加快了步伐，急急地从河埂上走过，把阿亮甩得老远。若阿亮提前上了河埂，小月便远远地落在后面慢慢地走，或是在田埂上磨蹭着什么。上工时，小月必须要从阿亮家门前经过，阿亮就在门前等她，小月却将草帽拉下，遮住脸，从他家门前匆匆地绕过去。小月分明是不想见他，这让阿亮好苦恼，好烦闷，不能理解。

这样的心情一直困扰着他。傍晚时，阿亮踟蹰在村边的小路上，不知不觉地走到小月家的院子旁，举目环顾四周，却不见小月。

小月其实也是难过的，也很矛盾，心里很不好受。这么长时间了，她何尝不想念阿亮，不希望阿亮早点回家？那日，阿亮要带她一起走时，她不敢走，也不忍心丢下母亲和弟弟。阿亮走后，她伤心了好长时间，时常盯着村前的马路,盼阿亮早点回家。

当东保回来后,就直接在她家住下了。他是跟着他父亲来的,她也无权反对。她多希望阿亮这时候能回来呀!当她鼓起勇气到阿亮家问他父母,阿亮有没有写信说什么时候回来时,老夫妻俩对她说,阿亮在外面正忙呢,一时回不了家。其实,这老夫妻俩对她与阿亮之间的关系一直不支持,他们知道小月小时候生过跟他父亲一样的病。她父亲年轻时就得了病,中间反复过几次,五十几岁就去世了。小月的病虽然小时候看好了,但他们老两口担心她们家那种病遗传。再说,他们也不想去惹东保一家人,跟他们闹起来不值得。他们虽然同情小月的遭遇,但面对小月,也只有一脸愁容地劝她说:"你妈也是为家里好,一定要听你妈的话。"小月愣愣地看着他们老夫妻俩,只好低着头离开了。

小月多想有人能站在她这一边,可是没有人能帮她,她只有无奈地流下泪,听天由命了。不久,家里就把她和东保的婚事定下来了。

她淌了多少眼泪,想想家里的实际情况,想想可怜的母亲,想想还小的弟弟,又恨自己软弱,只有认命了。现在,她又怎样面对阿亮呢?何必要见他呢?见了他又说什么呢?

金色的夕阳照耀着灰色的院墙和院子里那棵硕大的杏树,使整个院落显得妩媚而令人心动。这里风景依旧,可是已物是人非了。一种伤感随着悠悠的晚风袭上心头,阿亮酸楚地站在那里,审视着这熟悉的院落。忽然,东保从院门里出来了,笑嘻嘻地走过来,递过一支香烟,客气地叫阿亮进屋里去坐坐,说家里来了客人,一块儿喝杯酒。阿亮顿感唐突,连声说:"不,不……不麻烦,不麻烦。"简直有点语无伦次,他立即回转身,快步从院墙边走开。

艳阳高照的秋日里,农人们抓紧时间,要在这晴好的天气里完成各项农事。阿亮将稻场上的稻谷全部晒开后,回到家里。他这几天总是有点魂不守舍的样子,在帮母亲切萝卜干时,竟将自己的手指给切破了。母亲给他包好后,叫他把已揉了盐腌好的萝卜干搬到屋顶上去晾晒。阿亮家的房子是村子里的最高建筑,凭他父亲的木匠手艺,他家在村子里算是殷实的。这楼房一年前刚盖好,混凝土现浇面的房顶是晾晒萝卜干的好地方。阿亮一面晒萝卜干，一面不由自主地朝后面小月家的院子里张望。他看见那棵大杏树下，东保正倚在一条板凳上，也在切萝卜干。小月弯着腰，在一只装满萝卜干的大木盆里揉盐。小月的一绺头发散落着垂下来，耷拉在额前，遮住了半边脸。因为两只手都沾满了盐，她只能用胳膊把头发往后拢，而又不能使其归位。正在切萝卜干的东保赶忙放下手里的菜刀，伸出手将小月的头发往她的耳后捋去，并拔下她头上的一只发卡，将那一绺头发重新夹住。小月稍停了一下手中的活，等东保将她的头发夹住了又继续揉盐。她没什么反应，似乎这一切发生得很自然。整个过程正好给阿亮看得清清楚楚的，他的心里简直就是一颤，他甚至看到了整个过程里的几许默契。现在，还有什么话要问她呢？什么也不用说了，什么也不需要说了，他的心像被刀刺了一样痛。

深秋的风，不可阻挡地变换着季节，村庄和道路两旁的树木落叶纷纷，原野上已是一片枯黄。在很长一段时间里，阿亮像换了个人似的，人瘦了一圈，整天沉默寡言，只在家里待着，或跟母亲一道忙活田里的事情。他既没有听父亲的话到俞树村去，也没有再找机会跟小月说什么，一切显得那么平静。

阿亮收拾好了行李，要再去省城打工。母亲拽住了他的行李，恳求他不要再出去了。她说下半年时间不长了，不要再跑得老远的，他父亲的木工活忙得做不完，好多人家都在催，下半年就在家里给父亲帮帮忙吧。阿亮怕母亲伤心难过，答应暂时留在家里了。

在这段无聊的日子里，阿亮把精力放到钻研木工技术上，他将在城里见过的新的家具款式，结合农村家庭的情况，运用到了实际操作中。父亲看着儿子做出来的活，心里很高兴，他觉得儿子做出来的家具样式新颖别致，做工考究，更容易得到时下年轻人的青睐。他的心情特别好，脸上喜滋滋的，儿子的手艺超过他了。

母亲为儿子的婚事操透了心，她觉得凤云是那么好的姑娘，亲上加亲的好事，可如今却基本没有了希望。小月也是个好姑娘，可是天不遂人愿。好不容易，她相中了吴湾村的吴梅。那天早上，她特地跟二姑上街去了，在供销社门前，二姑指她认了吴梅。她看吴梅那么端庄大方，嘴儿也甜，心里真是喜欢。

已快入冬了，一整天的太阳都是昏黄的懒洋洋的样子。下午风也突然大了起来，一股不太强的冷空气悠悠地袭来了。灰蒙蒙的天空又下起了小雨，肃静的旷野里，让人感到寒意渐深。

天擦黑时，阿亮和他爸各自背着工具箱，冒着蒙蒙细雨，急匆匆地往家赶，他们刚在河下村一家做完了活。刚进门，阿亮妈便递过来干毛巾，父子俩抹干了头上的水珠后，阿亮爸就坐在桌子旁，悠闲地抽起了香烟，阿亮从茶叶筒里抓出一撮茶叶，放入茶杯里。他母亲已从厨房里拎来热水瓶，便跟他说了早晨二姑是如何带她去认识了吴梅。母亲显得很高兴，她问阿亮对人家姑娘是什么看法。她听二姑说，吴梅已认识阿亮好长一段时间了。

阿亮对母亲的问话先是一愣，但很快平静了下来。他说他也只是认识吴梅，是在二姑家认识的，吴梅是二姑父远房的侄女，就住在二姑家的屋后。

阿亮在二姑家做了近一个月的木工，吴梅下班时，常到这边来串门，他们很快就熟悉了起来。吴梅是那种典型的活泼大方的姑娘，乌黑的眼睛闪着灵性。她看话语不多的阿亮，举手投足间是那么洒脱而稳健；与人谈话时，眉宇间流露出的那股英气和俊朗，让她好生倾慕。阿亮第一次见到吴梅时，也是眼前一亮，他觉得他是第一回见到这样靓丽脱俗的姑娘，但他很快便有意避开吴梅那火辣辣的眼神，因为他不能忘记与小月那难以割舍的一段情。现在，他如果跟别的姑娘或者就是吴梅谈起恋爱来，难道就跟小月真的彻底结束了吗？此刻，他的心里还是无法肯定，也无法回答自己。直到现在，阿亮还想着找个机会跟小月谈个清楚。然而，小月却一直有意回避他。尽管他已接受了现实，但内心里，却是一直在等着小月。

父母是知道儿子性格，了解儿子心思的。从他沉默无语的表情里，他们什么都懂了。老两口劝他不要想得太多了，现在就考虑现在的事。俩人又说起吴梅，说这姑娘不错，家里也好，叫他仔细考虑考虑。

阿亮依然每晚去鱼塘边看鱼，他进了小屋，却披着上衣坐在床边，并不想睡觉。母亲的话让他无法回避这个问题。现在，他并不感觉母亲的问话突然，因为已有很多人在流传他跟吴梅的关系了。他必须认真地考虑，现实地对待。虽然他对小月仍念念不忘，但必须要挥剑斩情丝。阿亮是个十分理智、果断的人,吴梅确实是个好姑娘,他也早就看出来了。

老百姓的生活就是这样平淡而现实,他不能怨恨小月,每个人都有自己的自由与选择,每个家庭都有自己的打算与安排。一切从实际出发,能说什么呢?一切都要顺其自然。现在,他应该做出自己的决定了。突然,他决定要给阿成写封信,已很长时间没写信了,当初为这烦恼的事回来,却一直没处理好,现在要把这详细情况跟阿成说说,让阿成做个参谋。

第二天,阿亮将一封长长的信送到桥埠镇寄了出去。

自从阿亮走后,阿成在工地上只有刁鸿宝一个好朋友了。当然,这个唯一的外省人更是把阿成看成最亲密的朋友。刁鸿宝性格外向,不爱看书,喜欢到处闲逛。他比阿成小一岁,阿成把他当成弟弟,下班后,常陪着他上街玩,城里的四牌楼、城隍庙、老石桥、点将台、北面的公园、南面的湖畔,以及市中心的几处广场,凡是城里的热闹场所及名胜古迹,他们都游遍了。刁鸿宝还带着阿成到他哥哥的学校里去过两次,这是阿成有生以来第一次进入一所大学校园的深处,他亲眼见到了大学生们那令人羡慕的真切的校园生活。刁鸿宝还用他哥哥的借书证,跟阿成在学校图书馆里借了两本书,一本是《诗歌精选》,一本是《席慕蓉散文精选》,阿成很是高兴。

有一个星期天,俩人没事,竟跑到江淮医学院附属医院去了一趟。刁鸿宝的哥哥刁鸿文这一学期正在医院的眼科门诊实习。阿成也是第一次见这么大的医院。中午,刁鸿宝的哥哥还请他们在医院餐厅里吃了中饭。两个年轻人这样无忧无虑的生活真是过得津津有味。

不久,油漆组要换工地了,林师傅要带他们去江南的一个大工地。听说那个工地上的活能干到年底,这让阿成非常高兴,他多想挣上一笔钱。他高兴地跟刁鸿宝说这件事时,刁鸿宝却说他不能去那边了,因为他哥哥的实习期快结束了,他哥哥要带他一道回家去。阿成听了心中有些失落。那天下午,刁鸿宝说俩人要分别了,想到城南的湖畔去逛逛。俩人来到湖边闲逛了一会,刁鸿宝提出要下湖游泳,这里是天然的游泳场,每天都有很多人游泳,即使现在已是深秋了。阿成劝他别游了,昨天还在感冒呢。刁鸿宝说已好了,今天的药都没吃了。

俩人下湖游了一会,刁鸿宝便在水里打了好几个喷嚏。上岸时,阿成觉

乡路

得身上起了鸡皮疙瘩,一阵微风吹过,还不禁打个寒战。刁鸿宝三下五除二地穿好衣服,便不住地擤鼻涕。阿成数落了他几句,说劝他不听,现在又感冒了。

第二天上午,阿成就要跟油漆组去江南了,见刁鸿宝还躺在床上,问他怎么回事,他说头还有点昏。阿成便出门跑了一段路,在一个私人诊所里给他买了些感冒药放在他床头,并告诉了他几样药的吃法,才背上行李跟林师傅一道去江南了。

阿成到江南的新工地没多长时间就收到了阿亮写来的一封信,了解了阿亮的情况后,很是高兴,立刻给他回了一封信,热情洋溢地分析着:"既然小月有了自己的选择,也无法强求,那就祝福她吧……在你的信里,能看出你对吴梅有良好的感觉,相信你的眼光……她就在距我们不远的村庄,还在桥埠镇上班,我以前也见过几次,有些印象,确实不错,衷心地祝贺你。"阿成也在信中说了自己现在的情况:

"自从你回家后,我一直跟林师傅后面做事,林师傅是个非常好的师傅。前不久,林师傅带我们油漆组到了江南新工地。过长江时,我第一次看到了长江,感受到了它的雄浑壮丽。初到江南时,看到了它的广阔,这里似乎比我们老家要新鲜多了,我不是故意要夸耀这里,这是我真切的感受。也很想告诉你,这里的城镇跟乡村都连成了一片,真是一派新气象。所有的村舍都是楼房,哪里也找不到像我家那种草房;这里乡镇企业到处都是,农民们都在厂里上班。初来时,我还以为这里处处是集镇。总之,这里的村庄看上去比我们的桥埠镇还漂亮。你寄来的信,正好这一次有一位公司的业务员过来,留在那边的刁鸿宝让他带给了我。还好,一点没耽误时间。就写到这吧,祝我们的家乡早一点建设得跟这边一样好。望你早一点做出决断。送你一首小诗吧。

"不要在小雨中徘徊,
莫让忧愁淋湿了心。
那发霉的往事无须再去回忆,
不要以为总是黑夜笼罩着你,
不要认为所有的都是欺骗和虚伪。

时间,会匆匆逝去,

莫让心儿衰老。

摇摇手吧,别再孤独,

别再彷徨,别再等待。"

阿亮看信后很激动,他相信阿成的分析,他觉得阿成的见解跟他是一致的。顿时,他的精神好了许多。

再到吴湾村时,阿亮不再是不敢迎接吴梅那火辣辣的目光了,他感受到了那目光里的温柔。吴梅也觉察到了阿亮的变化,心里涌起了一股温馨和甜蜜。

吴梅自己的家,其实还在县城里,现在吴湾村里就她和她奶奶两个人住着。吴梅念小学的时候,父亲从乡供销社调到了县城关供销社工作。不久,她便和她弟弟一起转到城里的小学去读书了,老家只剩下母亲和奶奶。母亲在生产队里做工,时常去城里给他们洗洗衣服,看望他们。后来分田到户了,母亲也去供销社里做了临时工。放假时,他们便回来看望奶奶,她和弟弟就是这样在城里和乡下来回跑着长大的。良好的教育和蓬勃的青春朝气让她出落得大方得体,所以,她并不是纯粹的农村姑娘。

有一年夏天,同住在城关供销社大院里的一个男孩胡金柱约她去游泳。那是一个她很喜欢的男孩子,潇洒、刚健、有风度。俩人兴致勃勃地来到城东的环城公园里,男孩子出人意料地将一件漂亮的比基尼泳装送给了她。吴梅高兴得蹦起来,这可是她梦寐以求的,在这个小县城里是无法买到的,她万分欣喜。于是,她克服了羞怯,抑制住狂蹦的心跳,跑到小树林里换上了比基尼。

当她再次站在胡金柱的面前,胡金柱那火热的目光看得她脸庞发烫。胡金柱俏皮地刮了一下她的鼻子,俩人相视会心一笑,便手拉手走出树林小径向湖边跑去。

午后的阳光祥和地照耀着湖面、树林和草地,微风轻拂着垂柳,绿色的草坡上撑开了一把红色的阳伞,伞下是他们的外衣和一些物件。

下到平静的湖水里,吴梅便情不自禁地伸开了胳膊,挽起清澈柔滑的水,嬉笑着向身边的胡金柱泼去。胡金柱一惊,看着吴梅妩媚的身姿,便顺手拉住她,眼中充满了喜悦,一同向湖水的深处游去。俩人游到了湖心一处浅水区,抹去脸上的水珠,捋着头发,又互相绕着胳膊闹腾着,各自向对方身上欢快地泼水。水珠从细腻的皮肤上滑落,闪着炫目的光。这是多么让人痴迷,令人难忘的时刻。当公园里的人多起来了,游泳者也增加了许多,他俩才上了岸。

胡金柱穿好衣服后,买了一瓶啤酒,挽着吴梅,自己喝一口,让吴梅喝一口。他们欢笑着,浪漫地行走在大街上。突然,前面一群人拦住了他们的去路,一个矮个子圆脑袋的年轻人大喊一声:"胡金柱,站住!"

胡金柱一愣,这时,他看清楚了有七八个人拦住了他,矮个子圆脑袋的头上还打了个补丁。胡金柱恼怒地用手一指,"阿奎,你要干什么?"

阿奎两手叉着腰,嘴一歪:"昨天的事,就忘了?"

胡金柱一看后面那些人,手里都拿着棍棒,知道这些人是来帮阿奎报仇的。昨晚在电影院里,阿奎和几个人拦住吴梅在耍无赖。胡金柱见了,呵斥了他们。结果,阿奎他们北门几个人跟胡金柱他们南门的一帮人打了一架,阿奎的头在混战中被胡金柱用砖头砸破了。

胡金柱知道不对劲,把吴梅往边上一推,举起手里的酒瓶想先下手。哪料阿奎一把拦住吴梅,竟从吴梅手里抢过那件比基尼,在吴梅的面前一抖开,狡猾而戏谑地说:"穿上,把它穿上呀。让大家看看,一饱眼福嘛。"吴梅吓得往后退。胡金柱愤怒了,感觉受到了莫大的侮辱,一股怒气涌上头顶,他举起酒瓶向阿奎砸去。阿奎昨晚吃了亏,今天他特别留神,一转身,胡金柱扑了个空。阿奎身后那几个手拿棍棒的人一拥而上,把胡金柱打翻在地。胡金柱抱着头滚倒在路旁的一堆西瓜里,卖西瓜的人大声叫嚷着:"啊哟,别打了,把我西瓜砸光了……"突然,胡金柱发现乱七八糟到处滚动的西瓜堆里,有一把明晃晃的西瓜刀,他一把抓起刀柄,纵身跃起,劈头盖脸地朝那几个手拿棍棒的家伙砍去。一时刀光飞舞,鲜血横流,连在路边看热闹的人们都吓得四散奔逃。有两个人被胡金柱砍倒,已奄奄一息了。

一会儿,警车呼啸赶到,胡金柱呆立在原地,刀上的鲜血还在往下滴,自己的身上、脸上都是溅的血迹。吴梅早已吓得在路边大哭,她懵了。警察拦了一辆车,将受伤的两个人飞速送进医院。两名警察给胡金柱戴上手铐,押上了警车。进车门时,胡金柱停住脚,向后看了一眼仍在呜咽的吴梅,吴梅失神地看着胡金柱那双无奈而又遗憾的眼睛。

过后,吴梅也被带到公安局做了笔录。

那惊心动魄的不堪回首的一幕,时常在她眼前闪现,令人心悸。

后来,那两个受伤者虽然活了命,却致残了。胡金柱因聚众斗殴、故意伤害罪,被判了十五年,送到了大西北。

吴梅再也不想在这个小县城里继续待下去了。

过了半年,她回到了老家,在三叔承包的桥埠镇供销社上班,她只是按部就班地上班下班,已不像小时候那样东串门西访客了。长久压抑的心情也不常表露,在很长一段时间里,她总是给人一种拒人于千里之外的冷漠感觉。然而,年轻的心,毕竟燃烧着青春的火焰,时常苦闷又时常激动,自己也无法把握。从内心来说,她是爱胡金柱的,可是这命运只能让她无可奈何而泪水涟涟了。她不知道痛哭过多少次,无奈啊,真是无奈,只能现实地面对这样的生活了。

最近这两年多来,她的家人很想在老家给她寻个人家,暗地里也考察了许多人。给她介绍的人中,有民办教师,有乡村干部,也有出类拔萃的农村青年,可是她一个也没有看中。许多人说她心气太高,可她毕竟不是纯粹意义上的农村姑娘,她有她的眼光,有她的选择,最关键的是要有缘分。也许,认识阿亮正是缘分所至。阿亮和别人给她介绍的那些人相比,也不占什么特别的优势,她看中的是阿亮身上的一股朝气,脱俗的感觉。她觉得是心有灵犀一点通吧。家中的奶奶和父母也觉得阿亮不错,为人诚实。

于是,他们用传统的方式订婚了。

这一天,阿亮家是热闹的,整个村庄都能感觉到喜庆,阿亮家的亲房叔伯都过来帮忙招待尊贵的客人。帮忙的邻居和阿亮的父母跑前跑后地忙碌着,每个人的脸上都洋溢着笑意。

阿亮将吴梅一家人接来的时候,欢乐的气氛达到了高潮。阿亮的爸爸抖着一双满是老茧的手,殷勤地向吴梅的爸爸敬烟,给这位受人尊重的供销社主任、自己的亲家倒茶,然后转过身,满脸堆笑地招呼看热闹的邻居们。人们接过罕见的过滤嘴香烟,平时不抽烟的人也大模大样地抽起来。

一时间，屋子里云雾缭绕。阿亮妈在门外给小孩们撒糖。几个在厨房门外帮阿亮妈宰了鸡忙着燎毛的小媳妇们停住手中的活，瞅着阿亮身后的吴梅。她们早就听说过吴梅，虽然两个村离得不远，可也有不认识的。今天，她们可要看个清楚了。

吴梅从容大方地跟在阿亮的后面，一头不长不短的卷发拢住脖颈，一身时尚的服装，得体而大方，黑亮优美的高跟鞋，让她微微耸起的胸部更显挺拔，尤其是那双明亮的眼眸，清澈而热情，粉黛的脸上含着微笑。显然，她今天施了淡妆，让姑娘小媳妇们看了，都自惭形秽。她们觉得这样的人，只有电影里、年画里才有。几个爱说爱笑的小媳妇跑过来向阿亮要喜糖，眼里都流露着羡慕。阿亮真是高兴得合不拢嘴，好久没有这样开心了。

吴梅妈扶着奶奶来到院子里，她们是想回避屋子里一群男人们无所顾忌地吞吐出的烟雾。

这一方院落里的两层小楼，在乡下，是别人无法比拟的殷实。奶奶赞许地点点头，加上这厚道的父母和父子二人精干的手艺，她对孙女已很是放心。可吴梅母亲的眉宇间似乎还有些忧虑，她理想的女婿应该是吃商品粮的，吴梅未来的生活应该是在城里，但这也只能根据实际情况尊重全家的意愿和吴梅自己的选择了。吴梅的爸爸是豁达的精明人，见过世面，知道时代的潮流，他完全尊重女儿的选择，不干涉她。以前家里亲戚朋友为女儿介绍的那些青年，他也向来不多过问，不给女儿多加压力。他认为女儿不是小孩了，完全有自己的眼光、自己的标准。凭他多年在社会上、生意场上的经验，只要人精明，头脑不笨，有个向上的精神，这样的人在社会上就有立足之地，并不限于他暂时的身份和地位。

酒席散尽已是很晚，邻居和亲戚们回家时，还边走边谈论着这高规格的酒席，而且，这还仅仅是订婚宴。他们又羡慕又赞叹，嘴里都衔着长长的过滤嘴香烟。

阿亮在这一天里是忙碌的，也是兴奋的，他先把吴梅一家人送回了家，继而又送走了来祝贺的亲朋好友们。回到自己的房间后，还难以平复自己的心情。他马上拿起笔给阿成写了一封信，这封信里已找不到上封信里的忧郁和彷徨了，他要把最近一段时间里的快乐传递给阿成，让他也感受这样的欢乐，并真诚地感谢阿成为他做的参谋。最后，他叫阿成尽量早点回家来，因为这几年旱涝灾害频繁，政府已决定要大规模兴修水利，工程任务也全部分到了每个农户。信上还写道："你母亲昨天叫我写信给你，告诉你详情。因工程任务大，你钱伯上半年受伤的腿一直没有痊愈，不能出重力，需要你立即回家。"

7/阿成，你是家里唯一的强劳力

阿成接到来信，很为阿亮感到高兴，从心底里祝贺他。得知钱伯的腿伤还没有完全治好，他决定马上回家，不管怎样，兴修水利的工程不能让母亲去。再说，出门已大半年了，孤身一人漂泊在异乡，任何人都会想家的。他马上开始行动，首先找到了负责这边工程的分管经理，说明了自己的情况，并把刚才收到的信件给他看了。经理知道阿成一贯很老实，便立即答应了，并马上叫财务科支付了他近期的全部工资。接着，阿成又马不停蹄地去小镇的银行里，取出了全部的存款，加在一起，一共是五十二张沉甸甸的大团结。

他很快收拾好了自己的行李，将一些书报杂志捆好，放在林师傅的床底下。这时，他在床边坐下，从一沓钞票中抽出二十元做路费，将剩下来的五百元钱在背包里放好。

他想起应该跟林师傅打个招呼，可林师傅早上出门采购材料去了，还没回来。下午四点钟的班车，他不能等了。于是，他去食堂里买了几个大馒头，火车上的东西贵得要命，在这里先凑合着准备了晚饭。

买车票时，发现车票竟然涨了许多，阿成不由得将买车票剩下的零钱捏紧。后面还要坐汽车，不知道车票又要涨多少。

阿成进了车厢，将背包小心地放在自己头顶的行李架上。刚坐下，突然想起背包里揣着五百块钱，放在行李架上有点不放心，可现在又不能在车厢里这么多人面前把钱再拿出来。再说，自己身上也没有暗口袋，放在外面的口袋里,鼓鼓囊囊的,挤车时怕被小偷偷去。正当阿成犹豫的时候,更多的旅客涌进了车厢,乱七八糟的行李已经将行李架塞满,他的背包已被紧紧地压在了下面。他只得坐下,现在是绝对不能打瞌睡了,一定要留心自己的包不能被中途下车的人拿错。他是第一次出远门,自己一件衣服都没舍得买,只买了只新旅行包,将从家里带出来的蛇皮袋扔掉了。

列车在平原上奔驰,车厢里已渐渐地安静了下来。天色暗了,窗外的景色也模糊了。这时,一位乘务员从车厢的那一头往这头给旅客们倒茶水,阿成赶紧拿出茶杯,接了满满一杯白开水,开始吃起了馒头。

凌晨四点多,火车到站,他终于踏实地将旅行包背在了肩上。从车站出来,身上冷得发抖。天还没亮,他想找一个商店的门口或屋檐下待一会,因为要到天亮才会有汽车。这附近的商店门前,橱窗下,都站满了和他一样的旅客。他忽然发现稍远一点的地方,有个早点店已开了门,他背起包快步走过去,早点店的老板正在准备早点的材料,只有开水刚烧好。这正好,阿成要了一杯白开水,口袋里还有一个冷馒头。他向老板道了谢,便吃一口馒头,喝一口开水,身上逐渐暖和了起来。

早上八点半,阿成才乘上了汽车。汽车出了城,在蜿蜒起伏的公路上行驶。阿成看着窗外,离家乡越来越近了,窗外的景物也逐渐熟悉了起来。错落的村庄里,仍零星散落着矮矮的草房,一种亲切感在心中升起。瞬间,另一种思绪也在他脑子里闪过——自己的家乡是最贫穷的。从昨晚乘车,一路回来,越往这头,景象越差。

十一点多,汽车在桥埠镇这个过路站停了下来,车上只有阿成一个人下了车。汽车继续向前驶去。阿成刚下车,头还有点晕乎乎的,背着个大包匆匆向前走,一阵风吹起了街道上的一些碎纸屑和烂草叶,这边远的村镇笼罩在一片冬日的荒凉中。

阿成离家还有几里路,他向后瞅了瞅,很想乘上一块钱的三轮车回家,可他外衣的口袋里只剩下五毛钱了,他的手正要往背包里塞时,又犹豫了一下,转过头,还是决定步行回家,因为他不想把包里的五百块钱拆散。此刻,他有点渴又有点饿,馒头已吃完了。现在也不多想了,只顾往前走,反正要到家了。

阿成的母亲正站在自家的院门边,向村头的路口张望着。阿成看见母亲,不由得有些欣喜。母亲看清楚是阿成,赶紧迎到院门外,帮儿子卸下背上沉重的旅行包。阿成把包拿在自己手里,跟母亲进了屋。母亲说她知道阿成这几天要回来,所以经常朝路口望望,又对阿成说:"你钱伯上午下田去了,现在还没有回来。"接着,她赶紧到厨房里,往灶下塞了一把稻草,将早已做好的中饭重新热一下。

说话间,阿成看见他继父拖着一把铁锹,一瘸一拐地回来了。阿成站在门口,叫了一声钱伯,便仔细地打量着他的腿,接着问钱伯的腿是不是还在治。

钱伯进了屋,在桌旁的板凳上坐下来说:"还在吃一点中药,现在就这样子了。"说着,他看看自己的腿,显得无奈的样子。他用一只手肘撑在桌面上,用手托住自己的额头,神情淡然,一副倦怠的样子,问阿成上午什么时候回来的。阿成说刚回来不久。

这时,阿成的母亲已将饭菜端上了桌子。阿成像忽然想起了什么似的,赶忙打开背包,从里面取出一件皱巴巴的衬衫,把衣服打开时,露出了崭新的一摞钞票。母亲接在手里,很是高兴,她的手里还从来没拿过这么多的钱,双手捧着,摩挲着,眼里已有激动的泪光。老钱摆摆手,叫她把钱放好,吃饭了。

阿成问他妈,怎么不见阿明。母亲说他跟发子学瓦匠去了,稻子割完就走了,他死活都不愿意去学校念书,还有一年多的书他硬是不念了。

发子是钱伯老家那边的一个叔侄,是这里远近有名的瓦匠师傅,弟弟既然不愿意念书,能跟他学手艺,也是很好的。阿成想这一定是钱伯送去的,他心里也觉得钱伯现在跟这个家的关系好像比以前要融洽了一些。

钱伯的老家就在河上头的钱湾村。钱伯年轻时因家穷,成分不好,没能娶上老婆。四十多岁了,听说李家院村的李有才外出多年未归,家里留下了妻儿三人,在亲戚们的说合下,入赘到了李家院村。他一心想有自己的儿女,可一直未见动静。他曾怀疑是阿成妈故意不给他生养,前几年他为此事和阿成妈闹过好长一段时间的别扭。结果,他带着阿成妈去医院做了检查,医生说他们都已过了生育的最佳年龄,现在要想生育是很困难的,只能听天由命了。这两年他的心境也缓和了许多,觉得他要好好对待家里的这两个孩子,将来自己老了,这两个孩子也是可以依靠的。

下午,阿成听他母亲的安排,扛着铁锹到广滩的油菜田里去理水沟。长时间离开了土地,今天又感受到了这泥土的亲切。阿成看着这偌大的田块,整齐的畦垅,想着钱伯是怎样拖着那条伤腿跟母亲在这里劳动的,心里有些不是滋味。前一段时间的连续阴雨滋润了泥土,油菜苗长得很好。他今天的任务是将这田沟里的一些积水排掉。他弯下腰,开始整理水沟。理好了两条主沟,他感到有些燥热,便解开领口,站在沟渠旁,环视着这广阔田野里的冬日景象。田埂上,野草枯萎了,败落的浮絮正被风儿吹起,漫无目的地在空气中飘浮,或者是粘在了野蜘蛛肆意扩张而毫无规律的浮网上。游虫拖着尾巴,将一些聚集在一起的浮絮又重新粘在了秸秆上,像一朵朵开放的小花,在风中摇着头,也只有热爱土地的人才能感受到它的可爱。

阿成脚下这一片宽广的田野是肥沃的土地,养育了世世代代的村民。可三十多年前,西边广滩下的鸳鸯湖开垦成了大型农场,从此这里再不是昔日里旱涝保收的沃土了。因鸳鸯湖的开发,这一方土地旱时难有灌溉之水,涝时又无处排水,湖边的老百姓苦恼无比。

阿成想起今年夏天的那场洪水又淹没了广滩,听母亲叹着气说,广滩上的几亩田颗粒无收。另外,建文家的四亩多田也没有收成。

阿成竟不知不觉地拖着锹走到了对面建文家的田埂上,这是一块四亩大的水田。上半年,母亲经过几番辛勤的犁耙耕耘,种下的水稻却被无情的洪水淹没了,后补种两次,还是遭水淹。阿成依稀还能看出,水田里未长成的禾苗被水淹后枯死倒伏在水田里的痕迹。建文全家外出后,这块田一直是阿成家在种,现在阿成母亲终于放下这块水田不种了,大概是因为涝灾太多,没有收成吧。

阿成想起建文哥全家外出,去了上海,已有四年多没有回来了。他们到底在那里做什么,全村人都不知道,都是在乱猜。因为建文是阿成的堂哥,自他走后,家里的一切都是由阿成家帮着看管。一直到去年,建文哥才写了一封信回来,说眼下在上海开了一家豆腐店,暂时不想回去,要阿成照看好他的房子,责任田也由阿成家去做。正好,阿成妈想多种一些田。

阿成扛着锹,在这块田边走了一圈,边走边想,也许建文哥真的在大上海发财了,至少阿成的意愿是这样的。

吃晚饭的时候,母亲告诉阿成,说她下午在建文家屋子里给他整理好了床铺。阿成住的小拖间在夏天发大水时,给雨水漏倒了。

晚上,阿成来到阿亮家的鱼棚里,俩人真是久别重逢般的喜悦。阿成再次祝贺阿亮,又称赞吴梅,看到写字台上一张吴梅在竹林里手扶翠竹的照片,说吴梅是远近村子里最有气质的姑娘。阿亮有点不好意思,阿成说是真的,一点也不夸张。阿亮露出愉快的微笑,掩饰不住心中的喜悦。接着,阿成又发现照片的下角处有几句小诗:"倚靠亭亭竹,犹如婀娜柳。含笑籁春意,幽静更无声。"显然,这是阿亮为这张照片题的诗,阿成不住地点头赞许。

阿亮问阿成什么时候去前江水利工地,阿成说明天就去。经过了大半年时间的漂泊,阿成既增长了见识,又磨炼了自己,使他对生活有了进一步的认识,以前刚从学校回来时的那种失落与惘然已渐渐远去,也慢慢习惯了现实的生活。他想早一点上前江工地,早一点做满工,早一点回家。他寻思着到年底还有三个月左右时间,抓紧时间早一点回到江南的建筑工地去打工,想多挣一点钱。他将五百块钱交到母亲手上,母亲接钱时的反应让他很有感触。他也明白,家里现在太需要钱了。母亲想早一点将房子造好,阿成的心中也有几分和母亲同样的想法。

这个晚上,阿成和阿亮畅谈了很久,阿亮倒了一杯茶递给了阿成,又对他说起村里开会传达兴修水利的事。说这一次是国家的重大水利工程,听说还有联合国的贷款支援。工程计划分五年完成,主要就是治理长江流域的水网工程。前期工程在沿江地区,要开挖一条新河道,建造特大型的水利枢纽,排涝抗旱都管用。工程逐年向水网腹地发展,一直修到桥埠镇和鸳鸯湖农场。到时河道全部疏通,再大的洪水,两天内就能排到长江。如遇大旱,长江水也可直接灌溉到这边。这项利国利民的重大工程,人们都非常赞成,反应都很积极。

阿成第二天挑着行李在公路上等车时,遇到了王勇春,他也去前江工地。阿成问他这几个月去哪里了,勇春说自从跟他们分手后,这几个月他去了上海,在他堂兄王振山那里做瓦匠。阿成问王振山现在到底混得怎样了,王振山也是他们小时候的同班同学,是个头最高、岁数最大的一个,大概是因为家里穷,书念得特别迟,小学毕业就没有再继续念了。

王勇春告诉阿成,王振山现在在上海的建筑队里当个小头目,混得不错。阿成说有好几年没看到王振山了。王勇春说,自从那年他把王三妹带走以后,一直都没回来过。

阿成说:"有三年了吧。"

"嗯,有三年了。"说话间,一辆三轮车"嗒嗒"地驶过来,他俩赶紧招手,上了车,向前江工地驶去。

经过两个多小时的车程,三轮车在一个叫江口农场的场部大门前停下。这里已是一个临时的车站了,上下车的都是带着行李来前江工地开河的民工。车站边,已有人摆起了临时小摊,见有人下车,小贩们便上前问要不要瓜子、火柴、香烟。

阿成他们李王行政村的住地,就在这场部后面的一所大库房里。他们安置好了住处,来到前面的一个供销商场里买牙刷、牙膏和毛巾,这里的商品正在大甩卖。因为这里要新开大河,征用了农场的大量土地,剩下的土地国家要用来安置附近征地的农民,所以这个农场已经关闭了,余下的一些物资只有搬迁或者变卖。

他们从商场里出来的时候,看见隔壁的一个大院子里横七竖八地停满了各类汽车,他俩好奇地探头向里面看了看。一个看门的老头手里捧着个茶杯问他们:"想买汽车呀?便宜得很。"

"什么价?"王勇春随口问着。

老头用手一指:"门开着,进去看看。"俩人就走进了院子。

一个工作人员从门卫后面的小房间里走了出来,他大概听到了有人在门口说话,便迎着阿成和勇春说:"这些车都是卖的,价钱场部里还没有最后定好,但肯定是便宜的。汽车从一万到三万不等,那边的拖拉机也就两三千一台。"

阿成和勇春看了各种各样的汽车后,又绕到了拖拉机那边。阿成敲了敲一台拖拉机的引擎盖说:"这还不旧呢,价钱也便宜。"

勇春在后面随口说："那你买一台回去。"

"我妈太保守了，不让开车。"阿成叹了口气，话里也仿佛流出了几分无奈。他又对王勇春说："你买一台还差不多，你爸爸就是开车的。"

勇春说："我对开车不感兴趣，偶尔帮我爸开两回还差不多。唉，我爸今年上半年换了台新车，要不然来这里买一台还真不错。"两个人兜了一圈，便出去了。

阿成来到工地上，看到的情景让他大为震撼。一条十多里长的工地上人山人海，十几万大军在寒冬中酣战，数不清的红旗在风中飘扬，大河在穿梭不息的劳动人流中渐现雏形。阿成突然感觉到，这仿佛是他记忆深处某种印象的重现。不，他记忆深处的印象远没有这样热烈。他记得小的时候，只是看到全村全队的人们在一起劳动的场面，人们举着红旗，每年都轰轰烈烈地搞农田基本建设，将每一寸土地都种上庄稼。

现在，好多年过去了，那消退已久的热情今天又在这里重现，而且更加热烈。人们的激情是义无反顾的，这新开的河道将会把多年的水患消除，干旱时，又会将长江之水引入，以滋润每一块农田。

阿成他们村的任务，正好分在靠长江大堤边的一座小山岗边上。工地上的土方工程也都实行了责任制，年轻的人们下午三点多就完成了一天的任务。收工时，三旺跑过来喊阿成去看热闹，说好多人都去看电站刚运回来的大水管子，说水管子好大好粗。阿成跟大家一道去看了。果然，摆在工地上的水管子特别大，是他们从未见过的。围观的人们在议论，这样大的钢管是怎么造的，要配多大的电动机才能带动，每小时要排出多少水，难怪要开这么宽的河。

阿成看天还早，想等勇春回来，一道去前面的小街上玩玩。等了一会不见人，大概王勇春他们还没有收工，阿成就喊三旺先走了。

路过场部时，看见供销商场里的商品还在大甩卖，购物的人进进出出。三旺说想买套衬衫去澡堂洗澡，阿成说自己在家带了衬衫，叫三旺去买，他在外面等他。

阿成在马路边踱着步等三旺。他一扬头，瞥见隔壁停放车辆的大院铁门上挂出个大牌子。阿成凑过去，见上面写着："院内车辆均以低价出售，有意者请去一号办公室'销售科'面谈具体价格。"一个箭头指向右边。阿成看见右边的台阶上有一排平房，第一道门的门楣上，竖着一个小白牌，上面写着"销售科"。阿成想三旺选衣服可能还有一段时间，自己在外面站着也无聊，索性进去随便看看，问问情况。于是，他信步上了台阶，敲了一下门，里面有人叫他进去。他推开门，发现他前几天看见的那位工作人员正坐在里面，原来他就是这农场的销售科长。科长也认出了阿成，忙指着座位让他坐，便自我介绍说姓徐，问阿成想买哪一辆车。

阿成坐下，稍向前倾着身子，问对面的徐科长拖拉机具体是什么价。徐科长不紧不慢地说："厂里定的三千五，如果你诚心买的话，最低不能低于三千二了，我们已卖了一台是三千三百五。"阿成点点头应着。徐科长接着又说："要买的话，最好早点，还可以挑挑。大概什么时候要？"

阿成说自己是来开河的，现在只是来转转看，要买的话，还要回去跟父母商量。徐科长递过一根香烟说："也好，也欢迎。"阿成说不会抽烟，忙将香烟推回去。他往门外瞅瞅，怕三旺衣服买好了在外面找他，就站起来，说外面有人在等他，自己还有别的事，等他回家跟父母商量好了再过来，便跟徐科长告辞了。

出了门，他发现自己的心里真的有了买拖拉机的念头。他想，开拖拉机跑运输，目前在农村还是脱贫致富的好办法。一万多块钱的新拖拉机买不起，这三千多就能买到七八成新的拖拉机还不错。其实，在他的潜意识里一直就有找个办法来改变生活现状的想法，一旦发现有机会时，他就想试一试。

此刻，三旺正在商场的门口找他。他向三旺喊了一声，三旺回过头，摇着手里的一只塑料袋笑嘻嘻地说："三块五毛钱一套，便宜得很，你也去买一套吧，我们一起去洗个澡。"

阿成此时的心情不错，说："好，那我也去买一套。"于是他径直走到柜台边，买了一套内衣，与三旺一同去洗澡了。

阿成他们村的工地靠近将来安装抽水机的基座旁，小土岗下面的土层非常坚硬，开挖的速度也渐渐地慢了下来。当下面的河床已逐渐形成时，这里的人们还在锲而不舍地往下一点点地凿。

阿成来工地已有一个多星期了，他原打算在这里做二十五个工，就能完成自家出工任务，现在看来，恐怕是不行了，他推算最少还要多做五六个工才行。原先他想尽快完成这里的任务，早一点再去江南打工，趁年底工程队里的活还忙，多挣些钱。可现在他却想早点回家去，跟母亲商量买台拖拉机了。

民工们的午饭是由各个村子里的炊事员挑到工地上的。人们都端着饭碗，各自坐在自己的扁担上、镐把上，吃过简单的一顿饭。饭后，几位长者还互相递过一根烟点上，这时，阿成已抡起山镐挖起来了，锋利的山镐将坚硬的土层凿得嘣嘣响，再向下挖一层时，发现土层松软了许多。他还有些诧异，土层应该是越往下挖越坚硬，怎么会松软起来了。不管它，能挖得快一点更好，当他一下一下地往下挖时，突然觉得手腕子一震，他猛地一使劲，将一镐土掀开，一块青色的断砖头被带了出来。显然，这砖头是被山镐凿碎的，大家觉得奇怪了，这么深的地方，哪来的砖头？于是，好几张山镐到这里凿起来，想看看这里到底是怎么回事。

一瞬间，一块块青砖夹着石灰块被挖了出来，有人叫不要用山镐挖了。于是，阿成他们用铁锹小心地清理起来。很快，人们惊奇地发现，这是一座保存完好的古墓，墓穴砖砌而成，周围的土层干燥且封闭严实。人们清理了碎土和砖块，一副硕大的棺木出现在眼前。有人在工地上找来两把钢撬，两个小伙子费了很大的劲将棺木撬开。"哗！"简直太不可思议了，一副基本完好的骨架出现在眼前。

这个消息迅速地在工地上传开了。人们成群结队地围过来，整个小土岗被围得水泄不通，后面围上来的人都奋力地想挤到前面去看看。几个闻讯赶过来的乡干部马上组织起旁边的一些年轻人，每个人拿起一把铁锹或一根扁担将棺木圈起来，叫大家不要靠近。他们意识到这是一座古墓，可能还是文物，不能乱动。

下午三点多钟，县文物局的一辆小车开进了工地。一位六十岁左右精神矍铄的老者领着五六个人来到墓坑旁。老者戴着手套，手里拿着一把小方铲，往墓坑下面走了几步，非常谨慎地蹲在墓穴旁。与老者一同来的几个人也都向墓穴围过来，他们专注地看着墓穴，看那老者要做什么。

乡路

老者向上面的人招了一下手,跟他同来的一位中年人手里也拿着小方铲走下来,俩人各自蹲在墓穴的一边,用小方铲在棺木里探索着。老者向中年人示意了一下,那中年人便来到老者这边,两把小方铲同时在一个位置探索着。然后,中年人把小方铲交给了老者,老者一手拿一把铲子,在棺木里夹住一件东西,又见他将两把铲子合在一起,慢慢往上提。中年人抽出一双白手套戴上,蹲下身子帮老者将那东西拿住,原来是一把宝剑。老者放下铲子,用戴手套的手接过来看了一下,又在手里掂了掂:"这是一把青铜剑。"站在上面的人不住地赞叹。老者把宝剑递给了中年人,又绕着棺木仔细地察看,探寻。他在棺木的一头停住,用铲子在下面挖着。片刻,那把锈迹斑斑的宝剑由上面的工作人员包好,中年人也拿起铲子走过来,俩人在棺木边仔细地清理着碎土,不大一会儿工夫,清理出一块石碑。上面的人递过来一把毛刷,老者将上面的碎土轻轻掸去,两手托起,仔细地端详着,并不住地点头。此时,天色不早了,老者将石片托住,环视了一下站在上面的人说:"根据这块石碑上的文字,这可能是一位年过五旬的将军的坟墓。"他稍停顿了一下说:"今天我们就勘探到这里了,收获很大。明天我们将进一步挖掘。"

阿成很好奇,情不自禁地走过去想看那石碑上的文字。那老者竟真的把石碑递到阿成手里,让他看看,叫他拿好了不能摔坏。阿成看那些文字,没有几个认识的。不过,有老者给他指点,他还是看懂了个大概。石碑上说这位年过五旬的将军身经百战,平定四方。他巡视南国时,迷恋此地风光,看白鹤飞翔,江水流长,观此地形如飞鸟,垂询山人得知此地名为白鹤山。他认定此地有凝望苍穹,环视天宇之势,是山水相依,龙凤呈祥的风水宝地,于是他买下此地,百年之后孤棺独葬,了以清静平息之情,远离尘嚣烦琐之念,以保子孙后代,百世安康,万古流长。

此时,太阳快落山了,老者建议,这里一定要安排人二十四小时看守,防止遭到不必要的人为破坏,造成重大损失。乡里跟村干部们做了商量,最后决定,乡里安排一个人,再安排几个民工一同看护。考虑到晚上天气冷,最好叫年轻人来,于是乡里安排了一个叫侯正阳的文书,工地上安排了阿成和三旺。一个晚上算一个白天的工分,另外补助两块钱。

看来还有好几个晚上要看守,对于这个安排,阿成非常高兴,这样他就能更早一点完成这里的任务,还能拿到补助。他想多找个人晚上做伴,乡干部也点头说晚上在野外,应该多找个人。他想到了王勇春,这时,王勇春也收工了,正好过来看热闹,爽快地答应了阿成的请求。

此时,人们也知道了那位老者姓傅,是县文物局的局长,中年人姓瞿,是干事。

晚饭后,工地上搭起了一个临时帐篷,一盏汽油灯将里面照得如同白昼。乡村里还没见过这么亮的灯,几个年轻人兴奋地在帐篷里打扑克。侯正阳伏在一只大方凳上,说他要为广播站赶写一篇新闻稿,报道前江工地上的情况。几个人打了几圈扑克后,便乏了,说要睡觉,明天还要干活。阿成见侯正阳仍专注而认真地在稿纸上写划着,便问他稿子写好了没有。侯正阳指着叠好的两张稿纸说:"写好了。"

"那你还在写什么呀?"

侯正阳笑笑说:"没事胡乱地画几笔。"阿成凑过去,见侯正阳在一张潦草而乱糟糟的稿纸上,梳理出一段流畅的文字:"……夜空浩渺,岚气飘浮,一弯银月如钩,大地朦胧隐约,这夜晚神秘而迷离。一股冷风轻轻袭来,让人思绪万千,感叹这上下几千年的连接是这样真实。真想问问,这千年前的先祖,你怀抱长剑而卧,冥冥之际,曾经的理想和抱负,在生前都实现了吗?你是否一直在注视着这纷繁变幻的世界,你是怎样的期望?真不知你此刻的感知如何。圣洁的先祖啊,今日将你重现于世,你感觉到这是你生命的重生,还是你灵魂的永逝呢?在这清风冷月里,你感觉身旁这江水的不绝涛声,还是千年如故吗?它一直萦绕在你的耳畔,能否排遣与慰藉你对故国家园的眷恋呢?先祖的神灵啊!让我来告诉你,从此以后,将把你请进博物馆,让你永恒于世。"

阿成惊呼道:"这是散文诗呀!"

侯正阳谦虚而腼腆地说:"就瞎写几句,一点点感想。"

阿成顿觉自己碰上了兴趣相投的人,问道:"你是不是在搞文学创作?"

侯正阳说:"我在乡里做文书都是迫不得已的,哪有心思和精力搞文学创作,也没那水平,只是一点点爱好。"于是,这个晚上,阿成又很感兴趣地跟这个乡政府的文书聊了很久。原来,这个侯正阳是县师范的毕业生,毕业时,很想分配在县城或县城附近的学校里教书,离家近些。可他父母只是普通工人,找不到任何关系,自然不能如愿。最后无处安置,也不知道为什么,竟被鬼使神差地推到了离县城最远的乡里当文书。他说他不适合在乡镇机关里跑上跑下,在乡政府里,不是下乡到农户家催公粮要提留款,就是下乡搞计划生育。他还是愿意做教师的,他已跟领导们申请多次了,不能在老家县城里教书,就在这乡办小学找个位置也可以。这个晚上,他们谈到很晚才睡着。

阿成在前江工地干了二十天,这个过程让他感到非常愉快。因为在这里发现了古墓,还参与了古墓清理工作,让他觉得这是件很有意义的事。

工程不断地向前推进,阿成算算自己有二十五个工分了,家里的任务该完成了。他整理好行李,王勇春在门外等他,俩人又一道回家。路过江口农场的大门时,阿成又进了农场销售科办公室,再一次核实了拖拉机的价钱后,才踏上了回家的三轮车。

8 / 买拖拉机

母亲见他才二十天就回来了,还有些诧异。阿成便说了他每天晚上帮着看守古墓,已挣够了工分,还说了他是如何发现保存完好的两千多年前的古墓的新鲜事,以及县文物局是如何发掘的等一些经过。阿成又把江口农场有拖拉机要卖的事也跟母亲说了,并说自己想买一台。母亲听了感觉很突然,甚至有些惊讶。她一改刚才好奇地听阿成绘声绘色地描述开河开到古墓那样的新鲜事的神情,没等阿成把话说完,便一口回绝了。她说开车是危险的,容易出乱子,是不靠谱的事。要是家里的事做完了,有空闲时间,还是打一些零工稳当。

阿成说:"在外面打工也很辛苦,从早干到晚也就四五块钱一天。"

母亲说:"别做什么事情吃不下来苦,就在家里想那些没用的事。"边说着话,她已将饭菜端上了桌子。阿成知道母亲的脾气,便硬生生地把后面的话咽了回去。吃饭的当儿,阿成看了母亲一眼,母亲还是铁着脸,继父一句话也不说,只顾吃饭。一顿饭,一家人沉默得没有一点声响。

下午,阿成扛着锄头下到油菜田里去锄草,他不甘心这事就这么算了。可是,他又想不出说服母亲的办法,心不在焉的,一个下午竟不小心将好几棵油菜苗给锄掉了。晚上收工回来,阿成在院子里帮母亲劈柴,心里仍在想着事,天快黑了也没感觉。忽听继父站在门口喊他吃晚饭,他才一愣,收住了手。他将柴斧放好,穿上外衣,发现继父的神情非常和善,甚至有几分亲切。他一面盛饭,一面想鼓起勇气再跟母亲说买拖拉机的事,可还是忍住了。

阿成闷头闷脑地吃好晚饭,便打了一盆水,洗漱好,去自己的房间里换了一双鞋子,拿起梳子还梳了几下头,决定晚上去王家院村一趟。现在,阿亮在外面做木匠活,不常在家,他想去跟王勇春聊聊。勇春的爸爸老王是开车子的老手,他想听听他们的看法。

王勇春的父亲劝阿成,有话要好好地跟父母说,要是跟父母把话说僵了,再想做什么事,或要买什么东西,可就困难了。阿成点点头,非常同意勇春爸说的话。他也知道,如果得不到父母的同意,他无论什么事也做不成。在眼下社会,不论什么样的家庭,父母的权威还是无法撼动的,这是亘古不变的道理。怎样才能说服他们呢?很晚,他才回到屋里睡觉,躺在床上,还是辗转反侧,难以入眠。

早上天刚亮,阿成妈便在窗外喊阿成起床,她惦念着要去油菜田里锄草。阿成揉揉眼睛,显然昨天晚上睡得太迟,没睡好。

阿成来到屋里准备吃早饭,看到继父正坐在一只凳子上,将一条腿架在椅子上,用手费劲地揉着敲着又捶着,很难受的样子。显然,他腿上的毛病又犯了。本来他今天想跟阿成一道下田去,把那几畦油菜地里的草锄完,看来又不行了。阿成妈从厨房里生了一盆火端来,放在老钱的腿下,也帮着他揉着那条正酸胀肿痛的腿。阿成吃过早饭,便扛起锄头,默默地一个人下地去了。

这一次,他下定了决心,一定要说服母亲。回来吃中饭时,他看见继父坐在椅子上,腿也似乎好了些,刚抽完了手里的最后一口烟,将烟袋放在桌子上。阿成从厨房里帮着母亲端上菜,盛来一碗饭递给他继父,同时,他鼓起勇气说:"妈,钱伯,我昨天晚上去王家院村了,问了王师傅一些情况,王师傅说那拖拉机能买,才三千多块钱,买新拖拉机要一万二千多呢。还说如果我要去买的话,他可以帮我把拖拉机开回来,以后还可以加入他们的车队。"

阿成妈稍愣了一下,看了阿成一眼,没有搭理,只管吃自己的饭。阿成端着饭碗,看母亲没有反应,心里又有些急了:"妈,你就看看现在的形势吧!现在好几个村子里的板车队都没有人叫了,都闲在家里。大家现在拉东西、装石头都找拖拉机了。你再算算看,一板车石头两块五毛钱,山架子还要一块,人拉一趟才挣一块五毛钱。拖拉机一车十块钱,山上要四块,一趟挣六块,你板车还要两个人拉,一天也挣不到六块,拖拉机一天要跑多少趟呀。"

阿成的母亲在他的对面默默地吃着饭。其实,她也在考虑这个事,谁不知道板车怎么能跟拖拉机相比。再说,自从老钱碰伤了腿后,加上他原来的老火流腿,板车也拉不起来了,那架破旧的车架子到现在还躺在院墙下面呢。这段时间,自己也觉得一下子老了许多,老钱的腿到现在还没有完全好,俩人都不能再像以前那样出力气做事了。为此,她还常常为家里的这种状况情不自禁地暗暗流泪。好在她看到自己的儿子长大了,因而也常感到些欣慰。看着儿子那越来越宽的肩膀,觉得这个家应该由他来撑了。她知道自己的孩子一直很乖,很听话,想法也不错,自己也很想成全他。可是,关键在于这开拖拉机是件冒险的事,再者,也要一大笔钱,自己的手里就那一点儿钱,还想早点盖房子。想着想着,竟脱口说了一句:"那拖拉机,三千多就能买到?"

阿成听到母亲这样一句,觉得眼前一亮,忙说:"就三千多,就三千多,我去看过几次了,问好了价钱,那里有六台拖拉机,去早了还可以挑选。我在那里时,已有人买走一台了。"阿成掩饰不住内心的兴奋与焦急。继父正要说什么的时候,忽听后院里拴着的牛在叫,而且一个劲地在地上盘旋着乱转,他赶紧一瘸一拐地去喂他的牛了。

晚上睡觉时，阿成的继父劝他的母亲："钱就放在柜子里，阿成要就拿给他。"

第二天早上吃早饭的时候，母亲对阿成说："家里加上你上次带回来的五百块钱一共就一千五，一下子都给你，我们就没别的办法了。"

阿成答应着："行，剩下的我自己想办法。"阿成已是十分高兴了，他知道家里实在拿不出更多的钱，母亲能这样答应他已很不错了，要想干，就要自己去想办法。他也深知母亲为了这个家是多么不容易，多少年来，她同时还承担了当父亲的责任，她现在最大的愿望就是把房子盖好，因为盖好新房子才能给孩子们娶亲办事。

阿成开始为借钱张罗着，他把这事跟阿亮说了。商议后俩人一致认为只有去信用社贷款。因为像他们这样的年轻人不当家不理事，是不可能在亲戚朋友中借到这么一大笔钱的。

阿成在信用社里找到了负责他们行政村业务的信贷员小夏，跟小夏说明了情况，说想拿两千块钱贷款，便将事先准备好的一份申请书递到办公桌上。小夏伏在办公桌上，一只手迅速地将申请书推了回去，眼皮也没抬一下说："现在已经是下半年了，都在往上收贷款，哪有钱放？"

阿成从来没办过这样的事，也从来没跟这些人打过交道，心里急切，说话都有些不利索了，一个劲殷勤地递着香烟："我是李家院村的，你不认识我，我知道你……你在我们村时我认识你，帮帮忙吧。"

小夏说："不管你认识我还是不认识我，现在就是没钱贷，要想贷款就等到明年，再多说也没用。"

阿成像被泼了盆冷水似的，一下子凉了，无可奈何地退了出来。

他垂头丧气地走在街道上，正黯然伤神呢，忽听有人叫他："唉，在干什么呀？"

他一抬头，是侯正阳，便问他："你也从工地上回来了？"

"回来了，我都回来好几天了。我工作调动的报告批了，马上就去乡中心小学上班了。"

"噢，那恭喜你呀。"

侯正阳见阿成的情绪有些不对劲，问："你有什么事呀？"

阿成叹了口气，说刚才去信用社想贷点款，结果信用社里的人说现在是收款的时候，不可能往下放款，自己想买辆拖拉机肯定搞不成了。

"哦，是这样的，一般都是上半年放款，下半年收款。"

阿成沮丧地说："我一点关系也找不到……"说着，他眼睛忽地一亮，跟侯正阳说："你帮我在乡政府里打听一下，好不好，帮我问问……"

侯正阳有点为难，但又不好拒绝地说："那我就帮你问问吧，但不一定能指望得到。"

阿成说："你就随便问问，比我什么人都不认识强，不行的话，也不会怪你。"

俩人握手告别。侯正阳怕阿成失望，又回过头来说："我肯定给你问，反正我在乡里待不了几天了。"阿成觉得侯正阳是个很厚道的人。

阿成回来后，将这情况跟阿亮说了，两人的看法还是一致的。因为没有别的办法，只有等等看了。

隔了一天，阿成来到乡政府找侯正阳，侯正阳将一张领导的批条递给了阿成，说赶紧去办吧，自己还有别的事就不陪他去了。

阿成高兴得和什么似的，没想到这事还真的办成了。他再次来到信用社，找到小夏，先敬了一根香烟，再递出申请书和这张批条。小夏张着嘴，惊讶地打量着阿成："你还真行，真有点本事。嘿！"他又仔细看了一下批条，没错，这龙飞凤舞的签名是他非常熟悉的。

这次阿成顺利地办好了贷款。他将钱揣进了口袋里，出了信用社营业厅的大门，走到院子里时，笑容还挂在脸上。忽然，他看见龚仪玫和王书琴从外面走进院子里。阿成正要打招呼，那边快人快语的王书琴先说话了："喂！阿成，什么好事这么高兴啊？"

阿成说他刚才在信用社里拿了贷款，准备到江口农场那边去买辆拖拉机。

王书琴说："在做大事呀，挣大钱了！"

"哪里挣大钱，拖拉机还没买到手呢。唉，你们俩怎么走到这里来了？"

龚仪玫说："王书琴的家在这里呀。"

"王书琴家不是在食品站里吗？"

王书琴说："原来在食品站里，现在食品站关门没人了，我爸早就调到信用社里烧饭了……喂，你这半年多时间跑到哪里去了？我们去了你们村好几次，都没找见你，可有人经常惦记着你呢。"王书琴边说边挤眉弄眼的，又用胳膊肘戳戳龚仪玫。

龚仪玫满脸绯红，却说："别听她胡说。"阿成只是装傻地笑笑，说去外面打工了，又在前江工地干了二十多天刚刚才回来。

王书琴说："这半年多没见，阿成的个子都长高了。"

阿成说："怎么可能呢？你们俩是真长漂亮了。"

王书琴把龚仪玫往前推推："长漂亮的是她吧，她现在可又高升了，学校的铃子不打了，是个真正的人民教师了。"

阿成说："现在教书了？那好呀！教了书以后还可以往上考吗？"

"哪里呀，只是个代课的。"龚仪玫不好意思地说。

"开了拖拉机挣大钱可要请客哟。"王书琴逼着阿成说。

"肯定请，以后我开车在路上遇到你们，就把你们带上。"

"谁坐那拖拉机呀？坐上你那拖拉机跳舞都不要学了，等你开上小轿车再带上我们吧。"

三个人都哈哈地笑着。

阿成今天的心情真是特别好。回来的路上还在庆幸今天的事办得这么顺，运气这么好。见到了两个漂亮的女同学，也是那么开心，真是意犹未尽。

阿成揣上钱，到王家院村请王师傅和他一起去江口农场。母亲追到院门外，关照他一定要请王师傅自己去，不要叫他儿子勇春。阿成回过头来答应着叫她放心。

到了农场，拖拉机还有四台。阿成找到了徐科长，徐科长叫他先去看看拖拉机，阿成说他请来的王师傅已经在挑选了。接着，徐科长带着他去了财务科，开了发票，办好了手续。

阿成再去停车场时，王师傅已给他挑好了一台拖拉机，王师傅说："都是旧的，我看这一台还不错，刚才我发动了一下，还好，就是轮胎磨损严重，回去要换新的。"王师傅又查看了其余的几台拖拉机说："都是些破烂货，也就值这几个钱,再不卖掉,就只能当破铜烂铁卖了。"

阿成又找徐科长买了一壶油加上。

王师傅把摇把递给阿成,教了他发动的姿势,并叫他试着发动。阿成按王师傅的指点,一使劲,"轰隆"一声响,竟一次性就把拖拉机给发动了。他兴奋地回过头看看王师傅,王师傅也高兴地笑起来。这时,徐科长已将院子的两扇大铁门慢慢地推开了。

王师傅叫阿成上车,阿成爬上了后面的拖斗。王师傅坐上驾驶位,扳动离合器,踩了一下油门,将车徐徐地开了出来。

行到半路上,他们在一个修理铺前停了车,给车胎加了气。王师傅将柴油机的进气口打开,换了一个滤芯。阿成又给水箱加了一次水。王师傅扶着方向盘对阿成说:"这车的发动机还不错,你算买着了,真还便宜。"

阿成腼腆地笑着说:"幸亏请你来帮我挑,真麻烦你了。"阿成看已经一点多了,硬是把王师傅拉到修理铺旁边的一个小吃部里吃了中饭。

拖拉机开到家时,钱伯早等在院子门口了。看拖拉机进村,就点燃了一大串爆竹。等拖拉机停稳,他将早准备好的一条红缎子系在车头上,讨个彩头。接着,忙招呼王师傅进屋里喝茶,他拆开了早准备在桌子上的一包过滤嘴香烟,殷勤地给王师傅递上一根,并点着了火。两人坐下来,他一面给王师傅添加茶水,一面说了许多客气话,又闲聊着抽了几根香烟。

看见阿成妈扛着锄头从外面进了院子,老钱赶紧站起来,探出头,叫她赶快去张罗晚饭。王师傅叫他们不要麻烦了,说天还早呢,不在这吃晚饭。他看阿成妈系上围裙,正往厨房里走时,赶忙把她拦住,说中饭跟阿成在饭店里刚吃过没多长时间,这会儿茶也喝好了,现在回去还有事情,说着已出了门走到院子里。老钱拿起香烟,跟到院门外,说连一顿饭都不肯吃,多不好意思。王师傅接过他手里的香烟,叫他不要客气了,并嘱咐着此刻正高兴得在拖拉机上摸来摸去的阿成,叫他一定要到机耕路上多练习几回,阿成答应着。

第二天,阿成一面练习开拖拉机,一面在采石场边装回了一些石渣,将自家院门口一段土路铺好,这样,下雨天拖拉机也可以开到家门口了。他还打算将院子门重新开大一点,晚上好把拖拉机开到院子里。

接下来的好几天,阿成在机耕路上反复地练习。

他的第一笔生意是帮在他们村收稻谷的商户拉货去粮站,一个下午跑了三趟。在平直的马路上开着自己喜爱的车子,真是顺心,美妙的感觉就像小孩子玩着自己心爱的玩具一样,怡然自得的。

> 嘣,嘣,嘣声如洪钟,
> 嘟,嘟,嘟,天天唱歌。
> 鼓劲加油,开足马力,
> 扬鞭出发!
> 嗖,嗖,嗖,急速飞行,
> 吁,吁,吁,谨慎驾驶。
> 驰过马路,驶进村庄,
> 奔向小康!

随后,阿成加入了王家院村的车队。现在正是农闲时节,也是人们造房子的好时候,车队整天给人家装砖头拉石头。阿成妈看着阿成忙忙碌碌的样子,经常提醒他,开车要小心。近来,她的心境有了很大的变化,觉得这个家真的是由阿成来支撑了。她还暗地里算了账,现在她儿子跑一天的车子,要抵她以前跟老钱拉板车半个月的挣头。阿成的心情也很好,他劝钱伯在家歇一段时间,说他的腿还没有完全好,不要急着田里的事。

上午的阳光暖洋洋的,老钱端出一条凳子,坐在院子里,扶着那条还有些痛的腿,抽着烟袋锅,安然地晒着太阳。

听天气预报说,一场强烈的冷空气正在南下。阿成妈急得和什么似的,要阿成赶紧歇一天车,家里的油菜要浇一遍肥。阿成只得起了个早,还歇了晚工,总算将油菜田全浇了一遍肥。第二天早上,阿成还在家吃早饭时,王家院村的王金虎就来叫他了,要他们车队赶紧再给他家拉几趟石头,说前天瓦匠已开工了,现在就差几车石头,等着要用。天气要变了,等雨雪下来,车子就不晓得什么时候才能上山了,叫他们最少一辆车要拉两趟。

阿成现在已把拖拉机开得相当熟练了。他三下两下将拖拉机掉过头,向罗山方向开去。到了采石场,王家院村的三辆拖拉机已在上石头了。他看见王勇春今天替他爸出来开车，阿成下了车，跟他打了招呼。等王勇春他们几辆拖拉机装满后，阿成也将拖拉机倒好了位置。石料场的几个工人一起跑过来，没几下就装满了他的车子。

阿成开下山坡时，天上已落小雨了，西北风也大了许多。几个人不敢怠慢，卸下石头，抓紧时间再跑一趟。几辆拖拉机迅速地进了采石场，各自倒好了位置，装卸工也抓紧时间往上装，几个驾驶员猫在背风的土坎下等着。气温突然下降，让人感到非常冷，雨丝里还夹着冰雹往下打，先装满的车子开始发动了。最后，阿成的拖拉机也装满了，他麻利地发动了车，小心地往山下开去。

这时，山坡上的路已被小雨淋湿了，特别是刚才已有几辆车子碾过，显得泥泞，车辙里还汪着水。他赶紧控制住油门，减小挡位，握紧方向盘。前面的拐弯处，还是个斜坡，他刚才看见王勇春的车子在那里歪了一下。他打算把车子停下来，找些稻草或撒些碎石子垫一下路面再开。他减小油门，踩住刹车，可车子却停不下来了，笔直地往下滑去。刹那间，车到了拐弯处，已没有办法刹住车了，他冷静地打着方向盘，只有顺着路往下滑。车头颠簸着，眼看就要拐过弯了，突然，车后轮一歪，车头一翘，他惊恐地回头一看，后轮子已滑出路面了。霎时，装满了石头的车后厢将车头倒拉着向后侧滑下去，"呼"的一下，翻下了陡峭的山坎。阿成只听到轰隆一声响，觉得天崩地陷，头被猛撞了一下，眼前一黑，就什么也不知道了。

山上几个装卸工看见车子翻了，惊呼着跑下来，蹦到坎下，七手八脚地把阿成从长满荆棘和杂草的土窝里拉了出来。阿成满脸的血污，已是昏迷的状态。

这时，勇春的车子已开到了山下，听到山上的惊呼声，停下了车子，跑了回来。他一个箭步跳下了山坎，看阿成已如此状况，不敢多想，立刻让几个装卸工帮忙，把阿成扶到自己的背上，赶紧把他背到山下，又叫一个人去阿成家告诉他父母。他背着阿成站在公路上拦了一辆车，直接向县医院奔去。

9 / 无情的事故

隐隐的一阵啜泣让阿成醒了过来,他费力地睁开了眼,看见母亲坐在他身边揩着眼泪。他昏沉沉的,觉得很困,想劝母亲别流泪,可他还是乏力地虚弱地闭上了眼,一句话也没说出来。

他的头上缠满了厚厚的纱布,蒙住了半边脸,一只胳膊上也包着纱布。露在外面的一只眼,有时半睁着,默默地看着床边吊水瓶的滴管里,水一点一点往下滴。母亲一口一口地给他喂着麦乳精,王勇春掰着馒头往他嘴里塞。

一天过去了,他感觉头昏好了一些,护士量体温时,发烧也退了。医生说情况还比较稳定。

阿成问勇春,这是什么医院。勇春说是县医院。随后他又担心起他的拖拉机怎么样了。勇春告诉他拖拉机已被拖下山了,车厢、车盖、油箱和水箱都砸坏了。阿成难过地垂下了眼,想那拖拉机肯定是面目全非了。勇春劝他不要多想了,万幸只是拖拉机砸坏了,人还没有什么大碍,现在关键是要好好地治疗。

阿成从被子里抽出右胳膊,想摸摸头上的伤势怎样了,他的手在纱布上摸索着,渗出的血迹胶硬胶硬的,半边的脸上还隐隐作痛,他猜测着自己受伤的程度。昨天,是谁给他包扎的,是怎样进医院的,他一点也不清楚。王勇春劝他不要太着急,说身上没有受伤,只是头皮子碰破了,没什么大事。阿成无奈地放下手,现在,他也只能这样躺在床上了。

吃过晚饭不久,一位医生进了病房,要检查他的伤口。阿成在床上坐起身子,医生一圈一圈地揭开他头上的纱布,阿成皱着眉头,忍耐着撕开最后一层紧贴伤口的纱布时的疼痛。医生看看伤口说:"愈合得还好。"

突然,一种感觉让阿成的心"咯噔"一下慌乱起来,他惊呼着:"医生,我这边的眼睛好像看不清东西了。"他的声音有些颤抖,他蒙了。

医生忙说："别急，我来看看。"医生稍微弯下了腰，用手按住他的眼眶，仔细地看着。医生皱蹙起眉头，叫阿成蒙住右眼，睁开左眼，伸出手问他能不能看见。

阿成说："看见一点点，模糊得很。"

医生往后退了一步，伸出手指问几个，阿成摇摇头说："看不清。"此时，王勇春和阿成妈都觉得异常，有些惊慌，医生叫他们等一等，说："我去找眼科医生来看看。"

不大一会儿，护士领着一位中年医生快步地过来了，护士说："这是眼科陈主任。"

阿成急切地说："请陈主任给我看看。"

陈主任安慰他别着急，拿出一个专用的小手电筒，小心仔细地检查着，又跟刚才的医生一样，试了他的视力，然后，神情严肃地说："你脸部是受外力撞击后又被热水烫伤，眼睛看不清也是烫伤所致，角膜受损，要动手术。你还是转到省城大医院去。"

阿成感到了情况的严重性，他非常慌张，一只手仍然捂住眼睛，乞求地问医生："医生，我这视力还能恢复吗？"

"这要看治疗的情况了。"

这时，王勇春和阿成妈也惊愕了。

阿成崩溃一般哀号起来，一旁的人见这样的情形也跟着掉下了眼泪，但大家还是非常理智地将阿成劝住。因为现在是不能哭的，阿成的伤眼更不能受到刺激，赶紧准备转院。阿成止住了哭声，说："去找二叔来，我跟二叔一道去。"他母亲觉得要出远门，只有找他二叔，也同意了。阿成便叫勇春到鼓山小学去找。阿成母亲问勇春可认得阿成二叔，勇春说认识。他安慰了阿成几句，便立刻离开了医院，到外面乘车去鼓山小学了。

阿成的二叔李有顺，原本是桥埠镇的小学教师，只是他们那一拨的代课教师大部分都被后来一些有关系、后台硬的人排挤掉回家种田了，好在他一贯心态平和，为人处事小心谨慎，虽被调到离老家二十多里路远的大山里的一个初级小学，但总算保住了饭碗。过了两年还转成了民办教师，又在鼓山村娶了老婆。这所小学校，只有一至三年级三个班，三个教师，加上他老婆在学校煮饭扫地，一共就四个教职员工。当他听王勇春说了这个惊人的消息，他叫另外两个老师帮他代几天课，立即跟勇春连夜向县医院赶来。

这边，转院的手续也办好了。

这突如其来的巨大灾难猛然落下来，什么人能受得了呢？谁能预料得到？这难道就是命运冥冥之中的安排吗？

阿成妈来医院照顾阿成已一整天了，泪水涟涟的。钱伯的腿不便出远门，阿成妈就没让他来。二叔来了，阿成见到了二叔，泪水真的无法控制。二叔深为阿成的情况感到不安，现在，二叔最大的担心是阿成的视力能否恢复。医生对二叔说，现在抓紧治疗的话，视力可适当恢复，假如感染到另一只眼睛，后果就不堪设想了。现在必须要稳定情绪，用大量的药物进行有效的治疗。二叔听了，心情很沉重，决定带阿成尽快动身赶往省城。

早晨，阿成走出县城医院时，感到头重脚轻的，外面的光线是这样的刺眼，好久难以适应。这样的灾难带给人的打击是无可言喻的。二叔扶着阿成从医院往车站走。当清晨的太阳升起的时候，阿成觉得这世间的色彩是那么美丽，多么值得留恋，想到自己可能要失明了，将永远地失去这色彩斑斓的世界，生活在无边的黑暗中，是多么可怕。

阿成昏昏沉沉地跟着二叔走，上车，下车，也不知换了多少次车，天黑了才赶到省城，找了个小旅馆住了一晚。清晨天没亮就赶到江淮医院排队挂号。做检查时，门诊处特地找来了主任医师会诊。这里的医生在查看伤口时还称赞了昨天在县医院里伤口的缝合手术处理得非常好，诊断与分析的情况也跟县医院的陈主任基本相似。二叔跟医生说，千万要恢复视力。医生说，现在最重要的是要积极治疗，不能有严重的感染。阿成仔细地听着医生的每一句话，总是觉得含义模糊，他多想听到医生肯定的回答。

就在医生写病历的时候，阿成急切地问："医生，我的视力到底能不能恢复？"中年医生耐心地对他说："要看治疗的结果。你一定要有信心，过几天你脸部伤口上的缝线就可以拆掉，眼睛需要动一次手术，清除内障。我们会给你最好的治疗，也有可能需要角膜移植。"

二叔放心了许多，现在也只能在这里安心地接受治疗，争取最好的疗效。可是医院住院部的床位已住满，无法住院了。医生建议他们在医院附近找个旅馆住下，每天按时来医院接受治疗。可阿成很想在医院里住，他想，住在医院里治疗会及时些，也方便。他跟二叔说，今年上半年他来省城打工时，他的一个好朋友的哥哥叫刁鸿文，就在这个医院眼科实习，是刚刚毕业的大学生，不知现在在不在这里了。二叔赶忙询问了门诊室里的医生。医生说实习的大学生现在都走了，是有一个叫刁鸿文的在医院实习了半年多，两个月前走的，据说是分配到南京那边去了。无奈，阿成跟着二叔在医院附近找了一家又一家，找了一处又一处，好不容易找到一家廉价旅馆住下，开始每天在旅馆和医院之间奔走。

阿成内心的苦痛是无法表达的，每天到医院，先是将伤眼和脸上的伤口清洗好换一块纱布，接着便是躺在冰冷的治疗室里吊一个上午的水，无奈和悲伤让他感觉自己像是身陷地狱。下午回到小旅馆里，吃了药，就躺在一块钱一天的床铺上，眼里滴着医生开的眼药水。他多想痛哭一场，可是，他现在不能哭，要忍着。当生活的伤痛降临到你身上的时候，你有什么办法呢？只有坚强地挺着，尤其是医生千叮咛万嘱咐他现在一定不能哭，因为他的伤眼决不能再受泪水的刺激。阿成只能悲哀地昏昏沉沉地躺在床上，让所有的泪水流进心里。

二叔想调整阿成的这种情绪，总会找出一些话岔开话题，跟他说说过去的闲话，说说村里的往事，说说自己曾经经历过的一些趣事，想用这种方法来转移阿成的焦虑。

在阿成最痛苦的时候，他感受到了二叔这种无微不至的关爱，让他非常感动。他觉得二叔虽然只是一个普普通通的民办教师，但做事精明细致，是个了不起的的人。

治疗期间，一切都听从医院的安排，也正如医生们的预计，约一个星期时间，伤眼的炎症基本消除了，脸部伤口上的缝线也拆掉了。在眼科检查室里，医生掀开纱布检查时，阿成急切地蒙住右眼，想看看左眼的视力。可一瞬间，他整个懵了，惊得嗓子里都失声了，哑然地傻住了。

因为他什么也看不见。

久聚的泪水唰地滚滚而出，他无力地坐在检查室的凳子上。男子汉与生俱来的意志力还是让他努力地控制住了自己，没有在一帮医生、护士面前哭出声来。可是，却又无法抑制住内心深处的恐惧，他捂住眼，无声无息地抽泣着。巨大的痛苦使他整个身子都在不停地抽搐。好久，他才悲哀而惊恐地说了一句："我这边的眼睛怎么一点也看不见了？"

医生赶紧过来安慰他："小伙子，不要难过，现在还在治疗，下一个星期要动一次手术，清除内障。你千万要相信现代科学，你这种情况并不是最严重的，而且现在基本消除了炎症，状况还是非常好的。只等做一次手术，一定是能治好的。你已经很幸运了，很多像你这样受伤的眼睛，因耽误了治疗时间，感染严重，致使双目都失明了。"那中年医生反复地说着："你已经很幸运了，眼部没有感染，脸上的伤口也愈合得很好，现在我保证你会好起来的。小伙子，千万不要太难过了，这几天还要好好地治疗养伤，药要按时吃。"

阿成的心里一下子好了许多，用期盼的眼神望着这位慈祥的医生，擦了擦眼泪，感激地点了点头。这时一位护士过来，用一块纱布将他的伤眼蒙住，保护好。阿成再一次感激地朝门诊室里的医生们点点头，闪着泪花无声地退了出来。

二叔一直在医院回廊的椅子上等着阿成。这么多天来，他为阿成的眼伤烦透了心，伤透了神。当他听到侄子出了车祸后，便放下手里的工作，二话没说跑到医院，及时地带阿成来到省城求医，担负起了只有父亲才必须要尽的责任。阿成在二叔的关爱中得到了温暖，得到了一种坚强的信心和战胜困难的勇气。阿成走进回廊时，见二叔正面无表情无意识地看着回廊外的一个什么地方发呆。他觉得二叔这段时间既为他操心又要照顾他生活，真是很累很疲惫了。阿成叫了一声："二叔。"二叔回过神来，问他："怎么样了？"

阿成说："脸上线拆了，今天检查了，还好，下个星期做手术。"

期待的手术在星期二准时进行，一位五十岁左右的中年女医生是江淮医院的眼科主任医师，亲自给阿成动手术。女医生和蔼地问阿成多大年龄了，阿成说："二十了。"

女医师又说："别紧张，情绪要稳定，这是个小手术，很快就好。"

乡路

"嗯。"阿成答应着,跟着她和几个护士进了手术室。阿成听从医生的安排,安静地躺在手术床上。手术室里是一片蓝色的世界:蓝色的墙,蓝色的天花板,以及医生护士们蓝色的套衣、帽子和口罩。医生拧亮了无影灯调整好位置,护士给他盖上一条蓝色的被单,头上也蒙了一块做眼科手术特制的面巾,面巾上有一个圆孔,只将受伤的眼部露在外面。

阿成此刻只听到医生、护士在身旁移动时发出的轻微的脚步声,以及手术器具在金属盘子里发出的轻轻碰撞声。他感觉到一双轻柔的手将他伤眼上的纱布轻轻地揭去。他什么也看不见,静静地等待着今天这位温和的女医师给他动手术。

阿成感觉到一只冰凉的棉球在眼眶周围擦拭,医生问他:"什么感觉?"

他说:"冰凉的。"

"现在打麻药了。"医生说。接着,一根针刺进他的眼角,他感觉有些酸胀。过了一会,医生把他的眼角绷开,问他:"疼吗?"

他说:"不疼。"

医生叫他眼睛向上看,尽量向上看,阿成觉得眼球上有器具轻轻地划过。阿成认真地配合医生做手术。

突然,他眼前一亮。

医生问他:"现在看见了吗?"

阿成一阵欣喜,兴奋地说:"看见了!"他看见了医生们的身影,看见了无影灯盘中两组环形的灯泡,看见了女医生的五根手指头在眼前晃动。"像这样,看见吗?"他又听女医师在问。他看见女医师的手向后缩去,却看不清她在摆动的几根手指,说:"看不清。"

片刻,他听到女医师将器具放入金属盘时发出的一声清脆的响声,还听见了女医师一声轻轻的叹息。"今年多大了?"女医师轻声地问。

记得手术前女医师已问过他一次了,他只得又回答说:"二十了。"

"唉,"医生咂了一下嘴,"还这么小。"阿成朦朦胧胧地看见女医师站在他身边竟停顿了好一会。此刻,阿成脑子里的神经已特别敏感,他辨出了女医师叹息声里的无奈与惋惜。他刚刚还欣喜的心又沉了下去,他的心在流泪。他知道,这已是医生给他做的最好的手术了。

此刻,他感到眼里有一股热的东西往上涌,可他忍住了。他觉得眼前是一片白茫茫的,医生在他的身边走动,稍远一点的护士只能看到影子在晃动……又一块纱布蒙上了眼睛,贴上两条胶布。两个护士揭掉他脸上的面巾,拉开他身上的被单,他终于看见了这位女医师脸上慈祥的微笑和几个护士赞许和鼓励的目光。

阿成下了手术床,头低着,昏沉沉的。医生嘱咐他过一个星期再来检查。护士打开手术室的门,阿成看见二叔已站在门外。二叔赶紧伸手扶他,走过长长的过道,外面已下起了小雪。

此刻,阿成的头低垂着,几乎是完全靠在二叔的肩上出了医院大门。二叔扶着他过了马路,来到一个小吃部里,二叔说:"还在这里吃中饭吧,吃过了再回旅馆。"阿成依着二叔在桌旁坐下。小吃部老板端来两碗饭和一碗豆腐汤。二叔叫阿成趁热吃,吃了就不冷了。他发现阿成浑身在哆嗦,叫老板倒杯开水来。老板端水过来说:"外面雪下大了,今天冷得很。"阿成喝了几口水,饭也没吃到一半,便用胳膊枕着头,伏在了桌子上。

二叔有些急,问是不是动手术有什么反应。阿成沉重地摇了一下头,说不是。他只想等二叔把饭吃完,赶快回旅馆。此刻,他手术时用的麻药正在失效,眼眶和半边脸都感到胀痛,以至于整个头都昏沉得无法抬起。而让他更感到疼痛的,是他此刻的心。今天的手术已让他知道了治疗的结果,他的痛楚已到了极点。

二叔扶着他,阿成几乎是闭着眼睛靠在二叔的肩上,一步一步地在飘舞的雪花中向小旅馆走去。

昏暗的小旅馆里,更显得阴冷。二叔将自己床铺上的被子也压在阿成身上,阿成仍然在发抖。一部分是因为天气冷,一部分是因为伤口的疼痛,还有心灵的哀伤。阿成就这样昏昏沉沉地睡着了。

治疗还在继续,仍然是每天吃药,去医院吊水打针,做常规的消炎治疗。转眼,来省城二十多天了,这痛苦的治疗期间,阿成一直克制着自己的情绪,尽量表现出平静,这样可以让家里的人减少一些担忧,也能更好地配合医生的治疗,以达到最好的疗效。有时,他发愣的时候,发觉自己竟能这样冷静,凄凉的心里,只有默默地叹着气——能有什么办法呢?

做检查的这天,天又下起了小雨,他觉得这个冬天总是这样阴冷,让人烦愁。

检查的结果确认了他的疑虑。这只伤眼视力恢复的程度就是那天手术后的样子,能看到,但看不清。这样的结果一直是他担心的。他问医生为什么是这样。医生也遗憾地叹着气说:"现在只能这样了,有条件时要换角膜。"

"那现在换角膜不行吗?"阿成非常急切。

"现在没有供体,要等有人捐献才行。"

"那要等多久呢?"

"这不能确定,要看何时有爱心人士愿意捐献了,你在这里留个联系方式吧。"医生还是非常同情阿成的,接着说:"你要是熟悉别的医院,也可以经常联系。关键是符合条件愿意捐献角膜的人太少了,大多数患者很难得到供体,这要看你的运气了。"医生说的话很实在也很诚恳。阿成听懂了医生的话,同时也感到了这希望是很渺茫的,也只能接受这样的现实了。

可二叔却表现得非常高兴,因为这样的结果比他以前那可怕的预想好多了,他更是不能让阿成的情绪消沉。他鼓励着阿成:"既然换角膜能完全恢复视力,那一定争取,总会有机会的。"他又对医生说:"医生,如果一旦医院里有供体,就请立即联系我们。"

医生肯定地点头答应了:"只要有供体,随时联系你们。"

俩人回到小旅馆,很快结清了旅馆的账,到车站赶上了最后一趟班车。

10/还是抛弃掉无尽的悲哀

昏黄的雾气笼罩着城市,所有的景物在一片昏暗之中。阿成默默地跟着二叔上车,下车,转站。车到桥埠镇时,天早已黑了。下了车他们便步行回家,因为此时不可能有车到下面的村庄了。

村庄的路坑坑洼洼的,阿成深一脚浅一脚,毕竟是晚上,一只眼上还蒙着纱布。走进村口,阿成看见家里亮着灯。寒冷的夜,昏黄的灯光,让人感到了几分温暖。阿成忍着眼眶里的泪水,在黑暗中调整着自己的情绪,跟着二叔往家里走。

家里的大门敞开着,堂屋里坐着许多邻居。二叔满面笑容地进了门,阿成跟在后面,礼貌地跟邻居们打了招呼。邻居们都关心地问长问短。二叔高兴地告诉大家,阿成的眼睛看好了,又说了一些前前后后治疗的情况。阿成妈激动得眼里流着泪,嘴里念叨着:"治好就好。"她用手抹去脸上的泪痕,转身锅上锅下地忙着为阿成和二叔做晚饭去了。邻居们为阿成的眼伤能迅速地治好而感到欣慰。自从阿成遭遇车祸,特别是人们知道他的眼睛受了伤,都为他担心、惋惜,感到不安而难过,经常过来劝慰阿成妈。特别是这几天,估摸着阿成快要回家了,一有空便过来看看阿成是否回来了。今天晚上,他们也是吃过晚饭就来了。这些纯朴善良的乡邻们,看到阿成的眼睛治好了,都为他高兴,感叹这不幸中的万幸,他们和阿成的家人们一样,觉得悬着的一颗心落了下来。

邻居们起身告辞了,叫阿成快吃晚饭吧,叮嘱阿成要多休息一段时间。

堂屋里空了下来。阿成和二叔吃晚饭时,阿成妈将大门掩了起来,然后在旁边的一只凳子上坐下,默默无语。钱伯一只手扶着那条不太方便的腿,独自一人抽着烟,嘴里吐着浓浓的烟雾,不时地跟阿成二叔说几句话。阿成发现他妈妈的头发比以前又白了许多,那满面的皱纹里,是不能解脱的愁苦。这段时间里,她处在了一种深重的灾难之中、愤恨之下,她已将砸坏了的拖拉机当废铁卖掉了。她后悔自己当初怎么就没有把握好,听了小孩的话,让他买车开了。现在,家庭的状况让她无法不担忧,钱伯的腿治了许多钱,还不能干重活。这次阿成出车祸,进医院治眼睛,又用了一大笔钱。唉,孩子大了,房子还没盖,她时时都在着急。

二叔提醒阿成要按时吃药,过一段时间再去医院复查,然后说自己要连夜赶回学校去。阿成妈和钱伯都拦着他,说太晚了,明早再走。二叔说他离校太久了,一定要早点回去,外面有月亮,走的都是大公路,没事的。

夜已很深了,宁静的村庄笼罩在一片昏暗中。阿成接过母亲递给他的一把钥匙,抱了一床棉被,将一些药品带上,到上屋场建文家的房子里去了。

久无人居的房子，虽然在冬天，仍有一股淡淡的霉味。阿成脱了衣服，靠在床背上，一股悲凉袭上他的心头。此刻，他想将这颗凄冷的心停顿在这万籁俱寂中，就这样在冰点里麻木吧，哪怕是永远地失去知觉，解脱这尘世中难以忍受的灾难与痛苦。

无意间，他瞥见床边的条桌上有面方镜子，那是建文嫂子在家时用的。忽地，他下了床，拿起镜子，将条桌上晃动的煤油灯拨亮些。他想揭开纱布，仔细地看看这伤眼。就在手碰到纱布的一刹那，他的手有些发抖，但还是从下面轻轻地揭开了。镜子里，他看清楚了，眼角下有一道深深的疤痕，眼睛还如从前一样，可就是看不清东西，视力模糊，这肯定就是角膜受损的缘故。阿成只觉得眼角发酸，手里的镜子歪倒在桌子上。猛地，他喉咙里一堵，想大哭一场，不管现在是夜深人静还是什么时候，他要放声大吼，发泄掉淤积在心头的悲痛与凄苦，释放掉眼窝里早就汹涌澎湃的泪水。

然而，他张大嘴巴，却无声地闭合了起来，他哑然了……

他惊讶地发现自己竟没有发出一点声音，拳头痛苦而无力地捶在了自己头上。这真是欲哭无泪，欲哭无声啊！忽地，他的胸腔里一股气流在涌动，不由自主地从喉咙里冒了出来，以至于他的整个身子都随着颤动了一下。这是他心底深处在哭泣，情不自禁地冒出的一股悲凉的怨气。

良久，他才平静了下来。

他的这种状态是异乎寻常的。这是人在遭受巨大的灾难时，将痛苦长期地抑制，坚毅地忍耐住而不能正常地发泄与释放，情感悲苦到极点，才形成的一种奇特的生理现象。以至于以后，每当阿成在生活中遇到情感的某种震荡时，他的胸腔里都会猛烈地颤动，不由自主地从喉咙里冒出一股怨气。

很长一段时间里，阿成就在这空旷又有点霉味的房子里待着，除了回家吃饭，很少出门。按医生的嘱咐，还要休养一段时间，继续吃一些药，过一段时间去医院复查。再说，他现在这种状况，这种心情，也是很不愿意出门的。

他的心情竭力保持着平静，因为他是理智的。这几天，他已在仔细地考虑问题了，他知道以现在这样的视力，开车是不行的。他还曾考虑过再去南方工地打工,在医院他就问过医生,医生说这样的眼伤,即使以后完全康复了,也绝对不能做像喷洒油漆那样对眼睛有很大刺激的工作了。

这样的现实,有什么办法呢?只能接受,总不能整天地生活在痛苦中吧。那就一面养伤,一面在这宁静中寻找一些慰藉吧。

阿成在家里找出一些落满尘埃的书报杂志,在这一片寂寞的空间里打发时间,把这剜心的悲痛埋藏在心底。然而这残酷的生活,无法摆脱的忧愁,让他冷峻的面孔在短短的时间里又成熟了几分,让人怎不感叹这人生无常的岁月。他将自己凝聚的情思,无声地镌刻在一张纯净的白纸上,一缕忧伤从笔端流出:

> 昨晚上,太阳掉下了一滴泪,
> 问她为什么哭泣,
> 她说,乌云遮住了世界。
> 于是,大地上,
> 熟透的红苹果腐烂了,
> 春天的芳草枯萎了,
> 含苞的梅花也不再开放。
> 我说,你不要忧伤,不要凄楚。
> 大地上,
> 真正的精灵,是人的眼睛。
> 无论怎样的黑夜,
> 都无法禁锢它。

阿成此刻怀着苦闷的心情,不知道自己会有怎样的未来,无法捉摸迷离的前途。他怎不担心,又怎能预测,这只伤眼对他今后的人生会造成多大的影响。毫无疑问,这将是他的整个人生都挥之不去的阴影。

上午,阿成吃了一遍药后,仍按照医生的嘱咐,在眼眶周围做保健按摩。忽听见大门"吱"的一声响,半掩的门被人推开了。看是阿亮站在门口,阿成忍不住眼眶一热。他调整好情绪站起来时,阿亮已到了他的面前。他将一张椅子拖到桌旁让阿亮坐,阿亮叫他别忙,让他继续做按摩。阿成说差不多了,给阿亮倒了一杯茶。

　　阿亮今天刚从鸳鸯湖农场回来,他最近一段时间一直在农场的家属院里做家具。前面回来过一次,阿成还没回家。阿亮听到阿成发生了车祸,眼睛受伤时,比任何人都急。那一天,他喝了很多白酒,痛心得号啕大哭,对阿成的遭遇无限痛惜,醉得他好几天没干活。他想去医院看看阿成,可家里人都不知道阿成在省城的哪家医院。这次回来,他听说阿成回家了,就赶忙过来了。当大门"吱"的一声响时,阿成就知道是阿亮来了。他俩的关系是人人皆知的。此时,阿亮极力地宽慰阿成,说:"治好就好了,总算老天有眼。"他将手里带来的一只马甲袋推到阿成跟前,说:"我给你带了几本书,没劲的时候看看。"阿成听着阿亮的劝慰,接过马甲袋,脸上的愁容也散去了一半。阿成解开袋子,是几本新的文学刊物,还有一本《人生之艺术》和一本装帧考究的日记本。他抚摸着精美的封面,喜爱地看着,然后放到桌子的一头,仔细地排列好。

　　阿亮的到来和真诚的问候让阿成乐观了许多,就像这阴冷的冬天里遇到了一缕阳光,脸上也不再显得那么疲惫。阿亮发现阿成的精神比他想象的要好,心里赞叹阿成的坚强。

　　挫折对于弱者来说,就是毁灭,而对强者来说,也许还是无穷的动力。阿亮看见旁边的椅子上,满是阿成刚刚练习的一张张毛笔字,大为赞赏,更赞赏阿成在这样的状况下,能有这样的精神直面人生,忘却痛苦面向未来。

　　阿成对阿亮的赞扬有点不好意思,说:"烦心的时候,动手练练写写,自我调整一下,心里也就没那么多负担了。这段时间写惯了,可写的字比你的差远了。"

　　阿亮的情绪竟然被阿成所感染,有些激动。他原以为阿成一定是伤心而颓废的,现在竟被他的精神所折服。他问阿成有没有新纸了,阿成说有,忙从抽屉里拿出崭新的白纸。

　　阿亮用桌上的小刀裁了三分之一摆好,拿起自己送给阿成的这支狼毫,几行潇洒遒劲的行书跃然纸上:"有志者,事竟成,破釜沉舟,百二秦关终属楚。苦心人,天不负,卧薪尝胆,三千越甲可吞吴。"阿成一面深有感触地念着这几句诗,一面说阿亮的书法又进步了许多。

　　阿亮满意地放下笔:"别夸我了,你的字很快就超过我了。"

今天这空荡的屋子里,竟是这样让人高兴,阿成的脸上洋溢着久违的快乐。他要阿亮中午在这边吃饭,说先回去跟母亲打个招呼,却被阿亮叫住了。阿亮说他马上就要走,今天还要回鸳鸯湖农场去。

下午,阿成仔细地将阿亮写的条幅挂在床边的墙上,他可以随时欣赏这寓意深刻的诗句和这不同凡响的书法作品。

很久以来,阿成的心情都没有这样好过了。阿亮今天带来的几本书,也是他俩找了好久都没有买到的,还有那本精美的日记本,让人不忍在上面动笔。阿成在硬面上摩挲了好久,才轻轻地翻开来,阿亮那流畅的钢笔字豁然印在扉页上。

春雨打湿了窗膜,
润醒了一颗即将枯萎的心。
掀开这张透薄的纸,
现出了一块窖困已久的处女地。
春风吹来了,芳草萌芽,
绿色的扉儿在你面前展露,
向你施放一片爱的芳醇,
殷切地等待着你来浇灌,
不惜栖身于你的脚下。
于是,诗人,
所有劳作的人们啊,
就请用你勤劳的笔,
来尽情地耕耘这块属于你的绿洲吧。

阿成激动地把这首诗念了好几遍,多么感谢阿亮的良苦用心,用这样的方式,用这样优美的诗句,深情地呼唤。阿成双手捧着日记本,告诫自己,绝对不能沉沦。

旋即,他把自己昨晚在沉静中梳理出的一段以表达自己眼下心绪状态的文字又仔细地斟酌了一会,然后,郑重地,一笔一画地记在笔记本上。

搁浅了,

我命运的船儿搁浅了，

不能再在我生命的太阳河上行驶。

黄昏的落幕中，

只有静静地停泊在我的港湾。

冷寂的黑夜里，

只能调转船头。

任凭无尽的暮霭，任意地围涌。

灰末和沙砾，堆垒船头，

涧水吞没了船尾。

而我，只能枕着我的船，

在干枯的河床上，

在星河两岸，群山的苍轮下，

在无穷的冥茫中，

做一个完整的，

孤航太阳岛之梦……

阿成合起日记本，感到一种舒畅。

11/冰冷的心又暖了起来

上午十点钟左右，冬日的阳光便无力地在尘埃中消失了。天空中，晦暗阴沉，如暮色降临，北风携着点点雪花无声地飘落了。

此时，在村西头，村主任吴玉明家的院子里，人们正在那里领取上面拨下来的赈灾救济的衣被。只见这院子里、堂屋里、桌子上，到处都是搭配的一堆堆的各种花色的衣被。吴玉明和出纳员李立新大清早就到乡政府将这些赈灾物资领回，他们很快通知了全村，并说明了这是上级领导对今年遭受水灾的群众的一片关心。现在，每家每户都来了人，每个人都抓到了一个阄子。大家纷纷拆开，看着自己的号码，在越来越大的雪片中，各人都将属于自己的那份衣被，高兴地抱回了家。

不大一会工夫,雪花就盖住了地面上的一些碎草断枝,高处的屋顶和草垛上也积起了一层白雪,整个世界都笼罩在一片飞雪漫舞之中。

阿成站在门口,凝神地看着大片的雪花轻盈地飘洒,时不时地将冻得发麻的脚在地上跺几下。突然,他看见母亲包着个头巾,手里抱着一床棉被,小跑着过来。进门时,母亲已是一身的白雪,阿成赶忙帮母亲打掉身上的雪片。母亲解下头巾,抖了抖,又掸了掸抱在怀中被子上的几片雪花,然后铺到阿成的床上。母亲的脸上还掩饰不住兴奋的笑容,她说:"今天的阄抓得好,这床被还是新的,我正愁今年冬天这么冷,你这里的被子太薄了。这还有一件大衣,也能穿。"说着,她将裹在被子里的一件大衣递给阿成,要他穿上。这是一件洗得发白的半旧的蓝布大衣,款式是非常老旧的二五式。阿成觉得样式太老了,母亲硬是披在他身上。他要母亲把被子抱回去自己盖,他这里不冷,说晚上有这一件大衣压一压就够了。母亲没有理会阿成的话,又用手在被子上摸了摸,脸上露着笑,心里还是在庆幸今天的运气好呢。然后,她又裹上头巾,拿起阿成桌上的一只空水瓶,冒着雪花,小跑着回去了。

阿成觉得身上暖和了许多,这大衣披上竟脱不下来了,尽管它并不好看。他不由得裹紧大衣,与身子贴得更紧。看着门外这漫天的飞雪,感受着母亲送给他的温暖,他觉得母亲的脾气也比以前好多了,也许是因为年纪渐渐地大了。特别是这一次阿成发生了车祸,让整个家庭都遭受了一次重大灾难,他觉得母亲心里的伤痛比自己还大。母亲在焦虑与愁苦中,头发几乎全白了,让人真正感受到母亲对儿子的关爱是体现在内心的深处。想到此情,怎不叫人潸然泪下。多少母爱聚儿心,儿想何时报母恩呐!

一天一夜的大雪积了二十多公分厚,孩子们已在雪地上追逐狂奔了,随便抓起一把把雪团乱抛乱扔,晶莹纯洁的雪让每个人都觉得欣喜。一个调皮的孩子将他同伴刚堆好的雪人的头一脚踢飞,不想他脚上的鞋子也跟随那雪人的头一块飞走了,那滑稽的动作引得所有的孩子都在笑。阿成忍不住站在门外看那群孩子,也被孩子们那欢乐的气氛所感染,露出微笑。阿成索性拉上门,裹紧了大衣,踩着咯吱咯吱的雪,向外面走去。

茫茫原野,现在是最宁静的地方,他在这万籁俱寂的宁静中感受着快乐。远处的山，近处的田野，全部覆盖在茫茫白雪之中，一望无际，浑然而流畅。

阿成正在沉思默想的时候，忽听身后有人喊他。他回过头，见是王书琴手里摇着一本书跟一个穿红衣服的女孩子向这边走来。

阿成转过身，略显欣喜地伸出一只手向她们招招，叫她们过来。

王书琴叫身边的女孩子在原地等着，就一个人过来了。

阿成说："你来了，龚仪玫怎么没来呢？"

"她在家忙呢。"

"她忙什么呢？还有什么事把你们姐妹俩分开了。"

"她在家订婚了。"

"啊？"阿成略显惊讶。

王书琴嗫嚅着说："她托我把这两本书还给你。"

"她跟谁订婚？"

"侯正阳。"

"哦……"阿成的眼里掠过了一丝恍悟。紧接着，他便笑着说："那我们要祝贺他们呀。"

王书琴也笑起来，笑容有些僵硬。

阿成接过王书琴手里的两本书。王书琴说："书交给你，我就完成任务了，我回去了。"

阿成默然地点了一下头。王书琴牵着那个红衣服女孩子的手向前走了好远，又回过头来向仍然呆立在那里的阿成挥挥手。

阿成神情沮丧地站立在原地，直到王书琴的身影消失在视线里，头脑里才重新有了思维。

他一下子觉得自己有个很珍贵的东西不见了。是什么呢？好像是以前从未认真考虑过的东西，又好像是一种似有若无在胸中涌动着而欲罢不能的某种东西。这大概就是青春的梦魇，朦朦胧胧的感觉，一个梦境。

生活总会叫人从梦中醒来，进入现实，做一个年轻的坚强的男子汉。

阿成孤独地立在原野上，看着这一片萧瑟的景象，感叹这天地间难得有这样的白雪，难得有这样的宁静，让人忘却了任何的杂念。他莫名地涌起某种原始的力量,想张开双臂在旷野中奔跑。

他坚定地迈开了脚步,在雪原上踏行,从村头的坡地走到麦田的地头,又从麦田的地头走到村前的土埂上,在雪原上留下了一串清晰的脚印,直到他浑身发热,感觉血液都在沸腾。然后,他站立在一条沟渠边解开了外衣。这时,一个粗壮的声音向他喊来:"喂!阿成,阿成。"

他循声望去,远处的雪地里,村主任吴玉明向他走来。

阿成迎过去问他:"什么事?"

吴玉明说:"珍珠棚里有几样东西想找个地方放一下,我看你那屋子是空的,刚才到你家,你妈不在家,跟你说一下。"

阿成说:"行啊,没事的。我门没关,随便往里放。"阿成说着就跟吴玉明往回走。

吴玉明说:"浙江的几个师傅要回家去,几个行李箱也要搬到你那里去。"

"珍珠蚌配完了?"

"还没配完,看这大雪,年底怕没时间配了,塘里的冰冻不知要化到哪一天,大概他们要过了春节再来了。"

俩人不知不觉已到了屋前,阿成在门外的长石条上跺了几下鞋上的雪渣,叫吴玉明进去坐一下。"不了。"吴玉明摇了一下手说,"我还是叫他们赶快搬东西去。"阿成推开门,进屋站了片刻。忽然,他也想去珍珠塘那边看看。

三十多亩的珍珠塘里,现在已结了厚厚的一层冰,像嵌上了一块巨型的大玻璃。按行距固定在水面上吊蚌用的一道道铁丝,像悬浮着的一张巨型蜘蛛网。塘边,几间简易的房子里,乱哄哄的人声传了出来。阿成向里面望了望,被人叫住。

吴玉明正在里面张罗着,还有小月、风珍几个人在帮浙江人收拾行李。自从请了浙江的几个师傅来配珍珠蚌,村里就安排她们几个小姑娘到这边来帮忙。她们负责从塘里取出要配的蚌,用水桶运到配蚌房里。配好后,她们再按顺序乘小木船将配好的蚌挂到水里。她们已跟几个师傅很熟了,还学会了简单的操作。这场大雪不得不让工作停了下来。今天早上,浙江的几位师傅找到了村主任吴玉明，说气温太低，塘口封冻了，搞不准什么时间才能干活，他们住在珍珠棚里也冻得受不了，他们是很少见这样冷的天气，要求放假回家。

吴玉明指挥着大家把整理好的东西运到阿成的屋里。阿成也扛起浙江人的一只大箱包，走在前面，两只手冻得忍不住交替着凑到嘴边哈着热气取暖。风珍在后面看他穿的那件旧大衣，觉得有些滑稽，"嘿嘿"地笑出声来。阿成问她笑什么，她说："就是好笑嘛。"接着又说："这大衣怎没见你穿过？"

"很丑吧？"

"不丑，不丑，就是样式有点老气，在你身上穿着还挺合身的，你穿什么衣服都不错嘛。"接着又是一串笑声。

"别油腔滑调地挖苦人了，这是救济的，抓阄抓到的。"

风珍开朗热情的性格是人们所熟悉的，一贯都是那么乐观，说话时，总是笑语连珠。

阿成先进了门，把箱包放下后，叫大家按顺序把扛来的物品摆好。大伙又搬了几趟，大箱包、小物件等将堂屋都摆满了。

阿成给每个人都倒了一杯热水，叫大家喝一口暖和暖和。几个人在屋子里一边跺着脚取暖，一边赞扬阿成把房间收拾得这样井井有条，干净利索。一张长条桌，阿成已用方格塑料布重新包贴好，上面码着一摞书，整齐排列着；斑驳的墙体上贴了旧报纸；阿亮写的字和几首唐诗条幅贴在床边的墙上。风珍手里端着一杯水，口里还轻声地念着墙上的一首唐诗："劝君莫惜金缕衣，劝君惜取少年时，花开堪折直须折，莫待无花空折枝。"虽然不能完全理解诗的意境，但纯朴得如歌一般的韵味，让她多多少少地能领会一点点，觉得这墙上的几首诗与房间的布局很合适得体。谁说只有闺房胭脂香气浓，怎比这陋室淡雅散书香。

小月坐在堂屋里，她跟阿成说，那天听说他遭遇车祸时，把大家都惊呆了，生怕阿成有什么不测。风珍倚在小月的椅背上："那时把大家都急死了，许多人都流眼泪，总算菩萨保佑，有惊无险。"说话间，风珍的脸上不觉有些忧伤，眼里也仿佛有些许泪光。阿成有些感动，他谢谢大家的关心，心里暖融融的。

小月说去看看浙江的几位师傅站在公路边有没有等到车,这冰天雪地的,公路上的车子很少。小月和风珍几个人正要出门时,阿亮来了,后面还跟着一位四十几岁穿军便装的陌生人。小月与阿亮碰面时,顿觉有些尴尬。她一直以来都在小心地避免与阿亮碰面,刚才坐在这里与阿成说话时,心里就有些担心,她知道阿亮是经常到阿成这里来的,生怕碰到他,不巧,还真是遇上了。与阿亮的目光接触的一刹那,她眼里闪现出一丝不安的神色,立即绯红了脸,低下了头,逃也似的跟在风珍后面走开了。

阿亮想跟她打个招呼,可话没出口,小月已走了。他目送着小月的背影,心里在叹着气。男子汉的气度,使他刚刚浮现在脸上的一丝烦忧稍纵即逝,马上又是一张阳光的笑脸。

"这是尹师傅。"他对阿成说。他又向尹师傅介绍了阿成。

"尹师傅想到我们这里来开个孵坊,你这房子一直是空的,我让他过来看看这房子行不行,唉,这堂屋里怎么摆了这些杂东西。"

"这是刚才从珍珠棚里搬过来的,只是暂时放着,过一段时间就搬回去。"

尹师傅手里捧着阿成给他泡的一杯热茶,从房子这头踱到那头,仔细地看了一遍,说:"这些杂东西要搬走,这么大的房子就够了,这边的两间可以修炕床。"他用手比画着,"这村子在公路边,交通比较方便,房子的位置也可以,在村子的后面,公路上的噪音也没什么影响。"他又看了一下阿亮说:"你跟他把房租说一下,这房子我们就租下了。"

阿亮跟阿成说:"尹师傅开过几年孵坊了,他想找个人合作,扩大经营。我跟尹师傅是老熟人,我在场部里做事,都是尹师傅给介绍的。"

"都是熟人,房租无所谓,反正这房子是空的,你们看合适就行。"

尹师傅没想到阿成如此爽快,非常高兴:"房租我跟阿亮一定商量好,绝对不让你吃亏。到这里来还要靠你多帮助,麻烦你。"

"不要客气了,你觉得房子好用就行。"

中午,阿亮一定要阿成跟尹师傅去他家吃午饭。

尹师傅今天的事办得非常顺心顺意,中午的酒喝得满脸通红,阿亮在公路上拦了一辆拖拉机把他顺便带回了家。

回来时，阿亮又重新泡了两杯茶，递过一杯给阿成说："尹师傅开的孵坊一直是做农场的生意，每年不管出多少的产量，都能销掉。他在农场里有熟人，场部里的王副场长是他亲舅舅，副业队的朱队长是他姨妹夫。是他自己做的媒，把姨妹子嫁给了朱队长。他做生意最有心机，让我们这些人有的学。他家就在五大队副业队的河对面，过一道渡就到了。他不想在家里干，怕影响不好。所以他就另拐一道弯，跟别人合作，挂别人的名义做生意。他说农场里的生意比外面的好做得多。"

阿成佩服阿亮有这样的活动能力，有这样的经济头脑，在外面混得开，交到这些生意上的朋友。阿亮有些不好意思地说："哪里话，只是在做手艺时跟他认识的，是他介绍我去农场做事的。"阿亮非常诚恳地说："阿成，尹师傅他跟我各一半股份，我们俩再合作，我这一半股份，我俩再各分一半，怎么样？我早就这样想了。"

阿成有些惊讶："这哪行，这一行我一点也不会，不行，不行。"连忙摇着手。

"这没问题呀，我也不会，技术上有尹师傅，我们俩反正就出力气做事。再说，边干边学嘛，怕什么呢？"

阿成说他肯定干不了，这样的事，他母亲是不会同意的，她是不可能拿钱出来的。去年村里集资养珍珠，还是在他和弟弟俩人的一再要求下，母亲才答应拿出几百块钱入股，后来还一直说不该。再说，这一次自己出了车祸，家里损失了好大一笔钱，母亲脸上虽表现得平静，但心里还不知愁成什么样了，怎么好再开口向母亲要钱呢？

阿亮坚持要他回去跟母亲商量一下再说。

阿成答应说试一试，但他实在不好意思开口向母亲要钱，即使是做一件有意义的事。不过，尹师傅跟阿亮要租房子的事，他小心地跟母亲说了。母亲说："房子是空的，他要用，就给他们用吧。"阿成的心里很是欢喜。

下雪过后出奇的寒冷，背阴的地方冰冻好几天都不见化。早晨的冰坚固而结实，尹师傅一大早就跟着两辆拖拉机送来了两车红砖，他跟阿成说："早上赶冻送来，不然到上午这村子里的土路化了冻，车子就进不来了。我想最迟在元旦过后就要修炕床。"阿成也爬上拖拉机，帮尹师傅下砖。两车砖很快下完,身上也冒出了细汗。尹师傅说明早再送一趟来就够了,转身又坐上拖拉机,一溜烟地走了。

阿成的心里热烘烘的,他发现自己虽然跟尹师傅认识的时间不长,却觉得像老朋友似的。自从那天尹师傅走后,就好像一直期待着他再来。他果真来了,两车砖送来,这事情就真的要开始了。他看着逐渐消失在远处的车辙印,披起刚才下砖时脱下的那件旧大衣,走进堂屋后立即动手,把珍珠棚里搬来的那些杂物,搬进自己的房间里整理好。他浑身都燃起了一股热情。昨天,阿亮到他家里跟他母亲落实了房子后,说他跟尹师傅商量过了,虽然阿成不愿意入股,但这边的炕坊还要请阿成帮忙,决定聘用他在炕坊里做事,算工资。他感谢阿亮给了他这么多的鼓励,觉得生活里还是有希望的。

12/生活中,总会有新的目标、新的追求

过几天就是元旦了,阿成才意识到新的一年又要开始了。就在人生之路跌入深谷时,就在生活最迷惘的时候,突然有这样一件有意义的事让他去做,即使只是参与,也足以让人激动。阿成的心里是暖融融的,觉得这漫长而寒冷的冬天不再寒冷。

阿成自告奋勇地去了王家院村,找王勇春来砌炕床。王勇春的瓦工手艺虽说不算精,但这砌炕床的活还是可以做的,阿成给他打下手。第二天,阿亮将锯好的木条运回来,开始做蛋盘。他要阿成学着做,这是简单的木工活,只将木条尺寸搞准,锥好细眼,再将两头钉好铁钉,然后穿上细铁丝。这是眼下最先进的自动翻蛋孵化盘,省时省工。阿亮说农场那边的活很忙,年底好几个年轻人要结婚,都催着要家具,这蛋盘的活就全部由阿成来做了,自己晚上赶回来帮忙。阿亮又到他四叔家叫来三旺,让他伺候瓦匠活,给王勇春打下手。几个年轻人都很投缘,在欢乐的气氛中,各自认真地干着手里的活。

早晨,三旺刚进门,就急急地对阿成说了一件很不愉快的事。三旺说他爸爸昨晚回家时,非常不高兴,他不知从哪里得来的消息,说大队干部贪污了村子里很大一笔救灾款,只把一些救济来的破衣服烂被子分给了大家。

这是一件令人非常气愤的消息。

晚上,阿亮回来时,阿成边干活边把这件事告诉了阿亮,俩人立即去了阿亮四叔家问了个究竟。四叔是村子里的村民组长,虽说现在土地承包到户了,可还有一些集体事务需要有个队长牵头。

四叔说他昨天到桥埠镇去上集,听一个副乡长说的。说今年发洪水受了灾,上级部门拨了相当大的一笔救济款和衣被,在下大雪前全部分到了各行政村。可村里只把衣被分给了大家,钱却一分也没拿出来。说话时,阿亮发现四叔仍很生气。

王勇春的瓦匠活不好做,他也没有回家,大家都在考虑找个什么样的办法来对付行政村里的几个干部。这个李王行政村,就李家院和王家院两个自然村,王勇春也想回去告诉王家院的人。用什么办法呢?阿成停住手里的活说:"写张告示,怎么样?把它贴在墙上,将情况告诉村里所有的人,让大家都知道这件事,再看村委会几个人怎么办。"

王勇春马上附和:"对,就这样干,看他们怎么下台。"

几个人觉得这是个好办法,这样既不要挨家挨户地宣传,村干部们也找不准是谁干的,让这些小贪官们无法得逞。年轻人的心中都有些兴奋,阿成写了个稿子,大家要阿亮动笔。阿亮放下手里的活,拿起毛笔,亮出了他的正楷书法:

> 全体村民们,大家好。就在大家欢度元旦、迎接新春之际,却传出了一个不愉快的消息。因今年大家遭受洪涝灾害,上级领导部门拨下来了一大笔救灾款项和一些衣被,可是村委会只将一些破衣服烂被子分给了大家,救灾款却不知去向。请全体村民们维护自己的利益。
>
> **12 月 25 日**

阿亮又抄了一份让王勇春带回去,也贴在大路边的墙上。

这具有煽动性的告示一贴,第二天早上就传遍了两个村庄,人们不再为领到棉衣棉被而感到高兴,顿时觉得受到了极大的欺骗,愤恨不已。有几个早晨起来拾粪的老人竟然跑到吴玉明家的院门外骂了起来。王家院村那边也骂了起来,他们在骂书记王得尚。

王得尚恼怒地将贴在墙上的那张告示扯下来撕得粉碎,随后气冲冲地来到李家院村这边,在吴玉明的家里叫来了出纳员李立新,将他训斥了一顿,硬是说他泄露了消息。李立新有口难辩,莫名其妙地挨了一顿骂。

王勇春今天来迟了一些,他故意在家多待一会,想看看村里的反应。他过来的路上听到李家院这边的骂声,别提多开心了,还哼起了小调。阿成从口袋里掏出三块钱,叫三旺赶快去公路边常理叔的小店里买来两块钱电池和一块钱香烟。阿成拿出一台手提式小收录机,这是他从外面带回来的,因家里没电一直没有用过。他将干电池装进去,打开了录音机。王勇春已拆开了烟盒,抽起了香烟。几个人边干活边庆祝取得的胜利。录音机里那强劲的音乐让人们感到愉快又振奋。

突然,阿成朝门外喊了一声:"立新。"

外面的立新站住了,他是路过这边,听到这里传出音乐,正迟疑地朝门里张望。阿成把录音机的声音关小了一点,说:"在这里,进来呀。"立新走过来,他刚从吴玉明家出来,阿成看他有些落魄的样子,不禁暗自好笑。

"过来玩玩嘛。"王勇春粗着嗓门故意挑逗似的朝立新招招手,看着他讪笑着。

"咳。"立新沉着地咳嗽了一声,轻蔑地看了王勇春一眼,随后朝阿成笑笑,"好长时间没看到你了,一直在家待着?"

阿成不觉心里一软,他听出立新话语里的善意。"进来坐坐。"他向大门边迎过来。

立新进屋打量了一下,说:"你们这是在……做什么呢?"

"都是给人家帮忙,这边在修炕床,阿亮带人来开孵化场,你不知道?"阿成给他介绍,"我这是在做蛋盘。"

"噢。"立新点点头,村干部的派头很自然地显露出来。也难怪,他在村里跑了三四年,虽然只是个出纳员,但经过村上村下迎来送往的耳濡目染,乡村干部的气息早就浸染在他的身上了。立新站在堂屋中央,扫视了一圈，他看着这地下的斧头、锯子、凿子、瓦刀、泥桶、碎砖头、烂泥块，一片狼藉的样子，咳嗽了一声，踏过散乱的杂物，坐到桌子边的一张干净的椅子上，冷峻的脸上掠过一丝微笑，从上衣口袋里取出一包精致的香烟，递过一根给阿成，然后，朝屋里的另两个人各甩去一根。"咯嘣"一声，精美的打火机给阿成点着后，自己也点上，说："听到你出车祸，眼睛也受伤了，大家都为你着急。现在什么都好了，万事大吉。"

阿成谢谢他的关心。刚才见李立新过来时，本想在他的脸上看看村委干部们对贴在墙上那张告示的反应，不想立新立刻掩饰住了他在门外时那种晦暗的情绪，而对阿成表示出亲切的关心，使阿成不好意思再向他打听什么。急不可耐的王勇春还是说出了他原本想要说的话："立新，今天大家都在传的话是真的吗？"

立新有些反感："这件事我李立新回答不了，我在村里又不是什么当家的，你去问主任、书记吧。"

王勇春为自己的话难住了李立新而傻傻地暗笑。

立新站起身，说："你们忙吧，我还有点事要忙。"他朝王勇春点了一下头，走了。

立新走后，王勇春乐得笑出声来，三旺也跟着笑。阿成催他们俩快点干活。隐隐的，阿成在想昨晚上的行动是否考虑得周全了。

晚上，他把白天的事及村里的反应跟阿亮说了。阿亮说："就要这样，这是正义的，现在大家都来制止这件事，就好办了。"

事情正如阿亮所料，书记、主任不得不找来行政村所有的组长及党员在一起开会。全行政村两个自然村，从李家院数到王家院，一共十六个村民组，现在十六个组长及五十几名党员一起会聚在村主任吴玉明家的堂屋里。

晚饭刚吃过，主任家那张光亮的八仙桌上，一盏玻璃罩擦得发亮的煤油灯映着书记那张通红的脸，他略有醉意地伸出手，示意大家安静。朦朦胧胧的眼光极力地分辨着这些本很熟悉而又无法看清的一张张面孔，让人觉得书记的眼光是那么专注。"大家安静，今天请大家来开会，是要向大家说明一个问题。上面拨救灾款的事是有的，但是，我们也没有乱用它。大家知道吗？我们这个行政村什么也没有，这点钱嘛，我们是想留下来做间村部。到时,请大家来开会,也就有个坐的地方了。现在大家看,也只有在吴主任家挤了。"王书记一面说话,一面习惯性地做着手势。一名党员说:"前年不是全村集资盖了几间贸易货栈吗?到现在也没有做生意,就把那房子做村部不是很好吗?"

"那是货栈嘛,怎好当村部?那还在街上,离村子太远。"书记立刻解释。

前年,全村集资在桥埠镇的马路边盖了八间大瓦房,办贸易货栈。可房子建好了,行政村的货栈却没有办起来。八间房子现在由王得尚一家住着,他老婆在那里开了一家杂货店,剩下的几大间门面,这两年秋收后租给了一些贩运户在那里收购稻谷。全村对此意见很大,都说大家集资是给书记家建房子做生意。因此,书记刚才说的话,马上遭到大家的反驳。

"既然是救灾款,就应该发放给大家,不要挂羊头卖狗肉了。"说话的是李家院村这边五组的组长,也就是阿亮的四叔。他性子率直,说话从不绕弯子,愤怒的语气也代表了大家的意思。

王书记有些尴尬,脸色绛红,目光迟钝地打量着人群,寻找说话的人。显然,晚饭他喝了不少酒,目光空空的,什么也没找着,抑或是他根本就没听清楚什么。他继续抖擞精神,发表他的高论:"大家放心啊,是公家的钱,不会有人乱动的。唉,我们村的财政状况在全乡还是最好的。别的村,像山后村、庙前村、俞树村,他们哪家不亏空几万,我们村一直是节约的,虽然差些债,可跟人家比那算什么?那是最少的。如果大家不愿意盖村部,那盖货栈时还欠些债,我们先把这债还上。"

这时,又有一个人站了起来,大家看是七组的组长李闩和。

"大家也别急着争论,今天就好好地商量商量这件事。既然是救灾款,就应该分给大家,如果不分给大家,我们就把它用在有用的地方,"李闩和说话慢条斯理的,"这是政府发给我们的救灾钱,大伙都有权说话。我想说,好钢用在刀刃上。我向大家提个建议,我们这个村到现在电都没有通,也实在是落后了。听说这救灾款有八九千块钱,书记、主任是不是牵个头,大家再出点钱,把村里的电搞通,把这件大事办了。"

立刻,李闩和的话得到了大多数人的响应,都大声地说这钱应该拿出来通电。屋子里一片乱哄哄的,纷纷说闩和的建议是正确的,我们都支持。

一些党员、组长都站起身来，要求主任、书记表态。这强烈的反应让王得尚丝毫没有想到。好一会，他的酒仿佛才醒了些，可嘴里的话仍旧含含糊糊的，只是"啊，啊……"地应着声。

一直没说话的吴玉明示意大家坐下，屋子里立即静了下来。吴玉明说："这个建议很好，今天党员、组长都在这里，这就是全村人的意见。我们村委马上开会研究。"吴玉明的话得到了大家的赞同。

这个村子里，主任的话一向比书记的话令人信服。书记王得尚是个大字不识几个的人，当过几年兵，在部队入了党。退伍后，一直在大队当基层干部，长期的基层干部经历没有使他进步，倒练就了他的花花肠子，油滑得弯弯绕。而吴玉明却是个地地道道的农村知识分子，高中毕业后在小学任教，当了七八年的小学副校长，而且业绩优良，只是违反了计划生育的政策，超生了二胎，工作给停下来了。没办法，他只有心甘情愿地回家种责任田。现在，在村主任的岗位上又干了七八年，无论是工作方法还是说话水平，村里人觉得比王得尚那是强多了。

人们对吴玉明的答复感到满意，散会时，几名党员还关照吴玉明，村委一定要早点开会决定，吴玉明向他们肯定地点点头。

这个寒冷的夜晚，乡亲们却感到身上有股热劲，大家终于搞清楚了救灾款的事，而且还是那么一大笔钱。现在，可以把它拿出来通电，家里点上电灯的日子不远了，大家都为今晚有这样的结果而感到高兴。

李闩和急匆匆地往家赶，他还要赶回家去推磨。自从分田到户后，他父亲就在家开了豆腐坊，他每天都要推几个小时的磨。他想，村里通上电，很快就能用上磨浆机了。

这笔钱终于被拿了出来。经过村委会开会讨论，办理集资通电的事也很快确定了下来。此事仍由吴玉明主持，得到了全体村民的欢迎。此前，吴玉明曾负责李王行政村与庙前、山后、俞树几个行政村合作，修通了一条简易公路，将几个村庄串联在一起，然后经过李家院村与一条省道连接起来。虽然此地偏僻，处在两县交界处，离县城五十多公里，可有了这条公路，大大地方便了村民们的出行。所以，大家对吴玉明的工作是信赖的。

李闩和再一次给书记和主任递上香烟，帮他们点上火。这一次，他终于和村里达成了合作协议。他将个人出资三千元,帮村里买变压器和电线等一些物资,回报他的,是让他在李家院村与王家院村之间的大路旁开办加工厂。这样,村民们将不需要再到远处的桥埠镇去加工粮食了。他不但包了两个村的粮食加工生意,还能做到附近好几个村的一些生意,这是他十分精明的举措。通电后,他家的石磨将换成磨浆机,解放了一个劳动力。豆腐坊由他父亲一人主管,他老婆帮个忙就行了。他眼明手快地瞄准了别人没想到的事,虽然这是一笔很大的投资,但是有全家人的支持与豆腐坊多年的积累,他是有胆量干这件事的。全行政村也就李闯和才有这样的底气,纯粹靠责任田里种几亩水稻过日子的农民,谁家有这么多的积蓄呢?

从吴玉明家院子出来时,他抽出烟盒里最后一根过滤嘴香烟,点着,甩掉空盒,兴高采烈地往家奔。

通电工程的进展,异乎寻常的迅速。无疑,这是村民们盼望已久的,大家都热烈拥护。而且,这桩事情并不要他们出全部的钱,村里已有一大笔救灾款垫底,李闯和又拿出三千块钱买变压器,村民们只需要买自家的电表、内线及灯泡、开关等。所以,此番出义务工时,村民们都表现得相当积极和热情。

年底的最后一件事情,是由李立新去县城电力局把变压器弄回来。立新需要找一个人同往,他稍做考虑,决定去喊阿成。

天才麻麻亮,阿成还在睡梦中就被立新叫醒了。阿成揉着眼开了门,很快洗漱完毕,俩人前往桥埠镇赶车去县城。阿成说:"昨天抬了一天电线杆,肩膀疼得要命,都有点肿了。"

立新说:"年底了,就赶这几天时间,大家都忙得高兴,这高兴还得感谢你们呀。"

阿成显出诧异,表示不解。立新拍着他的肩膀说:"那天,我看到那张告示就清楚了。那字迹,不是阿亮的就是你的。"

阿成赶忙从肩膀上拉下立新的手:"不要搞火力侦案。"

"这本身就是件大好事嘛。如果不把救灾款拿出来,现在不可能通电。"

阿成掉转话头问立新:"那天开会时,王书记说村里现在还欠债是怎么回事?村里又没办什么大事,每年都收提留款,各项收费都大得要死。"

　　"村里工作也难,主要是各项费用太大。村里开会时吃一顿饭,总要一些钱吧。假如上面来领导,招待费怎么少得了? 还有今天这点小事,明天那点小事,加在一起又要用钱。关键一点,就是村里没有一点集体收入,仅靠在下面收一点提留款,村里用钱是无法应付的。"立新在极力向阿成解释:"现在很多行政村基本都欠债,有的村这两年还搞点项目,本想搞点集体收入,结果,没有一家能搞好,欠债更多,我们村从来没搞过什么,反而欠债还是最少的。"

　　阿成接过话茬说:"那还恭喜你们工作方法好,工作效率高。"

　　"不要讽刺了。"立新摆摆手。

　　最早的一班车从临县那边过来了,俩人赶紧上车,向县城驶去。春节前的街道,繁华而热闹,俩人在大街上穿行,问了好几个人才找到电力局所在地。进了大门上了二楼,在局长办公室里,立新拿出乡电管站开的介绍信。局长看了介绍信后,又写了张条子,叫他俩到五交化公司去付款提货。俩人折转了一条街,找到了五交化公司。开好发票,付款后,发货员领他俩去仓库。到仓库大门时,发货员问他俩有没有带车来。立新说:"村里哪有车?"于是叫发货员赶紧帮着找一辆。可等到下午两点,发货员过来说:"一辆车也没联系到,年底这几天小货车的生意太忙了,反正年底没几天了,大家都在忙着过年,正月你们开工时再来吧,肯定能办好。"立新一看,也没什么办法,只能这样了。

　　俩人来到大街上,立新给他儿子买了一辆玩具小汽车,又来到大光明眼镜店,阿成在立新的参考下选配了一架新款式的变色眼镜。因为几天前,阿成去医院复查眼睛时,医生建议他最好以后配个变色镜,室外光线强烈时需要防护。阿成又在服装店里买了一套西服。于是,俩人赶紧往车站跑,赶四点半钟的最后一班车回家。

13 / 意想不到的感情难为人

年底的事就是多，很多的事都忙到了一块，事情赶着做。腊月二十五这天，阿成妈给阿成说了一件让他十分惊讶的事情，说明天二十六，兰花婶要带他去相亲。

阿成觉得很突然，一天都忐忑不安的。母亲简单地跟他讲了几句，说那姑娘是兰花婶的娘家侄女，跟阿成同岁。母亲说她早就托过兰花婶，兰花婶最近才突然想起娘家有个远房的侄女。

吃中饭时，阿成说不想去，说还没有想到定亲的事。母亲非常生气，说他都二十多岁的人了，怎么一点都不懂事，家里人急得和什么似的，自己却这样无所谓，兰花婶还是一片热心呢。再说若是成了，年底这几天还算一年呢，过了年就算两年了，以后催结婚时也好催点。阿成没想到母亲竟是这样考虑的。

母亲现在最操心的，当然是儿子的婚事，特别是他出车祸后，脸上多了一道伤疤，眼睛的视力不好，她还不敢跟人家说，生怕这件事耽误了儿子一生。所以，她的心情非常迫切，她想最好是尽早地解决阿成的婚事。阿成踌躇了一个下午，决定只有去应付了。他想不可能定好的，因为他跟人家姑娘不认识，一点也不了解，自己也从未打算过。

吃过晚饭，兰花婶到阿成家来了，她说这几天忙得实在抽不出身了，明天她想叫她女儿凤珍陪阿成去相亲。阿成妈应着声说："过年了，这几天都忙，叫凤珍去也行。"

"先叫凤珍带阿成去她大舅家，凤珍再悄悄地去找她表姐。表妹去找表姐也不惹眼。"兰花婶说话时的神情与语气，流露出她一贯做媒人的精明。

二十六的早上，凤珍愁眉苦脸地到阿成家这边来了。阿成妈看凤珍的样子，当她是不愿意替她妈跑这趟路，忙笑着安慰她说："辛苦你了，做个媒人添十岁，做好事有好报呢。"凤珍又翘起了嘴。阿成妈不知道这个一贯活泼的姑娘今天为啥不高兴。她来不及想太多,赶紧喊阿成出来。因为她相信,相亲这事两人见面越早越好,早见早成功,上午办事吉利,千万不可在下午见面。阿成非常配合地跟风珍走了。他想好了,这是母亲决定的事,必须要去应付,只当是完成一次任务。所以,他的神情倒是很从容的。

风珍的心里,此刻却特别不畅快。昨天晚上,母亲要她今天陪阿成去相亲时,她猛地一怔,竟脱口而出道:"这事肯定不成,白跑了。"母亲狠瞪了她一眼:"死懒的,明天再懒也要跑一趟。"风珍赶紧缩回了脑袋,她发现自己有点失态了。从昨晚到现在,她烦躁的心情一直没有平静。她也不知道为什么,心中莫名其妙的难受。她觉得有一种若隐若现的东西在她的心中撞击,心里有些慌。当慢慢镇静下来后,她发现,这是她一直以来就埋藏在心中的一种感情在自然地流露。现在,她终于明白了,自己是真的喜欢阿成。原来那些无数次的胡思乱想和多少次若隐若现的感觉,这一刻,在自己的心里得到了验证。

他们从小在一起玩着长大,只是因为父母重男轻女的观念,她很小就在家割草养猪放牛。小伙伴们在一起玩耍时,大家总是把小月和阿亮排在一起,把她和阿成排在一起,纯真的她,心里也非常愿意这样的安排。

风珍蹙着眉头,一直想着自己的心思,默默地向前走。突然,她想起应该跟阿成两个人一道的,倏地回过头,阿成还跟在后面。他们已经这样不知不觉地走几里路了。阿成正在揣摩风珍今天为什么不高兴呢,看她慌乱的眼神,问她:"怎么啦?"

风珍忙说:"没什么。"便不敢再看阿成,生怕被他发现了什么。

阿成找着话题跟她聊:"风珍,现在裁缝学得怎么样了,学会了吧?"

"我哪学会呀?能学个一半就不错了。"

"你又在谦虚了。"

"本来就是嘛,我家里事又多,一忙我妈就不让我去。一共学了三四个月,我妈就把我缝纫机抬回来了。"

"那现在会做衣服了?"

"一般的会做,复杂的不行,保自己做两件衣服穿还差不多。"

"那不也还好吗,你还真聪明呢!"

俩人聊着聊着，风珍就不那么拘谨了。说说笑笑间，已来到了她舅舅的村庄。她舅妈在门口迎接他们俩，说："芸莲刚才还在家里，风珍你去那边叫她吧。"风珍没进院门，就直接叫她表姐去了。

芸莲羞涩地跟着风珍到这边来了。苗条的身材，黝黑的皮肤，典型的乡村姑娘样子。相亲的气氛多少让人有些不自在，芸莲有些拘谨，她和风珍坐在一条长凳上，不时地偷眼打量着桌子对面的阿成，又迅速地低下头与风珍说些闲话。阿成坦然地坐在桌旁，他倒很放得开，仿佛他很熟悉这里似的。

芸莲叫风珍去她家吃中饭，风珍示意要阿成回答，阿成大方地说："风珍去吧，你反正不忙。"

"今天你是客人，你去我才沾点光呢。"

阿成说："我还有点事忙，马上要回去了。"

稍停顿了一会，芸莲低着头说："不去吃饭，那我就回去了，家里还有事。"

这时，风珍的舅妈已在河边将一桶衣服洗好，提回了院子里，她叫芸莲再坐一会说说话。芸莲说："不了。"然后就走出院子。敏感的姑娘，听出人家一点点的口气，心里就明白了。

风珍舅妈忙进屋，留风珍、阿成吃中饭。阿成已站起身来说："谢谢舅妈了，大家都在忙过年，就不麻烦了。"

此时的风珍倒精神了起来："我今天陪着你跑腿，那就到你家去吃了。"阿成点头说："对，到我家去吃吧。"风珍和舅妈也跟着笑起来。

这场相亲，一个上午就结束了。两人辞别了舅妈，出了村口，刚上大路，就听到后面"嗒嗒嗒"的声音，一辆拖拉机开了过来，两人都下意识地往不太宽的机耕路旁边一闪，瞥了一眼，开车的是罗山村的罗大文。"嘎"的一声，车子在他俩面前停了下来。罗大文打着手势叫他们上车，要带他们一段路。俩人好意难辞地从后厢爬了上去。这个罗大文他们早就认识，是阿成的同学，但很早就不念书了，一直在家掏黄鳝捉泥鳅，前两年他家买了一台拖拉机，现在就在这四乡八村里跑车。刚才他送一车石头到这边来，现在正好返回。阿成和风珍俩紧紧地抓住扶栏，在拖拉机后厢里上下颠簸着。可这样，他们要少走不少路，还算是碰巧了。

车子在岔路口缓缓地停了下来，罗大文还要去山上的石料场装货。阿成从车上跳下来，在口袋里掏出香烟，递过一根说："大文，谢谢你了。"

"别客气。"罗大文接过烟，迅速从驾驶座旁取出打火机，打着火要给阿成先点。阿成忙摇手说自己不抽烟，已将烟盒塞回了口袋。罗大文点着烟后，吐出一团烟圈，摘下墨镜，客气地叫阿成："慢走了。"同时看了一眼后面的风珍。风珍也从拖拉机上很小心地爬下来了，看着阿成跟罗大文俩推让着香烟，见罗大文向她瞄了一眼，她站在阿成的身后，竟不好意思地低下了头。

拖拉机"嗒嗒"地向采石场开去。阿成和风珍向右一拐，上了一条田间土路。小路很窄，风珍稍稍走在前面，他们在轰鸣的拖拉机上没有说话，这时，风珍正有话要问阿成，便说："阿成，今天看了我表姐，感觉怎么样？"

阿成觉得不好回答，说："你表姐挺勤快的。"

"那你是看上了？"风珍紧追着问。

阿成不好意思地挠挠头，吞吞吐吐地说："……其实我今天真不想去，真是被我妈逼得没办法才去了，也是糊糊任务的。"

风珍惊讶着："你讲什么呀？你今天只是去糊糊任务呀？那我今天是被你耍了。你竟然敢害我跟你跑这么远的冤枉路，你存的是什么心？"说着，她恨不得要打阿成几下似的。

阿成连忙赔不是："对不起，对不起，是我的错，是我的错。"风珍快步地向前迈了几步，跟阿成拉开了一段距离，表示不愿搭理他。

阿成满脸堆笑地跟在后面，想进一步解释。风珍回过头，问阿成："你是不是在外面女朋友谈好了？"

阿成一个劲地说："别冤枉我了，没那回事。"他知道风珍是个活泼又大放的姑娘，女孩子们对恋爱方面的问题很敏感，他跟上脚步反问道："风珍，你的男朋友是不是谈好了？"

风珍嘴一撇道："别胡说了，我哪像你，没有诚心还好意思到人家家里去看看。今年有两次人家给我说媒，叫我去见一面，我都没去。"风珍说着，还昂起了头。

阿成顿觉形秽，只得不好意思地笑着。他见风珍如此开朗，便一本正经地对她说："唉，我哪是胡说呢？你也不小了，看上个中意的也能谈了。人家介绍的，条件要是可以的话，谈一个不也很好吗？要看准一点，不要像当初对待罗大文那样，人家托了几个媒人到你家你都不愿意，你看他现在多会挣钱，这周围有几家能跟他家比？"

"你别嘻嘻哈哈的了，你看他那黑熊的样子！"风珍扬起手，气恼地回转身就要打阿成，"看我怎么教训你。"

阿成忙后退求饶，突然脚底一滑，一个趔趄，身子一歪，双手抠在了田埂上，差一点掉到水田里，一双雪白的球鞋上沾满了泥。风珍见他如此狼狈，便不再追打了，嗔怪道："陪你走了两趟路，一点报酬都没有，还敢胡说八道。"

阿成接过话茬说："好的，好的，我一定给你回报，你若是看中了哪个帅哥，我一定给你帮忙。"两个人就这样边走路边斗着嘴，就像小的时候，一道下河摸河蚌，在田埂上打猪草一样，无拘无束地闹腾着，仿佛回到了童年的时光。

阿成在水沟里洗了手，从后面走上来。风珍沉吟了一会，说："唉，跟你说正经的呢，你说说，父母们有的时候是不是多操心了？总是任着自己的想法，硬把毫不相干的两个人往一块凑。难道年轻人自己还不晓得自己该谈什么样的人吗？"

阿成说："就是的，我们也只能是理解他们的一片好心了，自己的事还是要自己做主的。我看你妈要是在家把你逼得紧，你就趁早谈一个嘛，省得你妈多操心。"

风珍白了他一眼说："你别操我的心了，今天是你出来相亲的，你说说你自己，你到底要谈什么样的人吧。"

阿成不知如何回答，风珍见阿成磨蹭着，心直口快的她又问道："你是不是喜欢上了你的那位女同学了？"

阿成打了一个哈欠，脸上现出几分惆怅说："我们只是同学关系，不是你想的那样，我那同学前一段时间已订婚了。"

风珍分明听出了阿成话语里的失落感，她心里一下子振奋起来。

乡间窄窄的田埂上，俩人一前一后沉默地走了好一会。风珍在考虑，是不是应该利用今天跟阿成在一起这难得的机会试探他一下。走到前面田埂稍宽一点的地方，她放慢脚步，等阿成靠近她，俩人几乎是并排走的时候，问道："如果有姑娘爱你，你敢不敢像王家院子的王振山一样，把那姑娘带走呢？"

阿成说："怎么不敢？关键是要真喜欢的。"

"那你心中现在有喜欢的人吗？"她专注地看着阿成的反应。

阿成说："你问这干啥？"

"我就随便问问。"风珍的话明显有些唐突。

"谈不上喜欢谁，可能我是个冷血的人，我的心里现在还找不出喜欢的人。"

敏感的姑娘垂下了眼，她明白了阿成对她从来就没有那种感觉，自己只是一厢情愿罢了。

阿成发现了风珍的神情变化，觉得有些反常，但顷刻之间似乎明白了什么。

俩人不知不觉已到了村口，风珍斜乜了阿成一眼，仿佛欲言又止。

阿成妈由于没有得到满意的结果而不快。可是，现在的事只能让孩子们自己做主了，已快过年了，心情还是愉快点好。

晚饭后，阿成到自己的屋里去，刚开门锁时，见风珍朝这边走来。阿成高兴地叫住她，请她进屋坐坐。

风珍走近时，一脸的惊诧，支支吾吾的，语无伦次，她竟不知道自己怎么浑浑噩噩地鬼使神差地到了这里。虽然光线很暗，阿成没有看清她的表情，但她知道自己的心已跳得厉害。她想立即走开，却又不由自主地僵在阿成面前不动。

阿成手里已划着一根火柴，点亮了油灯。风珍离他很近时，他闻到了一股好闻的香味。

风珍昏昏然的样子，被这房子里的氛围所困扰着。她发觉那桌子上的书、墙上的画，以及这房间里的每一样物件，都散发着诱人的气息。她的喉咙里好像阻着什么东西，脸上犹像不定的样子，好想要说什么却说不出，抑或是没拿定主意似的。她黯然地垂下眼。此刻，她觉得这房间里的光线温柔得醉人，她的情感在这狭小的空间里游移而不能释放。

阿成唤了两声呆立的风珍，发现了她异样的神情。听到阿成的两声叫唤，风珍那凝神的目光才轻轻地一颤。

阿成费解地看着她反常的样子，感到诧异。风珍终于从刚才昏昏然的状态中清醒了一些，眼里已是一汪模糊的泪水。她认真地看了一眼站在她面前的阿成，好像要从他的脸上分辨出什么东西似的。良久，她才收起那双飘忽不定的疑惑的眼神，默然地回转身，走出了门槛。今生，与之向往的情感是注定得不到了。她轻轻低下头，只能哀叹自己的软弱，好想说出的话却没能说出来，她没有王三妹的勇气。

阿成追出门外，望着风珍在黑暗中消失的身影，感到恍惚。

青春，总是有那么一场梦魇在牵引着人。

14/ 为自己内心的向往而欢欣鼓舞

阿成已从那场车祸造成的痛苦中走了出来。对生活的向往，对未来的希望，是年轻人正常的心态。这个春节，他过得很充实。"不苟营生，但辛耕耘。"他将自己对生活的信念吐露于自己的诗语里。"一夜春风吹大地，万株芳草遍天涯。"他将自己的心境与时令自然景物和谐地描述成一副对联贴在大门上，迎接新年的到来。新的一年里孕育着新的企盼。对生活的热爱，对人生的思考，让人一天天地成熟。抛弃无尽的感伤，迎接新的希望，但愿生活里都是湛蓝的天空。

新春的绿意，荡漾着人的心扉，大自然在沉寂中苏醒。新的律动，在万象更新中开始。

阿亮、阿成趁着春节过后几个暖洋洋的日子，在附近的村庄里收齐了第一床孵化卵。因为尹师傅说，家禽在好天气里下的蛋孵化率高。

天又阴下来了，早上开门时就落雨点。阿成庆幸，幸亏昨天收齐了鸡蛋，今天可以装盘，孵化就要点火开始了。

阿亮打着伞过来了，今天他特地把吴梅带来做帮手，两人的感情现在已发展到如胶似漆的程度了。阿亮家的房间已装潢好，过几个月就准备结婚了。

阿亮蹲下来，先对鸡蛋进行了清理选优，吴梅跟着点数装盘，俩人配合默契的样子，让人羡慕。

阿成将自己近来的生活状况作了仔细而深刻的思考和分析，觉得母亲的着急和焦虑是正常的，可风珍的行为却让他惊诧。准确地说，风珍并没有在他面前有什么实际的行为表现，可他却实实在在地感觉到了。莫名其妙过后，却是惊讶而不可接受，让人感叹世上总有让人意想不到的事，因为他一直当她是自家妹妹一样，从未有过特殊的想法。

阿成不想在不必要的生活烦恼中消磨自己的精力，可怎样消除这些烦恼呢？阿成思考着，如果能够找个满意的对象，就能打消风珍的误解（如果风珍真有那种想法的话），也能了却母亲的心愿。再说，这本身就是每个人都必须要解决的问题，但前提必须是要有自己喜欢的满意的人。这样想时，他觉得自己有些好笑，因为他以前从未这样深入地思考过这件事。

当真的要考虑这个问题的时候，他脑子里便倏地闪现出龚仪玫的影子。可这已是不可能的事，她早跟侯正阳订婚了，他们之间的那种关系只不过是花园里一棵永远也不会开放的花蕾，永远只能是纯洁的同学关系。前不久，他怅然若失了一阵子后，心情也归于平静了。

第一缸的孵化卵特别成功。二十天的时间里，他们格外小心谨慎，宁可多劳累一点也不疏忽大意，三个人轮流值班，检查看火，调节温度变化，按规定时间翻蛋。第一缸只用了一座炕床的一半，孵化的数量虽然不多，但百分之九十五的出壳率，让他们无比高兴。第二缸更是信心百倍，两座炕床全部上满。

正月末的时候，乍暖还寒，刚刚暖融融的天气又遭到了一股北方强冷空气的入侵，气温骤然下降，一场鹅毛般的大雪纷纷扬扬地落了下来，人们立刻感到又回到了寒冷的冬天。

午饭后的两点多钟，雪停了。这场雪来得快，去得也快。毕竟已接近春天，让人感觉雪在"嗞嗞"地融化，滋润着泥土，催生着万物。雪后的原野寂静而广袤，阿亮推着一辆红色摩托车上了公路。吴梅上午就来邀他去桥埠镇,她相中了一间门面房,要阿亮去看看,如果看中了他们就租下,吴梅想从她叔叔的店里出来,自己单独做生意。因为结婚后,他们就要创造自己的生活了。

俩人坐上车,向阿成挥了一下手。阿成敞着衣襟站在公路边,让凉风将他的酒气吹散。他眯着眩晕的眼,遥看着摩托车如一团红雾般驶向远方。

近来,阿成来自父母方面的压力越来越大,回家时甚至挨骂。母亲说人家女孩子都很勤劳本分,也长得不丑,自己家的样子人家不嫌弃就不错了。阿成十分理解母亲的忧虑,这都是对孩子的关爱,这个问题是他现在必须要认真考虑的了。可他又苦恼起来,心里犯难了,觉得就自己各方面的条件,现在要找一个满意的对象是很不容易的。因为脸上的一条伤痕和一只受伤的眼就足以使他丧失信心。另外,还有他的家庭,这附近村庄里的人都知道他的父亲很早就离家出走了,现在的父亲是他的继父,家庭关系复杂。他也不愿意像时下的许多年轻人一样,随随便便谈一个或经人介绍认识一个,一段时间后又吹掉。一年谈几个对象,把名声搞坏就糟了。他还丢不起那个人,也更花不起那个冤枉钱。因为一旦确定了关系,两家人一来往,多少是要花些钱的。他想,一定要慎重。虽然自己的条件困难,但也不能马马虎虎地降低标准。他考虑着自己应该找个什么样的对象,认真地思索着,心里也慢慢有了标准:应该找一个善良稳重、通情达理的人,相貌一般就可以。又一想,即使要达到这样的目标也不是很容易的。唉,怎么就没有遇到让自己心动的人呢?他极力地思考了很长时间,苦思冥想着,竟不自觉地将认识的一些女孩子从头至尾地在头脑里过滤了一遍,想寻找一点感觉。

蓦然回首,一个隐约的、悠远的影子在他的脑子里慢慢地浮现。细细地回想,竟兀自凸显出来,他猛然心里一亮,觉得有了方向。霎时,那身影明朗起来——那是一次偶然的相遇,窈窕的身材,匀称而有朝气,黄昏里,纯朴的衣着透着一种诱人的神韵。就是那次去风珍家补衣服时见到的那姑娘,是风珍的师傅。她低着头,脸上仿佛还有些羞涩,做事时那认真的样子,非常的优雅。很长时间过后,他才知道她叫香子。以前,他也曾听别人说过香子,只是从未见过。传闻中,这个女孩子拒绝过很多年轻人的追求,他认为她一定很独特。因为传闻大多数是从乡间野地里鲁莽的少年口中流出的,让人觉得女孩子一定很野。阿成之所以后来听说她就是香子时有些惊讶,是没想到香子的形象并不是他想象的样子。原来,香子一直在家做裁缝,手艺精巧出众,人也纯朴。

偶然的那一次相遇,并没有给人留下什么特别的印象,两人也没有互相认识,甚至连一句话的交往也没有,记忆也被时间冲淡。

现在,阿成搜肠刮肚地在模糊的记忆里搜索,在自己记忆的旮旯里寻找到一片阳光,让他一下子豁然开朗。他不由得自责起自己太疏忽大意了,反应太迟钝。

人真是奇怪,当没在意以前发生过的一件事时,你竟然从不去想它;当你认真地思考过,发现了它的意义与美好时,你的思想便陷入其中而不能自拔了。

几番回味,此情便在心中挥之不去了,渐而愈加强烈。近几日,感觉香子的形象早就刻在自己的心中,他的情绪也因酒精的作用而鼓胀着。

他情不自禁地在雪地里跑起来,心情无比愉悦,像寻宝者找到了金矿。他决定要用最快的速度付诸行动,勇敢地向姑娘发起进攻。他像孩子似的抓起路边的积雪向空中抛洒,又用沾满雪渣的双手抹着自己滚烫的脸颊。跑累了,他将身子靠在公路边的一棵杨树上,喘着气,仍然是抑制不住的兴奋。他为自己有这样的发现,有这样的精神而欢欣鼓舞。

阿成回到炕坊时,中午的酒气已荡然无存了。尹师傅的脸上却还是酒气熏天,不过尹师傅说他能喝能睡能干活,是久经考验的。他说刚才炕床上的温度已检查了,底下的炉子已加好了煤。这个晚上由阿成值班了。

阿成今天的心情特别好,把自己那件旧大衣披在尹师傅身上,说今天下了雪,叫尹师傅回家走在路上别冻着,外面还有点风。尹师傅走路仿佛还有些摇晃,红着眼对阿成说:"下一次,你只要多陪阿亮干三杯,我一定把他放倒。看他小子还猖狂,还骑着车子带着老婆乱跑。"阿成真的佩服尹师傅的酒量,喝了那么多都没有醉倒,下午还在干活值班。不过现在说话时,那舌头还在绕。阿成高兴地向他挥挥手。尹师傅耸耸肩,将大衣在肩头稳定好,动身回家去了。

阿成晚上一面值班,一面在考虑如何付诸行动。他决定要勇敢地向她表白。

第二天,阿成和阿亮挑着箩筐,踩着冻结的残雪,下乡去收鸡蛋。天气阴郁而寒冷,俩人在吴湾村收了一个上午,在阿亮的二姑家吃了中饭后,挑着担子出了村,向西过了一座小桥,便到了徐村。阿亮站在桥头用手指着说:"那第三家就是香子家。"他们向前走了几步,便看见那门是开着的。俩人早就说好了,先到香子家一趟,然后再去收鸡蛋。

两个人将箩筐歇在屋外,又在雪地里清除了鞋上的泥巴,还没进门,一个小姑娘从屋里探出头来,阿亮问她香子在家吗?那小姑娘应了一声,便转回了头。此时,香子也刚吃过中饭,在里屋自己的房间里。听见有人来了,便走出来,看是阿亮,忙给他让座。

他们在堂屋中间的方桌边坐下。这是一间不大的堂屋,两边都摆着缝纫机,方桌的后面是一长形裁衣板。右边的两台缝纫机上,正有两个小姑娘在做衣服,他俩不时地打量着阿成。因为阿亮在这边的几个村庄做过木工,前不久还帮香子修理了一回裁衣板和一条凳子,她们对他很熟悉。

这时,香子泡好了两杯茶放在桌上。俩人叫她别客气,忙自己的事情去。香子微笑着说:"现在的事情不太忙。"

阿成正注意她时,却发现了一双机敏的眼睛。显然,她也在打量这个戴眼镜的青年。阿成喝了口茶,觉得脸上有些发热,其实,今天他才是真正地见到香子。去年他们只是偶然遇见,也许,当时她根本就没有注意到他,更不用说什么认识了。而今天,当阿成第一次看清她时,完全被她倾倒了,觉得她的神韵仿佛早就深深地印在了他的脑海里。那眼神,那脸庞,又似相识了很多年。

香子母亲拿来毛巾,抹掉桌上的水迹,收拾好茶叶筒,回到里面的房间去了。阿亮一面喝茶一面跟两个小姑娘拉话:"今天怎么就你俩来了?"小姑娘说:"现在正月里做衣服不怎么忙,这两天下雪,两个师姐没来,我们两个离这近,就过来了。"

阿成的脑子还在神驰,香子又从房间里端出两个茶盘来。阿亮摇着手说:"你这样客气,我就不好意思来了。"阿成也说不要客气了。香子微微地红着脸，笑着说："现在还是在正月里，正月里进屋门的都是客呢。"

刚才在二姑家吃过中饭还没喝茶，现在正好在这里多喝几杯好茶。于是，他们便一面品茶，一面看着香子在裁衣板上教两个小姑娘裁衣服。

阿成觉得该走了，便喊了阿亮，俩人站起身来告辞。香子放下画粉，另一只手里仍握着一把直尺，转过身来叫他们再坐一会，喝一会茶。阿亮说还要到外面去收鸡蛋，阿成也很有礼貌地向她道了谢。香子微笑着将他们送至门外。阿成提着装零钱的小手提包跟在阿亮后面，走出十几步远，他回头看了一眼，香子还站在门槛旁。许久，许久，那明净的匀称的笑脸，澈亮的双眸，还在他的脑子里萦绕着。他的心情真是极好，边走边说："她对人挺客气的。"

阿亮拍了一下他的肩膀说："你眼光不错，运气还好，看来她对你有印象。"

阿成不置可否地笑笑，说："她怎么就跟她妈两个人在家，还有别人呢？"

阿亮说："她爸和她哥哥都在外面做生意，不经常回家，她姐姐家在吴湾村，家里就她跟她妈，还有几个徒弟。"

两个人下午又跑了两个村庄，鸡蛋总算收齐了。回家时天快要黑了，阿亮刚挑着担子进门，就看见吴梅笑盈盈地站在那里，显然是在等他。阿亮问她什么时候来的。吴梅说半下午就来了，先到他家，他母亲说他在炕坊。

阿亮笑着说："那真对不起你，让你久等了。我们今天跑了一整天，好不容易才收齐了蛋。今年的雨雪多，母鸡产蛋率低，我和阿成今天跑了好几个村庄，中午到你家里去了，你不在家，我们在二姑家吃了午饭。"

"早知道这样，我中午就回家陪你们吃饭，也不用在这里等到现在了。"

阿亮嘿嘿地笑了两声。

吴梅嗔怪地白了他一眼。

阿亮回过神来，问了一声："你等我有什么事？昨天那房子有没有谈好？"

"我的事情你还放在心上呀？"

"哈哈……"阿亮表示着歉意，装傻地笑笑。

"今天上午房东在家里，我说我们昨天看好了，把一些意见跟他说了。

他答应了，房租也谈好了，一百二十块钱一个月，还有一间小厨房给我们烧饭，加十块钱，一共是一百三十块钱。"

"嗯，嗯，"阿亮一面应着，一面说，"回家吃晚饭吧，时间不早了，阿成我们一道去吧。"阿成拗不过，跟着去了。

阿亮妈早就准备好了晚饭，家里有腊肉、咸鱼，还杀了一只鸡，可算是丰盛了。家里有这样一个标致俊俏的媳妇，怎不让她打心眼里高兴喜欢。一进门阿亮妈就对阿亮说："你爸今天给人家刚开工，不回来吃晚饭了，你们先吃吧。"老人家一会儿叫吴梅吃菜，一会儿叫阿亮多陪阿成喝一杯酒，真是热情。

阿亮喝了几杯酒，就说起自己的实心话，他说吴梅还是在她三叔的店里上班好。其实她三叔也不肯放她走，还需要她帮忙，省得一个人开店担风险。再说自己也没有时间、没有精力伸出手来帮助她。

吴梅一听他这样的观点，就有点生气，说自己应该有自己的追求。一个人开店，哪怕再小，可以由着自己的思路发展，自己的理念可以得到充分的发挥。帮别人打工，尽管是在三叔的店里，无论到什么时候，也只是个帮手。每一个人、每一件事情的发展，都要抓住机会。她说她去年就有这样的想法，今年正好蔡家扒开了一间门面。吴梅非常坚决地说："我一定要抓住机会，你晓得现在街上的门面多抢手吗？扒开一间，马上就给人家租去了。这几年，街上的店面有六十多家了，可生意比以前只有七八家店面时都好。"阿亮看她振振有词的样子，便不住地点头。其实，他也很赞赏吴梅的勇气与胆略。

吴梅叫他不要打哈哈。她端起一杯酒问阿亮，到底什么时候能抽出时间给她帮帮忙。阿亮带着几分酒意点点头："既然你一心一意地要去做，那我没有理由不帮助你，绝对竭尽全力，明天就去买木料，给你做柜台货架。"

吴梅骄傲地扬起眉梢，迎着阿亮端起来的酒杯碰了一下："这还差不多。"于是，俩人一饮而尽。吴梅又斟了一杯酒端起，对阿成说："还要请师傅给我装潢得漂亮一点。"

阿成说："一定办到。"一杯喝下，忙摇着手说不能再喝了。

吴梅转过身，在自己的手提袋里拿出一段布料，推到阿亮面前，说："事情还没做,我先谢你了。"

阿亮忙摆手说不好意思,吴梅娇嗔着:"是嫌料子不好吧。"

"哪里的话?"阿亮脸色泛红,显然酒已喝了不少。

吴梅将身子靠向椅背,盯着阿亮说:"我想在三月三开张,工期可得抓紧啊。"

阿亮说:"为什么要三月三呢,五月一号或者五月一号过后不行吗?"

"五月一号?五月一号你不忙吗?你不忙,我可忙呢。你还真想五月一号搞个双喜临门呀?那我可忙得受不了。"

阿亮看她那俏皮的样子,只得笑着点点头,也明白了吴梅的安排。他们年前曾商量过五月一号结婚,到时候要是店面也开张,肯定是忙不过来。推算时间,那最好是三月三。因为农历三月三是本地一年一度传统的庙会,周围十里八乡的群众都来赶庙会,商机超过每年的元旦、春节。

接着,吴梅又指着阿亮前面的那段布料说:"这是我前天去进货时买的,面料可不差。你有时间赶紧到徐村去找香子给你量一下尺寸,别的裁缝做,我还不大放心。也要快点做好,三月三你就穿这套衣裳。"

阿亮说:"今天我们收鸡蛋还到她家里去了,"他向阿成努努嘴,"有人看上她了,明天我们正好又有机会去一趟了。"

吴梅立刻望着阿成说:"你真有眼力呀,祝你成功哟。"阿成不好意思地笑笑。

晚上炕床要翻蛋,阿成吃过饭就回去了。吴梅说还有件事要阿亮帮忙,阿亮问什么事,吴梅说进货时可能还差一些钱,又说:"这事我不打算找父母帮忙了,因为这店是以我们俩的名义开的,是我们俩以后生活的来源,所以要靠自己努力。"

阿亮说:"我钱都投在炕坊里了,结婚时还要用点钱,那只有下乡去要工钱了。"

吴梅说:"我不管你怎样,反正把钱拿到手就行。"她舀了一盆凉水来,说喝了酒洗凉水脸舒服,看来,她晚上的酒喝了不少,脸上红彤彤的。

阿亮也洗了一把脸,然后领着吴梅到他们的新房里去看看,早已装潢好的新房虽谈不上富丽堂皇,却也十分精致。俩人手挽着手走进新房里,顿时让人的心里产生了几许柔情蜜意。吴梅幸福地观赏着新房,她抬起头看看最新流行的天花吊顶,还有油漆的花边墙裙。打蜡的地板上,她拉着阿亮的手,忽然有了一种舞蹈的冲动,她醉眼蒙眬地看着阿亮,要他陪她跳一曲探戈。阿亮知道吴梅的酒有点多了,说他不会跳探戈,房间里要是有音响的话,倒是可以来段霹雳舞或者迪斯科。吴梅睥睨了他一眼,那昏昏欲睡的眼神里是无比的幸福。她将头倚靠在阿亮的肩上,阿亮顺势将她扶进沙发里,俩人陶醉在幸福之中。

吴梅看着眼前这一排款式新颖的组合家具和一张华丽的席梦思床,她是很满意的。阿亮坐起来喝了一口茶,又从茶几上端了一杯递给吴梅。他伸了一个懒腰,将头歪向靠背,两眼盯着自己精心设计的天花板,向吴梅描述着说:"过几天,村里就通电了,到时天花板上的角灯和壁灯都会亮起来,里面都装了彩色灯泡。"他也在期待着,房间里将是另一番情调。

正月里,一轮下弦月升起的时候,阿亮和吴梅已越过了公路,进了吴湾村。等吴梅敲开家门,阿亮就往回走,此时的月光比刚才亮了些,夜风让人觉得有些冷。阿亮晚上的酒也全醒了,他来到鱼塘边,鱼塘和田野都静悄悄的。当年凭阿亮父亲的精明,用很少的几分责任田从生产队里换得自家责任田边这块水塘的永久性经营权,他又将旁边的几条荒沟和几个水凼连在一起放养了鱼苗,现在每年都能给他们家带来可观的收入。当年没有人要的小水塘,现在却变成了一个小银行。

阿亮巡视了一下鱼塘,便进了小屋。鱼塘边搭起的这间鱼棚也很宽敞,里面是一间很整洁的房间,外面砌了一口锅。农忙时,或在田里做事遇到下雨时,家里就在这边做饭。

自从有了这个鱼棚,阿亮就成了它的主人,每晚来看鱼也成了他的责任。有时,这里也是年轻人聚会的场所。与阿亮形影不离的阿成当然也是这里的常客。阿亮吹灭了煤油灯,很快进入了梦乡。

炕床上蛋近一个月来,阿亮、阿成几乎把所有的精力和热情都投入了进去,炕坊里的情形也基本令人满意,几个人合作得也很融洽。昨夜里,尹师傅和阿成翻蛋、照蛋,忙到大半夜。快吃中饭时,尹师傅才起床出来,他见阿亮也过来了,便洗了一把脸,抽起香烟,三人围着一张小圆桌坐下。尹师

乡
路

傅对阿亮说："鸡蛋上了这么几缸就差不多了，下一缸该上鹅蛋、鸭蛋了。这鹅蛋、鸭蛋我要去跟一些老客户打个招呼，叫他们养殖户自己送过来。这可不像鸡蛋还要下乡去收，你们俩也要轻松许多了。"

阿亮说："这些事情由你定夺，你说怎么上就怎么上。"

尹师傅说："今年这雨雪一直下个没停，鸡蛋难收，后面这几缸的照头也不是太好。不过我们主要还是孵鹅、鸭送到农场上去卖，靠在乡下一家捉个二三十只小鸡，怎么搞也挣不到钱。前面孵的这几缸小鸡，我们大家只不过先熟悉熟悉，试运行一下，所以我们还是要尽快地上鹅蛋、鸭蛋。"

阿亮趁下午尹师傅在炕坊看火的档儿，邀阿成一道去买了木料，到带锯厂打开后，找了一辆三轮车将木料装回家。他只能在家里找空闲零碎的时间给吴梅做柜台。

晚饭后，阿亮要把吴梅给他买的那段面料送到香子那里去做衣服，他喊了阿成一道去，要他胆子大一点。阿成说："今天一定要找机会跟她讲话，跟她说清楚。"

阿亮夹着面料，俩人到徐村时，天已麻麻黑了。敲开虚掩的门，香子正在家里吃晚饭。香子叫了一声："红莲，红莲。"一个每天晚上来陪她做伴的小姑娘从房里端出两只方凳子，放在桌旁叫他俩坐。阿亮叫她们别忙，赶忙吃自己的晚饭。

香子说："吃好了。"红莲也帮着收拾饭桌。

阿亮把布料放在桌上说："请你帮忙做一套衣服。"

香子用手翻了一下面料说："面料质量挺好的，在外面买的吧？"

阿亮说："是吴梅在城里进货时买的，这面料做一套西服怎么样？"

"这面料做西服挺好的，吴梅真会买东西。"香子又说，"吴梅真行，又会做生意，在我们这一带是最出众的，你俩真般配。"

"哪里的话？"阿亮高兴地笑着。

香子手里已拿起了皮尺，说："先量一下尺寸吧。"看阿亮穿着羽绒服，又说："哟，穿羽绒服不好量，量不准。"

阿亮灵机一动，指着阿成说："在阿成身上量吧，他身上这套西装我穿着就跟他一模一样，就做他这样的样式，他过年时在城里才买的，还挺时尚的。"

香子瞅着阿成说："那好，你们俩个子一般高，身材差不多。"说着，就笑盈盈地站在阿成面前，"那就……"

阿成一时窘迫起来，不知所措，眼光看着香子，又转向阿亮。阿亮急切地示意他，叫他站起来让香子量。阿成勉强地仍有几分不好意思地站起身来。

香子向前进了一步，熟练而大方地用皮尺从阿成的领口量起。阿成觉得自己像木头一样地立着，却清晰地感受到了她轻轻的鼻息，还闻到那一头乌发里散发出来的芳香。量他胸围的时候，香子稍稍抬了一下眼睛，阿成觉察到那满面微笑的脸上，似乎掠过一抹妩媚的眼波，让人心动。量好所有的尺寸后，香子一面将记录的纸条夹进面料里，一面招呼他们喝茶，阿成僵硬的身子才舒缓了下来。他接过红莲刚泡好的一杯茶，喝了几口，原打算要说的话，还是没能说出来。

晚上阿亮要值班，两人不能久留，赶紧回去了。

两次的见面，阿成不但未能将自己的心里话说出来，就是说话的机会也难找到。可是，却越发增加了他对香子的痴迷，无时无刻不在心中念念不忘，脑子里挥之不去，思维老是奔向徐村那个方向，情绪焦灼不定，他有些苦恼了。心里也在不停地思考着，觉得这样的事怎么可能在有许多陌生人的时候说呢？最好的方法还是写一封信，找个机会送到她手里更方便些，而且信里的内容可以更丰富些。

考虑好后，他便决定写一封信。

于是，那酝酿已久的激情，那坚定、热烈的情感便在他的笔下汹涌澎湃地奔流而出。

尊敬的朋友：
你好！
那个初夏的傍晚，
在朋友家的屋子里，
你我第一次相遇了。
也许你还没有注意到我，

我却发现了你，
你的身姿是那么优雅，
好让人倾慕。
尽管相遇是在瞬间，
然而，就在这短暂的时间里，
你的印象却深深地刻进了我的记忆。
几番回味与咀嚼，
我心中的门扉已被你拨动，
我是爱上你了，
你，就是我早已沉淀在心中那爱情的音符。
于是，几回回寻觅着你的影子，
你的音容萦绕在我的心头，
从此，我陷入了深深的思念中。
朋友啊，你可知相思的煎熬是多么痛苦？
整日里愁眉不展，焦灼不定，
魂亦不在身，
不知为什么，
你我近在咫尺，
却好像远隔天涯。
然而，我爱的人啊！
我渴求的心灵，不能再忍受企盼与等待，
我要向你勇敢地表白，
我要疯狂地追逐你。
也许你很坚固，
可我会融化你的，
我相信，我真诚而强烈的一颗心，
一定会得到你的爱。
你不要说我好莽撞，
我什么也不在乎，
茹苦的心儿不再感到羞涩，
多少回神痴梦想，
你雍容矜持地来到我身旁，
施洒一片爱的甘露，

滋润我枯竭的心田。
我愿拜服于你的裙裾,
向你捧出我这颗真诚的心。
我的爱人啊,我期待着你的爱。
我要追逐你,我爱的人。

他兴奋得难以平静。在这诱惑的梦里,激情酿成的醇美是那么的温馨醉人。阿成意犹未尽,又写了一首藏头小诗附在后面,希望她能懂得其中的诗情话意。

我遇见一朵美丽的花,
爱它在心上,
里里外外红透了蕊,
香如桃李洒缤纷,
紫颜氤氲溢清沁。

这一封信几乎是在亢奋与冲动中一气呵成,他对自己的感情、自己的追求以及写好的信都充满了信心。抄写好最后一个字时,他便感到全身释然了。不管别人是否接受,自己的这份真实感情是必须要送出去的。他决定要亲自将这封信交到她手上。现在,只是要等待一个适当的时机。

15/ 爱情,就要勇敢地表达

天气渐渐地大晴了起来,春节后的雨雪天让人们落下了许多农活。现在,小路上,田野里,到处是人们忙碌的身影。吴主任已派立新把变压器和电线从城里拉回来了。李闫和也买好了砖瓦,正在王家院村和李家院村之间的大路旁盖加工厂。浙江配蚌的师傅们天还没晴稳就过来了,现在已在珍珠棚里继续配蚌。村庄里,处处呈现出忙忙碌碌、欣欣向荣的景象。

这几天,到炕坊这边来玩的年轻人也少了。这晴好的天,正好去油菜田里清沟沥水，也有的人家已放干水田里的水开始扒荸荠果子了。阿成和阿亮也在村里栽了两天的电线杆子，拖了几天电线。这两天，立新让他们轮换着休息两天。

炕坊里要上鹅蛋和鸭蛋，他们也不用下乡去收鸡蛋了。这段时间不是很忙，阿亮想起要下乡去问人家讨要工钱，因为他已答应了吴梅，到时候总要拿出钱来给她。他又喊了阿成，阿成马上把写给香子的那封信带好。俩人商量好，还是先去吴湾村，然后到徐村。想不到很顺利，阿亮找了几家，还都有人在家里，阿亮说明情况后，大多数人都说过几天一定给他。有几家没等阿亮开口，就表示不好意思，指着外面晒着的荸荠说晒干了果子卖掉，就把钱送到阿亮家，还有两家当时就把钱给了阿亮。

俩人继续往前走，阿亮又进了一家。阿成一个人站在路边上，他一面等着阿亮，一面向前踱了几步。突然，一个熟悉的身影出现在他前面不远的地方，阿成一愣，站在那里足足呆立了几秒钟。不是别人，正是香子，那身紫色的绒线衣让她更显雍容典雅。香子也有些不自在地站在那里，她发现阿成往这边走时，本想避开，她今天到她姐姐家这边来，是和她姐夫的一个表弟相亲，此刻，她姐夫的表弟正坐在她姐姐家的堂屋里呢。乡下人的思想都保守，她不想今天在这里遇到熟人。可她发现阿成已看到她时，她就站在那里没有避让了，温婉地朝他微笑了一下，算是打招呼了。那从容的微笑，如朝霞，如晚雾，让阿成迷离恍惚。阿成刹那间觉得脸颊发热，因为他今天正想去她家里，不想在这里遇见了。此刻，他的一只手还放在裤兜里，正捏着那封信。可是，这封信又不能在这种情况下交到她手里。他不好意思再上前去，只尴尬地笑着向香子挥挥手。

虽然今天的信没有送出去，但阿成的心里却非常快乐。因为每一次遇见她，都让他感到非常兴奋，所以他认定，自己选择的目标是正确的。现在，他要把这封信送给她的心情更加急切了。

大约过了一个多星期，一个晴朗的傍晚，他邀了阿亮再一次去徐村。香子正在家里吃晚饭，阿亮笑嘻嘻地询问衣服有没有做好。香子说："前两天不在家，到姐姐家去了，衣服过两天再给你。"说着，她转过身，看了一眼阿成，因为那天她在姐姐家门前，阿成看见了她。

阿亮说:"不着急要,过几天没关系。"

此刻,阿成正心不在焉地看着墙上的几张年画,来回地踱着步,他在琢磨着如何把信送到她手里。若再过一会,每天来陪她做伴的红莲就要过来了,信不好送出手。于是,他趁香子母亲还在厨房里,赶紧鼓起勇气转过身,捏住信的手在裤兜里已冒出了汗,他倏地拿出信来说:"香子,给你写了一封信,交个朋友。"

香子顿觉突然,有些慌乱,但也立刻悟出了什么,忙摇着手向后退了一步说:"我不要信,别给我。"

阿成向前进了一小步,很认真地说:"这信就是写给你的,你一定要接,你仔细看看吧。"边说边把信塞到她手里。阿亮也在旁边笑着催香子把信接着。香子无可奈何地勉强把信接在手里。阿成看着香子一手接着信,一手还端着饭碗的窘样,也觉得好笑,忙说:"你吃晚饭吧,我们走了。"阿亮也打了个招呼出了门。

阿成一下子觉得轻松了许多,他终于把这第一步迈了出去。

吃过晚饭,香子将几件琐碎的家务事很快做好,便进了自己的房间,关了房门拧亮台灯,很忐忑地将这封信打开,一看竟是洋洋洒洒的一首诗,让她惊讶不已的是竟有这么长。她小心地展开了信纸:"尊敬的朋友,你好……你我第一次相遇了……你的印象却深深地刻进了我的记忆……我是爱上你了……我陷入了深深的思念中……我渴求的心灵,不能再忍受企盼与等待……一定会得到你的爱……"看得她有些心跳,脸也发热,不免有些惶恐,简直不可思议,觉得这年轻人是不是太冲动了,下这么大的功夫,写了这样长的一首诗。看完这封信,香子有些赞叹,又有些佩服,但还是觉得好笑,因为她正在为她姐姐、姐夫一个劲热心地给她介绍对象而犯愁呢,这里又来了这么一位。这样的事虽觉突然,但还是在她的心中荡起了一片涟漪。虽然来往不多,但以她少女的敏感,其实她也多少看出了他的心思,心中多少也感受到了他的一片真诚。

阿成又在村子里拖了两天的电线,架线的工程很快就要结束了。现在,唯有配电房没有建好。李闫和的加工厂也在抓紧施工,等配电房里的设备装配好,全村通电时,加工厂也将同时开张。村里通电是件大事,虽然比别的地方落后些,也经历了一些波折,但这件事总算办成了。再过几天,每家每户都将亮起电灯,也和别的村庄一样,夜晚不再是一片漆黑了。村庄里的每个人都忙得开心,脸上挂着喜悦。阿成提前安装好了自家的电表和内线,还帮助几家邻居也将内线接好了。

晚上吃晚饭的时候,母亲告诉他,叫他明天跟钱伯到西枫山林场去买屋橼子。今天,姑父叫别人捎来口信,说正月里下的那场大雪加上又刮起的大风,山上的许多小松树都断了。现在林场的工人正在清理折断的松树,正好可以买下来做橼子,想要买就快点,价格很便宜。家里盖房子的砖瓦、石头和屋梁等,去年都准备好了,要不是去年钱伯的腿受伤,橼子去年也买好了,今年母亲是一定要把房子盖好。

二十几里的路程,因钱伯的腿伤刚好,路上歇了几次,走了大半天才到姑父家。姑父、姑母忙着给他们做饭,吃过饭已三点多了。钱伯笑着说:"吃得这么饱,晚饭也吃不下了,中午在路边的小店里还吃了一碗面。"然后就坐在一条矮凳子上,边揉着腿,边跟姑父、姑母说着家常话。

阿成喝了一会茶,便一个人走了出去。山间的空气,清新宜爽,晚雾来得特别早,红盘子似的夕阳在西边的山坳里还没有完全沉下,这边的薄雾便轻纱一般地缠绕着山腰里的树林和村庄。阿成在一条幽径中闲逛,他想起那封信交给香子已有一个星期了,昨天晚上托阿亮去看看,不知阿亮今天去了没有,有没有拿到回信。想着这件事时,头脑里竟无法抛开香子了。

掌灯的时候,阿成回到了姑妈的家里,可他的脑子里仍然装满了香子。他想找本书来解乏,可姑妈家的两个小表妹很小,家里没有什么可阅读的书。两个小表妹趴在一张方桌上专心地写作业,阿成在她们对面坐下,觉得很无聊,顺手拿起小表妹的一支铅笔头,在一张空白纸上乱画起来,不知不觉地将香子两个字重复地写满了整张纸。等他发现自己的这种行为时,才意识到爱情的魔力真的跟书上写的一样。

第二天,阿成起了个大早,由姑父陪着,走了四五里的山路,到林场时,林场的工人才起床,三个人在树林中挑拣合适的松树。钱伯说:"这东西不贵,可多挑些,长的做脚手架,短的做橼子,有粗的也可以打木板用。"三个人一直挑到下午一两点钟,整理了好几堆,放在林场的路边,钱伯跟阿成的姑父说:"这树都是湿的,太重了。我们几个人也搬不下山去,明天还是找几个拉板车的帮我们搬吧,再请他们拉到你门前的水塘里泡着,多用几个钱就算了,过了伏天再捞上来。"阿成的姑父接着说:"等晒干了,就在这边用电锯打开还方便一点。"钱伯点头赞成。三人夹着腋下的外衣下了山。

姑母很快热好了饭,吃饭时,阿成看了堂屋里的挂钟,已是四点多了。他想早一点赶回家,碗一放,就跟钱伯说:"明天反正要找板车拉,我在这儿也没事,我现在就回去了。"

姑妈听了一惊说:"现在怎么能回家呢? 天都要晚了。"

阿成说:"现在还早得很,过了渡船那边全是大路,不要紧的。"姑父、姑母再要阻拦时,阿成已出门走了好远。

阿成真的是非常急切地要回家,他想早一点看到香子的回信,他的心里充满了希望。他加快步伐往前走,因为他怕太晚了,渡口没有人摆渡就麻烦了。还好,赶到渡口时天刚暗下来,下了渡船天就快黑了,大路两边的村庄都亮起了灯火。阿成在黑暗中又行走了一个多小时。

到村口时,阿成惊诧了,他只一天多时间不在家,电已通了。整个村庄都亮了起来,每一家的大门都是开着的,光线显得特别亮。阿成的情绪有些兴奋,一进村,他就先来到阿亮的家里,人们的脸上都挂着笑,他问:"阿亮呢?"

阿亮妈说:"他到炕坊里去了。哟,这通了电,真亮呀,连根针掉地上都能看得见了。"

阿成马上来到炕坊里,整个屋子里透亮。阿亮坐在堂屋中的圆桌旁点着一根香烟,见阿成进来了说:"这么晚还回来了?"

"嗯。"阿成答应着,掩饰不住的兴奋,"这么快呀! 今天晚上全部亮了。"

阿亮夹香烟的手一扬说:"都亮啦。"又轻摇了一下头,"还真有点让人不太相信,我们村竟然也亮起了电灯。"

阿成问阿亮:"有回信了吗?"

阿亮用手指着里间:"拿到了,在你抽屉里,是昨天晚上去拿的,今天可没工夫,忙了一下午帮着接线,都要争取今天晚上亮灯。"

阿成打开抽屉,将一只白皮信封拿在了手里,赶紧拆开,里面是一张折叠得精巧的信笺。阿成轻轻地展开信纸，几行娟秀的字迹展现在面前。

阿成同志：你好！

　　祝你全家都好！

　　那天吃晚饭的时候，你忽然说给我信，让我大吃一惊。等拆开一看，才知道是你对我产生了好感，万万没有想到！

　　阿成同志，请你不要感到苦涩，爱情不会一次就成功的，只要你珍惜自己的爱，定会在茫茫人海中寻找到你的知音。

　　最后祝你能找一个称心如意、志同道合的伴侣，伴随着你的青春，携手同行，白头到老。

友：徐香枝
3月16日

阿成看完信，沉吟了半晌，身上的热情消退了许多。信握在手里不置可否，他递给阿亮："你看看吧。"阿亮看完信，咂了一下嘴说："这很正常，你不可能写一封信人家就答应了。她也没有完全拒绝你，也没有反感你，水平还是有的，语气很委婉。你再努力一下吧。"

阿成泡了一杯茶，慢慢地喝着，思考了一会。于是，又工工整整地写了一封信。

写好后，让阿亮看了一遍，阿亮说："行，可以。"

这封信不好自己再去送了，把任务交给了阿亮。

香子很勉强地接过阿亮送来的信，心想，已写过一封信解释了，怎么又送来了一封？收拾完手里的事，晚上她静静地拆开信：

香子：你好！

　　我在急切的等待中得到了你的回信。读信，方知你的芳名香枝，不过我还是喜欢叫你香子。

　　香子，我知道你现在还不太了解我，这一点我是非常理解的，我们以后就慢慢交流吧。

　　香子，我愿坦诚地向你述说：自我第一次懂得人世间爱情二字的含义开始，我便像追求我的理想一样，关心着它，开始悄悄地在茫茫的人海中寻求知音,像我憧憬美好的未来那样,做着绯色的梦,等待我理想的恋人出现在面前。于是,在那个偶然的机会里,我们相遇了。是多么巧合啊!我忽然发觉,我梦中的恋人终于出现在我眼前,我的心中忽地涌起了一阵甜蜜的冲动。可是,从来没有经历过这种事情的我,只有不安和躁动,没有机会向你说出只言片语。从此,我躁动的心没有再平静过。于是,在被这种情感折磨得痛苦不堪的时候,我写下了上次给你的那首诗,一直等待着机会把它送给你,坦率地向你表白。

终于,在朋友的帮助下,在忍受着苦恼和煎熬中找到了机会。近日与你的再次相见,我越发觉得你不仅风姿绰约,而且是位心灵纯洁的姑娘。未曾认识你的时候,你已生活在我的梦中了,你就是我梦中的知音,你就是我永远要爱的人。于是,你那天吃晚饭的时候,我怀着忐忑不安的心情,将那封准备已久的信交给了你。

香子,我要再一次地对你说,你就是我梦中的知音,你就是我理想的恋人,你就是我在芸芸众生中寻找到的天使。

痴情人:阿成
(千万别称呼我同志)
3月17日

香子不由得又是一阵心跳,觉得要再一次跟他解释清楚。拿起笔时,她的心里很复杂,觉得他也是个真诚的人,不能让他继续误解。又觉得俩人不是非常熟悉,怎么这样不知高低地写得这么直白,让人心跳脸红。

阿成很快接到了回信,拆开看时,脸上真有些发烧,哑然无语了。

阿成:你好!

近一切都好吧。

本不想提笔,但还是向你坦述一下,我不想谈朋友,更不想了解别人,只想做出一番事业,这也许是幻想吧,请谅解我。

阿成,你知道吗?命运常常会捉弄人的,但是我相信,你摔了跤,会爬起来的,其实我不是你要追求的人。命运就是这样,你明明向着光明大道,它却偏偏把你引向山沟。

爱情是甜蜜的、幸福的,可有时却给人留下了痛苦和悲哀。阿成,在这里我再向你说一声,你不要误解我的话意,不要自作多情,我不是你要追求的那个知音，也不是你心上的那个她，更不像你想象的那样好。请你原谅我，这也许就是注定的。要是瞧得起的话，我们就当兄妹一样吧。也许你会恨我，不多说了，请别介意。

致礼！

徐香枝
3月20日

阿成看完，给阿亮看了一遍。阿亮问阿成："怎么办呢？"

阿成说："这一回人家真的完全拒绝了。"阿亮看他苦恼的样子，劝了他几句。

阿成怅然若失地叹了口气说："还是写封信解释一下吧，免得以后见面尴尬。"阿成又坐在灯下写了一封信。

香子：你好！

遵照你的意见，本不想再给你写信了，可这封信还将给你，来谢谢你的坦诚。

香子，很对不起，是我的鲁莽惹得你烦恼，一切只能请你原谅、包涵了，别再生气。我相信，你的修养一定能够理解人的。

香子，当我踌躇着向你展示爱情的时候，绝不是某种青春的冲动，更不是自作多情，而是一种美好的追求。香子，请勿担心，我会理解你的，我不但喜欢你，更尊重你，绝不恨你，你确实是令人钦佩的。当然，尽管我感到苦涩，尽管我的洋洋之情只换来你的半张娟纸，我还是宽慰着自己，人生中绝不是爱情最重要，还有比它更重要的东西要追求。

香子，我希望我们能成为真诚的朋友，在各自追求的理想和事业上前进，完成未来的自我。

还想说一句，希望我们以后见面时，不要互相感到尴尬难堪，要像一湖平静的湖水没有受到任何冲击一样，让纯洁的友谊天长地久。

祝你永远青春美丽。

最近很忙，他日定登门拜访。不必回信。

阿成
3月25日

阿亮看信后，说："你真行，我明天就给她。"

"拜托你了。"

这酝酿已久的一段爱情就这样结束了，阿成感到非常失落和痛惜。可是，没有任何办法，这种感情只能埋藏在心底了，他无法忘记这段时间里的思念，无法忘记香子那清纯的微笑。可现在，这一切对他来说都是虚无的了，他只是一厢情愿，竟然是单相思。正如她信中所说的那样"自作多情"，令人苦涩，令人失望。

阿亮将信交给香子时，带给了阿成一个消息，说香子已决定去城里学习毛呢服装的制作，进一步提高自己的手艺。两个人都称赞她的进取心。

香子看完这封信，坐在床上沉吟了很久。一个安分守己的姑娘，突然间收到从未想到的一个人写来的几封火辣辣的书信，真感到太突然了，让平静的心起了一阵阵波澜。她与他只是最近才见过几次面，他那么文质彬彬，一副书生模样，给人的印象确实是很好的。但是她对他的了解也确实是太少了，不可能接受，只有拒绝。可看他那字里行间是那么真诚，又不忍心伤害他，只能委婉地回了他两封信。此时，拿在手里的这封信又让她不是滋味，她多少是被阿成感动了。

这一段时间，也真让她烦恼。最近，姐姐、姐夫硬要给她介绍一个人，那天要她去见面时，正好在门口还遇见了阿成，想起来，真不好意思。

现在，到外面去学习一段时间，也是想暂时逃离一下这样的环境，她把手里的信小心地折叠好，放在旅行包里。她的行李已收拾好了，明天早上就将动身。

16/似乎一切都没有什么好的结果

自从村庄通了电以后，夜晚的景象就不大相同了，不再是以前漆黑的一片。特别是东保家，马上就买了一台电视机，每天晚上，电视机前都围满了男女老少，每人收一毛钱，每晚都有好几块钱进账，比小月以前织渔网一天挣一块多钱强多了。人多时,电视机就被搬到门前的场地上。村里人现在都赞扬东保能干,自从去年回来后,他就出门做生意,还没有一个星期时间,回来时就买了收录机;还没到一年时间,他就挣了许多钱,已买齐了材料,准备做大平房。人们真羡慕不已。

这人也奇怪,去年东保刚回来时,小月还有点怕他,不愿理他。当时,只是屈于母亲和家庭各方面的压力,才下了很大的决心,跟阿亮断了关系。现在,她跟东保之间真的培养出了感情,已经在朝夕之中能够融洽地相处了。不禁让人感叹,在某种时候,某种情况下,钱财能很容易地改变现实,因为它首先改变了生活状况,继而就很自然地改变了生活里的人以及他的思维方式和生活准则。

东保经过了三年劳教回家,没想到父亲竟然在家里给他订了这么好的一件亲事,家里的亲戚都说这是东保前世修的福,叫他一定要珍惜。东保也十分喜爱小月,他每次做生意回家,都给小月特别的关照。小月也得到了满足,从前没想到的东西,现在都有了。在她看来,生活也只有这样习惯地过了。从她的头饰到衣裳,以及脚上的皮鞋,每一件都是新的时尚的,有的还是名牌。说实在的,东保长得帅帅的,高高的个子,一表人才,若真能如人们所希望的,改正了以往的缺点,在一起过一辈子也没什么不好。

在家里,只要小月跟东保在一起相处得好时,她妈和东保爸都特别高兴,俩人都宠着她,因为她与东保之间的关系是他们两家人在一起生活的基础。东保在生意上的朋友如车水马龙般来来往往,小月妈也热情地接待,他们希望东保走在正道上。这一年多的时间里,他们家的光景真的发生了很大的变化。

阿亮已将柜台货架做好,晚上请阿成来帮忙上最后一遍油漆。外面突然传来嘈杂声,阿亮往窗外看了一下,原来是小月家看电视的人太多了,东保的父亲把电视机搬到了门外,大家都搬出凳子找场地。他一眼瞥见了小月正小鸟依人地偎坐在东保身旁,在人群中看电视,他马上关上了窗门,不屑多看他们一眼。他一直对小月和东保之间的关系不能理解,小月是多么清纯而善良,怎么就委身于一个这样的人?而今,小月真的死心塌地地跟定东保了,他为她感到伤心。唉,有什么办法呢?如今真是时事多变,各人管各人了。他觉得东保挣钱也挣得太玄乎了，做的什么生意能挣这么多钱，看他家经常跑来跑去的那些酒肉朋友，一看就知道是臭味相投，在劳改队里交的朋友还能有什么好的？

农历三月三的庙会如期而至，这古老的庙会，虽早就没有了庙宇佛殿，在新的社会形势下，已纯粹是一场物资交流大会了，但仍然吸引着周围十里八乡的群众。整个街道广场、小巷甬道及公路两侧，都成了商家的货场，每一个角落里都是摊贩。阿亮天刚亮就骑车到了镇上，他怕迟了车子在街上行不通。

阿亮、吴梅燃起了爆竹，商店隆重开张了。

恰逢庙会期间，各家店铺的商品都摆到了门外，以招揽生意。吴梅主营布匹，兼营百货，不大的店面打理得井井有条。吴梅心情特别好，终于能如愿以偿地独立经营起自己的生意了，喜悦之情溢于言表。吴梅店里店外招呼顾客，还不时对阿亮投去快乐的微笑。虽说只是一间很小的店，能按自己的意愿如期开张，其中哪少得了阿亮的支持与帮助。从看房子开始就给她做参考，还能帮她整理店面，找人装潢，买木料，做柜台，做货架，进货时还支援了一大笔钱，她觉得因为有了阿亮，这一切才办得很顺利。

阿成一上午都在炕坊里值班看火，中午等尹师傅从农场回来，他下午才有空去街上。只见几里长的马路上人潮涌动，马路两边全都是摊点，有卖各式各样竹木家具、农具的，如犁耙水车、桌椅板凳等；有卖琳琅满目的日常用品，如雨伞、菜刀等。连片的地摊，五湖四海的小贩，总之是品种齐全，花样繁多，应有尽有。有铁匠卖给木匠用的东西，也有木匠卖给瓦匠用的东西；有数不清的小百货摊，也有数不清的服装摊；有新潮时尚的抢手货，也有实惠廉价的处理品；有写上"大甩卖""大清仓""大减价"的招牌，用喇叭筒叫嚷着吸引顾客的，也有新华书店来卖书的，种子公司来卖种子的。吸引人的还有那些一年四季在外走南闯北，打把式卖艺，靠两张嘴皮子胡侃乱吹的江湖游荡者。他们用草绳或石灰在路边圈一小块地方，脱光上衣，用练了多少年功夫的手掌拍着胸脯，叫卖他家祖传了十几代，保证有奇特功效的狗皮膏药。最显眼的还是人们在七八里路远，甚至更远处就能看到人山人海中矗起的几座几丈高，顶上旌旗招展的大帐篷，那是每年都从河南省那边过来的几家大型马戏团。几家马戏团的演员们化好妆，穿上大红袍，轮流骑着高头大马，到公路的两头做广告揽生意。这平原水乡，没几个人看见过马的，特别是小孩子们，无论如何也要拽着大人去看一场。看那大姑娘如何跑马，看那狗熊如何钻火圈，再看那美女如何耍蟒蛇。也有人抢着去看魔术团的杂耍，看公鸡变母鸡，空布袋里下鸡蛋，帽子里开花，手绢直立，男孩变女孩。要说那最火热的，还是中学体育场上正在进行的体育彩票和福利彩票热销大酬宾活动。乡下人都要去看看这新鲜玩意儿，摸上几张碰碰运气。奖池里的商品令人眼馋，自行车、洗衣机、彩电、冰箱架得高高的，真吸引人。不时从那边传出一阵阵鞭炮声，是有人中奖了。中了大奖的，工作人员不但放鞭炮祝贺，还给中奖人披红挂彩，敲锣打鼓地游街，最后开车送奖品回家。这里被人围得水泄不通，比看大马戏的人一点也不少，地下撕开的彩票，让人踩在脚下是一层又一层。围栏边，人们举着钞票争相购买。其间，散落在各处的那一排排白布小帐篷下，都是附近村庄里的村民们临时来摆的小吃摊，他们的生意特别红火，看那油锅里正飘着热气，各种点心开了锅就送到桌上，小桌上的顾客从不间断。还有炒菜的，卖酒的，下面条、馄饨的。他们每年从三月初三到初十的这几天庙会上，都能赚上一大笔。这小小古镇，真是热闹繁华，景象万千。

阿成挤了好半天，才挤到吴梅的店门口，进了门，先祝贺她开张大吉，几个人都开心地笑着。开张第一天的生意真是不错，吴梅在店门外挂了一张开业大酬宾的牌子，以至于店里顾客盈门，从不间断。阿亮和吴梅的脸上一直挂着喜悦的微笑，吴梅手握一把长尺，利索地扯断布匹叠好，放进塑料袋里递给顾客，然后理平布摊上的布料。阿亮站在柜台边，按着计算器算账结钱，俩人忙得不亦乐乎。

吴梅对阿成说："你怎么不早一步来呀？香子才从我这里出去，我还在诧异，怎么好半天了还没见到你呢。"

阿成心里一惊，没有说话。吴梅抽空给阿成倒了一杯茶说："多多感谢你这几天加班帮忙了，货架柜台都油漆得非常漂亮。"

阿成坐下，指着阿亮说："你还是感谢他吧，他可是全心全意呕心沥血地为你帮忙。"

吴梅说:"他是应该的。他这几天必须要来给我帮忙了,你们炕坊里就请你跟尹师傅俩多辛苦一点了,行不行?"

阿成手一摊说:"他们是老板,我是打工的,任听他们吩咐。"阿亮在抽屉里点着钞票,只是傻傻地笑着。阿成跟他们闲扯了一会,见他们太忙,说不能耽误他们做生意,到外面去玩一圈。阿亮点了一下头,说自己现在没工夫出去了,晚上早一点回去。

阿成出了店门,在街上闲逛了一阵。因天气晴好,感觉光线非常强烈,他来到一个眼镜摊前买了一副墨镜戴上。

他刚才听吴梅说香子也在街上,怕突然碰到香子时尴尬,他一面闲逛着,还一面警觉地扫视着周围。其实,这街上挤来挤去的人群,大多数也只是来玩玩看热闹的。特别是这附近村庄里的居民们,庙会的时间是一个星期,要买东西的都要等到最后两天来买,那时候的价钱可以还得更凶些。今天买了东西的,大多是路途较远的人,他们今天来看热闹,顺便把东西就买了。

太阳渐渐地往西边落下去,街上的人流松动了许多,大多数都往回走了。阿成的心情很复杂,他既怕碰到香子时俩人尴尬,可心里却又想遇到她。多日未见,他想看看她现在是什么样子了,因为他的心中一直对她念念不忘。他戴着一副墨镜,在滚滚人流中穿行。其实,他已经在注意着寻找香子了,留意从他身边走过的人,眼睛在人群中扫视。现在,他竟非常迫切地想寻找到自己的目标。有两次,他在后面把别人看成香子,急忙加快步伐赶上去,结果都不是。他失望地放慢了脚步,灰心地站在路边,像在等什么似的,东瞅瞅西望望。突然,墨镜后面的眼睛一亮,就在人流的后面,在马路的另一边,正是香子走了过来,那边一个是红莲,俩人手牵着手,另一只手里都拿着一束红绸布绐成的花朵。她们根本没注意到嘈杂喧闹的马路另一边戴着墨镜的阿成。香子乌松的头发稍向后拢着,一如既往地披在肩上,矜持的笑容使匀称的脸上显得明亮,眼眸明亮而清澈,那身得体的春装更显得楚楚动人。阿成痴痴地看着香子远去的背影,蹙起了眉头,轻轻地叹了一口气,带着满脸失落的表情默默地往回走。

晚上,阿成与阿亮几乎同时进了炕坊的门,见尹师傅一个人呆坐在圆桌

119
乡路

边,闷闷不乐地抽着烟,无聊的样子。阿成问他怎么了,他没有回答。阿亮说他可以回家去了,明天也上街去玩玩。尹师傅吐着烟,竟然叹了一口气,愁闷而沉重地看着阿亮说:"阿亮,这一回我可真的连累你了。"阿亮略感一惊,听尹师傅继续说:"上午我去农场,是朱队长捎信叫我去的,朱队长已降级受处分了,他说我们今年的鹅、鸭农场不要了。唉,我也真无脸见他了,还是亲戚呢,受我的连累。"阿成沏满桌上的茶杯,问他到底怎么啦,难怪中午来时就看他有点不对劲。

尹师傅说:"这不是一言两语能说清楚的,农场现在在算我以前的账。一朝君子一朝臣啊,农场来了新书记,是今年省委派下来的。现在每个中队都在搞调查,毛病出在我去年卖给他们的鱼苗上,中队的鱼塘里去年没起到什么鱼。"

"那是鱼苗出问题了?"阿成急切地问他。

尹师傅抽了一口烟,把头点点,脸上是非常复杂的表情,"去年我在江边收了一船两万尾的鱼苗送到农场,我说是二十万尾,满满的一船舱水,鱼苗在水里游,不是内行,谁也看不出多少。农场干部哪有内行的,我又是朱队长的亲戚,那些养鱼的师傅也睁一只眼闭一只眼。去年的鱼苗又奇缺,我又在乡下散养户手里买了一万五千尾,装船送去,也当二十万尾给了他们,农场的饲料还按原来的分量往塘里下,是损失不少。"

三个人静静地围坐在圆桌边,阿亮和尹师傅不停地抽着烟。阿亮问了一声:"那我们已经上了两缸鹅蛋怎么办?"

尹师傅抬起头说:"我也跟他们说了,说已上了两缸鹅蛋了。中队指导员转了个弯,说四月十号前能送去的,他们就要了,十号后就不要送了。"

"那这前一缸还能送去,后面剩一缸我们就自己挑下乡去卖。"

阿亮仍然是爽快而乐观的精神。尹师傅投去钦佩的目光,他对阿亮并没有由此埋怨他而感到欣慰,不住地说:"是我连累了你,没有挣到钱还误了你的木匠活。"

阿亮叫他不要说了,既然能在一块共事,那就有福同享,有难同当。尹师傅思索了一会又说:"是不是要去给东乡那边的养殖户打一声招呼,请他们原谅,叫他们不要往这边送蛋了,我明天要去跑一趟。唉,我去了真不好开口。"

他又对阿成说："明天还是你在家当一天的班了,阿亮这几天都要上街去。"

阿成答应了。阿亮劝尹师傅不要想得太多了,回家好好休息。尹师傅站起身来,心里又是歉疚,又是对阿亮佩服,给阿亮点着一支香烟,方才出了门。

这种情况虽然令人沮丧,可是既然发生了,也没有办法。三月三的庙会刚刚结束,第一缸小鹅出齐了,一大筐黄绒绒的,甚是可爱。阿成跟尹师傅将小鹅送到了农场,在农场副业队的接待室里,尹师傅跟在农场几位领导的屁股后面转着,叫他们派人来过数,副业队的人故意不给他好脸色看,懒得理他。阿成看这样的生意确实是无法往下做了,但也只能怪他自己,老早把事情做绝了。等到下午,农场一方才来人过了数,叫尹师傅过两个月来拿钱,并说以后农场绝对不会跟他姓尹的做一笔生意。两个人空着肚子回了家,尹师傅窝了一肚子火,连亲戚家也没有去了。

第二缸陆续出壳时,他们就赶紧挑着下乡去卖了,尹师傅卖得还快一点,阿成和阿亮卖了三天,一人才卖了七百多只,一个多星期才卖完。阿亮也舒了一口气,感觉轻松了下来。几个人把蛋盘里的蛋壳清扫干净,各种用具整理好,孵化厂就到此结束了。

17/ 生活迷茫得没有头绪

庙会过后,乡下的农活又忙碌了一阵子,晚上逛马路的年轻人少了。村子里的电视机多起来了,有好几家的房顶上都伸出了天线,庙会上还真有人摸奖摸回了大彩电,每晚都吸引着许多年轻人去看电视。

村前的马路上,只有阿亮和阿成在往前走着,阿亮一如既往地去看鱼塘,阿成也不必每天晚上值班看火了,也和以前一样,经常到阿亮的鱼棚里和他聊天闲谈,或共同探讨感兴趣的一本书。

　　因鱼棚离村庄有一定的距离，通电不方便，只能点着一盏煤油灯。俩人在鱼棚里正闲聊着，突然，床头的窗户上"啪""啪"两声响，俩人一惊，以为是哪个小子在搞恶作剧，没有理他。接着，又听到敲门声，阿亮赶紧起身去开门。

　　"哟，真是稀客，进来，进来。"

　　阿成寻声望去，只见灯光里进来两个人，阿成一愣，原来是香子和红莲。阿亮边关门边开玩笑说："红莲呀，你简直是个假小子，我刚才还真以为是哪个小子在搞恶作剧呢，窗户纸都给你拍碎了。"

　　"我看灯是亮的，知道你就在里面，拍你窗子，你也不作声。"红莲抢白着。香子抿着嘴，笑而不语，显然，她也看到阿成了。阿成毫无反应地站在那，忽觉自己有些失态，忙将自己刚才坐着的板凳让给她们坐。就在阿成移动板凳的时候，香子说了一声："别客气。"声音不大，可阿成听得真真切切的。

　　阿成坐到床边上，仍旧翻着桌上的那本书，把眼镜向上扶了一下，很认真的样子。在他的余光里，发现香子在瞟着他。香子和红莲并排坐在一条板凳上，她明亮的脸庞上有微微的笑意，她只是坐在那里听红莲与阿亮在闲扯，好像还有些拘谨。阿亮问香子："什么时候回来的？"

　　"今天下午。"

　　"这一次到城里去学习，要多长时间？"

　　香子说："要三个月。"

　　阿成倒了一杯茶，推到香子面前说："你喝茶。"

　　香子微微抬了一下头，小声说："你喝吧。"还伸出一只手，礼貌地将茶杯往阿成那边推了一点。

　　红莲说："阿成，你怎么不说话呢？"阿成真不知道说什么，仍旧微微地笑着，只听到他翻过书页时的"滋滋"声。

　　这时，几个常来玩耍的年轻人推门进来，香子便小声地催红莲走了。阿亮送到门外，阿成也跟了出来。阿亮叫她们有时间常过来玩，香子答应着，与红莲上了公路，向徐村方向去了。

　　回到小屋里，阿亮也埋怨阿成怎么不说话。阿成说，真不知道说什么好,不过今天觉得还可以,觉得她比那两封信可亲切多了,说得阿亮倒笑了起来。

总之,眼下的生活对阿成来说真是无聊极了,炕坊里短暂的繁荣景象已是人去屋空,自己不知道干什么好,能干什么呢?自己的油漆手艺已不能当成职业去做了,医生曾经叮嘱过。前一段时间,只给阿亮油漆了几张柜台和货架,就觉得伤眼发痒,脸上红胀。再看看阿亮,超一流的木工手艺,即使今年炕坊里没挣到钱,木匠活马上就可以再干。自己往后干什么呢?很长一段时间,阿成反反复复地考虑着这样的问题。更让他痛心的是,自己苦心追求的爱情没有结果,怎不令他惆怅?一个少年,愁绪满怀,多想在苍茫的世界里寻找到一处安身之所,以安置他惘然的一颗心。

> 我的爱情啊,大概像野草,
> 无花也无果。
> 我的爱情啊,
> 失魂的时候露出了泪珠,
> 就像早晨草叶上的露珠。
> 一阵不知形的风吹来,
> 残存的露珠也跌落了,
> 然而,心中的露珠怎么也抹不干,
> 它还是挤在了草叶上,
> 在黑暗中等待着,晶莹的一个早晨。
> 我的痴心啊,已是一种病,
> 生在了我的骨子里与肉里。
> 我的痴心啊,
> 什么样的药都无法医治它。
> 窒息的时候已无法对你诉说,
> 只有微存的希望和疲劳的思念,
> 支撑在我灵魂的深处。
> 如果,我的青春就这样老去,
> 热血不再沸腾,
> 那么,我冰冷的躯体,

又怎能催生我理想的种子。

涩涩情怀，满腔的感伤，正是这多梦季节里少年人的心灵状态。

农历三月末，早稻秧全部插完的时候，秧田里的中稻秧还如花针般粗细，农事闲了下来。春天的细雨飒飒地洒了几遍，田野和村庄到处都是葱茏郁翠。河埂上，柳絮飞扬，榆钱串串，槐花随风飘香。

阿成无精打采地牵着一头牛，涉过一条沟渠，踩着落满地的槐花，来到公路坡下的河滩上放牧。太阳还不是非常强烈，草地上还残存着几颗露珠。阿成把牛绳绕到牛角上，让它在河滩上自由地啃草，自己来到公路边的树荫旁坐下。近日来，他总是紧锁着眉头，很忧郁。此刻，乡间公路上的汽车不是很多，人也不多，坐在这里静悄悄的，甚至可以听到牛儿啃草的声音。偶尔一辆汽车驶过，惊得河边的一群白鹅伸出翅膀"啪啦啦"地飞蹿。阿成索性在草坡上躺下来，闭目养神，静静地听着树上的鸟叫和草丛里的虫鸣，偶尔睁开眼，看看牛儿是否还在远处啃草。几片树叶飘落在胸前，他眼也没睁，便顺手拂去。

他隐约听见一串接一串的铃声在他耳畔响起，但他正舒服地睡着不想睁开眼。突然，一阵姑娘的笑声把他惊得一跳。他赶紧坐起来，原来是红莲手扶着一辆自行车站在他面前，他朝后看看，红莲笑着说："就我一个人呢，香子不在，看你好潇洒呀，这里都能睡觉。"

阿成已站在马路上，不好意思地笑着，问她从哪来。红莲说是从街上来。接着，她眼眉儿一弯，非常神秘地说："你那天晚上在那个小屋里怎么不说话呢？"

阿成知道她说的是哪个晚上，只是"呵呵"地应付两声，希望她赶快骑车离开，不要看他现在的样子。可红莲却仍是笑眯眯地往下说："那天晚上，香子是去找阿亮，本想叫他转几句话给你，说写给你的那几封信里，话说得太重了，一点情面不讲，给你赔礼，叫你不要恨她。可正好碰到你在那里，她反而就没有讲了。"红莲那弯弯的眼睛似乎还在看阿成的反应，可阿成只是装傻地听着，语无伦次地说了两声谢谢红莲关心的话，便看着红莲俏皮地骑上自行车，又拨响了一阵车铃，向徐村方向去了，自己在后面不知所以地摸了两下后脑勺。

晚上，他跟阿亮说起这件事。阿亮说："这肯定不是坏事，至少她对你印象不坏。"阿成感到很欣慰，表示以后若见面时，肯定要多说点话，大方一点。像这样的女孩，做个普通的朋友也是很好的，既然人家那么诚恳，表示她很看重友谊，自己更要礼貌一点，不能失去男子汉的风度。跟阿亮商定后，决定再写一封信。于是阿成当场就拿起笔。

　　香子：你好！
　　近来学业有成了吧。
　　挥笔不是与你叙旧，只因多日未遇见你，随便说两句，请不要惊讶。
　　很对不起，我的那些鲁莽的举动惊扰了你平静的生活，给你添了麻烦。
　　香子，在过去的书信里，你诚许了我们以朋友相待，我欣然接受。可是，当我们那晚在朋友的小屋里不期而遇时，我们相互之间竟不好意思说话。你见我时竟是那种躲避的目光，我也没有拿出男子汉应有的气度来招呼你，这是多么不应该。幸亏一些陌生人的到来，才冲散了小屋里窘困的气氛。其实，我们之间不需要有什么顾虑了，在以前的书信里，我已明确地提出了，我不会恨你，我是始终地爱你。但爱你也只能埋藏在心里了，不敢再对你有奢望。
　　正因为我觉得你很好，非常想处好朋友关系，所以我不愿意我们之间就这样保持沉默。见面再说吧。
　　搁笔
　　祝学业成功，多才多艺！

阿成
4月20日

整理好后，他决定去找红莲交给她。因为香子现在不在家，只有红莲知道她什么时候回来，能准时给她。

阿成找到红莲家，红莲爽快地接着信，说一定交给香子。

18/ 无望的爱情，难舍地离开

当你在眼前的生活里得不到你想要的东西时，你必须要另行寻找。阿成将近一段时间的生活与经历进行了细致的梳理，认为此刻外出打工是他最好的选择，挣钱将是他的首要任务，他必须要挣到足够的钱，他还要去医院换角膜呢。眼下，他必须一面挣钱一面等待时机。

自打从江淮医院出院后，他已经跟医院联系过两次了，均没有任何结果。看来，的确是很难有机会换角膜了。他必须要想办法找到刁鸿宝，联系到刁鸿文，一定要请他帮忙，因为刁鸿文是眼科医生。阿成想，如果有熟人给他帮忙也许会好些，能早一点得到供体。

阿成写了一封信，联系上了现在在江苏无锡窑厂里做事的王勇春。阿成本想等到五一节过后再走，可王勇春的回信里叫他尽量去早一点，说在等他。他很想参加阿亮的婚礼，但还要等一个多星期。阿亮叫他赶快去吧，外面的事不太好找，并嘱咐他，到了外面，要写信回家，阿成答应了。

第二天早上，阿成正背着包出门，忽听前面鞭炮齐鸣，仔细看时，见有许多人把崭新的家具从一辆车上往下搬。原来，今天是东保结婚，还有他家的新房子也是今天上梁，两个喜事一块儿办。小月穿着新衣新鞋，梳着新的发型，手里捧着一束艳丽的红花，脸上满是喜庆的笑容。路边围满了看热闹的邻居，许多小孩在地上抢糖，东保正神采奕奕地发喜烟。那边新房顶上的人也不住地放鞭炮，还一个劲地向这边喊着笑着。一大清早，真是热闹非凡。阿成背着包想从边上走过去，东保却从前面绕过来，递上香烟，还给他点上火，看阿成背着包，问他去哪。阿成说到外面打工去。东保将手一扬，说了几句吉利话，祝阿成一路顺利，到外面去挣大钱，发大财。

阿成吸了一口烟，呛了好几下，走到前面没人的地方把烟扔了。阿亮早已推着摩托车在公路边等着他，把阿成送到了车站。

阿成乘了半天多汽车，又换了火车，到站时，天已黑了。晚上是找不到目的地了,他在一个叫梨花庄的车站旁转了两圈,买了两份报纸在车站门外很亮的路灯下看起来。看完后,将报纸铺在车站的走廊下,枕着行李包过了一夜。

早上,阿成买了两个馒头,边啃边找公交车站。颠簸了一上午,找到了王勇春写在信封上的地址。下了车,他看见远处一个高大的烟囱上写着"南角窑厂",总算到了。他在一条砂石路上又步行了十几分钟,到了厂区。不知王勇春在哪里干活,他背着包,徘徊了一会。看见左边的几排瓦房像是住宿区,正有几个下班的工人戴着草帽往那边去,阿成也往那边走,王勇春这时已下班了,看见阿成,一面向他招手,一面喊着他的名字。阿成跟着他进了宿舍,王勇春说:"你来得真快呀。"

阿成放下包:"接到你的信就动身了,在家待着真闷死了。"

"哎呀,这窑厂的活苦啊,你可不一定干得下来哟。"

"你能干得下来,我怎么就干不下来?"

"你洗洗脸,我去打饭。"

勇春很快打了两份饭,一个女工跟在后面端着两份蔬菜和一盘鲊肉进来,她把菜放在桌上浅浅一笑,转身就走。"唉,马芬。"王勇春叫她把自己的饭也端过来一块吃。她已走出了门外,回过头来一笑,把头一摆走了。

阿成问:"刚才是不是女朋友?"

勇春含糊地应着声,模棱两可地说着:"反正就那回事情,也讲不清。"于是,坐在小桌旁拿起筷子,"你看,我们就吃这样的饭这样的菜,蔬菜炒得像稻草,一点油都没有。"

阿成说:"在家不也吃这样的菜嘛。"阿成问自己来了能做什么活,是不是跟王勇春在一起做。

王勇春说:"我们下泥塘的活最累,你真不一定能干得了,我们自己挖土自己上车,然后在烂泥路上往上拉,特别是路不好走。听说厂里马上要买挖土机了,泥塘里不用人力了,下午你没事情就到那里去看看。我听说半成品车间里要人拉水坯,那活要轻松一点,不过时间长。上一次我问过了,下午我再去问一下他们主任。"

阿成说:"真是麻烦你了。"

乡路

"你怎么说这样的话呢?"王勇春怪他见外了,接着说,"你要真打算在这里干的话,你下午先把床铺,还有饭盒、瓷盆、脸盆等一些生活用具准备好。"

"不在这里干,到哪里去呢? 到这里来就指望你了,别的地方都不熟,什么地方也没去过。来这里干活,我还想抽出时间在这边找人呢。"阿成就把到这边来准备找刁鸿宝的打算跟王勇春说了。

王勇春说:"那好,等事情稳定了抽时间去找。你下午先把床铺搞好,闲床铺随便睡。你要不要喝水? 我到隔壁倒点水来。"说着,王勇春倒了半饭盒水回来。

阿成说:"怎么一只水瓶都不买?"

"我不怎么喝水,干活时,泥塘里有凉开水。我们洗澡就洗冷水澡,搞习惯了是一样的,无所谓。"阿成听着笑了笑,喝了几口水,说下午搞床铺,并问王勇春哪里能买到东西。

王勇春说:"平时买吃的东西,厂东头大门外有小店。要买脸盆、蚊帐什么的,得上街去买。"他给阿成指了路,说那叫牛角街,离这二里路。

两个人在宿舍门前的水龙头下洗好了饭盒和菜盆子。王勇春说自己早点出去,先要到半成品车间里去找车间主任把事说好,并叫阿成在自己的床上睡一会再上街去。然后,王勇春戴上草帽走了。

阿成在床上坐了一会,觉得不管多累也要在这里干下去。他躺了下来,可很久也没睡着。他决定上街去,先把生活用品买了。出了宿舍的大门,他想到泥塘那边去看看,先转一圈看看全厂的环境。于是,他便按王勇春中午指的方向走。穿过食堂,是一条主干道,宽阔的水泥路面两边是几条支路,只能容一辆汽车通过,其间是网格状分布的红砖铺的板车路,整个厂区里被纵横交错的支线和板车路切割成的方块地,便是土坯场,一条条坯垅上码晒着整齐的砖坯。

阿成向左走过一条支路,看见前面一块凹地里正有人用山耙挖土,几个拉板车的人弓着腰,肩上套着背带,艰难地将装满黄泥的板车往上拉,路坡上铺着的草袋和竹笆已被压得稀烂,想必路坡上打滑得厉害。阿成看见王勇春正弓着腰一口气将板车拉到路中间,然后一步一步地往上蹬,他赶紧跑下去,在后面帮着往上推,上了坡,都喘着粗气。王勇春说:"下泥塘就是这样,特别是这段坡,最吃亏。"

阿成说:"下泥塘吃苦,工资高吧。"

勇春说:"就这样拉,两毛五一车,一天拉三十车就七块五毛钱,有时多一点,有时少一点,平均下来都差不多。"歇了一会,王勇春将背带往肩上一套说:"你跟我去一趟看看,这泥巴就倒在那泥缸里,搅熟了上制砖机,就成砖坯了。"王勇春朝前面指了指:"喏,拉水坯就在那下面,拉到坯场,由码坯人往下码着晒。看那路,都是平的,比我们要轻松多了,不过拉水坯的时间长,工资高的时候也能搞六七块钱一天。"

阿成跟在后面推着,王勇春将这一车泥倒进了泥缸里,说:"我跟半成品车间主任说好了,你明天就去上班吧,比我们下泥塘快活些。"阿成笑着点点头。王勇春催他快上街去吧。

阿成到了牛角街,发现这街一点也不像牛角,而是笔直宽敞的街道,还有几条叉街,比他们镇上的街道可大好几倍,还有专门修建的菜市场。阿成就在菜市场旁边的几个商店里买了草席、蚊帐、脸盆、饭盒和两只水瓶。他将所有物件买齐后,还在隔壁的一个书店里买到了一张无锡市交通旅游图。他将所有物品全部装进一只尼龙袋里,捆扎好,背了回来。

回来后,阿成发现王勇春隔壁的一间宿舍是空的,门虚掩着。他马上把里面整理了一番,清扫了地面。他正愿意一个人住呢,于是,把行李包拿了过来,铺了一张床,挂起了蚊帐,将其余零碎物件摆好,两只水瓶送了一只给王勇春。王勇春回来说:"你真会找,真晓得清静。这间房原来也是一个拉水坯人住的,前一段时间不干跑了。一个人住着倒还好,就是门上没锁,你哪天自己配一把。"阿成不管这门有没有锁,一个人住着清静,有时间还可以看看书,也可以静静地想一些事情,考虑考虑问题。

晚上,阿成躺在床上,别的宿舍里隐隐约约地传来打牌的吵闹声和下象棋的争斗声。昨天,一晚上没睡什么觉,他疲倦地闭上眼睛。今晚,他想好好地睡上一觉。

第二天早饭后,阿成跟着王勇春进了半成品车间的办公室,见到了主任。阿成将身份证拿出来做了登记,就在这里上班了。王勇春找了庙前村一个叫小松的老乡，说阿成才来，老乡多关照一下。小松爽快地点点头答应了。

这拉水坯只是个力气活，最麻烦的就是初学拉车的人在机器下接坯时，进车的轨道摸不准。小松教了阿成几遍，一上午阿成就熟练了，小松又指点了他应该注意的一些事项，阿成像遇到了一个小老弟似的。马芬在坯垅间码晒砖坯，阿成很快就熟悉了许多同事。以前阿成从未拉过板车，几天下来，浑身都有点疼，胳膊和腿更是酸胀，但总算坚持了下来。

天下起了雨，正好让人休息一下。阿成坐在勇春的床铺上问勇春："你怎么在这窑厂里干活，为什么不找瓦匠事情做？"

勇春说："是打算做瓦匠，可刚过春节那阵子，王振山在上海还没接到活，没开张，我就跟别人到这边来了。外面到处都是找事的人，手艺不精的没人要，能找到这卖苦力的事就不错了，我还是跟庙前村的单保、小松他们来的，他们去年在这里干过，现在单保在出窑班里当班长，就住在最后面的那个住宿里，哪天见到了我介绍你们认识。"

勇春问阿成："阿亮今年的孵坊搞得怎么样了？"

阿成把头摇摇说："本打算孵鹅、鸭往农场里卖，可孵出了，农场又不要了。"俩人正闲聊着，马芬撑着一把伞过来了。

阿成知趣地回到了自己的宿舍里，躺在床上，看着外面的雨闷闷地下。他想自己出门快一个月了，在家里时，给刁鸿宝写的那一封信不知他有没有收到，要是雨下小一点，他准备按刁鸿宝信上的地址去找他。在无锡市交通图上看，这里离刁鸿宝的家并不远。

午饭后，雨势小了许多，他便揣上地图，撑起一把伞，出去了。没费多大周折，就找到了塘下镇双庙行政村。在双庙行政村下了公交车，他便向人打听刁庄在什么位置。一个老人告诉他向前面走过一座桥便到了。他到了刁庄，向路边的一位村民询问刁鸿宝住在哪里。那村民告诉他，刁鸿宝现在在行政村的丝绸厂里上班，这边就他父母在家里住。阿成又回到刚才下车的地方，在双庙行政村村部旁边找到了双庙村丝绸厂。他在门卫室里等着，一会儿工夫，门卫就把刁鸿宝找出来了。一见到阿成，刁鸿宝真是惊喜，问阿成是从哪里来的，怎么找到这里的。阿成说自己到这边来打工快一个月了，并问刁鸿宝，自己在家时寄给他的一封信收到没有。

"收到了，收到了。我前天回了你一封，看来你一定没收到了。而且我还同时写了一封信去上海给我哥了，跟他说了你的情况。"刁鸿宝说着，就非常关切地查看着阿成的面部，一只手揽着阿成的肩，"走，到我住的地方去。"

他们进了工厂的大门，来到一间不大的房子里，刁鸿宝说："我现在给丝绸厂开车，这是我的住处，就在床上坐吧。"房间很简陋，没有凳子，两人就在床上坐下。刁鸿宝又打量着阿成的面部，说："你脸上是有一块疤痕，眼睛还是好好的呀！"

阿成说："眼睛看上去是好好的，可视力不行，看东西不清楚，医生讲是角膜有问题，一定要换。现在就是供体难找，我想你大哥是眼科医生，有熟人帮我留意联系，机会要多一点。"

"唉，真没想到你碰到了这样的意外，"刁鸿宝叹息了一声，他为阿成遭受了这样的不幸而感到难过，"我哥一定会帮你的。"

阿成很感激刁鸿宝。刁鸿宝在给阿成泡茶，阿成说："你哥现在又去上海了？"

"他现在在上海的一家医院工作，另外还在念研究生。"

"唉，我总算找到你们了，找到你们我就觉得有希望了。"

刁鸿宝安慰着阿成说："这个事，你不要太急，一定要等，一定能等到机会的。"

阿成说："我一定等机会，现在就是要好好地挣钱，准备手术费。"

门外进来了一个姑娘，刁鸿宝介绍说："这是我朋友阿成。"又给阿成介绍了那姑娘，说是他女朋友潘玉云，在丝绸厂里做技术员。

"哦，你好，你好。"

阿成跟潘玉云互相打着招呼。

乡路

刁鸿宝提出去外面的饭店吃晚饭。阿成说他要赶公交车回去，在这吃晚饭就迟了。刁鸿宝说最后一班车的时间他知道，不会让他赶不上车的。刁鸿宝盛情地招待了阿成，送他上车时，还说一定要保持联系，有消息就立刻通知阿成。

阿成回到窑厂时天快要黑了，小雨还在下着。这江南的雨，就是这样不紧不慢的，竟然连绵不断地下了三天，阿成也没有别的事可做，就在屋里看看书睡睡觉，睡了三天，睡得头昏脑涨的。

黄昏的时候，雨停了。阿成吃过晚饭，静静地靠在床上，隔壁的房间也听不出什么声音，人们大概都到外面去玩了，整个宿舍区听不到白天的喧嚣声。阿成懒得拉灯，屋子里的光线暗沉了下来。猛地，他感到了一种无边的孤寂，周围弥漫着黑暗。他眨了一下眼睛，觉得窗外还有些许的亮色。他倏地从床上坐起，想到外面去透透气。

轻轻地拉开虚掩的门，外面还有点风，阿成踏着步，踱到了厂后一条幽静的乡村小道上。远处窑厂大门前的那几家商店和小酒馆里正灯火通明，人头攒动。因为下雨，几天没上班的人们精神特别好，都在那边欢声笑语，沸腾地喧嚣着。

阿成觉得头还有点昏，他用手指在太阳穴上揉着，孤零零地向前慢行。这样的时候，他想起了家，想起了朋友，想起了阿亮，还有那不能拥有却充满了诱惑的爱情。惆怅油然而生，让人觉得暗淡，感叹这时事如此的飘忽不定——一个孤单的人，多像是一只小小的纸船呀，本不善于航行，只是因为找不到港湾，才在溪水中漂流。不知要回旋多长时间，也不知要来到什么地方。风中，只有那弱小的影子，在黄昏中沉浮，多想辨出回家的方向，在轻风摇曳的季节里，修复好心伤，回到温暖的故乡。

很晚很晚，人们才陆续回到了宿舍，阿成听到门外窸窸窣窣的，好像是王勇春和马芬的窃窃私语声。忽听马芬尖叫了一声："哎哟，轻点。"想必是王勇春用力太猛，搂得紧了。阿成躺在床上，听得清晰，黑暗中，笑了一下。

雨后的晴天，爆热起来，太阳如火炉，坯场上如蒸笼，热气从坯垛间往上熏，衣服全湿透了。四十度的高温，使人喘不过气来。热得实在没办法了，人们停住了机器，在机房里休息。阿成赶紧抽了个工夫，到食堂去挑凉茶。今天是阿成值日。

阿成挑来凉茶时，人们已围坐在荫棚里，轻松地开起玩笑了。几个女工笑马芬昨晚的声音太尖了，问她为什么那么激动。马芬扬着手里的一条毛巾撵着金梅跑，金梅又和马芬两个叽里咕噜地把赵小云说得脸上红一阵白一阵的。几个人疯疯傻傻地追逐着闹腾，男工们跟在后面起哄，一些夸张的举动，让人不免觉得有些轻浮低俗。

阿成把水桶就歇在荫棚中央，自己随手喝了一大瓢，然后在人群的后面，找了一个草垫子坐下。他扫视了车间里热闹的场面，也能感受到一些愉快，尽管表现得浅薄，但又时时展现出年轻人的乐观。因为，不论是什么样的群体，什么样的个人，处在什么样的层次，什么样的环境，他们都有自己的快乐之源，都有自己的乐趣所在。

这样的晚上，要加班到夜里一点，因为要补回白天休息的时间。另外，这大好的晴天，也必须赶快出产量。晚上下班时，工人们没有一个不蔫头耷脑的，都是叫苦连天，不能动弹。

新买的挖土机开进了泥塘，两辆拖拉机跟着运泥，泥塘里二十几个人一下子失业了。人们开始忙着重新找事做，阿成问勇春怎么办。勇春说出窑班里还要一个人，他跟单保说好了，单保是出窑班的班长，又是老乡。进窑班里也补进了两个人。当天上午，在泥塘里干活的人就往东角厂和西角厂跑，希望能在那里找到事做。找好事的几个人下午就背着草席和被褥走了，可是还有一半以上的人未能找到事做。他们徘徊了两天，有几个人在更远处联系好事情，也走了。最后剩下的十几个人准备回家，也实在是没有办法的事，让人沮丧，觉得这打工跟要饭差不多，居无定所，随时没饭吃，人家想要就要，不想要就随便推走。

七月末的天气稳定了下来，车间里开了会，主任要求大家努力补回阴雨天的产量，做好储备，为冬天做准备。挖土机和拖拉机提高了泥塘里的作业效率，水坯房里已没有一刻的轻松，拉车的人们加快了步伐，码坯的姑娘们连直腰的工夫也没有。制砖机在一刻不停地旋转，已有两位年纪稍大的本地人实在受不了，回家不干了。

生活就是这样单调，劳累又紧张。

人们盼望老天下雨就像盼过节一样，因为只有下雨天人们才能休息，紧张的神经才能松弛一下。老天终于下了两天的小雨，人们轻松地逛了街，买了些牙膏、牙刷、草纸、肥皂、洗衣粉等生活用品，有的还去了附近的地方看了老乡。

乡
路

不管下多大的雨，大窑里的火是不能停的，进窑班的工人照常上班，将原来储备在坯房里的干坯拉进大窑。出窑班更是不停，在整个窑厂里，出窑工是最辛苦的，他们不管春夏秋冬，一年四季，工作时只穿一条短裤，戴上口罩，还有一架密封的风镜，看上去像个潜水员。他们要在几十度的高温下，将那余火未尽滚烫的红砖用双手装上板车，拉出窑门。汗水混着窑里的灰尘沾满全身，一公分多厚的积垢，让你站在对面也分辨不出人的模样。这样重的活，需要非常好的体质，更需要吃苦耐劳的精神，没有多少人能干得了。全厂也只有出窑的工人每天能挣十块钱的最高工资。

下了班，勇春和单保来到厂浴室里，彻底地冲洗掉堆在身上的积垢，穿上干净的衣服，神采奕奕地来到厂门口。小饭店里，阿成早受他二人之托，先占了一张空桌，正在准备酒菜。阴雨天的傍晚，全厂都休息。厂门口两家小饭店里的气氛非常浓烈，人们坐在这里轻松地就着花生米，喝着啤酒，嚼着猪头肉。

老板拎出一台录音机放在柜台上，放着最新的流行歌曲，小酒馆里更增添了几分喝酒的氛围。一扎啤酒很快喝得差不多了，单保、勇春二人的眼角已泛起了红晕，二人各自点起一根香烟。他们正劝阿成也吸一根时，外面的柜台边来了两个打扮妖娆的女人，很快吸引了众人的目光。她们正叫老板给她们拿麦乳精、奶粉之类的东西。仔细看时，是金梅和马芬，她们也只有在这样闲的时候才刻意打扮一下。二人看到了这边几个人在喝酒，竟大大方方地走过来，单保和勇春各自让出板凳头让她们坐下。单保挤了一眼，逗金梅喝一杯酒。金梅的眼儿一挑，神神秘秘地说："单保，你可不能喝醉了呀，喝醉了你可就找不着丁桂珍了。"

"怎么啦？"单保眨了一下眼。

"哟，你不知道？是真不知道还是假不知道？"她又显出几分神秘，"昨天你看到她了？今天也没看到吧？噢，可能现在回来了，我刚才看到的好像是她。人家到西角厂去了，赵明你认识吧？"马芬用胳膊肘捣了她一下，金梅咽住了嘴，又瞥了他一眼，留给单保一个玄妙的眼神，拎起手里的东西跟马芬一道走了。

阿成和王勇春没听出什么玄机，可单保却立刻明白了。他将剩下的酒分别倒向三只酒杯,叫老板端些饭来,他很快付了账。三人饮尽杯中酒,他叫阿成、勇春吃饭,自己放下酒杯,点了一根烟,抽了几口,说他先出去了。

金梅神秘兮兮的几句话验证了单保这一段时间来的怀疑。自去年他跟丁桂珍俩人在厂里相识,一直关系很好,丁桂珍跟着他看电影、逛马路。单保被她窈窕的身姿所倾倒,多少回在马路上,在厂区的大道上,甚至在条条坯垅间,淡淡暮色里,明媚的月光下,她小鸟依人地偎着他,让他难忘那些醉人的时刻。最近一段时间,他觉得她慢慢地跟他淡了下来,故意在疏远他。那赵明来找过她几次,她说赵明是她老乡,又说是她远房的表兄。前不久,单保才打听到那赵明是湖南人,在西角厂里做活,而丁桂珍是四川人,不太可能是远房的表兄。单保追问过丁桂珍,几乎是以训斥的口气。最近不见赵明往这边跑了,但他发现丁桂珍经常一人到外面去。单保怀疑她去了西角厂,可又没证据,而且这段时间,丁桂珍几乎不理他了。单保越想越不对劲,双脚不由自主地向宿舍区走去。他发现丁桂珍宿舍里的灯正亮着,他轻轻地一推门,门是虚掩的。丁桂珍抬头看是单保,竟毫无反应地低下头,继续叠着手里的一件衣服,气氛十分安静,能听得见桌子上一台小电风扇细微的旋转声。单保低沉的声音问了她一声:“今天去哪了?”丁桂珍看也没看他一眼,也没回答。

“去找赵明了?”单保见丁桂珍如此轻蔑,有点恼怒。

“你管不着。”丁桂珍头也没抬。

“早就跟你讲不要理他,以后那小子来了,老子打断他的腿。”单保强硬地瞪了她一眼。

丁桂珍倏地站起来,她的脾气也上来了,烦躁地甩掉手里的东西:“你有什么资格管我的事,你是我家什么人? 我愿怎样就怎样。”她连珠炮似的叫着,气得胸脯一喘一喘地颤动。

单保好像被她怔住了。索然之间,酒劲也正往上冲着,他眯缝着眼睛盯着丁桂珍,他看丁桂珍身上还穿着他去年给她买的那件粉底绣花镶边的连衣裙,这衣服穿在丁桂珍身上,更显得风姿绰约。他的眼里流露出几许暧昧,吐着满口酒气凑到丁桂珍身边,“穿我的衣服,不会去会新情人吧?”

丁桂珍气得爆炸似的,向前蹿了一步:“滚,你给我滚走。”她怒得手足无措,恨不得一下子把这身上的衣服扯去,还给他,恼恨自己今天怎么会穿了这件衣裳,眼泪涌在眼眶里,直叫单保:"滚走,你给我滚走。"

此刻的单保已怒火中烧,两眼冒着凶光,向前逼进一步,一把抓住她的衣领。就在丁桂珍惊愕的一刹那,只听"嘶"的一声响,她的连衣裙被撕碎,拉脱至腰部,露出了上半身。丁桂珍"啊"的一声尖叫,双手使劲地抱住前胸往后退,全身不住地颤抖。单保却正性起,趁着酒劲,不容分说地拉住她的胳膊,一把拽在怀里,胡乱地揉搓,满是酒气的嘴凑到她的脸上。

丁桂珍像巨浪中一只快要被打翻的小船一样,在单保的怀里挣扎。突然,她不知从哪里来的一股劲,猛地推开了单保,挣脱了出去。他们的吵闹声、尖叫声早引来了许多人。门外有人进来拉住了单保,丁桂珍赶紧套上一件衣裳,哭着跑了出去。

晚上八点多钟,厂保卫科的小胡在宿舍里找到了单保,叫他去一趟厂办公室。单保跟着小胡到了厂办公室。此时,厂办公室的门窗全部被看热闹的人的脑袋堵满了,单保和小胡好不容易钻了进去。进门时,他发现丁桂珍已换了一身衣裳,脸上挂着泪痕坐在那里。让他诧异的是,马芬和金梅也在里面坐着。沈主任叫单保坐下。尽管平时大家在一起胡吹乱侃,可现在沈主任却义正词严:"我先说说你单保,一个男子汉,怎么喝点酒就忘乎所以,就控制不住自己,你的行为是不是在耍流氓啊?"

门口有人说:"那衣服是单保买的,单保肯定能脱。"窗外"轰"的大笑。

沈主任叫小胡把门窗关上,可人们挤得让小胡怎么也关不上。沈主任只得继续往下说,他看看单保,看看丁桂珍,"你们俩不是一直关系都很好的吗?小问题、小事情要互相克制一下,要自己调节一下情绪啊。这一次单保要好好地接受教训,遇事不要太冲动了,回去一定要当面向丁桂珍承认一下错误。小事嘛,你们俩回去吧。"

单保早已酒醒,他沮丧地坐在那里耷拉着脑袋,听沈主任发话。丁桂珍一直低着头,脸色难堪,她想快一点离开这里。沈主任让她回去时,她站起身来就走,门口的人们让开一条道,戏谑地笑着,把单保往丁桂珍身上推搡。单保也趁机挤出了门。

接着,沈主任开始查问剩下的两个人。金梅和马芬都胆怯地互相看看。沈主任说："金梅同志，你真是唯恐天下不乱啊。你说，今天这事是不是你引起的？没事找事，捕风捉影的，看人家又吵又闹你高兴啦，人家还不恨死你了。"说得金梅低下了头。"还有你马芬也不错嘛，竟然给人家买堕胎药，出了这么大的事，你说怎么办？"沈主任非常严肃地把手一挥，竟不由自主地"啪"的一声，拍了一下桌子，金梅和马芬俩人同时吓得身子一抖，头压得更低。门外看热闹的人们也顿时静了下来，都感到诧异，不知究竟发生了什么事，想往下听清楚。"这到底是怎么一回事？你说清楚。"沈主任问马芬。

马芬抬了一下眼皮，嗫嚅着说："这是赵小云自己托我去买的，她找我好几次了。昨天上午去买的，她下午吃了，一会儿就肚子疼，大概是吃多了，疼得非常厉害。疼得实在受不了，我们几个有点害怕，就送她到医院里去了。"

"我说你们什么好呢？"沈主任仍很生气，"你们还都是小姑娘，怎么能这样呢……啊？"沈主任也实在找不出什么词来，气得在办公室桌前来回转，走到马芬跟前做了一个手势，"你好像还挺有经验的嘛。"门外的人们"轰"地笑起来，人们已听出是怎么回事了。

沈主任在马芬对面坐下来，说："我们是今天接到医院的通知，医院找到我们厂里来了。你们几个小姑娘的胆子真够大的，这堕胎药是随便好吃的吗？弄不好人命关天。"沈主任虽然生气，但也无可奈何，"这样吧，这几天医院里就你们俩去照顾好了。她叫赵小云？"

"嗯，"金梅点了一下头，"我们今天晚上去过了，晚上医院不要人，叫我们回来。"

"我是说白天，"沈主任没好气地强调着，"你们俩轮流着去。"俩人赶紧点头答应着。

"回去吧。"沈主任向她俩一挥手。俩人低着头走了出去，外面的人也哄笑着散开。

休息了两天，人们的精神又振奋了一些。前几天发生的事情，给人们在闲聊中又增添了几分笑料，几分乐趣。

泥塘里的挖土机出现了故障，人们早早地歇了，难得的一个清凉的傍晚。阿成拿着把折扇，在厂区闲游。坯垧间，他看见王勇春朝这边走来。王勇春把手一扬，一袋膏药递到阿成手上："你腰是怎么扭的，现在还疼呀？"

"这几天疼得厉害，也不知道是什么时候扭的，就慢慢地疼起来了。"阿成将膏药放进裤兜里，问王勇春："没跟马芬到外面去玩？"

"马芬今天在医院里照顾赵小云还没回来。"两人并排往前逛着，王勇春忽然说："你也可以在这边找一个女朋友，就随便找一个嘛。"

"你别拖我下水了。"

"你也太认真了，赵小云一个挺斯文的大姑娘都给人家搞怀孕了，别人都不知道男的是谁。"

"你也太夸张了，她总是自愿的吧，不会是人家强迫的。"

"对呀，所以说交个女朋友是很容易的，大家都很随便嘛。"王勇春一下子来了精神。

"那你和马芬的关系发展得怎样了，是真的吗？"

王勇春稍愣了一下，"也不好回答，不过，肯定不可能太认真。"

"那也不能太无所谓，不负责任呀。"

"其实，也没你说得那么严重，在外面随便谈谈的都很正常，你说我们厂里，哪一个女的没谈过？"王勇春辩解了几句，突然一掌拍在阿成的肩上，"听马芬说，还有一个叫赵月花的，来的时间不长，看你能不能把她搞定，都说长得漂亮。"

阿成不由得感叹一声："唉，你也说得太玄乎了。"紧接着，他话锋一转："你说的也有一定的道理，现在这种情况都是正常现象。"他也拍了一下王勇春的肩膀，"人嘛，所谓正常的人，都有正常的感情。但你不管是感情，还是满足欲望，都要有正常的方式，关键是不能虚伪，不能欺骗。"他想教训一下王勇春。

王勇春眨巴了一下眼睛，"你不要一套一套的，我听着难懂。"二人相视，都笑起来。

阿成拉车时，注意到码坯班里是有一个叫赵月花的姑娘，长得不错。乌黑的头发，秀丽的脸庞，弯弯的嘴角时常挂着盈盈笑意，跟你说话时，那明亮双眸里的脉脉温情便随之驶入你的心田,高耸的胸脯让人忍不住想多看她一眼。

阿成偷偷地审视着,这姑娘的确很美,可他却因看到了这样的美而想起香子。他认为他是清醒的,可他自己也搞不懂自己,怎么会这样执拗,就是无法忘记香子。

最近两天,他感觉自己的腿好像一边长一边短似的,知道这是腰疼引起的,去诊所看过医生,说可能是坐骨神经有问题。左边的腰从上往下疼,这边的腿好像长了一节,两只脚走起路来显得极不协调,不听使唤。他坚持着,默默地拖着车,很长很长时间不想说话,劳累和痛苦让人麻木。这样的时候,他想起了香子,眼里满是忧郁,身体更增加了一层疲倦,一层哀愁。夕阳惨淡,拉完最后一车土坯时,他无声无息地来到宿舍里。此刻,饭菜也不想吃了,倒在床上只想睡觉,身体真是困乏了,又因为那个牵人的梦魂,心儿也觉得衰老了。

大窑停火了,是由于国家经济政策调整。市场上建筑材料的价格一落千丈,厂里不得不将双火轮窑停了一把火,所有的车间班组同时裁减一半员工,阿成和一些后来的员工理所当然地在裁减之列,厂里当天就给裁减的员工结清了工资。真是毫无征兆,没想到的事情,突然间的变化,使很多人失望。再想找事做已是很难,最好的去处只有回家了。

19/父亲回来了

五个多月的时间,阿成挣了七百多块钱,母亲十分高兴,决定马上开工建房子。大多数的材料早就准备好了,上半年买的橡子钱伯也事先运回了家,整理好了。弟弟一年来的瓦匠手艺也学得很好,带来了几位师傅正在开工。

阿成一大早就去了街上,在医院里买了膏药、跌打丸和三七片。这几天刚开工,他挖墙脚做活重了,腰又疼起来。接着,他去吴梅的店里找阿亮帮忙做木工,阿亮答应了。一切都井井有条。

阿成说阿亮已是掌柜的了,阿亮苦笑了一下,说自从结婚后,吴梅就把他绑在了店里,木工活基本上没做。只是父亲在外面的活人家催得紧时,他才不得不去帮几天忙。为这样的事,他已和吴梅争吵几回了。阿成劝他忍着点吧,有事情俩人要好好地商量,让你当店老板还不好吗。阿亮无奈地摇摇头。阿成有事急着回家,就先走了。

阿成家的新地基,几年前就在村前的责任田里准备好了。农田的一半挖了个鱼塘,土方挑到前一半加高地基,新地基四周栽的树已有碗口粗了。村前的这一片田地,这几年全变成了宅基地,大多数人家都已盖好了新房子。阿成看着前面的三间平房跟瓦匠师傅说:"东保结婚喜事都办了,房子怎么到现在还没粉刷?"

"东保被逮走了,你不知道?"

"什么时候?"阿成一惊。

"有三四个月了。"

"哦,难怪我看他家大门都歪在那里。"

"晚上来抓的,公安局把大门给封住了,家里搞得乱七八糟的。电视机、录音机、电风扇全部搬走了,"几个瓦匠边砌墙边讪笑着,"谁都知道他来的钱不那么地道。"

阿亮放下刨子喝了一口茶说:"我讲他挣钱怎么就那么快呢?还没几个月时间就做好房子,买了那么多东西,到外面又不是能捡到钱。"

"人家真有本事呀,"一个小瓦匠说,"我们做手艺五块钱一天,十年也做不起他那房子,他不就判三年吗?我看他值得。"全屋场的人都笑起来。

阿成问阿亮:"现在小月呢?她在哪里?"

"她在她妈妈那边。"

晚上吃晚饭的时候。阿亮告诉阿成,他在店里遇见香子几次了。他和吴梅都跟她谈起过她和阿成的事,看上去她反应还不错,她好像真的有点转变了。阿成说再不能一厢情愿了。他觉得这样的消息,也只不过是让他的心情暂时好一阵子罢了。

第二天早上,阿成上街买菜,路过吴梅店门口时,吴梅把阿成叫了进去,也跟他讲了昨晚上阿亮说过的话,叫他再努力一次。阿成不置可否地笑笑,他心里的确没底,不敢再冒失了。

就在阿成家盖房子忙得热火朝天的时候,一件让人做梦也想不到的事情发生了。那天下午,阿成正在屋场上忙碌着,忽听风珍站在墙角处焦急地喊他。他诧异地看着风珍,不知发生了什么事,因为他已很长时间没跟风珍说过话了,有时甚至两人都是有意避开对方。他问:"什么事?"

风珍向他招了一下手。阿成疑惑地走过去,风珍说:"是你妈叫我来喊你,听说你爸回来了。"

"什么?"阿成睁大眼睛。

"是真的,有一个人拎个包在你家坐着。你妈坐在边上淌眼水呢。"

"有这样的事?"阿成尽管一脸疑问,还是放下手里的活,跟风珍回家了。

他进院门时,就发现院子里围了许多人,他神情凝重地进了屋,见母亲坐在桌旁揩着眼泪。一个陌生又似曾相识的人坐在桌子上方,见阿成进屋就从上到下地打量着阿成。阿成妈啜泣着说:"阿成,这是你爸呀。"

阿成望着那人疑虑地说:"你是我爸?"

"嗯,"那人点着头,"你是阿成。"

阿成的眼泪唰地下来了。

这时,阿成的弟弟阿明边往屋里走,边淌下了眼泪。显然,他们知道真的是他爸爸回家了,一家人坐在桌子旁揩着眼泪。围在屋里屋外的人们也都唏嘘不已,情不自禁地擦着眼角,一个个地向阿成爸问长问短,问他这么多年去哪里了。有说阿成妈这么多年来不容易啊,有说怎么不回来看看孩子们呢? 阿成爸向屋里屋外的老少们撒着香烟,向他还认识的大爷大婶们打着招呼。在里屋,钱伯已烧好了开水,他将泡好的一杯茶送到阿成爸手里,阿成爸也递给他一根香烟,并且划着了一根火柴,同时点着了两人含在嘴里的香烟。

阿成爸说他现在在广西,他那年走的时候,也没想到出去了就回不来。大家问他在那边做什么事,是不是这些年在外面做什么生意发大财了。他摇摇头,说没做什么生意,在外面混得不好,想想没脸回家呀,一直就在外面待着。现在政府要办身份证了,在外面实在不方便,想回来办个手续。

他深有感触地说着，眼窝里也潮潮的。

大伙劝他回家就不要走了。

他说在外面待惯了，还是要出去的。

人们又是一番唏嘘，想一想，他也只有出去了。如果他不出去，那老钱怎么办？

吃晚饭时，他得知了阿成去年遭遇车祸受了伤，特别是眼睛受到了极大的损伤，他的眼泪一下子落了下来。他觉得自己对这个家，对孩子们真是亏欠太多了。看孩子们都长大了，别人家的孩子都是父母将房子造好，为他们娶亲，自己的孩子却要自己挣钱做房子。他现在也拿不出一分钱来帮助他们，让老婆孩子吃了这么多的苦，受了那么大的伤害，他心里又怎能不悔恨？现在的他愧疚难当，泪水一串串地往下滴，想不出什么办法来弥补。

阿成的心里也难受极了，现在他也知道了他父亲这么多年在外面受了许多罪。当年他是被迫出去的，在父亲的内心里，何尝不爱这个家，不爱自己的孩子？他觉得这么多年来他的父亲其实一直都在遥远的地方想着他们。

晚饭后，阿成爸叫阿成找一辆三轮车送他去阿成二叔那里，他说要去跟阿成二叔见一面，晚上还要好好地谈谈。阿成劝他在家歇一晚，他坚决要走。阿成看他伤感的样子，也就答应了。于是，阿成爸留下了两张一寸的近照交给李立新，请他做了登记，说等身份证办好了由阿成寄给他。

阿成领着父亲去公路上找三轮车，边走边劝他父亲别难过了，说自己的眼睛还是能治好的，他一直跟上海黄浦江医院的刁鸿文医生保持着联系，他跟刁医生和他弟弟都是好朋友，这换角膜关键就是很难找到供体，有刁医生和他弟弟这样的好朋友帮助肯定有希望。

阿成爸无奈地点点头……

经过大家共同的努力，趁秋天里的这一段好天气，房子盖好了。阿成妈欣慰地在屋子里转了好几圈，这三间大瓦房凝聚了她多少年的心血。

房子盖好了，屋场上的欢乐也随之消散，弟弟也跟瓦匠师傅们到别的屋场干活去了，只剩下阿成一人在屋里屋外、房前屋后拾掇着。家里粉墙、做门槛的小事，就等着下雨天阴时，弟弟回来做了。木工门窗活也等着阿亮抽时间来做。

早上阿成买好了做门窗的木料,来到阿亮店里,想找阿亮商量,要买多少门窗的铰链、拉手和风钩等一些东西。发现阿亮不在店里,他问吴梅,吴梅说阿亮早上没有过来。她正一个人在店里店外忙着,阿成看她不悦的样子,猜想可能是吵架了。

他把木料扛回家,吃了早饭,想到阿亮家去看看。路过小月家门口时,阿成特意看了一眼,发现院子里到处散乱地堆放着秋收过后的柴草,院墙根下七零八落地靠着几件农具。小月正挺着个大肚子,木讷地坐在门槛边上的一张椅子上,像是在晒太阳,面容憔悴的脸上瘦了许多。时隔半年多,院子里已看不出以往热闹的景象了,真令人感叹,令人唏嘘。

阿成来到阿亮家,阿亮还在床上睡着。阿成问他和吴梅是否吵架了。阿亮坐起身子,在床头柜上拿起香烟,甩了一根给阿成,自己点上一根说:"真烦,一点小事就吵。"

"嘿,忍一点嘛。"

"也忍着,只要离开商店就吵。"

"店里也确实忙,她一个人应付不过来。"

"她现在不要我做任何事情,就叫我在店里待着,守着她,守着店。"

"那你就专门开店,做店老板。"

"别开玩笑了,我总有自己的事吧。我对那小店没兴趣,我只答应她,在她出门进货时我去看店。"

"唉,还是起来吧,早上问你要买多少门锁和拉手都没找到你,吴梅叫我带信请你去呢。"

阿亮用笔开了一张条子,将所需的门锁、拉手、风钩、铁钉、螺丝等数量全部写上,递给阿成。他的心情也好些了,恢复了一贯的样子:"听她的话,就要牺牲自己的事啊。"他伸了个懒腰,自嘲地笑笑。

阿成一面在屋里干活,一面琢磨着,这人啊,为什么得到了的东西不去珍惜,当成无所谓,为一点点小事经常吵架,将圆满的感情划一道伤痕。如此折腾,以前所经历的那些曲折和坎坷,付出的苦心和努力还值得吗?叫人不能理解。他轻轻地叹息一声,不再多想,甩去脑子里的杂念,觉得眼下

乡路

要把手里的这些事做好。这几天他已将这个房间里的地坪做好了,再将墙上刷一遍石灰,下午就可以把自己的床铺和桌子搬过来了,书也能全部搬过来。

忙了一整天,他终于搬进了这间宽敞明亮的真正属于他个人的房间。第一次坐在油漆一新的书桌旁,无比的惬意舒爽。桌案上摆的这一摞书,是他最大的财富。他情不自禁地摩挲着光滑的桌面,又推推抽屉。

打开书页,房间里是无比宁静,他静心地捕捉着快乐的文字。翻呀翻,竟翻开了自己往日的日记,每个字眼都是他对生活的真实记录。未曾想到,这些几乎已经忘记的往事里,竟然有着那么多的忧郁,有着那么多的快乐。看着那曾经记录着心灵轨迹的一首首小诗,又给了他一次心灵的驰荡,也给了他些许的慰藉。

这些曾经鼓起他生活风帆的小诗,到现在仍这样可亲可爱,生活中的快乐是要人去寻找的,幸福是需要人去追求的。对生活要有信心,要有持之以恒的精神。

现实的生活,需要现实地面对,甚至需要冒一点风险。阿成上床时,仍辗转反侧,思考着这样的问题。他终于决定,要重操旧业,秋冬季节里在乡村做油漆家具的活,还算旺季。生活里需要尝试,也要勇敢一点,及时地抓住时机。

20/ 爱情呀,你为什么这样折磨人

房子盖好以后,母亲又开始催阿成早点定亲事,并且说她已看过好几个姑娘,人品都好,父母也厚道,要阿成去见见面。阿成一个也没去看。母亲真有点急了,耐着性子劝他,说香子她也去看过了,人家的条件好,不可能看上我们家的。

阿成一惊,不知道母亲是怎么知道这件事的。母亲说:"怎么会不知道呢?我跟阿亮妈一道去的,我说是去做衣裳的。衣裳做得真不错,姑娘家那么好的手艺,那么好的人品,人家那么好的条件,怎么会看得上我们家?"阿成叫她不要急,过两年定亲也不迟。母亲说她怎能不急,过两年弟弟也要做房子娶亲了,事情总得要一件件地做吧。

阿成也理解母亲的心情,可他不愿意随随便便地找一个人就了事,至少要找一个顺心的两相情愿的人吧。眼下他真的没有再遇见过这样的人,唯一在他心中占着位置的还是香子,可是她已拒绝了,他们之间已说得很清楚了。

他想起阿亮和吴梅传给他的消息,难道是真的?他不敢相信,可他也真想去看看她,半年多时间没见了,纯洁的感情真是不容易改变的。不是说好了要做朋友吗?香子还说以兄妹相称呢。

初冬的风,让人感到冷飕飕的,又飘了一个下午的细雨,更觉寒意。阿成在客户家中刷好了一遍油漆,便收拾好工具回家。客户说外面下小雨了,要他就在这里住一晚,反正明天还要上漆。阿成推说回去有点小事,便冒着小雨跑回来了。

刚进村口,阿亮便站在门口向他招手,叫他过去。阿成说身上淋湿了,回家吃过晚饭再来。阿亮说有好消息。阿成不知什么事,就过去了。

阿亮妈拿着毛巾,让阿成擦掉头发上的雨水。阿亮将桌上的一封信推到阿成的手边:"香子给你的信。"

阿成感到太诧异了,阿亮妈说:"这姑娘真不错,手艺又好,对人也好。我到她家去过好几次了,那天还带你妈去了一回,我讲别人给你介绍了好几个姑娘,你都不愿意,问她愿讲什么样的人。前几天,她骑自行车上街,我在鱼塘边看见了,把她喊下来,又跟她讲了一些,对她讲你回来一段时间了。今天她大概又是骑车子上街去,到鱼塘边把这封信给我,叫我带给你。"

阿成听了阿亮妈的叙述,轻轻地拆开了信。

阿成:你好!

代向阿亮问好。

时间过得真快,转眼七八个月过去了,在这几个月里,我的心情一直没有平静过,因为我的任性、固执伤害了你,而且说你自作多情。这一切请原谅。

　　阿成，你说得对，我会理解你的，也会理解你的真情。但是，你可知道，我现在的心情很乱，拿不定主意，总怕事情有什么意外，会给自己给别人留下痛苦。有时间请你到我家来玩好吗？要是有话，我们就当面说吧。

　　祝你全家都好。

徐香枝

11 月 18 日

　　阿成真是无比高兴和激动，心里正想去看看她时，竟收到了这样一封信。他马上便约阿亮："今天下雨了，明晚我俩一道去。"阿亮答应了。

　　这个晚上，阿成真是兴奋不已，没想到还真的有了希望，仿佛在黑暗中看到了曙光，自己没有白白地付出苦心。他忽然想起一首歌，于是，他打开日记本，将这首歌词作为今天的日记："有人说你没当真，有人说你负心，就算是误了青春，还是不相信。绝望之中，你又推开我的门，还有什么怨恨，只有轻轻地叹一声，总算没有看错人。"

　　阿成工作了一天，也等待了一天。傍晚时分，他早早赶回了家，在等阿亮。阿亮从店里回来时，天快黑了。于是，俩人去了徐村。远处，看见香子房间的灯亮着，便有一种亲切感。推开门，正有几个青年男女在看电视，肆意地说笑。香子母亲说香子不在家，红莲招呼他俩坐下，说香子出去有点事，一会就回来。十多分钟后，香子回家了。她很自然地跟阿亮、阿成打了招呼，然后在台面上继续裁她原来没裁好的衣服。屋子里很嘈杂，人又多，没有什么说话的机会。阿成看着她的身影，好长时间没见了，好像比以前更显得高贵些。这样的气质，是阿成非常欣赏的。阿成看坐的时间不短了，便跟阿亮起身要回去，香子送他们到了门外。

　　又过了一天，阿成一个人来了，他敲了一下门。香子开门时，莞尔一笑，叫他等一下。她把手里的尺送到房里，避开众人，转身就出来了。她说她家里每天晚上都有许多人看电视。俩人走到村边的一条小路上，香子问他怎么好长时间不来玩了。阿成说很想来，不好意思老往这边跑。香子问他对她是真的吗？阿成说一点也不假，对你说的话，完全是我的真心实意。香子说总是拿不定主意，心里老是担心。阿成问她担心什么。香子说，就怕今天说好了，以后又有变化。阿成说，反正我考虑得非常透彻，绝不是随便的，不可能悔改，对自己的感情绝对负责任，问香子这么长时间考虑得怎么样了。香子会心地笑着，说也认真地考虑了。

虽然今晚的月光不太明亮，可两人的谈话却是很投缘，很融洽。阿成感到非常愉快，简直是一种享受。阿成觉得香子真是不一般的女孩，从心底里喜欢她，没想到爱情的好运这样垂爱他，他真的能得到香子的爱，觉得好像是在梦中。香子也觉得阿成是个可以信赖的人。

回去的时候，两人牵了手，阿成把香子送到了门口。香子站在门口，看阿成走远，一直到看不见，这样的时刻，真是满心的幸福，爱情的火焰在彼此的心中燃烧。

这样的快乐也带给了彼此的家人和朋友。订婚的日子就定在元旦，阿成买了两套同样的面料，准备和香子各自做一套新衣裳。那天，两人在街上扯好了面料，就让香子带回去了。

阿成的尺寸还没有量，离元旦只有一个星期时间了，他决定今天一定赶回去，因为他也有好几天没见到香子了。下午四点多，阿成骑着自行车从二十多里路远的地方往回赶，他没有回家，直接去了香子家。香子家刚吃了晚饭，香子母亲烧了面条，阿成香喷喷地吃了两碗。与香子在一起的时候，就是非常愉快的感觉，骑了二十多里坑坑洼洼的路，一点也不觉得累。红莲也过来了，她坚持不懈地每晚来跟香子做伴。香子在阿成身上量好尺寸，把尺寸单夹进面料里说："这面料，你一个人做两套吧，我不做了。"

"为什么？"

"不然你先做一套，面料就放着，反正我不想做了。"

阿成觉得有些蹊跷："不是讲好了，一人做一套吗？"

香子只是笑笑，不回答。她麻利地把面料重新叠好，放在台板上，迅速地从口袋掏出一张纸条，塞给阿成，并叫他回去再看。

阿成疑惑地望着满脸笑容的香子，不知道是怎么回事。他很快就骑车回了家，进了房门，打开灯，就掏出纸条。

阿成：

　　真对不起你。

　　现在你肯定要恨我了。由于种种原因，我们不能在元旦订婚了。我很无用无能，还是不能做出最后的决定，等一段时间再说吧。如果你的父母着急的话，你就听你父母的话吧，找一个更好的姑娘。你一定能找一个比我好的姑娘。对不起你了。

香枝

12月24日

　　阿成一看，顿时沉默了，这是为什么呢？他一时想不通，刚刚说好的事又变了，要是不同意，何必不考虑透一点再做决定，这样不也是拿自己开玩笑吗？真叫人想不明白，让人无法接受，搞不懂。看着看着，他一下子把纸条撕得粉碎。他晚上脚也没洗，就倒在床上睡了。

　　第二天早上，阿成无精打采地背起工具包，今天要到林岗去干活，乡路崎岖，不能骑车，只有慢慢地在小路上穿行。昨晚上的冷空气非常强烈，田野里铺上了一层厚厚的白霜。早上的风吹得人割耳朵似的疼，阿成的身上也冷，走路的时候缩着脖子，他觉得整个心都凉透了。现在的心情比昨晚上平静了些，可一种前途未卜的感觉让他凄然。现在，他只能叹气了，面对香子，他又能怎样呢？就让一切顺其自然吧。

　　林岗的这户人家，元旦要结婚，家具等着要用，这几天还要加班加点地干活。现在，阿成的心里有点着急，那天出门的时候心情不好，没有跟母亲说明情况，母亲这几天一定还在家里忙活着准备请客。他决定一定要在元旦之前回家一趟，不然怕到时候闹笑话。二十八号下午，他终于抽出时间回家了，还好，母亲已经得知了一些情况，阿亮妈也正好在这里。她们都不知道是为什么，正着急呢，于是纷纷询问阿成跟香子之间发生了什么事。阿成说他接到了香子的一张字条，说她没考虑好，元旦不来了。母亲也怕阿成心里难过，没多说什么，劝了几句，又对阿亮妈说了许多客气话，多谢她关心了，让她跑了许多路。

　　阿成觉得有必要当面问一问香子，可怎么开口呢？他心里确实有些生气，可又不能去发她的火，左思右想还是要去一趟的。

到香子家门口时，还没考虑好要跟她怎么说。

他敲了一下门，门开了。他首先看到的是香子一张忧愁的脸，阿成也木讷地站在客厅里，红莲和香子的母亲在房里看电视。香子见阿成严肃的样子，忙把他领到东边的房间里，将灯拉亮，从客厅里端来一条凳子让阿成坐，自己就伏在桌子的侧面。阿成把板凳的另一头斜着塞过去让给她，俩人就这样斜坐着一条板凳。

香子一只手托着下巴，垂着头。阿成看她忧郁的样子，知道她的心里也一定不好受。于是，他尽量克制着自己的情绪，平和地问她："你是怎么想的，是怎么考虑的？"

"我也不晓得自己是怎么想的。"香子低声回答。

"自己怎么想的不就怎么讲吗，哪有自己不晓得自己怎么想的呢？"

"是我没想好，对不起你了。"她不知道该怎样回答。

"我们认识这么长时间了，难道不需要好好地考虑，没有一点感觉就做决定？"阿成说着说着，就有些激动，"既然自己决定的事情，不可能没有经过慎重的考虑，为什么又要变卦呢？"

"是我脑子有问题，没考虑好，觉得我们之间还是不够了解，没什么印象，"香子又说，"是我不好，你是不是要报复我？"香子仍然垂着眼睛，有些语无伦次，声音有些颤抖。

阿成觉得不好再说什么了，叹了一口气："我不可能报复你，又没什么可报复的，我也没讲你什么，又不是来跟你吵架的。我就是心里有点搞不懂，想问个明白。"香子只是不住地叹气，没有说话。她稍微抬了一下头，整理了一下情绪，双眼平视着桌面，感觉有几分惘然，几分伤感。

阿成问她："是不是因为我视力不好，还有脸上的一个伤疤。"

"不是的，那我早晓得了。"

"那肯定是你家里人不接受，给你压力。"

"责任是我自己的，别人的意见是次要的。"她显得有些柔弱而无力。

阿成心里真不是滋味，觉得没有什么话要说了，他不想看到紧张的气氛，劝她不要难过了，自己也不怪她。两个人的情绪自然地放松了下来。阿成指着桌面玻璃下面香子的一张照片，问她是什么时候照的。"去年。"香子温和地答着，还将几张与朋友在一起的照片向阿成做了介绍。

阿成再一次劝香子不要难过了，反正他不会恨她的。你既然决定了，我就会尊重你，并说那套服装做好了自己来拿，还剩下的那一套面料叫香子自己一定要做掉。阿成要回去了，香子开了门，满脸伤愁地站在门口，看着阿成走了很远。

此刻，阿成真是满心的忧伤，不能平静，他多想再跟她说说自己的心情。于是，不眠的夜晚，他只有写了一封信。

香子：

我真想哭。可是我没有办法，命运对我太不公平，我的这一点缺陷将毁了我一生的幸福。肉体的创伤带给了我心灵的伤痛，痛苦的岁月永远跟着我。转眼，无奈的二十一岁又已虚度，又将进入二十二岁的年龄，未来的岁月不知如何打发。又一个元旦到了，想送给你礼物，又没什么可送的，就把这张卡片送给你吧，上面的祝语若不好，那就请你把它划去。

香子，真对不起，晚上说话使你生气了，其实是你误会了我的意思，我解释后，你明白了吧。说真的，这几天我的心里很不好受，到你家之前，还说不准真的要说几句刺激的话给你听。可是你如此柔弱，心情也不一定好受。我的缺点也是实实在在的，存在得很现实。我还向你说什么报复呢，报复你什么呢？

香子，我并没有隐瞒你，更没有欺骗你，既然你的决定完全是因为我的这一点缺陷，那你何必说是我们之间没有什么印象呢？香子，我甚至希望你也有什么缺陷，来使我们之间达到一种平衡。香子，我很老实，一直没有隐瞒你什么，这一点我问心无愧，生活本身就应该是实实在在的。

香子，回来的时候再去你家看你。

珍重！

阿成
12 月 29 日

接着，阿成将一张精美的卡片夹进信里，上面写着美好的祝语："既已相聚，何忍分离，是缘字把我们紧紧地揽住，便再也不忍放弃，不能分离。"

早上，阿成起得很早，将信托红莲捎去。

香子看信后，非常感动，抑制不住自己的情绪，一颗颗的泪水掉下来。她将这封信折好，精心地放在以前的那几封信一块。其实，她的心中早已放不下阿成了。当那天她把那张纸条交给阿成时，心里也是非常忐忑的。昨夜，当她目送阿成远去的时候，她更感觉到自己像是永远地失去了一样美好的东西似的，留恋而难舍之情使她心中不定。现在她更感受到了他的情义是那么的真诚，好后悔给了他那张纸条。她痛恨自己的不坚定，伤害了他，为什么就不能包容那一点点的缺陷，她好想马上就能见到他。他说回来时来看她，也不知他什么时候回来。一种愧疚的又满怀期待的心情交织在一起，让她难以平静。

时间匆匆地过了一个多星期，香子也感觉到自己魂不守舍的样子，以至于她坐在窗台下的缝纫机上干活的时候，一听到窗外的脚步声，便想抬头看看，总觉得阿成会在什么时候突然来到她这里。

又过了一个多星期，阿成完成了一套家具的油漆。下午回家路上，他真的来到了香子的家里。香子非常愉快，一改多日的忧郁，她看他背着简单的几样工具，风尘仆仆的面容，知道他还没有回家就直接到这里来了，一种亲切感漾动着心田。香子凝视着阿成，见他依旧是那一贯的富有朝气的神采，内心里竟然有了一种失而复得的感觉，脸上的笑容是那么的灿烂。阿成也被香子的情绪所感染了，没想到香子的心境变化这样快，根本不是他想象的那么柔弱。他的心情也就自然地好起来。家里的闲人很多，两人也不好多说什么。但她觉得，他们的心此刻是相通的。她希望他常来，要留他在家吃晚饭。阿成说不了，以后会再来的。天黑之前，他离开了这里。

在乡下，手艺人一到年底是很忙碌的。农家的许多正经事都留到了年底，都希望下半年的收成好些，好积攒着盖房子，做家具，给儿子结婚，送女儿出嫁。可是农家的那一点儿钱总是不够用的，到做正事时，总要东挪西凑，尤其是手艺人的工资，只有往后拖，多说些客气话，让做手艺的也不好跟在后面要，拖到明年后年再给，甚至一拖好几年。阿成这一段时间做好了七八家的活，大部分只拿回了一点材料费，剩下的全部欠着，他觉得这样的事情是很难持续往下做的。可是他此刻也没有什么别的事做，在家里闲着也是闲着。再说，他也没打算把这事永远地做下去，总觉得这油漆对他的伤眼有影响。他想，只要有机会，他会马上去做别的事情。

不忙的时候，他就去一趟香子那里。心灵的沟通，情感的交融，与日加深，几天不去便感到失落落的。香子也是一样，几天见不到阿成，便觉得缺少了什么，做事时，老是望望窗外，希望他随时来到这里。阿成来时，就那么对视一下，然后就坐在她跟前，或者站在她身边，看着她一剪一剪地裁衣裳，听着她"咔嚓，咔嚓"地踩缝纫机，偶尔默契地说上几句话，像相识了多年的故交，像一起长大的老友。这期间，阿成认识了香子的父亲、香子的哥嫂和姐姐。在香子的家里往来出入，阿成已感到一切都很自然了。一次，阿成偶然看到一本精美的日记本，问是谁的，香子莞尔一笑。阿成翻了几页，是香子的裁剪笔记，可中间却看到了几页优美的文字"……不知为什么，我常常为爱情赌气，爱是一种甜蜜的痛苦，真正的爱情不是一条平坦的道路，但是，我知道，爱情需要双方感情和事业的一致，否则……""……需要的人不知在哪里，没想过的人却偏偏出现在眼前，这也许是命运的安排，命运为什么会这样捉弄人？从此，为爱情赌气。我想，只要有信念，就会有未来，要做一个追求事业的强者。"阿成问香子："没想过的人是不是我？"香子羞涩地笑着，叫他不要瞎想，不要乱翻，立即从阿成手上把本子收起来，彼此在温馨的氛围中感受着快乐，在快乐的情景中依依不舍。

回来的路上，阿成还想着刚才在香子那里看到的日记，感觉每个人都有自己的烦恼。香子的生活经历里，也一定有许多的烦忧和不寻常。这样想时，他觉得他对香子又多了一份理解，与其说是多了一份理解，还不如说是多了一份爱更好。

冬天的傍晚，下起了大雪，这风雪之夜，阿成也不好去打扰香子。也许此刻，她和红莲已偎在被窝里了。阿成的心里仍在想念她，他坐在灯下，无心看书，不由自主地拿起笔写今天的日记："深深的夜晚，是多么热切的思念，多想走出这万籁俱寂的宁静，进入你的玉香之国，让晓夜轻柔之风撩拨，沁吸你温柔静谧的清馨之蕴，让热切不安的心彼此抚慰，让世界放大出一份空间去容纳我们的呓语……双眸在闪烁的星空下睁眨，让我拉住你的手，吻住你的唇，倾心地感受着你的每一缕温柔，拥起你的周身，我的所有，好让我做一个醇醇的甜蜜之梦。"

彼此深厚真挚的感情拯救了不死的爱情。

21/ 生意就要好好地谋划

春节就要到了，阿成的房子已里外都粉刷好了，阿亮也把门窗都装上了。晚饭后，阿成帮阿亮收拾好工具，送阿亮回家去。

家里只有吴梅一个人偎在沙发里织毛衣。阿亮有些意外，问母亲呢？吴梅说去后面小月家了，听说小月生了。吴梅两眼温柔地望着阿亮，像有什么高兴的事要对他说。阿亮叫阿成在沙发上坐一会，自己把工具整理一下，过年了，要将刨子、凿子、锯子、斧子什么的，都打上油，防止长时间不用要生锈。吴梅倒了一杯茶推到茶几的另一头，叫阿成喝茶。阿成问吴梅："阿亮最近在生意上表现得不错吧？"

"比以前要好一点了。"

"这么聪明的阿亮，无论干哪一行，他都可以做得出色。"

"你还替他说俏皮话呢。不过这也要谢谢你，以后你还要多开导他。"

"我哪行啊，他比我聪明多了。"

"别谦虚了，你要说这人呀，要是把心思都用在上面，有了兴趣，那事就好做了。"吴梅认真地跟阿成讨论着，她希望阿亮不再做木工了，"你说，他老舍不得那木匠活，一天到晚就五块钱的工钱。阿成，你以后再多帮我劝劝他。"

阿成说："你们俩要好好地协商，阿亮会认真考虑的。其实阿亮只是觉得既然干了那一行，现在又随便扔掉，感到可惜。"

这时，阿亮妈回来了。吴梅问："小月生的是男孩还是女孩？"

"是女孩。"

"怎么这样冷冰冰的，没听到爆竹声。"

"还不是东保不在家吗？要是东保在家，该热闹点。"阿亮妈叹了一口气,仿佛连这里的气氛也冷了下来。她拍了一下身边的一只方凳,叫刚从沙发上给她让座的阿成也坐下。阿成说不坐了,该回去了。阿亮妈说:"这段时间你跟香子俩的事情怎么样了? 你还是要经常去跑跑。这丫头呀,也真是的,逮着了怕捏死,放掉又怕飞了,真有点好玩,她还是舍不得你的。"

阿成站在那里只是笑着。

吴梅仍在织毛衣,抬起头,"其实还是那么一回事,是你的东西跑不掉的,耐心一点。"她鼓励着阿成。阿成跟她们打了招呼,到外面跟阿亮也招呼了一声就走了。

温柔的灯光里,阿亮慢吞吞地上了床,扶起枕头靠好,问吴梅:"隔壁理发店里的人搬走了?"

"下午搬走的,我跟房东说好了,马上就可以把中间的墙壁拆掉,房租也跟我们这边的一样。"吴梅不知不觉地将头靠在了阿亮的胸前,双手在被窝里几乎是搂着阿亮,"以后门面大了,木匠活就不要再做了,要天天在店里待着。"

阿亮抚摸着吴梅的头发:"现在这一切不都是在听你的嘛。"

吴梅的头靠在阿亮的胸前,幸福地笑着。她又仰起头说:"还有一件事跟你商量。"

"什么事?"

"上街头老刘家的房子真的要卖了,他跟王兴全没谈好,王兴全说最多给九千,老刘要一万二,两个人闹翻了。你说那地方是多好的位置,只是现在很多人看不出来,等马路东边的房子盖好了,价钱就绝对不一样了,这街上都向那方向发展,又靠近大马路,我们把买下来,怎么样?"

"那位置是好,在三岔路口上,那三间草房也不值什么钱,人家也就是卖地皮钱,可我们现在哪有那么多钱?"

"想办法嘛。"

"那边扩大了门面,货款都要往上加,这边又想买地皮,两样只能选一样。"

"我两样都想要,先把地皮的钱付了,货款我能问人家借。关键是那地皮,那么好的位置不能丢,先买下再说,过两年再造房子。明天我就托三叔跟老刘正式去说。"

"你有把握？"

"有。"吴梅终于得到阿亮的认可，她按捺不住内心的喜悦，无限温情地把阿亮搂紧，亲着他，享受着这欢愉的时刻。

这个吉祥的春节给人们带来了一个又一个的喜讯，吴梅真的把想做的事办成了。店面扩大了一倍，老刘家的房子也买到了手。朝东朝西各三间老草房，但她主要看中它临街二百多平方米的地皮面积。站在草房的后院里，吴梅一下子就想象着自己将会在这里盖起一幢高楼的情景，心中无比的喜悦。她在心里规划着，楼下将是宽敞而时尚的商场，楼上将是富丽堂皇的家居，客厅和卧室将是如何的有排场和富有情趣。她幸福地洋溢着笑脸。她在全镇最大的南北大饭店办了两桌酒席请客，与老刘签下协议，当场付了现金。一时，镇上的人们都称赞她的眼光和胆略，阿亮的心中也是美滋滋的。

22 / 感情有了结果，更需要到外面去拼搏

元宵节时，阿成和香子的关系得到了正式的确定，两家只是简单地互相请了一次客，双方的家长及一些亲戚也都到场，阿成和香子来回奔忙着招待客人。无人的时候，他们拥抱在一起，今天也是他们第一次这样亲密。虽然订婚仪式没有张扬，但他们的情感是神圣的，他们的喜悦之情溢于言表，彼此真挚的感情也得到了亲朋好友的祝福。

订婚后，阿成的心里又想着要打工挣钱了，因为他必须要挣一笔钱，等机会换角膜，使自己的左眼能重见光明。前一段时间，他收到了刁鸿宝的一封信，说他哥哥已在上海黄浦江医院的眼科升职为医师了。他自己也跟他女朋友辞去了老家丝绸厂的工作，在上海的一家丝绸厂上班了。他跟他哥已联系过好几次了，他哥答应一定会帮助阿成的，只要有了供体就立即联系阿成。眼下阿成最迫切的任务就是要挣到一笔钱。阿成说在家找不

到挣钱的路,唯一的办法只有出去打工,而且最好是去上海。上海那边有他的同学王振山,听说他在上海混得不错,发财了。而且,到那里还可以跟刁鸿宝联系上。香子虽然是依依不舍的,可是生活需要,什么样的困难,什么样的心情都要克服。人之所以进步,生活之所以能不断地改善,就是要不断地创造更好的物质财富和更好的精神财富。每一个正常人,都会很自然地迈上这一条共同的道路。为了生活,为了爱情,为了理想,为了明天,阿成带着美好的希望和憧憬,收拾好行装,与心爱的香子互道珍重,依依惜别。阿成坐在汽车上,看见香子的眼里闪着晶莹的泪花,在摇着手……

一到上海,阿成感觉上海真大呀,公交车转了一路又一路,停了一站又一站,绕得人眼花缭乱,辨不清方向。好在动身之前,他在王振山的母亲那里要了详细的地址及公交车路线,一路上寻问查找,总算找到了目的地,找到了王振山。

王振山五年前就来到了大上海,人们说他凭着聪明与胆略结识了一个搞工程承包的上海朋友。家乡的人都说王振山早发财了,出门都有自己的汽车,每天都要抽好几包红塔山香烟,喝酒只喝茅台酒,一天的花销抵得上在家种田人一个月的生活费。在家乡,他已是人们佩服与羡慕的成功人士。人们不再骂他当年怎样不顾人伦,与同村同姓还大他一辈,两百年前还是一家的王三妹私奔的事了,反而夸他精明能干,真有本事。他现在偶尔回家,就连王三妹的父母和哥嫂对他都非常客气,迎来送往的都是笑脸。唯独王三妹这几年一次也没回过家,村里人都猜她可能是有了小孩怕带着不方便,或者是还记恨当初全家人和村里一些人骂她臭她,不能原谅父亲和哥哥打断了她的腿。每一回人们向王振山询问三妹什么时候回来,王振山总是说下一趟回来。夫妻二人竟成了村里人牵挂的对象。

王振山当年家里穷,十六岁才念完小学,毕业时刚好分田到户。因父亲早亡,他便和母亲及两个妹妹在家种责任田,艰难地度日。这个相貌平平,个子挺拔的青年在村子里并不引人注目。那个时候,他只能怨恨自己太穷,在外面偶尔做一两回瓦匠活,一天也只能挣一块多钱。有一回中秋节晚上,他扒了王三妹家一篮子山芋,被王三妹的父亲逮着了,给了他一顿毒打。按乡俗,这中秋节晚上是摸秋,不能算是偷东西,把人当贼对待是不对的。王振山以前从未做过贼，也就是中秋节晚上才壮着胆子出去的，没想到给王三妹的父亲逮着了。当时，在很长的一段时间里，仇恨和怒火都在王振山的心中挥之不去，但他当时并没有跟王三妹有什么来往。

那一年，王三妹的父亲逼着她去给她哥哥换亲。对方的男人到她家时，她吓得话也不敢说。那人又高又黑，像座生锈的铁塔一样难看，眼珠子向外突，脸上青筋暴出。王三妹惊恐得在村子里乱跑乱转，不敢回家，死活也不愿意去换亲。

处在那个岁月里的人，是那样的单纯，又是那样的无助。王三妹在村前村后躲着，天黑了才偷偷摸到王振山家里，晚上跟王振山的二妹睡在一起。到了这能躲避风雨的小破屋里，在温暖的小油灯下，王三妹像刚从鹰爪下逃脱的一只小鸟，有了片刻的安宁，但仍旧张皇失措，王振山也只能给她只言片语的安慰。按辈分王三妹是王振山的姑子辈，可他发现王三妹每晚惊恐地到了他家里后，便用火热的眼神盯着他，有时竟把他看得不好意思低下头。一次，趁王振山的二妹不在房里的时候，王三妹竟把王振山叫到跟前，王振山疑惑地问她什么事。王三妹一把抓住王振山的胳膊，像是乞求似的说："你带我到外面去吧！"

振山一惊，刹那间也明白了她眼神里的意思。"这怎么可能呢？"王振山非常不自然地看着她。她小声地说："怎么不可能呢？我无所谓，反正我不能跟那个人走。"

王振山惶恐地摆脱了三妹抓住他胳膊的手，迅速地回到自己的小土坯房里，躺在床上却睡不着。刚才的一幕让他太感到意外了，虽然王三妹比他小一岁，但他一直当三妹是村子里的姑子辈。她长得很好看，他也曾在晚上翻来覆去睡不着的时候，想入非非，要是以后能找个长得像三妹那样好看的姑娘该多好。可那只是做梦，不可能往三妹身上想，这个晚上，小土坯房中的他失眠了。

第二天晚上，他早早地进了自己的小土坯房，躺在同样是用土坯码的床上，他甚至不敢待在自家的堂屋里给三妹开门，他迷迷糊糊地睡着了。不知过了多长时间，他隐约听到"咯吱"一声，有人推开他的房门，又轻轻掩上。破烂的木门一直就没有锁。他一惊，揉了揉眼睛，他听到床边是王三妹在小声地喊他:"振山,振山。"床头的窗户里透进一抹月光,王振山看见王三妹扒在他床边。

他迅速地坐起身,问她:"你怎么到这里来了?"两个人的声音都很低,"我求求你了,你想办法带我到外面去吧,我在家里一天都不能待了。"

"那哪行……"

三妹用手捂住王振山的嘴巴:"不行也行,我就指望你了。如果我出不去,在家也活不成。"她一心要逃出去的想法更加坚定了,"振山,你带我走吧,我真不敢在家里待了,我一个人出去还不认识路。你看不出来吗?我愿意跟你走,我跟你跑到哪里都行,总比到那黑铁塔家里强。"

"人家要骂我的,你是长辈……"三妹打断他的话:"你别讲长辈了,现在法律是允许的,法律不允许他们强迫我。"振山看她可怜的样子,如此的无助,又如此的坚强,不禁涌起了一股怜悯之情。

也许是潜意识里的爱意,也许是同情和怜悯,也许是青春的冲动,也许还有一点是对三妹父亲那一贯的轻蔑和那一次毒打的报复,他没有再拒绝王三妹,竟然就在他的小土坯床上将王三妹抱住了。三妹吧嗒吧嗒地淌下了眼泪,滴在王振山强壮的胸前。

天亮时,王振山要三妹就在这小屋里待着,不要再到外面去躲,自己马上去想办法,一定带她逃走。三妹信赖地点点头。振山又到家里跟他二妹说了几句话,说三妹在他屋里,叫她吃饭时送点饭去。二妹有些惊讶地答应了。这一天,振山加工了一担稻谷,将米和糠都在街上卖掉了,可只有二十来块钱。晚上他跟三妹商量,说家里本来就缺粮食,不能再卖了。明天到亲戚家去看看,找个借口借一点。三妹说她口袋里还有三十几块钱。此时的三妹,像在暴风雨中飘摇的小船找到了港湾一样安静了下来,小小的土坯房成了她暂时安身的地方。王振山找到了他舅舅家和姑父家里,说妹妹开学了,家里一时紧,拿不出来钱。跑了两天,竟然借到了九十多块钱,加上前天卖米卖糠的二十几块和三妹的三十几块,一共有一百五十多块钱了。这样,两人跑到外面暂时待上一段时间还是挺稳妥的,然后再想办法找些事做,后面再远的也想不到那么多了。

他信心十足地往家奔,心里美滋滋的。他仔细地想了想,觉得这事情也太奇妙了,他好像以前真的爱过三妹,王三妹也确实很好,长得好看,还顺着他。想想自己家里这么穷,还担心娶不到老婆呢,三妹竟还一定要跟他走,这也确实不是一件坏事。他想,过了今天晚上,他将会让整个村子轰动,让三妹的爸爸气得七窍冒烟,让他瞧不起人,要狠狠地报复他一下。

王振山兴致勃勃地走到村口,突然,他听到村子里鬼哭狼嚎般的喊叫声。他赶快往家跑,看到三妹正被她父亲从小土坯房里拖出来,浑身上下遍体鳞伤,血迹斑斑。王振山的血一下子涌到头上,他大喊一声,跑到门口,夺掉三妹父亲手中的锄头把。这时,三妹的爸妈哥姐,还有她的叔婶们一起臭骂王振山是狗杂种,不是人,不得好死。三妹的母亲哭喊着骂三妹是丧门星,不要脸,臭婊子,难听的话一股脑儿地骂着。三妹的哥哥又把锄头把抢过去,照振山和三妹的身上乱打。三妹的妈和婶子把她继续往外拖。三妹就用手死扣住振山家院子的破门框不放。振山的二妹也被踩倒在地,振山的妈和小妹吓得在人群里大哭。王振山的火顿时往头上冲,两眼冒着凶光,他一转身,从厨房里拿出一把菜刀,劈头盖脸地朝打得正起劲的三妹爸砍去,三妹哥吓得把手中的锄把往前一挡,就听"喀嚓"一声,锄头把断成两段,三妹爸吓得掉头就跑,所有的人都被吓住了,大家怕闹得更加不可收拾,都收住了手。这时看热闹的人们才敢过来把两方面的人一个个往回拉,好言相劝着。振山拉起三妹,三妹的一条腿已不能站起。他把三妹背进屋里,舀来水跟二妹帮她擦洗血迹,又叫二妹拿来衣服给王三妹换。邻居们帮忙扶起了家里打得乱七八糟的东西,也对三妹和王振山之间的关系不能接受,难以理解,毕竟都是一个王字的祖宗嘛,但又觉得三妹爸也不应该硬逼三妹去换亲,下手太狠,真把三妹的腿给打断了。唉,这样的事也不知该怎么评论。

振山马上要给三妹治腿,三妹觉得一刻也不能在村子里待了。王振山用板车拉着三妹去了乡卫生院,乡卫生院不敢接收。他叫二妹把板车拉了回去,自己背着王三妹上了汽车去县医院。县医院医生说是骨折,于是住上院,打了石膏上了夹板。振山一面在县城里找零活做一面照料三妹。

三妹出院了,但那条腿终究还留下了一点轻微的残疾,走路有点跛。王振山要三妹在医院里再治疗一段时间,三妹说大概是要慢慢地好,可能到外面走走路,过一段时间就好了。王三妹早已把自己的一个人和一颗心全部交给了王振山。

他俩现在不能回家,又无路可走,手里也只剩下三四十块钱了,想来想去,大着胆子买了车票来到上海,在建筑工地做小工。凭王振山的瓦匠手艺和吃苦耐劳的精神,工地上的曹老板很快就让他带班,负责三十几个人的工作。由于工地不断扩大,公司的业务不断增加,两年前,曹老板便将自己承包的工程再下包给小包工头,小包工头们也水涨船高地经营起自己的业务。王振山便是他手下小包工头中的一个。现在的小包工头们更具有独立性、自主性,既可做原公司的业务,也可承接别的建筑公司的业务,当起小老板了。

中午,王振山要阿成到他家里去吃饭,叫阿成把行李包放到工地的门卫室里。阿成将行李包放好,刚走出门卫室,忽然看见王勇春也朝这边走来,阿成惊喜地叫了他一声,这才知道王勇春今年春节后就来到上海,在王振山这里快有两个月了。阿成忙从口袋里掏出一个揉得皱巴巴的烟盒,将仅剩下的两根香烟给王振山和王勇春各递了一根。王振山叫勇春一道去吃饭,王勇春没有推辞,将拿在手里的饭盒顺便丢给了一个站在他身边的女孩。

王勇春告诉阿成,他春节时候接到了振山一封信,振山说他年底的工程大概不能结束,春节也不回家了,要勇春春节后到上海来给他帮忙。

王振山和工程队里大多数人一样,都住在刚完成主体工程还没有装修粉刷的新楼房里,里面搭一张简易床铺,一张小方桌也是工地上的木板钉成的,下面是几只木板钉的小凳子,每人一只围坐在小桌旁。王振山的老婆王三妹已烧好了几个菜放在小桌上,王振山刚才在工地门口还买了几样卤菜,很是丰盛。墙边放了好几捆啤酒,坐在下首的王勇春开了三瓶,将每个人的碗里倒满。中午已感到有些热了,几个人像喝凉水一样喝起啤酒。阿成问振山:"你带着小孩,跟嫂子一大家的人就住在工地上?"阿成原以为王振山一定住着一间像样的房子,没想到也是这样简单。

王振山说:"到哪里去租房子? 工地上的房子有的是,在外面还想在家里那样舒服是不行的。"

"家里人可把你传神了。"

"家里人没见过世面，他们不知道外面是什么样子。去年我回去时，在县城找了个出租车把我送到村子里，大家都说是我的专车。递香烟给他们，他们总要看看烟盒是啥样子的，还问你这多少钱一包，真有点好玩。"

"你们村里人都把你当成大老板了。"

"哪是什么大老板？"王振山端起酒碗一招，几个人都端起来，"大家在外面混点饭吃，来，干掉。"大家一饮而尽。王振山放下碗，夹起一块猪头肉往嘴里塞，边嚼边用拿筷子的手做着手势说："我们这些人，发不了财，反正就是这样了，一年到头啤酒冒白泡，桌子四方敲，香烟口中叼，眼对女人瞟，日子也逍遥。"

"振山呀，你都会作诗了。"阿成笑着给他碗里满上酒，显然王振山这一碗接一碗地喝了不少，一直在旁边给小孩喂饭的王三妹睨了他一眼。这些人只顾自己喝酒，竟把王三妹母子俩忘在一边了，阿成觉得有些失礼，忙站起身叫了一声："嫂子，你也来喝酒呀。"王三妹微笑着摇了一下头说："不会喝酒。"

王振山伸手把阿成按下："别，别管她了，喝了酒，下午她麻将就不好打了。"三妹依旧给孩子喂饭，脸上也微微地变了颜色。王振山脸上已有醉意，又招呼大家喝了一碗，并跟王勇春说："勇春，你下午把阿成的床铺安排好，想不到我们又走到一起了。"几个人的心情都很好，酒也喝得差不多了。

半下午的时候，天下起了小雨，而且越下越大。这幢楼房正在粉刷外墙，大家不得不停下来，许多人在住宿里打起了扑克，下起了象棋。勇春领着阿成到了二楼的一个房间里说："这里就我一个人住着，现在我们俩又做伴了。"

阿成说："很好呀，想不到到这里又要你关照了。"

"别客气了。"于是，王勇春帮着阿成找木板搭了一张床。房子里的空地方挺大的，阿成又在窗户下搭了一张小桌子，上面放牙刷牙膏什么的小物件。外面仍下着雨，没有粉刷过的房子里很暗，阿成找来一盏灯装好，牵在床头，晚上还可以看看书。勇春也觉得这样摆设很好，他一个人住时，一直没有安灯，屋里就让它黑着。

俩人正忙着，忽听楼下有汽车喇叭声，阿成往窗下看，见王振山钻进了一辆出租车里。阿成问勇春："振山现在去哪里呀？"

勇春也看到了，他一笑说："去老地方了。"

"什么老地方？"阿成没听明白。

"理发店呀，还会有什么老地方，已好几天没去了，今天下雨闲着，肯定去遛遛。"

王勇春今年一到上海，就给王振山带班，帮他管理工地上的一些杂事，所以王振山的大部分情况及行踪，他都是比较熟悉的。

晚上，俩人躺在床上闲聊了起来，阿成问王勇春："家里人都把振山传神了，他现在到底怎么样了，这工地有多大？"

"不就是这一幢楼房内外粉刷吗？现在有二十几个人在干活，他也不像个干的，就在慢慢地混着。跟他同时开始干包工的，人家都发展到两百人了，干几个工地。不过近两年比以前也难了，不像以前工程下来了，你随时去老板那里领生活费；现在不行了，工程包给你，完工才结账，有的还要往后拖，生活费全要小老板们自己垫，手里没有点钞票，有工程你也包不到。曹老板对他真不错，经常来要他好好干，说别人没活做都留给他干，叫他不要跟三妹吵架。"

"他们还经常吵架？"

"今天早上还吵了，你说他今天晚上干什么去啦，到理发店里找小姐去了。"

"他俩关系应该很好呀，那年俩人跑出来，三妹到现在都没有回过家。"

"那时当然很好啰。现在不同了，有钱了。要不人家怎么说，男人有钱就变坏呢。再说，三妹得了那个病呀也没啥意思。"

"什么病？"

"听说是乳腺癌，胸前那个东西给割了一半。"

"噢，她还这么年轻，看上去还是好好的嘛。"

"那是用东西垫起来的，是假的。你说振山晚上抱个瘪的睡觉，那感觉也肯定不太好。"

勇春说得很滑稽，俩人都笑起来。

阿成问勇春："你去年在窑厂谈的那个马芬呢，现在在哪里了？"

王勇春说:"那都是逢场作戏,哪有那回事?"

"那你现在的女朋友是不是给你拿饭盒的那姑娘?"

勇春说:"你说刘英呀,今年一来就认识了,这在外面想谈朋友就随便谈,你要抓一大把都可以,可这外面的也没什么好的。还是你好呀,在家里谈个正经的。"阿成叫他认真一点,在哪里谈都是一样的。王勇春似乎叹了一口气,夜已很深了,两个人都不知不觉地睡着了。

上班之后,阿成跟着勇春一道做事,或者由他安排着做别的什么事。在工地上很少见到王振山,有时偶尔遇见,只是甩来一根香烟,转屁股就走了。阿成问勇春:"振山一天到晚在忙什么呢?"

勇春说:"谁知道呢?有时上面来领导查工程质量,就陪他们逛逛理发店,洗洗桑拿浴,自己也洗,花销可大了,要不然他怎么就没有钱了呢?"

转眼,阿成在工地上干了两个月,这天吃过晚饭后,他翻了一下王勇春的账本,自己上个月做了二十二个工,这个月做了二十三个工。听勇春说,大概是十块钱一个工。他算了一下,两个月时间挣了四百五十块钱,已拿了二百块生活费,只剩下二百五十块了。他心里原打算,今年来上海首先要挣够医疗费,然后还想挣钱买电视机、录音机、电风扇和一套家具。这些都是他今年的目标,也是他的最低打算,现在他竟然有些焦急起来。王勇春在外面喊他,他慢吞吞地出来了。勇春说去看录像,他最终还是没有去,他的神情有些焦虑,想到门卫室那里去看看有没有自己的信,结果很失望地离开了。天色还是很亮的,他一个人来到工地前面的一大块空地上散步。这工地上的活虽然很累,但晚上不加班,下午五点就下班了,而且下雨天也休息,没有活的时候,时间还是清闲的,可清闲的时候,就有点想家。两个月时间了,只收到香子的一封信,想着想着,脸上不禁有了几份忧愁。再想着今年的目标,这样下去不一定能实现,心里就更有点不安了。

天快黑了,他一个人回到宿舍里,拧亮了电灯,躺在床上,眼睛睁得大大的睡不着。

时间一天天地过去了,阿成每天做着不同的杂活,怎么算也挣不到什么钱,自己的目标恐怕是难以实现了。闲下来时,就想起香子,隔不了几天就去门卫室翻翻。他终于收到了香子的第二封来信,还是挂号信,一看邮戳上的日期,竟然在路上耽搁了好久,信封里硬邦邦的,拆开一看,是香子的一张照片,阿成欣喜不已,亲了一下照片,开始看信。

阿成:

很长时间才收到你的来信,我非常着急。看着你的信,我理解你的心情,懂得你的情意。我同样爱你,真的想你,真希望你还像往常一样,能经常到我这里来,我们俩说说话。可现在,你既然出了门,就安心地在外面做事吧。做事时不要太累了,要注意身体,不要把自己的任务定得太高。前几天,我自己做了一件新衣服,穿着照了相,寄一张给你吧,明天用挂号信寄去,你肯定能收到。有很多的话想对你说,又写不出来,我就把我最近很喜欢听的一首歌的歌词抄下来给你吧:

把你的心我的心,串一串,串一株幸运草,串一个同心圆,让所有期待未来的呼唤,趁青春做个伴。别让年轻愈长大愈孤单,把我的幸运草,种在你的梦田。让地球随我们的同心圆,永远的不停转,向天空大声地呼唤,说声我爱你,向那流浪的白云说声我想你,让那天空听得见,让那白云看得见,谁也擦不掉我们许下的诺言。想带你一起看大海,说声我爱你;给你最亮的星星,说声我想你。听听大海的誓言,看看执着的蓝天,让我们自由自在的恋爱。

望你要保重,以后再说吧。

香子
5月20日

阿成很感动,连看了两遍,他回到宿舍里,拧亮电灯,坐在小桌旁又把照片拿出来,仔细地端详着,摩挲着,香子穿着一件非常合体的粉色旗袍,站在葱茏的绿色里,手扶着枝条,露着轻盈的微笑,这是一张美得诱人的照片。阿成拿在手里不忍放下,久久地看个没够,忽然他灵机一动,把这张照片贴在了日记本的扉页上,拿起笔,轻轻地在这张照片的下面写着:

我爱你快乐时的欢笑,
我爱你矜持时的无语,
我爱你温柔时的宁静,
我爱你忧郁时的沉默。

你的欢笑,在我眼前展开一片绿色的原野。

你的矜持,就像我梦中的那方碧玉。

你的温柔,如我手中一杯芳醇的美酒。

你的忧郁,又在我的眼帘亮上一层水晶。

啊,亲爱的,

别让迷雾蒙住了你。

我要掀开那方围住你的轻纱,

让你渐渐地,清新明朗地,

呈现在我的面前,

展现出你的全部。

阿成非常兴奋,以至于他一连几天心情都非常好,阿成又很快给香子写了一封信。这处在异乡里孤独的人,唯有思念是最难解的愁绪,也只有亲爱的人的书信,才能排解人们的思乡之情。

香子:你好!

收到你的信,非常激动,你的照片真美,谢谢你给我寄来。我一定放在心上,好好地保存。想你的时候,就拿出来看看。我现在在这里一切都还可以,事情也不太重,可就是挣不到什么钱,有点急,你在家还好吗?生意怎么样了?千万不要晚上做的时间太长太累了。还有就是特别地想念你,感到寂寞,在这里写一首小诗送给你。

思念切切,

离愁悠悠。

相思有几许,

惆怅有几分。

寂寞的心,怎能忘记我们昔日共度的时光,

我的思念,像那秋天的飞絮,

愿它随风飘进你的心田,

抚慰你的情怀。

旋即,我听到我耳畔的轻风里,

有你的祝福。

那飞来飞去的小燕子,

也衔来你的眷恋，
温柔地落在我忧伤的额头上。
于是，我甜蜜地进入酣眠，
享受我们那不朽的情恋。
祝你健康美丽！

阿成

6月13日

　　这幢楼房的内外粉刷很快就要结束了，工地上的活也不是很忙。闲暇的时候，阿成便在附近的几条小马路上逛逛。来大上海已有几个月了，却从未到闹市区玩过，除有一次出去联系刁鸿宝，再没出过远门。大上海的市容，也只是那天来时在公交车上领略过那么一回。再说随便什么地方都想去玩玩，哪来那么多钱花。他心中最关心的是要攒些钱，找刁鸿文为他做角膜移植手术。所以，没事的时候，只是散散步，或者是看看书，再看看香子的照片，写几行日记，以寄托对香子的思念。

　　装修粉刷的后期工程就是做地坪了，做地坪要求每一层楼房要在一天里一次性做好，振山要找人晚上加班，给地坪表面收光。已是七月份的天气，正值高温，人们都热得难耐，尤其是建筑工地上的卫生差，晚上的蚊子像蜂子一样蜇人。很多人晚上都要去看录像，去外面玩，不愿加班。可阿成马上就报了名，勇春记上了他的名字。

　　通宵达旦地干了一个星期时间，每天只能在快天亮时休息三四个小时，做地坪的每个人都瘦了许多。可阿成的心情却非常好，因为这几天的时间做了平时半个月的工，每天双工，白天还有半个工，一整天就是两个半工。虽然累点，但心里多畅快呀，如果这样下去，今年的目标就没问题了。他正高兴的时候，忽又觉得自己很可怜，竟然为多做了几个工就这样欢喜，而且是付出了几倍的辛苦，这几天累得要死，瘦了两斤多。可这也是十分现实的，到外面来打工，就是为了挣钱，没有钱能做什么？自己的目标不就是出来挣钱吗？有了钱才能实现自己的愿望。他这样一想，还是应该高兴的。

　　很长一段时间没写信回家了，他想写一封信，可工地马上要搬了，是否到新工地再写呢？他犹豫了一下，还是写封信给香子吧。

香子：你好！

　　分别多日，思念切切。好想早点回家，与你相聚，可生活是严肃的、现实的。为了生活，也只有到处奔波，为了永远地守候你，也只有暂时地分离。分别是苦涩的，但无须痛苦，你的祝愿将伴着我的行踪。在你期待的眼眸中，我的心中定将升起你希望的帆。总有一天，将载满我的汗水、我的收获，连同你的离愁我的眷恋，一起驶向我们的彼岸。

　　这个工地快结束了，你不要往这里寄信了。到了新工地，我再给你写信。

　　再见！

阿成

7月12日

　　这幢楼房的工程终于结束了，新的工地还没有开工。时值农村的双抢季节，大部分人都拿了一部分工钱回家忙双抢去了，工地上只剩下五六个人。阿成突然听勇春说，大概要全部放假了。阿成一听有点懵了，振山前天还说马上要搬工地呢。自己根本就没打算回家，怎么办呢？阿成说："剩下五六个人先干着，不也行吗？"

　　勇春说："这是振山做的决定，他说就剩五六个人，不如全放假。他不愿往下做，别人哪有办法？"

　　阿成又问勇春打算怎么办。勇春说如果真放假，他就去刘英那里待一段时间，放假最多也不过二十天时间。刘英现在已到花店上班，卖花去了。

　　阿成决定去问一下王振山。他去时，王振山不在家，王三妹正和三个妇女一面在收拾麻将牌，一面在算账。几个妇女揣好自己的钞票，相互打了声招呼，看了一眼站在门口的阿成，各自离去。王三妹说："振山好多天不在家了，你有什么事？"

　　"听说工地要全部放假了，我想问他，我们没打算回家的人怎么办？"

　　"前两天还听他讲要搬工地呀！"王三妹也显得意外。

　　"是呀，他回来时，你帮我问问他，到底怎么决定的。我刚才找了他一圈，没找到他。"

"你还是自己找他去问吧，我搞不清楚他的事情，我问他也没用。"她歉意地朝阿成笑笑。阿成无奈地走了回去。

王三妹是那种个子不高，身材很匀称，挺标致的一个女人，只是脸上时常有一层摆脱不了的忧郁，她已好长时间不过问王振山的事了，所有的事都由他去。王振山将工地上的事基本上都交给了王勇春他们几个人管，自己整天在外面鬼混，不见人影。王三妹已见怪不怪，完全习惯了。

她曾动情地规劝王振山，可回答她的却是骂声。一次，跟王振山在一起喝酒的一帮人刚离开，她边收拾碗筷酒瓶，边劝他以后酒要少喝点，工地上自己要去看一看，没想到王振山却大怒："你管什么闲事？给我闭嘴，你有本事你去管。"

王三妹凄然地站在那里，木讷地说："你现在到底怎么啦？怎么就不像以前的样子了？当初你不是这样的，也不像这样对我。"

"当初怎样了？我告诉你，当初是我可怜你，是你自己要跟我出来的，当初我是想气死你爸。"

三妹霎时惊呆了，没想到好言相劝他几句，竟遭来如此羞辱。

生活里，哪经得起如此几次三番的吵闹与辱骂，心中多少美好的感情被骂得荡然无存，她的心被刺得遍体鳞伤，她伤心地不知掉了多少泪。

自从那年跟他一道出了门，她一直没回家，也不是完全不想家。听过来的老乡们讲，她父母想她回去。可她真的怕回去，怕她现在过的这样的日子让别人知道了，更笑话她。

23／外面的世界很精彩，外面的世界很无奈

阿成决定去找建文哥，幸亏来上海时在家拿了一个旧信封，还真是有备无患。下午，他就坐上公交车，一路转站询问。建文哥的豆腐店开了有两三年了，他很容易就找到了建文哥的豆腐店。建文哥一看是阿成，真是又惊又喜，问他什么时候来的。阿成便把自己的情况跟他说了，建文说："你

双抢不回家,家里没早稻?"

"家里早稻不多,本来没赚到钱,再两头跑跑,就更没钱回家了。"

"那你别急,肯定会有事做的,先过来喝点水,"建文把阿成领到里屋,给他泡了一杯茶,"有是有事做,不晓得你干不干。"

"什么事?"阿成追问着。

"拾垃圾,就是捡破烂。这事虽累点,乖乖,能挣钱。我小明子的小舅现在在干,真不错,一个人干得比我们几个人做豆腐还赚钱。"

阿成听得一下子起了精神,"你小舅现在在哪里,他在什么地方干?"

"别急,别急,我叫小芳子过去把他喊来,叫他晚上来吃晚饭,现在这个时间他们大概也回来了。"

"离这有多远?"

"不远,二三里路,小芳,小芳……"建文在喊他女儿去找她小舅。

一会儿工夫,两个年轻人骑着自行车过来了,小芳子坐在一辆车的后面。建文马上过来介绍:"这是小倪,是小芳子的小舅,这是小齐,也是好同志。"小倪很小的时候去他姐姐家,跟阿成见过面,还算认识,此番三个年轻人更熟悉了。

"小倪,明天阿成跟你一道去拾垃圾,你要好好地带着。"

"行啊,不过干这事吃苦。"

"没关系的,没关系的,跟你们一道,给你们添麻烦了。"阿成高兴地说。

"你要有一辆自行车,没车子不行。"小倪接过阿成递过来的一根香烟点着。

"车子我这里有,先给阿成用着,过后再买。"建文在一边说。

"有车子就行。"小倪非常爽快。

建文搬来一箱啤酒,要他们三个人一块吃晚饭。他要到前面去,豆腐店傍晚时候的生意还比较忙。小芳子和她弟弟小明两个人去前面的街上买来了烤鸭和一些卤菜,建文嫂子又炒了几个菜。一箱啤酒,三个年轻人边喝边聊,很是投机。阿成没想到今天这样顺利,心情非常舒畅。

吃过晚饭,天已黑下来了。阿成跟小倪和小齐商量,说明天去他们那儿,他现在回去,到建筑队里把衣服和行李拿过来。

"行，那你现在回去吧，明天来时，叫小芳子送你去。"小倪掏出香烟，递给阿成和小齐一人一根。然后，俩人骑上自行车走了。

阿成也出来了，跟建文说自己现在回工地去，把东西拿过来。建文说天晚了，要他路上小心点。阿成匆匆地上了公交车，到工地时，勇春已在床上睡着了，他开始整理行李，准备明天动身。勇春被他捡东西的声音弄醒了，迷迷糊糊地问他："去哪了？"阿成便说他今天去他建文哥那里了，又问勇春什么时候去刘英那。

勇春打着哈欠说："要等振山回来，还要在他跟前拿一点钱再去。"阿成整理着东西，说他明天也要拿一点钱。

第二天上午，王勇春在棋牌室里把王振山找到了，王振山随手给了王勇春两百块钱，又带了一百块钱给阿成。阿成下午才到建文的豆腐店里，在建文这借了一辆自行车，将行李包绑在车架上，用手推着，叫小芳子领着，去找小倪。

到了这边，阿成便看到马路两旁一个接一个的废品回收站，像是废品回收一条街似的，卫生环境很差。走在路上，一股股酸臭味往人的鼻子里钻。小芳把阿成送到一个小院子门口，说她小舅就住在这里，大概马上要回来了。阿成把车停在院门口，将小芳子送到原路上回去。刚回过头，看见两辆自行车同时骑到了院门口，阿成一看，差一点懵了，小倪和小齐俩人穿的衣服，简直脏得不能看，就像刚从垃圾里拾起来一样，脸上的汗水往下淌，小齐就用脏衣服一擦，让人闻到一股恶心的气味。小倪看阿成皱眉头的样子，一面掏钥匙开院子门一面说："要干这一行，你也一样，衣服穿个几天就这样了。"

"那就多洗一次。"

"洗三次都这样。你干几天就知道了，今天知道你要来，我们才回来早一点，不然还要迟。"小倪说着话，把东西弄进了院子里。院子里一片狼藉，四周放满了乱七八糟的杂物，上面飞舞着无数的苍蝇，院子中间一口小井的四周才有一点空隙。小倪从屋里取出小刀，将今天捡来的电线绕在门扣上，用手拉紧，削掉橡胶皮，加工好再卖。阿成看那电线还是整捆整捆的很长，过来帮他理直再削皮。小齐到外面买来了啤酒和卤菜，接着俩人从井里打水上来洗澡，脏衣服堆在墙角边，苍蝇嗡嗡地附在上面，他们说明天再穿。洗好了澡，俩人只换了干净的短裤，便在屋檐下拿来一块木板，往小井框上一架，算是桌子了。三个人围坐在小井旁一面赶苍蝇，一面喝起啤酒来，十瓶啤酒喝了个底朝天。小倪问阿成要不要吃饭了，要吃饭就到外面下一碗面条，他们已经吃饱喝饱了。

阿成说："我也吃饱了。"三个人又把剩下的几块烤鹅、卤肉塞到了嘴里。

"到我们这里来，过几天习惯了就好了。"小齐一面收拾碗筷一面对阿成说。

晚上，三个人就在小屋的地上铺着草席睡觉，虽然开着一台电扇，却还热得要命，蚊子蜇得人无法入睡。

大清早，三个人就整装待发，阿成也在包里找最旧的衣服出来穿。小齐给了阿成两只大编织袋和一圈绳索，在车后架上绑好，就骑车出发了。骑了二三十里，在一个小镇边上三人下车，吃了几个大包子，喝了点水，又继续往前骑。阿成问在哪里拾，还有多远，小倪说还早呢。阿成只有跟在他们后面蹬着车子。自行车一直往西行，早就过了城镇区，公路两旁都是农田。阿成原以为捡垃圾是在市区捡，只有市区才有废物垃圾呀，可跑到这农村里来能捡什么呢？阿成在后面喊小倪："喂，再这样跑，你把我带到江苏省了。"

小倪说："快了，快了。"

他们终于在前面的一个三岔路口捏住了车闸，阿成也从后面赶到。小倪用手一指说："一人一个村子，捡好了再到这里来。"阿成把车子骑到右边的一个村子后面靠好。于是，他提着蛇皮袋，开始在村子里找起来。第一次像这样拾垃圾，阿成还怕村子里有人出来赶他走，可这时的村子里很静，每一家的门好像都是关的，院子门也是锁的，大概是人都上班去了。村子里的道路两旁并没有什么垃圾可捡，阿成又向村子里面走了一点，在人家的房屋后面转转。过了好久，手里的蛇皮袋子还是空的。突然，他发现小河边的土坎下面，有许多丢弃的鞋子，他如获至宝一般地跑下去，全部装进蛇皮袋里，袋子一下子鼓了起来。这个村子已经全部转过了，他怕小倪、小齐等他着急了，于是背起袋子来到自行车旁，架上车后架，骑出了小村子。

两个人果然在路口等他了。小齐看阿成捡得不少,过来解开袋口看了一下,把他乐得"扑哧"一声笑起来:"这都是不要的东西,一样东西也卖不掉,白捡了。"

阿成愣愣地看着他说:"这鞋底都是胶的,鞋帮子好像还是塑料的呀。"

小倪过来,把他的袋底朝上,全部倒了出来,用脚踢着那些破鞋说:"这些都是泡沫混合的,甩掉甩掉,那几只鞋子还是皮的,没人要。"阿成只得把蛇皮袋子卷起来,夹在车架上。又进了四五个村子,阿成的袋子里捡到了几只塑料瓶,几只铁皮饮料筒,几只小纸盒,几块纸板,袋子仍是瘪瘪的。可小倪小齐两个人的袋子都装满了,鼓鼓囊囊的挂在车后。阿成用手摸了一下,硬邦邦的。往袋口一看,有许多电线、电缆线、钢筋头、铁锄头,还有黄色的铜以及旧铝锅铝盆等。阿成感到奇怪,自己进的村子里怎么从来没看到这些东西。小齐说:"你在大路上哪捡到? 东西都在人家屋后的小房子里、杂物间里,干几天你就学会了。"阿成听了一惊,可还是听清楚了。

再进村时,阿成的眼也偷偷地向人家杂物间张望,可他只那么一瞟,不敢往里钻,还是什么也没有发现。快到下午一点了,小倪说一会儿要回去了,可阿成看自己的两只袋子还是空的。正着急时,他眼睛突然一亮,前面的小土路上一截黑乎乎的东西露在外面。阿成一看,是一段三尺多长的生铁管子。这是人家埋在这里连接两头的阴沟,当阴沟闸用的。他来不及细想,蹲下身子,猛一用劲,把铁管子搬了上来,迅速地塞进了蛇皮袋里,神色慌张地往村外走。还好,四周静悄悄的,没有一个人影。他看他们俩又在等他了,小倪的车后架上竟架着一只钢筋笼子,还是螺纹钢的。那一定是在人家杂物间里找到的,胆子真大。小倪说一点半了,往回骑吧,不然晚上回去就太晚了。阿成的车后只挂着一只瘪瘪的蛇皮袋,另一只袋子一直在车架上夹着,到现在还没有拿出来。

三人开始往回骑,出了村口,在路边的一个小店门前停了下来,三人口渴得要命,买了几瓶汽水喝,又一人吃了一块面包。突然,小齐惊慌起来,喊阿成快走,他看见后面的村口有三位戴红袖套的老人向这边走来。小齐车上的袋子太满,他喊阿成帮他扶一下,才骑了上去,死命地往前蹬。可小倪的车子更满,上面还驾着一截钢筋笼子,休息的时候,车子的支架都支不起来,只有把车子整个放倒在地上。阿成急得惊恐万状,现在过去帮小倪把车子扶起来已经来不及了。可小倪一点也不慌张,他叫阿成先走,到前面等他,说自己不要紧的,没问题。阿成慌慌张张地把车龙头扶在手里,又不忍心先跑,只是推着走,不住地回头看小倪,也担心自己蛇皮袋里那一截生铁管子被人家发现了。他看见三个戴红袖套的老人已到了小倪的跟前,便不敢再往下看了,他赶忙骑上车,没命地往前蹬。过了前面的小桥,拐过了弯,他还是忍不住往后面小河的对岸看看,看到三个老人并没有抓小倪,只是指着地下的自行车,跟他说话,问他干啥的?小倪用一口上海话跟那几个老人比画着:"阿拉来收垃圾,赚点小钱用,车子骑累了在这里买瓶汽水喝喝。老爸爸行行好呀,帮我扶一把。"

一个老头说:"侬拉货要少拉些呀。"还真的在后面帮他扶车子。

小倪向几位老人一挥手,"老爸爸侬好,再见啦。"

阿成看小倪真神了,这样轻松自如地就过了关。两个人往前骑,骑了好远才追上小齐。小齐也吓得半死,在路上等着他们。太阳快下山时,三人骑到一家废品回收站里把蛇皮袋里的东西卖了。阿成的一截生铁管子十五斤卖了七块五毛钱,剩下的废纸破塑料卖了四块七毛钱,一共十二块二。小齐卖了四十七块钱,小倪卖了五十四块钱。俩人还有不少电线带回家,削了皮再卖。回到了小院子里,他算了一下,这一个来回,没三百里也有二百七八十里,长这么大,第一次骑这么远的路。捡了一天的垃圾,简直是一次历险记,脚上的一只球鞋都骑坏不能穿了。小齐从屋里倒出半大蛇皮袋的鞋来,叫阿成选一双穿。阿成眨巴眨巴眼,问哪来这么多鞋。

小齐说:"反正没花一分钱,都还是新的。我们每天骑车很费鞋,要看到人家在院子里晒的是新鞋,我就穿着袜子进去,把鞋穿在自己的脚上,大摇大摆地走出来。"把阿成笑得用手捂着肚子。

在小井的井框上,在苍蝇的舞蹈和蚊子的伴奏下,三人吃过晚饭,忽然听到外面乱哄哄的嘈杂声。小倪伸出头,在院门外打探了一下,见有人在巷子里乱跑。他回过来头说:"联防队今晚又在查户口了。"

他们三个人都没有暂住证,小齐说:"赶快跑。"于是,三个人赶紧把门锁上,迅速地跑到村庄后面的菜地里躲了起来。约莫过了一个小时,估计联防队走了，三个人也无法忍受菜地里的闷热和蚊虫的叮咬，又悄悄地溜了回来。小倪说今晚不能在家里睡觉了。于是，他们轻轻地开了门，一人带上一块床单，又慌慌张张地把自行车推了出来，骑车到郊区的公园里去睡觉。

小齐对阿成说："公园里没蚊子，好睡得很。"

骑了有十多里路，到了一个无人看管的小公园，三辆车子锁在一起，找了一块平坦宽阔的草坪，铺上被单。阿成和小齐躺在一起，阿成还想着白天的事，说："小倪的胆子真大，真有板眼，那几个老头没抓他，还给他扶自行车，真笑人。"

小齐说："要不然，别人怎么叫他泥（倪）鳅呢，最滑的。"

一天跑得实在是辛苦了，几个人一会儿就睡着了。阿成睡了一会就醒了，他还是有点心神不宁，觉得他在这里做这样的事情，太不安定了，自己不太适合做这样的事，像小倪那样的胆子，自己哪有？别人一天能搞四五十，自己一天只挣十二块，跟建筑队里差不多，还要受惊吓。假如就这样下去，那就更糟了，到时候，肯定跟他们学得一样，想起来还真是有点害怕。今天才干第一次，竟然就把人家门前阴沟里的水闸给搬掉了，要是给人家逮着了怎么办？如果完全规规矩矩地捡，也不可能捡到东西。越想，阿成越觉得这件事不能再做。可现在不做这事，能做什么呢？阿成又苦恼起来，想不出什么好办法。他又考虑了很久很久，头都发晕了才慢慢地睡去。

天刚蒙蒙亮，小倪、小齐就喊阿成。阿成还觉得刚刚才睡着，他揉着眼睛说："我今天歇一天，你们去干吧，我到建文大哥家去，让我再睡一会。"

小倪说："这个事你干不了，昨天还不算最累呢，你赶紧重找事做。"

"哪找着呢？先歇一天再说。"阿成的眼睛仍睁不开，还躺在那里，听他俩解开自行车的锁，骑上车走了。

太阳很高的时候，把阿成晒醒了。他把被单卷好，骑上车，直接去了建文家。建文问他今天怎么没去干活，他不好意思地笑着，说那事他干不了，就把昨天一天的经历简单地跟建文说了一遍。建文说："那事情，小倪是老道子了。干那一行的，哪个都不如他，你慢慢地跟他学嘛。"

"我学不会，不行不行，"阿成摇着头，"我没他们胆大。"

建文听着，嘿嘿地笑着："还是什么样的人做什么样的事。你像个书生的样子，干那样的事，跟他们比肯定是不行的。"

阿成在边上叹着气，不晓得怎么办才好。建文劝他别着急，总会有办法的，先在这边玩几天再说。

"现在哪有心思玩呀？"阿成愁眉苦脸的。

建文也啧啧嘴，觉得不好办，"唉，一时有什么办法呢？你明天到西园路去看看，那里人多，我们附近几个村子有二十几个老乡在那里，去看看他们在那边做什么事，有没有什么办法。你也不要太着急了，要是暂时真找不到事做，就到我这里来待着。"

阿成说："那我现在就去。"

建文写了一个详细地址给了阿成。

阿成找到了西园路胡家宅。这是一块城中村，是城市中最脏的地方。简易的棚户房，是房东搭建在早已荒弃的菜地边，杂草长在低矮的屋檐下。离房子不远的地方，是原本菜地里的几个露天大粪坑，空气中弥漫着腥臭味。这块小小的地方，聚居着一二十个老乡。阿成找到了同村的贵友、二顺子、王喜子、小平子，还有庙前村的单保等一大堆的伙伴们。

这里一下子热闹了起来，他们纷纷询问阿成在哪干活，干什么活。阿成愁眉不展地跟他们说了近况。伙伴们都给他打气，叫他别着急，说在大上海随便找什么事做，都有饭吃。阿成也知道这个道理，但要找个适合自己做的事却很难，很多事是自己干不了的。他又把昨天出门拾垃圾的经历跟大伙说了，说得大家一阵子好笑。阿成说，想要找个合适的事。

贵友说："那你就在这待几天，看大家做的事哪件适合你，你就做哪件。小平子贩菜卖，我跟单保还有二顺子卖煎饼，王喜子在纸箱厂上班。王喜子你下午先在厂里问一下，看要不要人。"王喜子答应了，说下午到厂里先问问。得到了伙伴们热情的相助，阿成的心情一下子好了许多。

阿成问单保："你去年在窑厂干得不是很好吗，今年怎么改行卖煎饼了？"

单保说："我在窑厂干了两年出窑的活，想想那简直不是人干的事，你不也见到了吗？我跟贵友是老表，听说他在这里混得不错，今年就跟他一

乡路

道出来了。现在哪一个敢讲年年都做同样的事，你现在到这边来不也要换事情做吗？现在是遇到什么事做什么事。"

阿成笑着说："对，对的，我比你换的还多呢。建筑队干过，拾垃圾也干过。"在座的人都哈哈笑起来。

下午，阿成跟贵友一道上街去，贵友买了许多菜，还买了一些面粉、鸡蛋等做煎饼的材料。贵友说："卖煎饼每天下午都要准备材料，早上还要起来早一点生炉子、和面，出了摊子就是满满的一上午，到了十点多才回家。"

阿成问："一天能挣多少钱？"

"没一定的，卖得多就多挣，卖得少就少挣点。现在我一般早上能卖八十几张饼，一块三一张，成本要花六毛多。"

"那你一早上要挣四五十。"

"现在行，才做的时候不行。单保一早上最多卖过一百多张。"

"乖乖，挣六七十块。"阿成心里也激动起来。

晚上，贵友将几个伙伴都喊来了，在一起喝酒。王喜子说他下午问厂长了，厂长说现在不要人。阿成见他有点难色，说："没关系，我在这看一看，看他们的煎饼卖得怎么样，要好的话我也干。"

小平子说："现在就他们卖煎饼的生意不错，我们卖菜的，一天到晚累死了都不行，每天起早要到十六铺去进货，太远了。"

单保说："就跟我们干一样的吧，这东西简单得很，包你一学就会，来干一杯。"推杯换盏的，几个人把两扎啤酒不大一会就喝光了。

阿成非常佩服这几位小伙伴，他们到大上海来谋生都好几年了，都是挣钱的好手，他们的家里早几年就盖好了大平房。其实，阿成也只是小时候跟这些伙伴们在一起读书玩耍。后来，这些伙伴们都早早地回家干活，只有阿成和阿亮几个人在继续上学，多念了几年书。现在，阿成觉得自己一点也不如他们，他们在大上海干得有板有眼的，自己却失魂落魄地在外面乱跑。万般无奈的时候，找到了他们，他们却如此热情客气，阿成心里真是感动。喝酒时，阿成满大杯地陪他们喝，没有酒量的他最先醉倒了。贵友把他扶到床上，他就呼呼地睡着了。

第二天早上，阿成醒来的时候，一看时间，都八点多了。他一骨碌爬起来,知道贵友早就出摊子去了。他昨天还打算早上跟他一道出去看看呢,没想到睡得这么死。他赶紧刷了牙,洗了一把脸,就往外跑。昨天下午上街时,贵友曾跟他说过自己摊子的大概位置,他便顺着方向找去了,贵友正忙得满头大汗,要煎饼的人在排队。阿成赶忙拿起车把手上的毛巾替贵友擦脸上的汗,贵友忙得两只手实在抽不开了。阿成看贵友做煎饼的手法特别熟练,他仔细地观察着。稍微闲一点的时候,贵友把刮扒和小铁铲递给阿成,要阿成来试一试。阿成觉得自己看出了一点窍门,他学着贵友的样子,先在烘热的钢板上抹上几点菜油,再舀一勺面倒在钢板上,用小刮扒平放在上面一旋,饼的样子还特别漂亮,连贵友也称赞。然后,他打了一只鸡蛋在饼上,捣匀,用铁铲子翻过来,再抹上一层辣酱,撒上香葱、香菜末和芝麻,稍微烘一下,将一根油条折断包在煎饼中间,一块漂亮的鸡蛋饼就做好了。贵友佩服阿成,一看就学会了。阿成又做了一块,跟贵友俩一人一块算吃早饭了。

贵友又给他指了单保摊位的方向,叫他再到那边去看看。阿成找了过去,单保早上和的面都用完了,现在正在重新和面。他见阿成来了,忙喊他帮忙,叫他把预备好的大饮料瓶里的水往桶里倒。阿成问他:"早上卖多少了?"

"大概八十几只差不多,现在和的面还要做二三十只。"单保的摊位在菜市场的大门外,人来人往的。阿成说帮他做几个,叫单保自己吃一块饼填填肚子。单保说:"这么一会,就在贵友那学会了?"

"我做几个,你看看。"阿成做了几个,单保拿一个在手里边吃边说:"可以,可以,你学得真快。"其余的几只饼也给人买走了。

十点多钟,大家都收摊子回家了,各自洗刷工具,准备午饭。从昨天中午到现在,阿成在这里看到了几位伙伴工作、生活的整个过程,他的心里有一些底了。他问贵友:"这一套工具买齐,大概要多少钱?"

"看你要买什么样的东西了,一辆三轮车买新的就要八九百,买个二手的也要三四百,不过没有发票,就怕警察查;三眼煤球炉四十多;一块圆钢板要四五十;三轮车上还要做一个卫生架,裁几块玻璃;再买盆、桶、勺子、鸡蛋、面粉,还要租房子。一开始,最少也要八九百块钱,这还是算买旧三

乡路

轮车。"阿成听了有些犹豫。

贵友又说："就买一辆二手车,买新的太贵了。"

"二手车没发票,警察查怎么办?"

"查到就罚二十块钱,一般情况你讲点好话,不会没收你的。你要真干的话,炉子和钢板我给你买,尽量买便宜点,三轮车也找个人给你买二手的。"

"肯定想干,就是现在手里的钱还紧巴巴的。"

"你先考虑好。买车时,要是熟人还可以挂账。"

阿成终于下了决心,跟贵友说："我先到建筑队去,把没领的工钱领来。再把行李拿好,过几天就来。"

阿成直接去了建筑队里,正好今天王振山在家和三个女人在一起打麻将。阿成说明了情况,想来领剩下的四百块钱工资。王振山爽快地答应了,就在麻将桌上拿四百块钱递给了阿成,叫阿成有时间还过来玩。阿成点头说肯定会来的,又赶到小倪那儿去拿行李。

到小院子门口时,才下午四点多一点,阿成以为还要等一会他们才回来,却发现院门没有锁。他进了院子,小屋的门也是虚掩的。他轻轻地推开门,看见小齐一个人躺在床上,正要问他怎么没出门时,却发现他伤痕累累的,肋下、背上、腿上,全是一寸多宽的血痕。阿成问他怎么了? 小齐差一点淌下了眼泪,说是昨天晚上给人打的。阿成没想到离开这才两三天时间,小齐怎么被人打成这样,躺在床上爬不起来了。阿成问："小倪呢?"

"他去医院打针了。"

"打什么针,他也给人打了?"

"他给狼狗咬了腿,今天去打疫苗了。"正说着,小倪回来了。小倪问阿成这几天去哪里了。阿成说到西园路那边去了,并把自己的打算跟他俩说了。

阿成又问小倪："昨天晚上怎么了?"

小倪往床上一坐,叹口气说："倒霉呀,昨天一天干到晚,一人就干了三十几块钱。吃过晚饭,我对小齐讲,那间院子里堆着废铜块,前天我进去卖货的时候看到的。天黑后,我翻到院墙上一看,还在中间堆着,我就跟小齐俩翻了进去,一个人搬,一个人从大铁门的栏杆里一块一块往外塞。突然,几道光刷过来,还有一条大狼狗从后面的屋里跑出来。我叫小齐快跑,那条大狼狗已经跑上来把我腿咬住了。我两拳把狼狗打昏,从大门上翻过来,手扶到了自行车龙头,心才定下来。没想到小齐没跑出来,给人家逮到了,自行车也给人家干去了。"

"那你俩现在要歇一段时间了。"

"歇就歇一段时间,那有什么办法呢?"小倪也无可奈何了。

阿成将行李包整理了一下,又看看小齐身上的伤势,叫人心里难过。阿成说自己要到西园路那边去了,跟他俩打了声招呼,就背着包走了。

24/早点生意也草草结束

阿成跟贵友在一起住下了。贵友抽时间买来了一台三眼大煤球炉和一块圆钢板。阿成生着了炉子,先在炉子上将钢板打火炼油磨光,又找到木工店,加工了一副卫生架装上玻璃。隔了一天,二顺子骑了一辆三轮车送过来了,说二百五十块。贵友一看还六七成新,说二顺子真行,一个晚上就挣了二百五。阿成一听,就知道了三轮车的来路。但不管怎样,二顺子给他的价钱是最便宜的了,而且还挂了一百块钱的账。二顺子说,这样的车要是卖给别人,最少也是四百块。所有的工具在一个星期内就准备齐了。阿成又买好了鸡蛋、面粉、辣酱、塑料桶、塑料盒等,明天早上就准备开张了。晚上,阿成决定写封信回家。

香子:你好!

有段时间没给你写信了,你一定很着急。可这段时间里,我更是焦急,若写信告诉你我当时的处境,那一定会增添你的烦忧。真的,这一段时间我一直感到很混乱,外面的世界真不是好混的,不像我们在家里想象的那么简单,而且我的运气也不是很好。此番,我已不在建筑队里做事了。不是我愿意跑,是因为那里实在挣不到什么钱,而且还暂时停工放假了。现在，我在村里几个伙伴的帮助下，准备做早点生意了。刚开始时，也不一定能挣到钱，但我会坚持，应该比建筑队里要好些。接信后，请到我家里跟我母亲说一声，谢谢。

祝永远美丽！

阿成
7月23日

阿成开张了，早上四点多就起床，开始和面、生炉子，准备出摊。

十几天过去了，阿成觉得生意很一般，每天早上只卖三四十只饼。贵友叫他别急，慢慢地会越卖越好，要有耐心。阿成想也是，别人都有固定的摊点，而自己刚刚才干，每天还在打游击，没有碰到哪个好市口，也许过一段时间，让他找到一个好摊位，生意就会好了。再说，一早上卖三四十只饼，也能挣二十多块，比建筑队里好多了。他觉得还是有希望的。

他又换了一个摊点，卖了十几天，这个摊点每天早上能卖五十多只饼，差不多快赶上二顺子的销量了，阿成的精神又振奋了许多。

傍晚的时候，几个人又一道上街，准备第二天的材料，还顺便买了几个菜。回到屋子里，便一人开了一瓶啤酒，逍遥地喝起来，边喝边聊。正吃得津津有味，胡侃乱吹的时候，忽然听到房东在那边的楼上喊单保去接电话。单保飞快地跑到楼上，是他女朋友从厂里打来的，他女朋友说她病了，要住院，叫单保马上就过去。单保放下话筒，下了楼，酒也不想喝了，对贵友和阿成说他女朋友病了，他要到她那里去一趟，大概要一个星期才回来。阿成问他是不是去年的那个丁桂珍，他说："去她的，要那烂货。"

大家发笑："那这个比丁桂珍漂亮吧。"

"那不漂亮谁还要？"大家嬉笑着，叫他快点去吧。他正要离开时，又转过头来说他那摊位不能丢掉了，叫阿成每天早上去卖，回来时再让他，问阿成愿不愿意。阿成想那一天一百多只煎饼的摊位，丢掉了多可惜，满口答应了，叫他放心，一定替他占着。再说，自己在那里卖一天还能多挣一点钱，自己到这边来，都是靠大家帮助着。阿成又叫单保把下午买的材料全部转给自己，免得放时间长了坏掉了。单保高兴地答应着，便将两只袋子里的材料拎了过来。临走时，单保又打了一声招呼，叫阿成明天早上去早一点。

第二天早上,阿成三点半就起来了,生炉子、和面,比贵友先出了摊子。他把三轮车骑到单保的摊位时,看见二顺子已在那里摆好了,两个人都尴尬地笑笑,阿成只有将车龙头一拐,转了个弯走了。

过了十几天时间,单保才从他女朋友那里回来。晚上,他过来问阿成这一段时间卖得怎么样。

阿成说:"你的摊位一直是二顺子在卖。"

单保问是怎么回事。

阿成说:"那天早上我去得还特别早,三点半我就起了床,没想到他比我更早。我去时,他已经在那里摆好了,看他是有心的,我也不好叫他走。"

单保一下子恼怒了,骂了一声:"二顺子真不是个东西。"

阿成忙劝他别急,说:"现在只有你自己明天早上去早一点,一定要比二顺子先到。那本是你的摊位,你先去摆上看他怎么说,在这里千万不能打架,那真没意思了。"

单保点点头,心情沉重下来,没有再说什么,不声不响地回去了。

早上,单保两点多就起了床,开始生炉子、和面,骑上车就往自己的摊位奔去,可二顺子还是抢先了一步。单保气得脸色发紫,强忍着怒火,两个人谁也没有让开,就这么僵持着,一个摊点两个人卖。

暑期过后,各个学校都开学了,早点摊的生意比以前好了一些,学生们都在早点摊上买饼吃,边走边吃着上学去。特别是阿成现在的摊位在小区门口,早上上班、上学的人明显地多了起来,一早上能卖七八十只饼了,赚四五十块钱,虽不比贵友,但比二顺子和单保两人要好多了。两个家伙就那么一直僵持了十几天,一人一天只卖六十几只饼。单保忍不住了,请贵友和阿成调解,二顺子却不买账,他说这本身就不是什么固定摊位,都是打游击的自由摊位,既然你走了,别人就可以占。单保生气了,说这本身就是他的摊位,走的时候是怕有变化,才叫阿成过来,没想到叫你这么个东西要赖皮钻空子,现在自己回来了竟然还不让。贵友跟阿成两个人在二顺子和单保之间劝解了几个来回,也无济于事。

俩人终于还是吵起来了,从市场上一直吵到收摊子回家。俩人越骂越厉害,结果打了起来。单保脾气本来就暴,拳大胳膊粗的,没几下就把二顺子打翻在地,二顺子被打得鼻青脸肿的,嘴角流血。二顺子猛地从地上爬起来,回家拿出一把菜刀,突然向单保猛扑过来。单保"哇"的一声,吓得抱头就跑,慌不择路,扑通一声,摔倒在一个露天大粪坑里。后面的人死命地把二顺子抱住,单保才跌跌撞撞地从粪坑里爬起来,满头满脸全是粪,把整个胡家宅都臭透了。阿成和贵友打来一桶又一桶清水,从单保的头上往下冲。

正当臭味还没散尽时,从路口那边传来乱哄哄的叫嚷声。人们看见许多警察在大街上将一些小贩往这边赶,没收了他们的扁担、箩筐和秤杆子,地上满是滚落的苹果、梨子等水果。一辆大卡车上乱七八糟地装着板车和三轮车。贵友一看就知道发生了什么事,他赶忙招呼阿成把三轮车推到大粪坑那边歪歪扭扭的丝瓜架下面。俩人互相配合着,小心地在杂草丛中艰难地推着车,隐蔽在丝瓜架下。单保也顾不得满身的臭气了,忙不迭地把车子推进了草丛里。二顺子也忍着身上的痛,把三轮车隐藏好。幸亏他们发现得早,要不然停在门口的几辆三轮车就全部报销了。他们都属于乱设摊无证经营。

贵友说:"这几天街上肯定不能摆了。"

阿成说:"那到什么时候才给摆呢?"

"这就搞不清楚了,也许一两天,也许半个月。"现在大家都在庆幸自己的东西没有被没收去。

晚饭后,外面又传来了一阵骚动,单保急急忙忙地从外面跑回来说:"快躲一下,快躲一下,晚上查暂住证了。"人们又呼啦一下从屋里跑到外面,拉灭电灯,把门锁上,到各处躲藏。只有贵友一人有暂住证,他不慌不忙地在家里看电视。警察们疾风骤雨般的在清查流动人员的住处,每扇门都敲几下,用脚踢踢,看里面有没有人。十二点过后,人们才敢回到小屋里,还不敢亮灯。几个人都来到贵友的屋里,贵友说:"刚才警察来通知了,从现在开始,所有的流动摊贩一律不准营业,上街逮着了全部没收;没有暂住证的,一律送到遣送站。听联防队老张说好像是什么大型的运动会要在上海召开,有许多外国代表团要来,这一段时间要加强治安管理。最重要的是上海要建设全国卫生城市,说以后绝对不给乱摆摊设点了。"

大家听了，一下子都沉默了，不知怎么办才好。

二顺子说："不是经常查吗？他们都这么说，一阵风过去就好了。"

贵友说："我是听老张讲的，可能性应该挺大。不管怎么样，最近一段时间是绝对不能干了。我们赶紧把三轮车重新搞一下，这肯定不是歇一两天的事，走。"于是，几个人又把三轮车上的卫生架搬了下来，把炉子抬回屋里，又将每辆车子下掉一只轮子。他们怕车子长时间放在外面被人家偷了，下掉一只轮子就不容易弄走。最后，又加了一些棍棒和杂草盖上。

阿成现在才真正地长叹了一口气，没想到自己的生意刚刚好一点了，又遇到了这样的情况，只能怪自己倒霉了。看来，在这里歇着不是一两天的事了，一时又想不出办法重新找一件事来做。

单保说："既然这里不让待，那就暂时回去一趟，等这阵风过去了再来。"阿成想，也只有这样了，没办法只有回家。但在回家前，他想再去一趟刁鸿宝那里。

既然决定回家，心里也就索性闲了下来。阿成这个早上没有起得很早了，转乘了几路公交车，过了南浦大桥，到了刁鸿宝上班的地方。刁鸿宝现在跟他女朋友在黄浦江边的一家丝绸厂里上班。当初来时，刁鸿宝在老家带来了一批熟练工人，现在，老板委托他担任一个车间的车间主任。他女朋友凭着上佳的手艺做技术指导，负责车间里的生产质量。上一次来过一回了，这一回阿成跟门卫打了个招呼，门卫就认出了他，让他进去。他径直进了车间，刁鸿宝把他带到自己的宿舍里，阿成跟他说了自己最近的情况，说这一段时间要回老家去了，若他哥那里有什么消息，叫刁鸿宝跟他老家的地址联系。还说自己这两年写信跟江淮医院那边联系五六次了，一点没有回音，看来只能指望刁鸿宝大哥这一边了，自己的医疗费也准备好了。刁鸿宝见阿成心里焦急，很是理解，也深为他遭受这意外的伤害而揪心，不住地安慰他，说他哥肯定会帮忙的。他忽然说："今天下午我带你去见见我哥，去那医院里看看，也让我哥见见你，以后随时能想到你。"

阿成说："好，那下午就去。"

下午，刁鸿宝请了假，与阿成转乘了几路公交车，来到上海一所现代化的大医院——黄浦江医院。进了医院大门，阿成一看，可比他们省城的江淮医院漂亮多了，简直不是一个档次。不论是门诊大楼，还是住院部大楼，都比江淮医院规模大，样子新，各处的设施都先进。俩人进了门诊大楼，在眼科门诊室里找到了刁鸿文。刁鸿文让他俩坐在对面的一张桌子旁，看门诊的空当儿，他跟阿成聊着，说他早知道阿成的事了，鸿宝经常和他提起，关键问题是现在很难得到供体，社会上的观念太陈旧，没有什么人愿意捐献。倒是有一些比较有社会责任感的、文化层次较高的人愿意，而且写过捐献的遗嘱，但他们的家属及儿女到最后还是不同意。所以，社会上能得到捐助的，能做上移植手术的，真是少之又少。刁鸿文劝着阿成，安慰着他，说："只有耐着性子，慢慢等。如果一旦有了供体，就会马上联系你，不要太着急了，肯定把你的事放在心上。"

阿成听了刁鸿文这实在又现实的话，焦急的心情不由得更显出一些惘然，感觉这希望很渺茫，只能慢慢地等了。再说，这里是他最后的希望了，他也只能把希望寄托在这里。他非常感激刁鸿宝和刁鸿文这样关心他，他心里又为能认识他们兄弟俩而感到幸运。刁鸿文送他俩出去的时候，阿成还一再地感谢刁鸿文，说只有他才能为自己想办法了。

当晚，阿成开始清理自己的物品，将一些塑料桶、塑料盒等用具放好，做煎饼剩下的一些零碎调料全部倒掉，小器具清洗干净，自己的衣服、鞋子也整理好。最后，还清算了一下自己的账目。

卖煎饼两个多月了，一共挣了一千五百多块钱，加上建筑队里的六百，一共两千多，除去三轮车、煤球炉等工具约五百元成本，手里的现金还有一千六百块。要是能继续干下去有多好，到过年时回家，就有可能挣三千多块钱，就能达到原来的目标了，给香子和全家都来个惊喜。唉，还是运气不太好。但总的来说，现在挣了一千多块钱，还是值得欣慰的。但愿回家后，能早一点听到贵友的好消息，马上返回来。

第二天，天刚蒙蒙亮，大街上还找不到公交车，几个人便背着包往车站方向奔去。他们怕碰到警察把他们送到遣送站，阿成、单保、二顺子三个人破天荒地招了一辆出租车，直接驶向长途车站。

25/结婚前，竟意想不到地治好了眼睛

长途汽车经过一整天的行驶，傍晚时分在桥埠镇停下，三个人下了车，汽车继续向终点站驶去。单保走小路去庙前村了。阿成和二顺子到村口时，便听到路边的珍珠棚里吵吵嚷嚷的声音，其中还有骂声，再仔细往那边看时，发现珍珠塘已被排干了，塘里正有许多泥猴子一样的小孩子在拾螺丝、捉小鱼。显然，珍珠蚌都已收上来了。

前面的路上，立新正低着头，默默地往村里走，像有什么心事。阿成在后面招呼了一声，立新一愣，看是阿成和二顺子，便停住脚步，从口袋里掏出一包香烟，向两个人各发了一根。

阿成问立新："塘边的大棚里在吵什么？"

"珍珠养到现在折本了，哪有不吵的？"

"怎么会折本呢？"

"蚌里没珠子。"

"那怎么回事？"

"现在才知道，我们当初在外地买的河蚌有很多都是人家挑剩下不要的，现在一只蚌里只有几粒珠子。"

"那简直不就是没收到珍珠吗？"

两个人一面走一面听立新叹息着："一共才收三十几斤，以前一千几百块钱一斤，现在市场上降到一百四十几块钱一斤。"

"那要折多少啊！"阿成和二顺子俩都惊叹着。

立新说："成本花了好几万，另外还付了配蚌人的工资，现在只能卖五千多块，有人骂我们把钱乱花掉了，贪污了，个个在骂。"立新显得受了委屈，"其实还是我们几个村干部折得最多，我们都是一千块钱的股份。再就是东保家两千块钱的股份，当初他老头说他们是两家在一起，村里才同意他入了两大股。"立新又哀叹一声，"当初都硬要往里钻，现在没挣到钱就骂

人了。"

进了村,三个人才散开,各自回自己的家。

傍晚时分,队里刚分了珍珠塘里逮上来的鱼,阿成妈正在厨房里烧鱼,见儿子回来了,喜出望外。阿成放下包,钱伯便问他今年在外面怎么样。母亲打断钱伯的话,催着说赶快吃晚饭吧。阿成先把钱从裤子的内兜里掏出来,交给了母亲。母亲喜滋滋地摩挲着,然后送到房里放好,高兴地坐到桌旁吃晚饭。阿成问弟弟阿明现在在哪里干活。母亲说,给人家做房子去了,晚上不回来。

阿成洗过澡,在母亲手里拿过钥匙,便来到前面的新房子里。房子里只有阿明偶尔回来住上一晚,母亲时常过来整理一下,一直保持着清爽干净。房间里的陈设一如既往,还跟他走的时候一样,阿成感受着家里的亲切。

第二天,阿成跟母亲到田里种了一天的油菜。母亲今年又种了四亩多田,这是最后一块田。傍晚时候,母亲坐在田埂上扶着腰,显然有些累了,说:"今年的化肥、农药都是在阿亮家赊来的。你回来了,过两天去跟他把账结了,要多谢谢人家,挂了这么长时间的账。"

"阿亮现在又卖化肥了?"

"嗯,生意好得很,没钱还能赊账,现在供销社里的生意都没他家好。"

"那我明天早上就把钱给他。"

"哦,对了,你明早上街去,到学校里看看你二叔,你二叔现在在桥埠学校里教书,又回来了。"

阿成觉得很突然:"二叔什么时候回来的?"

"有两三个月了。"

"哦,那明天早上先到二叔家去。"

天快晚了,阿成收拾起锄头、簸箕等一大担东西挑着,跟在母亲后面,收工回家。

晚上,阿成坐在床上看了几页小说,想着明早要上街去,便把书折了页,早早地睡下了。

第二天一大早,阿成便直接去了桥埠小学看他二叔。他很是高兴,二叔此番调回了老家。

那一年，二叔无可奈何地去鼓山时，还是形单影只的一个人。现在回来时，不仅有了自己的妻子，还有了一个七岁的女儿。想想在鼓山都有十多年的光景了，此番回老家，也是一个新的局面，新的开始。

阿成昨晚已向母亲问明白了，二叔现在在学校里居住的具体位置。他准备早上去二叔家的，没想到他刚拐进巷口，就看见二叔在小院子门前扫地。阿成喊了一声："二叔。"还没落音，二叔就高兴得把他迎进了院子里，忙进屋泡茶倒水。在这个家庭里，他们叔侄之间的关系是很亲热的。阿成在最苦难的时候，是二叔跟他在一起度过的。在他的心里，二叔就是家里一根有力的支柱。当然，二叔也是很疼爱侄子们的，他离家远，只能有空时才回来看望他们，帮他们做点小事。他对侄子们的牵挂和对嫂子的担心，总是在心里。此番他能调回老家，当然全家人都高兴。

他七岁的女儿从房间里出来时，还没等她爸爸说话，就亲热地喊着阿成："阿哥。"她端着一张小椅子到院子里，一个人坐到那个小花坛下开始读书，她今年已经念一年级了。

阿成问二婶现在在做什么。二叔说她还做原来的事，到这边也是在食堂里挑水烧饭。他一边说着，一边不住地感谢龚校长帮了他这个大忙。二叔说，自从前年他转正成为正式教师开始，他就打报告写申请，要求调回桥埠镇来，这回总算是成功了，可以说这也是他人生中的一次重大转折。二叔问起阿成何时回家的，在外面怎么样。阿成说前天晚上才回来的，昨天跟母亲一起种了一天油菜，说在外面的时候，感觉困难很多，但仔细一算账，还是比在家里好一些，家里也实在没什么地方能挣到钱了。

阿成跟二叔谈着谈着，不觉已喝了几杯茶，他放下茶杯说要上街去。二叔说一定要在这里吃过早饭再走。这时，二婶已经在街上买回了一大包早点，并叫回她女儿倩倩，一家人围着小餐桌吃了早饭。

阿成从二叔家出来，正要走出学校大门，忽然被侯正阳叫住了。哦，阿成想起来了，侯正阳在学校里教书也两年了。他硬是被侯正阳叫到他家里。这些在乡镇学校教书的教师们的家，也就是每人一间宿舍，如果结婚了俩人在一起工作，那就将连在一起的两间房子中间开个门就行了。站在屋里，侯正阳说："房子太小，就随便坐吧。"一张小圆桌旁摆着几把椅子，便是吃饭会客用的。

　　阿成刚坐下，见龚仪玫从里屋出来，俩人见面时，不免有些尴尬。但很快，在还无人察觉时，他们的神情就恢复了正常。显然，阿成早清楚他们的关系，但不知道他们已经结婚住在一起了。他看龚仪玫明显比以前成熟丰满了些。龚仪玫在阿成还没进屋时，在屋里已经听见侯正阳在邀请阿成进屋坐坐，她将两杯泡好的茶端了一杯放在阿成面前。侯正阳知道阿成和龚仪玫是同学关系，因而格外的客气，俩人推让香烟时，问阿成现在在做什么。阿成说在外做小工刚回来，侯正阳说难怪很长时间没见到你了。

　　龚仪玫问阿成："是不是从李老师家来？"

　　阿成说："是的。听二叔、二婶说，这次工作能调回来，都是龚校长帮的忙，多谢你爸了。"

　　龚仪玫说："你二叔这次算回老家了，能帮忙是应该的，走的也是正式程序，是你二叔、二婶说客气话了。"她抬眼看见阿成脸上那道深深的疤痕时，凝视了片刻，眼里便掠过了一丝忧郁的神情。

　　夫妻俩张罗着要阿成在这吃早饭，阿成说在二叔家吃过了，现在还要上街去有事。侯正阳送他出门时，要他有时间一定常到学校来聊天。他是从很远的地方来这里工作的，对朋友间的友谊很珍惜。他虽然跟阿成的交往不是很多，但觉得阿成跟他很聊得来。

　　阿成出门时，发现时间过得真快，一个大早上就这样过去了。他想母亲一定在家等得着急先下田去了，他赶紧往回赶，阿亮那里只有改天再去了。

　　阿成这一天下来，将这一块田的沟畦全部整理好了。没想到晚上天下起了小雨，天快亮时，雨稍微还大了些，农活只能搁置了下来。他撑起一把伞，向徐村走去。

　　不远的路，一会儿就到了。香子的母亲正在厨房里烧饭，看见阿成来了，略显得惊喜，说香子还在睡着。阿成跨进大门里，听到香子爸爸在东边的房间里咳嗽了两声，他走过去，看老人正靠在床头。阿成掏出香烟递过去，香子爸摆了一下手，说早上不抽烟。这时，香子妈从厨房里送来一瓶开水，阿成动手将小桌上的茶杯拿出去洗了，泡了两杯茶，递一杯到香子爸手里。老人这段时间大概是身体不太好，已回来住一个多月了。早些年，刚分田到户那阵子,闲时多起来,他就常跟着住在长江边的一个亲戚一起去江滩上扛木头。没想到江滩上的木材市场越做越大,他们扛木头的活越来越多,一年挣的钱超过在家务农的收入。积攒了一些钱后,他们就自已在江滩上做起了零售生意。后来他把儿子也带去了,生意做得红红火火。前一阵子,可能是江滩上的江风大,老人的气管炎犯了,这才回到家里休息。

阿成给香子爸加了几次茶水,老人已喝好了茶,将茶杯放在小桌子上,准备起床。他虽然不常跟阿成见面,但他觉得阿成是个非常诚实的青年。

阿成捧着一只茶杯,来到外面的堂屋里,看香子的房门还是关的,想必她昨晚上做衣服做到很晚。他轻轻地敲了两下门,香子已醒了,她听到是阿成过来了,外衣也没穿就起来开门。阿成看他单衣薄衫的,叫她赶紧到被窝里去。香子轻轻地一笑,只将两条腿塞进被子里,开始穿衣服。她两眼深情地看着阿成,久别重逢的恋人,满心的喜悦。阿成看着香子那双明澈的眼睛,仿佛看到了她心灵的深处。阿成放下手里的茶杯,忍不住拉着香子的手,两双手热烈地捧在了一起。

以前来时,常看见红莲,今天只有香子一人在屋里,阿成问:"红莲呢?"

"中秋节前就出去打工了。"

"她一个人出去的?"

"跟她亲戚走的,她想出去挣点钱,"香子又问阿成,"什么时候回来的?"

"大前天晚上,这一段时间,上海的警察在街上巡逻查得紧,不给摆摊。我现在在家里等上海的信,过几天要松一点的话就走。"

"这么麻烦呀?"

"外面当然不是那么好混的。"

"那就在家待几天吧。"

"只能这样了。"

吃过了早饭,阿成跟香子俩一道去了街上。这几年的时间,小小桥埠镇,变化可真大,一条大街的首尾全是开了门的店面,商业的繁荣,商品的丰富,是前所未有的。阿亮跟吴梅俩人在这条街上的发展更是让人惊叹,街心里的那一间小门面,现在已扩展成了三间门面连在一起经营。经营的商品有服装鞋帽,布匹百货,是品种齐全的综合性商场,还顾了三名店员。上街头三岔路口去年买的几间草房,今年正好销售化肥农药,由阿亮主营,真是"日子好过心情爽,经营有方发家昌。"夫妻俩也不见吵了,感情日浓,过得容光焕发的。人们都把他们俩称作是这条街上生意场上的金童玉女,无不钦佩羡慕。

阿亮老远就把阿成迎进店里。阿成望着阿亮美滋滋的笑脸,问他现在是否还留恋做木匠了,有没有想通。阿亮叫他别开玩笑了,很快泡好两杯茶,一杯递给香子。这时,吴梅从后面笑嘻嘻地走出来。阿成见她怀里抱着婴儿,马上显出大喜的神情:"嗨,你们的收获不得了啊,真不简单。"

吴梅见他如此说笑,也笑道:"你的收获也有的,在等着你呀。"几个人见面都很高兴,香子摸摸孩子的头问:"几个月了?"

吴梅说:"六个月了。"吴梅招呼了他们一会,又不得不到前台去迎接顾客。

阿成问阿亮:"现在生意上的目标有没有新的规划?"

阿亮说:"哪里谈得上什么规划,吴梅要怎么做就怎么做。原来说把三岔口那边的房子做好,这个店搬过去,现在这个店她又舍不得搬了。"

"你真有福气,娶了个这么能干的老婆,哪辈子修来的福气?"

"彼此彼此,你也不错,"阿亮的眼睛转向香子,"香子比哪个都强。"说得香子脸上泛起了一阵红晕。

这时,阿成从口袋里掏出钱来说:"今天把化肥钱结给你,多烦你照顾了,我妈要我来多谢你。"

"哪里的话,村里的人手头紧,我都给他们挂账,"阿亮把手一摆,"我不急着要,你先带回去给你妈用着。"

"现在手里有钱就应该还你。不行的话,明年再跟你挂。"

阿亮笑笑,只得收下来。

阿成陪着香子在街上买了几样小东西后,又撑起了伞手挽手往回走。他觉得阿亮现在的日子真滋润,要是在家里能过得上这样的日子,谁愿意颠沛流离地往外面跑?

俩人刚出街口时,立新在马路对面叫住阿成,递给他一张汇款单,说是昨天在村部里拿到的,昨天晚上忘记送给他,现在正好遇上了。阿成诧异地接过来,想着还有谁给自己汇款。等他仔细看时,才发现这是他爸爸汇过来的一千二百元钱,汇款留言中说是给阿成治眼睛用的。阿成眼眶一下子潮湿起来,没想到父亲特地寄过来一千二百块钱给他治眼睛,也不知道这一千二百块钱是他多长时间才攒起来的。去年回家时,他离家十几年了,也未见他有钱带回家。阿成心里酸酸的,很难受。他想起父亲去年知道他遇车祸眼睛受伤时,是那么自责,愧疚自己未能对孩子负起责任。这一次寄来这么多钱,至少是他那么大年纪又没有什么手艺的人打工一年多的收入。阿成在这酸酸的泪水里又一次地感受到了父亲一直在遥远的地方爱着他们。

阿成转回了身,与香子一道去街上的邮电局取出这一千二百块钱。拿着这一叠子钱,阿成的心里好几天都不能平静。他妈知道了,不停地擦着眼角的泪水。

一连几天,阿成都处在一种忧郁之中,现在他心里在为他的父亲担心起来,去年寄给他身份证时,只知道他的地址是广西南部某镇某村。直到现在,他还不知道父亲在外面做什么事,以什么来度日。

在地图上找,好像是在靠近边境的某个地方。他心里甚至于过度地焦虑起来,他想他父亲要是没有走,待在家里,那他童年的光阴、少年的时光也一定是另一番样子;他母亲也一定不会受那么多罪,家里也不会这样穷。想着想着,他心里不禁又酸楚起来。阿成想等自己眼睛治好了,一定要去看看父亲,无论到哪里也要把他找到。可是什么时候才能等到角膜的供体呢?唉,想到这个问题时,又让人愁眉不展,望眼欲穿了。

阿成在家里耐心地等待着上海的消息,就这样在香子家待几天,再回家做一两天事,活干完了又去香子家待几天。吃饭时,还陪香子爸喝两杯酒,晚上也很晚才回家。十几天过去了,仍没有贵友的来信,他的心里有点急了。

这天早上,他正锁好大门,准备去香子家,二顺子从老远就喊他,他说昨天下午在村部里找到贵友的信了。阿成拆开一看,皱起了眉头,对二顺子说:"贵友讲,我们回来没几天,我们的几辆三轮车就给警察全部搜去了,现在上海真的不给摆小吃摊了。"

二顺子听了一愣，手一挥说："老子再去搞它几辆。"

阿成一笑说："要不然你先去看看，我过一段时间再去。"

"那我就先去。"二顺子气冲冲地走了。

阿成将信揣好，还是去了香子家。香子见他脸色忧郁，垂头丧气的样子，问他怎么了。阿成就把刚才收到信的情况说了。

香子劝他："现在紧得很，就在家待一段时间，等到去时重买一辆车。"

阿成说："不是那么简单，三轮车是警察搜走的，可能是动真格的了。贵友都不打算干了，他现在已经跟别人学修理煤气灶，清洗油烟机了，都改行了。"

"不能干就算了，反正年底没多长时间了，就别去了，明年再说。"

阿成也只有无可奈何地叹口气，没想出更好的方法。

晚上回家时，阿成老远就看见屋里的灯亮着，他想可能是阿明回来了。进了门，才知道是母亲一直在等着他，母亲要跟他说个事，说年底没什么时间，就别去上海了，在家把油菜田里的草锄锄，还要浇一遍肥。阿成说，还想等一等上海那边的情况才能定下来。

母亲说："还等什么呀？你看房间里的家具是找木匠来做还是上街去买，你跟香子商量做个决定。原来说过了年你们结婚，你再跟香子说说，现在又不太忙，是不是年底把事办了。"

阿成知道这是父母已商量过的事，说："这事应该请媒人过去跟香子家里人说。"

母亲说："我叫阿亮妈过去说，你先跟香子说说。"

阿成说："那我明天去问问。"

第二天，阿成到香子家把昨天晚上母亲的话跟香子说了，香子先是一愣，脸色绯红起来，说这要先跟她爸妈说好。阿成看着香子羞涩的笑容，心里觉得甜蜜。

阿亮妈特地抽出时间来了，跟香子父母说了阿成妈的意思，并问老两口有没有什么别的要求。两位老人的性格一贯随和厚道，他们对别人也从来不提什么过分的要求，虽然说过明年结婚，但人家催着要结，也就是年里年外两个月时间的事。既然女儿已订了婚，她自己没什么意见的话，他们不反对。

阿亮妈要香子妈定个日子,香子妈说,这是她姑娘自己的事,还是跟她商量一下吧。两个人来到香子房里,香子正在裁衣服。阿亮妈问香子,要定个什么日子。香子说:"这日子就我妈定了。"

香子妈想了一下说:"那就在元旦吧,让他们年轻人有个好的开始。"

阿亮妈跟着说:"好日子,好日子,新人新日子。"

于是,两家人开始张罗着婚礼。阿成和香子照了合影,各自开了证明,领了结婚证。阿成请阿亮将房间里做了一个吊顶,自己做了个精美的图案;又自己动手,布置了房间里的灯光;然后,跟香子上街,选购了一套组合家具。阿成一看,才隔一年多时间,现在的家具全用上富丽板,不用油漆了,再配了一张精美的席梦思床,找了一辆拖拉机运回来。俩人在房间做了精心的布置。香子对阿成说,房间里剩下的东西由她买了,只是要阿成陪她去一趟城里。阿成当然爽快地答应了。

俩人去了城里,香子买了电视机、电风扇、录音机。阿成本来打算这些东西自己买,既然香子买了,他就把口袋里的钱掏给了香子,要香子多买些好衣服。香子接过去,俩人又进了几个商场,买了一套三人沙发,又各自选购了几套衣裳,买了被单、枕头、毛巾等一些日用品和小饰物。傍晚时分,才从城里雇了一辆三轮车装到了香子家。

正当大伙忙忙碌碌准备办喜事的时候,阿成接到了刁鸿文从上海黄浦江医院寄来的一封信。阿成拆开一看,真是欣喜无比,是他盼望已久的好消息,刁鸿文说他角膜的供体已联系好了,要求他马上就到上海。真是一个激动人心的好消息,高兴得他久久不能平静,不知道该怎么感谢刁鸿文、刁鸿宝兄弟俩。他马上将这好消息传遍了全家,大家都很高兴。阿成立刻准备去上海。这一段时间,他准备结婚,买东西用了不少钱,但他爸爸前一段时间寄来的一千二百块钱一直没用,那是他爸爸寄来专给他治眼睛的,没想到这么快就用上了。母亲问是不是要找二叔一块去。阿成想了一下说:"二叔每天都要上课,今年也刚调回来,不能影响他了,叫香子跟我去吧,医院里还有朋友熟人呢。"

香子也是无比的高兴,没想到这梦寐以求的事情一下子真的来了,她非常爽快地答应了跟阿成一起去。阿成马上就动手打点行装,整理包裹,情绪处在兴奋之中。但他忽又觉得,怎么说这也是去做一次手术,心里不免又有些忐忑了,担心手术的成功率,效果会怎么样。香子一个劲鼓励他,不要有任何的思想顾虑,一定要相信上海大医院的医疗水平,抓住这千载难逢的好机会。细心的香子又提出要在家带些礼物送给刁鸿宝兄弟俩,虽然只是些土特产,但也是一点心意。在全家人的心中,是多么感谢刁鸿宝兄弟啊。

两个人背上了行李,带上两只老母鸡和一筐鸡蛋,还有刚收上来新鲜的荸荠,从桥埠镇上了车。一夜车程,大清早到了上海,他们马不停蹄地赶到医院。阿成以前来过一次,很快找到了刁鸿文。

刁鸿文似乎有些意外:"这么快就到了?"

阿成抑制不住喜悦,激动地说:"接到你的信就动身了。"

"一个人来的?"

"两个人。"

"先去办住院手续吧。"

"嗯,好的,"阿成说,"带了一点东西放哪儿?"

"什么东西?"

阿成将刁鸿文带到楼下。香子正站在医院大门外的一块草坪旁,身边大一个包,小一个包的,还有两只老母鸡,大约是经过长途的颠簸,从网兜里露出头,耷拉着脑袋,低声地"咯咯"地叫着。

阿成指着香子说:"这是我女朋友。"香子谦和礼貌地朝刁鸿文笑笑。刁鸿文也点点头,跟阿成说:"带这些东西来干什么?医院里又不能煮东西吃。"

"这是我们的一点心意,带给你的。"阿成说。

"那哪行?千万不能这样,影响不好。再说,我这里也没有家,每天在食堂吃饭。"他见阿成局促的样子,又说:"下午叫鸿宝过来拿走吧,暂时在门卫室放一下,你们赶紧先去住上院。"阿成只好答应着,将一大堆东西移到门卫室。刁鸿文跟门卫说下午就拿走。

由刁鸿文领着,阿成办好手续来到住院部五楼,护士给他打开507病房的门。阿成将手里的一个包放在床头柜上,转身见护士出了门,他立刻问刁鸿文:"刁大哥,我什么时候做手术?角膜移植了以后,眼睛的外观有没有变化?"

刁鸿文说:"你不要着急,只是个很小的手术,不算什么,过两天就可以做,由眼科的主任医师给你做。"

阿成又问:"移植了别人的东西,有没有什么排异反应?"

刁鸿文说:"不要紧,这技术现在很成熟,很安全,没什么后遗症。一定要保持心情平静,不要多想。手术后,观察两天就可以出院。"

"那捐给我角膜的是什么人?我能不能见见他,以后好报答人家。"

"你就不要多想了,这些你都不需要问清楚,捐献者是无偿的,自愿的,这是医疗方面的规则。你只需要放心地接受就行了,受体和供体双方不必打听对方的任何消息,医院对双方要做到绝对保密,你就做好准备吧!"

刚吃过午饭,刁鸿宝就来了,阿成非常高兴,对刁鸿宝和他哥真是感激不尽。刁鸿宝叫他不要客气了,说机会难得,一定要好好配合治疗。说话间,阿成说起,想要认识一下捐献者,不理解院方为何不让他跟捐献者见面。刁鸿宝说这是院方的医疗制度,又进一步解释说:"来做器官捐献的,有很多种人,除了患者的家人外,还有一些是社会上的爱心人士,这些人都是无偿的,纯粹是献爱心的,当然不必让人认识了。如果器官捐献的受供体双方见面认识,社会上就可能会发生器官买卖现象,那样对患者更加不利,社会就会发生混乱。"接着,他又压低了声音,小声地对阿成说:"另外听说,还有一部分是来自刑事犯人的,你说怎么能让人见面认识。"

阿成顿时觉得有所醒悟,对院方的决定深表理解,觉得这也是对患者的关爱与保护。听着听着,阿成的神情不禁肃然起来,他知道刁鸿宝的解释是很有道理的,这些医疗常识他一定是听他哥哥说的。这些能自愿捐献出器官的人,不管是什么人,就算是刑事犯人,行为都是高尚的,值得人尊敬。

很长一段时间里,阿成都沉浸在一种被感动的情绪之中,觉得自己是这样幸运,生活是如此的眷顾自己。

两天后,手术在眼科的第二手术室里进行,护士领阿成进入手术室时,他见里面的一张手术台上已躺着一个人,蓝色被条覆盖着全身,看不清是

乡路

什么人。阿成的心里预感着,这人可能就是来做器官捐献的,心里顿生敬意。七八个医务人员在做着准备工作,阿成随着他们的指引躺在另一张手术台上,当全身都覆盖上面巾和被条时,医生嘱咐他别紧张。医生、护士都已各就各位了,头顶的无影灯亮了,阿成露在外面的那只伤眼感觉到一片朦胧的光亮,听医生说:"开始了,要镇静。"

药棉在眼眶四周擦拭后,在眼角注入了麻醉剂。此刻的手术室里一片安静,能听得见医生移动位置时轻微的脚步声和手术器具在金属盘子里轻轻的碰撞声。眼眶上感觉到手术器具轻轻地划过……

十点钟左右,手术做好了,医生叫他慢慢坐起来。一个姿势躺到现在,一只眼又蒙上了纱布,头感觉晕乎乎的。一位护士扶着他下了手术台,穿好了鞋子。他站起身努力地使自己镇静了下来,第一眼便下意识地向里面那个手术台看去,发现已空了,那人已在他之前离开了。

阿成走出手术室,香子已在门口等他,香子扶着他,问他怎么样了。阿成说:"还好,医生讲很成功。"阿成回过头,又往手术室里看了一眼,几个护士正看着香子扶他,便向他挥挥手。阿成感激地点点头,转过身,跟着香子走出过道,下了楼梯。

回到病房里,手术时的麻药渐渐失效,阿成半边的脸部胀痛,头更加昏昏沉沉的。香子扶他躺在床上,让他休息,他闭着眼问香子:"你在手术室门口,有没有看见有人在我之前从手术室出去了?"

香子说:"大概在你出来之前半个多小时,有两个护士扶着一个人从里面出来。我坐在走廊里,以为是你出来了,就赶紧迎过去,发现不是你,是一个五十多岁的人,眼睛上也蒙着纱布。我感到有些诧异,跟在护士后面问你在里面的情况。护士说你在里面还要等一会出来。我还想跟在后面多问几句,一个护士拦住我,叫我在门口等你,不要跟着。今天是不是一个手术室里两个人同时做手术?"

阿成说:"是两个人,但不知道那人是跟我一样来做角膜移植手术的,还是来捐献角膜的。"

香子说:"我也有点怀疑,他怎么一个人,好像没有家里人来陪他。"

"你有没有看清楚那人什么样子?"

"我只在他正面看了一眼，护士不让我跟在后面，但我看他有五十岁左右了，身上穿一件旧中山装，深色的，肩上都败色发白了。"

阿成闭着眼，轻轻地叹了口气说："有可能他就是捐献角膜给我的人。"

又住了几天院，吊水，吃药，消炎。

一个晴朗的上午，在眼科医务室里，阿成静静地坐在凳子上，等待着医生给他揭去蒙在眼上的纱布。这一刻，他的心跳在加快，不免有些紧张。医生的手在牵动纱布的时候，他将双眼都微闭了起来。当听到医生问他怎么样的时候，他才慢慢睁开眼，一下子感觉视野开阔了。第一个反应，便是立刻用手蒙住了右眼，"啊！真的看见了，左眼看见了，能看得清楚了！"

医生叫他冷静些，不要激动。手术很成功，视力测试为0.8。医生也跟他一起高兴，用很欣慰的口气说："还在慢慢地恢复呢，会恢复得越来越好的。在恢复期间，心情要保持平静。"医生又将一块崭新的纱布蒙在他眼上，"暂时还要保护一下，再过几天就可以自然地揭去了。"接着，又关照阿成说："现在一定要保护好眼睛，若出门在外或干活时，这边的眼睛绝对不能有任何的刺激，如强风、利物、汗水、泪水，等等。"

阿成聆听着，记好，喜悦的心情难以言表，像自己的一个壮举或一个伟大的理想在此刻实现了一样。失而复得的东西让人珍惜，那这世上还有什么比失而复得的光明更加珍贵呢？

出院之际，阿成决定去刁鸿宝那一趟，要与他分享这激动人心的快乐，忽然想起刁鸿宝前几天来时，说他已换地方上班了，当时竟没有仔细询问他去什么地方了。阿成去问他哥哥，刁鸿文说也不清楚他换到什么地方去了，就劝阿成别找了，上海这么大，不好找，要不然以后就写信到这里来转给他，或者下次见到他时，叫他写信给阿成。阿成想只有如此了，就跟刁鸿文说了许多感谢的话，告辞了。阿成跟香子俩心情愉快地回了家。

全家人真是喜出望外。母亲买了许多小糖，撒给了来看望的邻居和看热闹的小孩。失而复得，重现光明的感觉更是让阿成感慨，感慨生活是如此美好，自己是如此幸运，期盼了几年的愿望竟然在这一个星期里顺利地实现了。他没想到离家多年的父亲还寄回一千二百块钱来资助他，还有那位善良的不知名的捐献者，若是知道他是谁，无论如何也要报答他啊。

总之,所有的人对这样的结果都感到满意。元旦也到了,大家在愉快喜庆的气氛中开始给阿成举办婚礼。阿成抽出了一个晚上的时间,给远方的父亲和上海的刁鸿文各写了一封信,告诉父亲自己做了成功的手术,现在已重现光明;感谢刁鸿文兄弟的热情帮助。在给父亲的信里,还说以后一定去找他,去看望他。

元旦这天,两家各自到了许多客人,香子妈让香子在房里休息,今天是她的好日子。上午,迎亲的队伍到香子家时,香子爸和几个叔叔们就开始把香子的嫁妆一件件地从屋里搬出来,一家人进进出出地忙碌着。从电视机、录音机、缝纫机、电风扇,到红色的被条、绿色的床单,一件件地捆好扎牢。男方来的宾客们不时地放上一挂爆竹,催促新娘早点动身,让整个村子都充满了喜庆的气氛。

下午四点多,一支色彩斑斓的队伍,从小村里走出来。有挑着的,扛着的,抬着的,还有用手提着的。香子画了个淡淡的妆,头发重新做了发型,还戴了两朵红花,穿红色的嫁衣,红色的鞋,由伴娘风珍陪着,走在队伍的最前面。

男方这边的亲戚们,老远就看见一长串迎亲的队伍过来了,早已准备好了爆竹响雷,在门口等着。看热闹的人们围在门前的路上,一个个张望着,看今天的新娘,老远就惊叹那一担担嫁妆。当人们看到电视机、录音机、电风扇、缝纫机时,更是喧哗地砸着嘴巴。要知道,现在一个村子里,还没有几台电视机,更不用说谁家能把这几样东西制备齐全了。

阿成家的酒席办在后面的老房子里。虽然隔了老远的路,但人们在后面还是能清晰地听到新房子这边喜庆的爆竹声,连孩子们在地上抢糖的欢呼声都能听得见。阿成母亲要阿成别着急过去,说过去早了,跟新娘子碰了热脸,以后容易吵嘴不和气。阿成听了,虽然感到好笑,但还是依了母亲。一会儿工夫,阿成的二叔便把新房子里的客人全请了过来,这边开席了。爆竹声中,推杯换盏,划拳行酒令,男女老少热闹非凡。很晚酒席才散去,阿成将客人们一个个送走。香子娘家来的一行人都过来跟香子打了招呼,阿成跟在后面将他们送至村外。

阿成最后才到新房子这边来了。新房里,风珍一直在陪着香子,她在酒席上只简单地吃了一点就过来了。此时,她正和一些女眷们在新房里陪着香子看电视。阿成进来,首先感谢了风珍。今天做伴娘时,风珍的脸上被香子娘家的客人们,特别是原来跟她在一起学裁缝的几个小姐妹,用红棉球擦得一块块的红印。她见阿成进来了,调皮地把脸伸过去,要阿成想办法给她洗干净。阿成无可奈何地笑着,一再给她赔不是。几个女眷说笑着起了身,领着几个小孩子,准备出门去。阿成和香子劝她们再看一会电视,她们叫阿成和香子早点休息,风珍也跟着大家出去了。阿成送了她们一程,回来关上门已经十点多钟了。

此时,阿成才仔细地打量着香子。香子今天的打扮,让他有一种全新的感觉,他从心底里露出欢笑。今晚的香子真够美的,淡淡的妆恰到好处,柔和的灯光下,一身红色的新娘妆显得无比娇艳动人。阿成穿着香子去年给他做的那套他非常喜欢的西服。

香子随手关掉了电视机,开始整理房间。她规整了一下小圆桌上的茶盘和水杯之后,又将一些零碎的小物件摆放好。阿成说时间不早了,该休息了。香子答应着,手里拿着一筒红线扎着的纸卷,叫阿成帮她放到大衣柜顶上的那只皮箱里。阿成问她是什么东西,香子笑笑。等阿成拿到手里时,发现这些都是他以前写给香子的那些信件。他停住手说:"全在这里?"

香子说:"嗯,都在。"

阿成转身拿钥匙打开写字台的抽屉,从里面也拿出一筒纸卷,说:"你的也在这里。"两人都笑起来。

阿成立刻将两桶纸卷打开,叠放在一起,刚要一起卷起来时,突然又停下来。他打开了另一只抽屉,从里面又拿出一封信和一张汇款凭证,说:"这是我父亲写回来的唯一的一封信,这一张是我父亲为我治眼睛寄回来一千二百块钱的汇款单,把这些放在我们俩这些信一块,永远地保存着。"他边卷边说:"等什么时候手头宽松些,一定要抽出时间去找我父亲,看看他。"他将那些信件卷在一起后,又用那根红线系好,放进皮箱里。

香子在脸盆里倒了热水,阿成洗了脸洗了手之后,便倒在床上沉默着。香子问他怎么了。阿成轻叹一声说:"那位给我捐献角膜的不知名的人,恐怕我永远也报答不了他了。"

香子说："连名字都不知道，有什么办法呢？"

一个给了他如此恩情的人，他却无法报答，甚至连名字都不知道，在心里当然是一件遗憾的事。香子见阿成木讷的样子，又说："别多想了，在心里记住人家就是了，心情好一点吧。"阿成想也是，今天一定要好心情，他便感叹了一声坐起来，两眼看着香子。香子竟被他直愣愣的眼神看得羞涩地笑了起来，她已铺好了被子，说："你看什么呀，睡觉了。"

阿成说："今天你真漂亮呀。"

柔和的灯光下，俩人躺在温暖的被窝里，香子妩媚地依偎着阿成，阿成揽着香子，一种深层的情愫激荡在胸怀。盈盈情意，让人情不自禁地搂在一起，两颗炽热的心，相互慰藉着贴紧，陶醉在柔情蜜意之中。

这温馨而浓烈的情意，刻骨铭心的爱，相拥起绵绵的温柔，如玉般纯洁。这甜蜜的新婚之夜啊，激情如海潮般汹涌，融融洽洽的脉脉温情如涓涓细流，合起妩媚欲醉的眼波，尽情在美妙的时刻。拥抱爱情，拥抱所有，静静地默默相守，让彼此融化在魂销魄散之中。

26/ 春天，是希望的季节

元旦过后的天气更冷了一些，一股又一股的寒流直冲南下，天色阴霾而沉重。午饭过后，鹅毛般的大雪纷纷地下来了。一会儿工夫，干燥的地面便堆积了薄薄的一层。堂屋里，香子一面哈着热气暖手，一面咔嚓咔嚓地踩着缝纫机。阿成站在门口，看纷飞的瑞雪，在寒风中飘舞旋转。

旷野上一片寂静。阿成看见村口的大路上，一个短头发，衣着单薄的人影，背着一只布包，蜷缩着脖颈，往村里走来。走近些，阿成认出了是东保。

小月也从屋子里出来了，抱着孩子，走到阳台的那一头，向村口的大路上张望着，脸上露出了几分喜色，是东保回来了。听说是两年半的刑期减了半年，阿成想去看看，回头跟香子打了声招呼，便迅速地过去了。

东保已站在门口，正拿着小月递过来的一条毛巾，抹着头上已经融化了的雪水，拍打着身上的雪花。阿成笑呵呵走过来，喊了东保一声。东保愣了一下，立刻反应过来："阿成，你在这边住了。"接着，他以一贯机敏的眼神向阿成的新房子那边看了一眼。

小月在旁边轻轻地说了一句："阿成元旦结婚了。"

"哦。"东保朝阿成点着头，姜黄的脸上露出一丝笑容。在宗族里，东保是阿成的叔辈，虽然年龄只差几岁。东保从小游手好闲，养成了好逸恶劳的品行，所以他们之间很少有什么共同的兴趣和一致的话题。但由于是同宗的原因，仍然有一种极单纯的宗族感情。

东保将手里的毛巾递给了小月，便跟阿成进了屋。站在堂屋中间，他深吸了一口气，扫视着这零乱的，已有了几分生疏却又感亲切的屋子。正愣着神，忽然想起身边的阿成，忙将墙边的一条长凳拖出，要阿成坐下。自己蜷缩着身子坐在一条小板凳上，看来他身上很冷。小月已从房间里找出两件衣服放在他跟前的板凳上。他二话没说，赶紧脱去一件外衣，把两件衣裳套上了身。这才两年不到的时间，他整个人瘦了一大圈。本来很合身的衣服，现在穿着竟松垮垮的。

"今天真冷，"阿成一面哈着手，一面跺着脚，问东保，"路上没搭上车子呀？"

"嗯，今天队里有车子出来，顺便搭了一段路，到这边下雪就走回来了。"他的目光显得灰暗。他说的队里，是指他所在的劳改队。他颓唐的神情让人看出他内心里的几分无奈。此番落魄地归来，又让人想起了几年前的情景。那一年，他从劳教所回来之后，一改以前的懒惰，在家积极劳动，待人客气礼貌，文明的很，说话都改了腔调，讲很好听的普通话，给人的感觉是真的变了。最大的变化，是在家一字不识的他竟能写信了，他的上衣小口袋里总是挂着一支钢笔。村里人见了他，都赞扬他，鼓励他。那段时间他是很有进步的，再有一个如花似玉的小月，生活里更是增添了光彩和情趣。只是时光荏苒，他跟一批旧友重聚，现在又走了一个轮回。

东保坐在墙角处，抽着一根劣质的香烟，烟雾里的眼神有些木讷，不知他此刻在想些什么。他哆嗦了一下，忽然，他瞅见了墙壁上的几个窟窿眼，犀利的北风正裹着细碎的雪花从窟窿眼里往家钻。于是他丢掉烟头站起

乡路

身来，从大门后面的墙旮旯里端出一架木梯，阿成跟着出去帮他扶梯子。只见他迅速地从草垛上拽出几把稻草，爬上梯子，麻利地把稻草绕成草球，将几个窟窿眼一个个地堵上塞紧。下了梯子，他又抱了一大捆稻草，从外面堵住后门，将从破烂的门缝里往里钻的雪花挡住。

进了门，他搓了搓粘在手上的雪渣，从口袋里掏出两根香烟，递了一根给阿成，阿成说不抽烟挡了回去。他自己点燃了一根，一缕烟雾在眼前飘荡着，他眯着眼，想仔细地看看小月怀里抱着的女儿。这个在他被捕时还没出生的女儿，见了他，吓得使劲往小月怀里钻。他看小月的脸上有了许多的细纹和雀斑，看上去比她的实际年龄老了好几岁，他黯然地垂下眼。

当初，是屈于母亲的泪水，小月和东保结了婚。可刚刚完婚，孩子还没出世，东保又犯案被捕，判了刑，她的心里有多少怨恨啊。

从那时开始，小月妈与东保爸的关系也日渐恶化，家里成天吵闹不止，乱糟糟的。小月的孩子刚满月，她便带着孩子搬到了这四壁透风的房子里。唯一让她欣慰的，就是跟她一贯情投意合的小姐妹风珍能每天晚上到这里来与她做伴，陪她度过一个个孤独的夜晚。虽然这边的日子过得苦寒，但总算看不到父母在家里的那些纷纷扰扰了。最近，又因珍珠塘里的珍珠赔了本，他们家当初的二千元股份只拿回了二百多元，老两口又是在家里怄气，闷吵。

东保说要跟小月过去看看父母，小月却倔强地说不去。她现在跟父母之间虽不能说有什么怨恨，但也很冷淡。阿成在旁边劝她，说东保刚回来，两个人就一块过去看看。东保见小月不语，便淡淡地说："那就明天去吧。"阿成站在门口，看外面的雪一会儿就下了一寸多厚，跟东保和小月打了声招呼，回去了。

又是一个新年到，春回大地，万象更新。整个世界变幻着新的律动，人们有了新的希望，新的追求，新的向往。

正月里，初春的太阳暖洋洋地照耀着门窗，东保坐在门外的草垛旁晒着太阳，几只麻雀在地上蹦来蹦去，一切都从冬眠中苏醒过来。房前的柳树已露出了新芽，东保的精神面貌也是焕然一新，不再是刚回来时那颓唐的样子，他正拿着一只小拨浪鼓跟女儿逗着玩。正午的阳光直晃人的眼，女儿在阳台的另一头扶着一条板凳玩耍，轻轻地崴了一下，他怕女儿跌倒，便摇着小拨浪鼓，叫了两声："玲玲，玲玲，到这来……"女儿已不再怕他，看她爸爸在叫她，便瞪着圆圆的眼睛，调皮地尖叫起来，欢快地跑过去，伏在她爸爸的膝盖上。

小月以为玲玲摔倒了，急忙从屋子里出来，看见女儿偎在她爸爸的怀里，舒心地笑了起来。小月脸上的气色也比以前好了许多，过去的日子虽然过得清苦，但这个春节却充满了欢愉。她已将厨房收拾好了，解下围裙，锁上了门。东保也抱起了玲玲，一家人朝阿成家这边走来。

香子微笑着迎接他们一家子，拉住玲玲的小手与她逗笑。阿成放下正在支弄的煤球炉，从里屋端出两条长凳，让他们一家人坐。东保看了一眼阿成刚才放在墙角处的煤球炉，有些诧异地说："分家了，这就分家了。"

阿成说："过了正月十五就分了，老娘老头子要分，没办法。"

东保在堂屋里转了一圈说："分开过就分开过，别怕，我们不也单过了吗？反正也能过得去。"像是给阿成鼓劲，又像是给自己加油。他伸手接过了阿成递过来的香烟，悠然地抽起来。他是阿成的叔辈，在阿成面前，他有时候还会摆出一点儿谱。

年前，阿成的母亲就跟阿成说，过了年要分开了。这也是乡下的习惯，给儿子娶了媳妇就要分家，因为家里还要操持着给后面的孩子盖房子娶媳妇。再说，阿成这边的房子离老屋还有一段路，一家人这样跑着过也不方便，反正迟早也是要分家的，还不如分早一点好。只是家里欠了一大笔债，要阿成承担，因为这是为阿成做房子结婚时所欠的。这让香子整个春节心里都不好受，还跟阿成闹了一段时间别扭。可阿成不能说什么，必须要接受，对香子只能是劝说安慰。

煤球炉里的水烧开了，阿成装好开水，泡了两杯茶，一杯递给东保，自己捧一杯。东保捧着茶杯暖着手，问阿成，已经分家了有什么打算。阿成说现在才开始，什么都没想呢。东保迟疑了一下，问阿成去年在上海怎么样，今年准备什么时候去。阿成说上海不准备去了，去年在那里不怎么样，卖煎饼没多长时间就给人家轰回来了，连三轮车也弄丢了，并说那环境不太适合他，看来今年有可能在家种田了。

阿成打开瓶塞,给东保倒水,同时将自己的茶杯也加了水。阿成边喝茶边跟东保聊着,分析着今年的打算,可有些事也不愿和别人说。例如,他现在就承担了这几千块钱的债务,这是他眼下最需要解决的问题。一想起这个问题,他就发愁。他放下茶杯,不由得叹息了一声,一筹莫展的样子,说在家种田吧,也就两亩多的田,怎么也搞不出什么名堂。东保问阿成今年是不是真的不出门了。阿成轻轻点头,似乎很无奈。

"那我的四亩多田给你种,要不要?"东保问阿成。

阿成诧异地问东保:"那你干什么去?"

东保说:"反正不想在家种田,我也种不好田,今天来你这,是想问你去年在上海干得怎么样,想跟你一道去上海。你既然不去了,愿意在家种田,我的田还正想找人送掉,那就给你种吧。我那几亩田靠在水渠边,进出水方便得很,是好田。"东保瘦瘦的脸上露出了笑容,又说:"你把贵友的地址对我讲一下,我到上海先去找他看看。"

阿成说:"我去找支笔抄给你。"

东保将阿成写好的地址折好,揣进口袋里,又追问阿成到底要不要他家的田。阿成还从未想过要拿别人家的田来种,可听东保这样提起,觉得他说的也对。既然不能外出,自家的田又少,多种几亩田也是办法。东保已将玩得正欢的玲玲抱了起来,小月高兴地教玲玲摇着小手,跟香子和阿成说再见。阿成送东保出门时,竟毫不犹豫地答应了。真是各有各的打算,各有各的做法。

阿成现在比以前也成熟了一些,经过了几年生活的锻炼和实践,思考问题也有了更深一步的理解和认识。他觉得世上的路很多很多,但一定要从实际情况出发,摆正自己的位置,选择适合自身发展的一条路,有步骤地走下去,使自己的智慧和潜力得到充分的发挥。

他认为,眼下国家推行的改革已十多年了,中国东部省市的经济成就正影响着全国,农村的发展变化和进步,仍将是这个时代的潮流。阿成相信,温暖的改革春风一定会吹遍全中国,自己家乡的经济迟早也会发展起来的。就个人而言,发展的空间也只有在自己的家乡,他愿把所有的热情和力量奉献给故乡的这片土地。再说,在外打工的境况他也经历了,艰苦不必说,而所做的事也只不过是当地人不愿意做的苦力活,不可能有什么发展,更不谈能实现什么理想了。因此,阿成对自己的家乡是特别的热爱。他觉得,即使在家种几亩田,要是肯付出打工时所付出的那样多的辛劳,收入也一定不会比在外打工所得到的收入少。

东保将满屋子漏风的房子一把锁锁上了,将玲玲送到小月母亲身边,然后背起了行李包,和小月一起前往桥埠镇,乘长途汽车去了大上海。

27/田野里,泥土是芬芳的

春天的雨水滋润着大地,万物在阳光下生长。阿成扛着一把铁锹,他要到东保家的田里去看看,因为今年这几亩田已经是属于他的了。走进田野里,田埂上的荒草已泛出了青色,各家的责任田里,红花草现出了迷人的绿波。阿成老远就看见靠近水渠边的那块光秃秃的大田,走近看时,田里零星的那几根红花草已被雨水渍死了,田里没有一条排水沟。这块田一直是由东保的父亲耕种的,可能是老人家的年纪大了,种的田太多,料理不过来,没工夫挖田里的排水沟。而原本平整的田块,却被冬闲时掏黄鳝捉泥鳅的人用铁铲挖得大洞小眼乱七八糟的。因为这样光秃秃没长几根红花草的田里,很容易找到黄鳝洞泥鳅眼。阿成在田里转了一圈,在靠水渠边的那条田埂上找到了两个田缺,可田缺早就被倒进去的泥土堵住了。阿成本想铲开泥土排水,转念一想,这样的田里反正没有什么红花草,不如早点关起水来,他索性在田里挖起泥土,关牢了田缺。他又在田埂上找到了几处漏水的缝隙,逐段地进行了彻底的翻挖。整个下午,他甩掉了冬日里的棉衣,身上冒着热气。他感受着大地回春的暖意,感受着大地深处清馨而隽永的泥土气息。

农人的希望,都寄托在泥土中。

阿成的祖辈,世世代代都以耕种为生,到阿成时也不例外,与其说他完全习惯于农民的生活,还不如说泥土的基因早深植于他的骨髓。农民最热爱的当然是土地,因为生活中的一切都来源于它,每个人一生下来,就接受着土地的恩惠。土地,给人们提供食物,带来安宁,带来满足。

阿成在日记本上写着他对生活的希望:努力劳动,发展经济,积累各方面知识,充实自己,在奋斗与拼搏的道路上积攒能量。

阿成对未来充满了信心,在家庭的生活里也感受着幸福。此刻,他正沉浸在与香子的情爱之中,新婚的甜蜜未尽,香子又告诉他,她怀孕了。

一年之计在于春,阿成在家积极地做着耕种的准备。他计划今年的几亩田全部种一季早稻,再栽一季荸荠。一季水稻可交国家的大粮,剩下的留作口粮;一季荸荠能取得经济收入。最近几年,本地的荸荠生产规模已发展得很大,产品已销往外省,种植户的亩产值达千元左右。他十分有信心,今年一年基本上解决债务问题,有可能彻底还清。另外,他有了一个新的思路,他要在养殖业方面探索一下,也让自己的时间和精力得到充分的发挥。经过慎重的考虑,在许多的信息中做了反复的比较,他最后选择了养殖鳝鱼这个项目。鳝鱼也是本地的土特产,目前还没有人搞人工养殖,市场上都是野生的,而且供不应求。春夏旺季时,本地市场上的收购价在一块五毛左右。冬季天气寒冷,野生鳝鱼难以捕捉,产量锐减,市场上的收购价涨到六块多一斤,这价差就是四倍的空间。若养殖成功,那是多大的前景,他愿意试一试。自己家门前正好有一块一分多大的水田,可以修建鳝鱼池,在自己的门前也好管理。阿成把自己的想法跟香子说了,香子说不反对,反正自己什么也不懂,随他怎么做,只是说栽那么多的荸荠果子,又养鳝鱼,哪有那么多的本钱。阿成说他已经考虑好了,今年种荸荠果子用的化肥农药全指望跟阿亮赊账,卖了果子再还钱;养鳝鱼准备拿五百块钱贷款,明天早上就到信用社去看看。

第二天早上,阿成便去了桥埠镇信用社,戴眼镜的信用社主任询问了他拿贷款的用途和他的姓名住址后,点了点头说:"行,农村青年搞经济发展,可以支持。但要写个申请,在村里找个人作担保。"阿成听了很高兴,从信用社出来就去找阿亮。

此时,立新已进入了乡财政所工作,村干部的空缺由阿亮顶上了。阿成便直接去了阿亮的店里。早上商店里很是忙碌,阿亮忙得抽不开身。吴梅泡了一杯茶,叫阿成等一会。阿成一边喝茶,一边跟他们开着玩笑:"吴梅呀,阿亮现在是干部了,你可不能把他留在家里给你做家务啊。"

吴梅瞥了一眼阿亮的后背说:"看他那样子,还能跑出什么玩意,反而误了我做生意。"她好像对阿亮进入村委会还有些不高兴似的。其实,她也没有真的反对阿亮进入村委会。她是一个非常现实的人,她既不想阿亮误了家里的生意,也不反对阿亮进入村委会,毕竟村干部人前人后还是有光彩有脸面的人。鱼和熊掌兼得,有什么不好呢?

阿成问阿亮要了一支笔,就在这里写好了申请书,早饭也在这吃了。而后,跟阿亮一道又去了信用社。营业厅里空无一人,办公台上的窗户关闭着,办公人员大概去吃早餐了。阿亮叫阿成在大厅里等着,他一个人去了后面信用社工作人员的生活区。一会儿工夫,办公区后面的门开了,阿亮和信用社主任进来了,阿成隔着办公台的护栏将申请书塞了进去。阿亮在里面接着,拿到主任的办公桌上。主任戴上眼镜,将申请书拿在手里看着。

申请书

今有李王行政村村民李阿成,因开展养殖事业,缺少资金,特向桥埠镇信用社申请伍佰元贷款,望领导给予批准。

申请人:李阿成

2 月 21 日

主任点点头,递了一支笔给阿亮,阿亮在申请书后面签了自己的名字担保。主任满意地将申请书放进了抽屉里。阿成终于拿到了五百元的贷款。阿亮又向信用社主任递了一支香烟,客气了两句,跟阿成出了信用社。

刚到公路边,阿亮拦了一辆面包车,说到镇政府开会去了。阿成揣着钱,一个人高高兴兴地往回走。

阿成在回来的路上,正好遇到了开拖拉机的罗大文,便要他装一千块砖,顺便带上四包水泥,拉到李家院村,自己在村口等他。吃午饭的时候,罗大文将一车砖拉来了,因车子不能直接开到阿成家的门口,只有在路口停下来。阿成上了车,把四包水泥卸下后,车斗的自动装置便呼啦一下,将一车砖倒下了。阿成付了款,用了半天时间,把砖挑到了门前码好。这一千块砖,加上以前做屋时剩下的一些砖,阿成算算是足够砌好鳝鱼池的。做房子时,黄沙还剩下一些,也正好能用上。

阿成准备自己动手修砌鳝鱼池,并结合房子周围的空地进行了规划。他计划在门前栽上了花草果树,鳝鱼池边整理出一片菜地,右后侧修一处厕所,再在外围挖一条两米宽的环形水渠,跟屋后的鱼塘相连。这样既便于鱼池换水和菜地浇水,又能阻挡外面的鸡、鹅、鸭、猪等畜生来危害菜地和门前的花草果树。小小的一块天地跟外界保持着相对的距离,环境显得优雅安静,宛若一个微型的小庄园。阿成砌鳝鱼池时,村里许多人都过来观看。这养黄鳝的的确确还是一个新鲜的事情,谁也没干过。大家都询问这么大的池子能养多少,黄鳝一年能长多大,到哪里去买鳝鱼苗。阿成就根据资料上介绍的一些内容跟大家聊着,说具体情况也不清楚,等试一试才知道。现在还没有哪个地方能买到鳝鱼苗,等池子建好了,就在市场上收购。大家又善意地提醒阿成,说要收购用鱼笼子捕的黄鳝。阿成说:"那当然了,鱼笼子捕到的不会受伤。"许多人都说先看看阿成今年养得怎么样,要是养得好的话,自己明年也建一个池子。

阿成根据资料上的要求,将池壁砌成了"T"字形,防止鳝鱼用尾巴勾墙外逃。他还将大池子中间砌了两道隔墙隔开,便于放养时,将大小分开饲养,以防止大鱼吃小鱼的现象。这本资料是阿成汇了二十五块钱,根据广播电台上介绍的信息,从华中的大城市武汉买来的,阿成已看得熟透了。

28/挥洒汗水,建设家园

早稻秧插完后,农事稍闲了些,此刻,也正是黄鳝上市的高峰。因为大多数掏黄鳝的好手都能撂下农活在野外捉黄鳝了,可是市场上的价格却比去年同期的价格高了许多。阿成想等到跟去年一块五一斤的价钱差不多时再收,看来已不可能了。今年鳝鱼贩子们的胃口好像比往年大了许多,每个人的收购量都超过了以往,而且收的货都及时地发往了各地的市场。

阿成决定,现在两块钱一斤也开始收了,因为这样的行情也可以看出饲养鳝鱼的前景。

前一段时间,池子里已施足了有机肥,阿成将牛圈里的牛粪和烂草塞了不少在池子里,现在也沤好了,正繁育着各种微生物,以做鳝鱼的饵料。池中磊起了几条土埂,便于鳝鱼钻洞栖息。土埂旁边还栽了两排茭白,夏日高温时供鳝鱼遮阴降温,万事俱备,只等鱼种放养了。

阿成带好一杆秤,挑着水桶等在马路边。他直接拦住傍晚时分掏黄鳝回家的人,或者正从这里经过去桥埠镇出售黄鳝的人。阿成尽量挑那些体型匀称精神好的黄鳝,他看中的,每斤比市场价加二毛钱收购。收好了第一笔,便有许多人提着鱼篓子向这边围过来,阿成一会儿就收满了两只水桶。他赶紧挑回来,放下担子在门外摆了几只大盆,立即将鳝鱼进行了大小分类,又迅速地将门口早已准备好的一口大缸里加了水,拿出早买在家里的高锰酸钾,按比例倒入水缸里调好,再将一盆黄鳝倒入缸中进行放养前的鱼体消毒处理。其间,还从缸里挑出有体伤和个别活动不正常的鳝鱼,放入另一只小桶里。五分钟后,他用网兜将缸中的鳝鱼捞起,轻轻地放入鳝鱼池里。然后将缸里换成新水,再调好药,按此顺序逐个将几只大盆里的鱼种消毒入池。这些事做完天已黑了,香子帮他把工具收拾回家,阿成一点也不觉得累,赶忙拿起笔,在笔记本上做了放养记录:五月二十二日,收购六十五斤,两块二一斤,计一百四十三元;除去体伤八斤,其中大中小三等各十五斤、二十五斤、十七斤。吃过晚饭,阿成拿起手电筒巡视鱼池,发现还有一些鳝鱼在水里蠕动没有入泥。他马上觉得没有入泥的黄鳝肯定是不正常,捉起一条仔细地观察,体外并没有伤痕,他想这可能是捕鱼的人在捕捉鳝鱼时使其受了内伤。他当机立断,赶紧下池将浮游的鳝鱼全部捞起,回家一称四斤二两,加上消毒时挑出的八斤,他决定明天早上上街去卖掉。

阿成就这样连续收购了四天,放齐了数字。

一周后,鳝鱼过了适应期,阿成开始每天傍晚向鱼池里投喂饵料。阿成有时因田里活忙,回来晚了,香子就把阿成已采集在家的河蚌切碎或者将螺蛳砸烂,投进鱼池。阿成精心地管理鳝鱼池,经常加注新水,调节水质,有时晚上打着手电筒在饲料台边观察鳝鱼吞食。

阿成虽然今年刚分家,单独过日子,整天到晚忙个不停,可他觉得事情做得很顺心,生活过得很充实、快乐。香子的性格非常温和,为人善良,待阿成更是体贴。结婚后,香子的缝纫活也闲了许多,以前在娘家那边的顾客自然丢掉了不少,在这边的生意才刚刚开始。正月里,香子娘家那边村子里的两个小姑娘小云和小梅将自己的缝纫机抬了过来,她们去年已跟香子学了两三个月,今年过来继续学习。这边村子里也有几个小姑娘过来学徒,阿成干活不在家时,家里也是很热闹的。

早稻灌浆的时候,正是梅天。几场大雨彻底解决了前一段时间的大旱,所有的河里、塘里都蓄满了水。稻田里的水已从田埂上往外溢了,可天上的雨水却一发不可收了,又几天几夜连续地下,一些低凹田已沉入了水底,圩里的排灌站早已是开足马力排涝。这发大水的年头里,天上不知哪来的水,就是不知疲倦地下着,下得人心慌。各乡镇进入了全面的防汛阶段,外河的水位早已超过了警戒水位,广播里说,一天的时间,水位从十一点一米上升到十一点四米,再上升到十一点七米,超过了历史的最高水位。上面的通知又下来了,要求各乡镇圩口的排灌站立刻停止排涝,再往外排,外河的大坝将顶不住了,长江大堤也将难保。各乡镇防汛重点转到圩堤的守护和各低凹区人员和财产的转移。

阿成种的东保家的几亩田是最早沉入水底的,阿成一算已有十几天了,即使大水现在立即退尽,那也是颗粒无收。自己的二亩田在村边的高处,现在也只剩下稻穗子在水面上飘着。他母亲这几天过来了几次,催阿成赶紧把池子里的黄鳝扒上来卖掉,说假如破了圩或再下大雨就来不及了。阿成这几天都在圩埂上防汛,母亲来了几次他都不在家。他是很不情愿现在把黄鳝扒上来的,等水退了再往下放,多一次折腾,鳝鱼肯定会受损失。再说即使想卖,现在也卖不掉,因为现在哪里都是大水,没有贩子来收黄鳝,也没有人掏黄鳝,所有田埂都淹在了水里,根本就没地方掏黄鳝,到处都是一片汪洋,连桥埠镇也淹在了水里,公路都通不了汽车。

阿成心里也很急,但他还是坚持着不动手,希望汛情能稳定下来。雨又下下停停,停停下下地过了几天,他终于忍不住了,决定把黄鳝扒上来。因为昨晚上把他吓得要死，他刚防汛回来吃过晚饭，村子里突然打起锣鼓来，圩埂上出现了紧急情况，要求全村的劳力必须全部上埂，而且要带上自家的门板或木桩。圩埂发现渗漏，已有三十多米长的开裂，马上就要塌方了，一旦塌方，就有可能破圩。这下阿成慌了，如果破了圩，鳝鱼池将在顷刻之间被淹没，鳝鱼将会一条也不剩地全部跑掉。他现在怎么着急都迟了，这么大个池子，这么多的黄鳝，他怎么可能在晚上立即就能扒上来呢？再说圩令大于军令，他必须马上去圩埂上。村里人全部都拿着工具，呼喊着朝埂上奔去。有的男人不在家，妇女都跟着上了。此刻，他唯一能做的就是赶快去圩埂上，和大家一起把圩埂保住，不然连房子都要被冲掉。他连雨衣都没顾得上穿，门口的铁锹也没拿，扛起靠在墙边准备盖猪圈的两根长木料，就飞快地跑了出去。阿成上气不接下气地跑到圩埂上，阿亮正在叫喊："谁带木桩门板来了？"

阿成忙不迭地答应着："我带了，我带了。"埂基的渗漏处打下了两排木桩，拉紧后塞进了门板和芦席，人们挑来了黏土，几个小时后才堵住了渗漏口。

昨晚的惊吓让他下了决心。可现在池子里的水已不能直接放干，圩里的水位又上升了。他想即使不破圩，如果再下半天雨，鳝鱼池也会漫水，保不住的。他架起水车，开始把水往外排。早上，他找的几个掏黄鳝的好手已经来了。阿成递过香烟，几个人点着了火，便一起下了池，一块块地翻泥捉黄鳝。一个上午，二百多斤黄鳝全部捉了上来。

阿成将黄鳝分别放入几口大缸中，用清水养着，每天换一次新水，他想等水退下后再放入池中。别说现在市场上没人收黄鳝了，就是有人收，他也舍不得卖。因为过一段时间再从市场上收黄鳝放养，伤亡率会更高。

百年未遇的大洪水在人们的抗拒下，终于慢慢地退下去了。阿成那四亩水稻在水底待了一个多月，连根都烂掉了。阿成只有把田再翻过来整好，准备荸荠苗长好后栽果子。高处的二亩田早稻也没能幸免，但水退后，还能慢慢地恢复一点。

鳝鱼养在缸里已半个月了，此刻，汛情该是完全稳定了。夏天的高温已向人们涌来，鳝鱼必须马上下池，不能再在缸里放着了。阿成将鱼池重新整理了一番,黄昏的时候,将鳝鱼下了池。这场大水,给人们带来了多大的损失呀,特别是阿成,四亩田早稻被淹得颗粒无收。鳝鱼扒上来,又放下去,几番折腾,免不了受损耗,让人心里多少有些沮丧。好在年轻人的脸上不挂愁,仍以饱满的精神投入到劳动中。

阿成将四亩淹掉的水稻田早早地栽上了荸荠苗。等二亩田的早稻收割完,也栽上荸荠,早栽的四亩田荸荠苗已开始分蘖发茯了,脚踩在田里,那原先腐烂在泥里的稻禾会往上冒着气泡。一季早稻没割到,但愿损失在下一季补回来吧。

29/收获的季节里却是失望

今年的荸荠普遍长势较好。与去年相比,农民们扩大了栽种面积,一是因为遇到水灾,很多人家的晚稻秧被水淹没,只好多种一些荸荠;二是去年的果子价钱好,比种水稻划算,大家都愿意扩大栽种面积。现在,你只要下了圩,放眼望去,几乎全是碧绿的荸荠田。

阿成开始精心地进行田间管理,薅草加水,施肥打药,治病治虫,一切都在有条不紊地进行着。家里的生活也显得安然,香子依旧领着几个徒弟在家里悠闲而快乐地做着说忙也不忙的生意。回娘家的日子是很少的,偶尔回去一趟,却又担心这边的徒弟和事情,担心阿成一人在家的琐事太多,就早早地回来了。母亲疼爱自己的女儿,有好几回还跟着过来了,帮着做些杂事。香子每每闲时,还帮阿成准备好鳝鱼的饲料。阿成每晚给鱼池下饲料后,便打着手电筒,看着鳝鱼游到食台上抢食,仔细地观察鳝鱼的生长情况,以及一些病鱼鱼体的愈合状况。前天,他捕捉了几只癞蛤蟆,扒掉皮后,用线系住,在鱼池里拖了几趟,现在那些病鱼的体表竟真的都好了。他听香子说,白天里常有几个掏黄鳝的小孩来到鱼池边转悠,也许是过来看看新鲜吧,但阿成还是从屋里牵出一根电线,在鱼池中央装上了一只灯泡。这样,即使在晚上,那些掏黄鳝的野小子们也别想来这里对鳝鱼池子动脑筋了。

香子有孕的身子也渐渐地发福了。她去了一趟街上，买了许多五颜六色的绒线，准备给还没出生的宝宝织毛衣。她下了很大的决心，鼓了很大的勇气，去了理发店里，将一头披肩长发从耳后剪掉。少女的影子消失了，变成了一个成熟的妇人。阿成回来看时，却是全新的感觉，他发现香子清秀的脸上，更增添了几分妩媚，流露出那种母性的温柔，更让人依恋。让人感觉这人啊，随着年龄和角色的变化，就像这季节的转换一样，转眼从春暖花开的春天就来到了葱茏郁翠、繁茂旺盛的夏天。

两人结婚虽然才半年多，但感情却是与日俱增，每每感受着生活的快乐和细细品味着爱情的甜蜜时，阿成都有一种依稀如梦的感觉，也许是好不容易才得到了孜孜以求的东西而更加珍惜吧。他们彼此真诚地相爱着，在日出日落间享受着每一个平凡日子里的平静和温柔。

当撒下滴滴汗水，田里的庄稼茁壮成长时；开辟的家园在季节的转换中变幻着缤纷的色彩时，喜悦便随之从心底绽出，快乐也无须等到收获过后。所有的快乐都来自勤奋的劳动中，来自对生活的热爱。

香子的肚子日渐隆起，在外面散步的时候，她总是喜欢到菜园子里去看看，在门前自己种的花草间走走，要么就站在门前的一棵树下织着毛衣，看着阿成在前面的一块长得如大葱般旺盛的荸荠田里薅草，有时她会送去一杯茶，或拿回一件阿成已用过的农具。

时间也在快乐中行进，转眼，门前的桂花谢了，菊花又开了。就在这盼望好运，等待收获的时候，两人收获了他们爱情的果实，香子生了，生了一对双胞胎儿女，这可是全家最大的喜事。

全家人欢天喜地地庆贺了好一阵子后，季节的脚步进入了初冬，大地母亲也展现了她坦荡的胸怀，向人们奉献出丰硕的果实，荸荠已到了收获的季节。阿成在大田的一角做了一道小埂，切出约五分田大的面积排干水，开始扒荸荠了。收取荸荠，是农民们最苦最累的农活，而且是在每年的冬季到来年的清明前后，是最冷的季节。荸荠一生都生长在水田里，是地下块茎果实。收取时，人必须下到泥田里，弯下腰，用双手翻开泥土，在烂泥里抠捏。寒冷的冬天，干这样的农活，可想而知有多冷。可是，勤劳纯朴的

213

乡路

农民，只要生活有改变，有奔头，再大的苦也愿意吃。感谢老天爷的慈爱，今年荸荠的长势一直很好，翻开泥土，果实很大。今年的产量，人们是满意的，干活的劲头也更足了一些。一般情况下，一个劳力一天能扒两担泥货，阿成趁着天气晴好，甩开膀子大干，一天竟扒了三担。有母亲和香子妈在这边轮流料理香子坐月子，他也就没有后顾之忧。阿成扒了十来天，家里的墙角处便堆了一大堆。马路边，好几个收货点已经开始收货了，现在刚上市，收购的价格高。阿成赶紧趁天气晴好，一大早就把荸荠挑到门前的场地上摊开来。今天的阳光很好，下午晒干后，剥掉了泥土，挑到马路边的收购点，三毛钱一斤，与去年的价钱差不多。头一次出售，卖了七百多块钱，阿成非常高兴。忙活了一整天，吃过晚饭洗了个澡，他便坐到椅子上，把一大把钞票从口袋里掏出来数了一遍，理得整整齐齐的，心里还盘算着，按这样的价钱卖下去，一亩田一千块钱是不成问题的。香子躺在床上，也高兴地看着他在点钞票，说过两天她就满月了，天气暖和时，她也下田扒几天。阿成忙叫她别急，一定要把小孩带好，孩子还要喝奶呢。再说，香子从来未干过外面的农活，这么累的活怎么能要她去做。他知道香子是在担心他一个人种这么多的荸荠很难扒完，另外，阿成的腰伤也让她担心。今年双抢时，阿成挑稻回家，因下了点小雨，路滑摔了一跤，把腰给闪了。当时活儿太忙，没有好好休息，加上他以往曾有过腰伤，当时没把它当回事，以致后来很长时间里，他的腰痛时好时坏。香子要他现在一定要小心，挑担子要注意。阿成连忙答应着，叫她放心。

阿成给儿子取了个名字叫飞宇，希望他长大后有出息，超过自己，至少要飞出农村去。无论如何不能像祖辈一样，只在泥土里找食，做苦活，最好能飞得又远又高，像宇宙飞船一样。女儿叫宇婷，希望她聪明伶俐，长得亭亭玉立。

阿成不知疲倦地扒掉了一亩多田的果子，第二批荸荠也卖了，现在是二毛七一斤，也还好，因为现在已是上市的时候了，这样的价钱也是在预料之中。两次所卖的货款，他终于还上了一笔债。昨天，他又排干了一块田的水，准备再扒一批上来，就能欢欢乐乐地过年了。

傍晚的风有点儿紧，昨晚预报的冷空气真的来了。太阳还没下山，天空就灰暗下来,他上了田埂,洗好手,放下卷起的袖口,拿起扁担,挑起两筐荸荠往家赶。

晚饭后,窗外的风呼呼地更响了,阿成偎在床上,还没看一会电视,就觉得眼皮打架,想睡觉了。整天到晚,弯腰弓背地扒果子,多少有些累,他想明天如果太冷的话,早上就多睡一会,迟一点下田。

早上,香子起来得早些,告诉他昨晚上下雪了。他赶紧爬起来一看:嘀!真的是一场大雪呀!那就歇几天吧,他又钻进了被窝里,安心地躺下。也只有在下雪的时候,才这样安闲,才能心安理得地多睡一会,一觉睡到中午才起来吃了中饭。

阿成站在门口,外面的雪亮得晃人的眼,而雪花还在飞舞,地上的积雪比早晨又厚了一倍,把整个大地覆盖得严严实实的,好一个瑞雪兆丰年的景象。

连续几天的大雪,阿成只有在家里抱孩子烤火,香子正好可以做一些缝纫活。阿成觉得纳闷,好多年都没下过这么大的雪了,天气预报却说,明天还有暴风雪,这还真是越下越厉害了。

外面的压水井也结了冰封了口,阿成用了两瓶开水也未能使井口解冻,大概是连下面的水管都冻在一起了。阿成无奈,只得拿起锄头到河里去砸冰取水,他将锄头都砸弯了,才打开一个小窟窿,用水瓢慢慢地舀,他长这么大都没见过河里结过这么厚的冰。难道真的是说,夏天有多热,冬天就有多冷;夏天发多大的水,冬天就下多大的雪。今年果然应验了。

阿成有点奇怪,在家休息了十多天,怎么突然间感到腰后有点疼,而且越疼越厉害了。他赶紧趁着在家里没事时,去找医生看看。阿成冒着风雪,来到桥埠镇卫生院找到了医生。医生说是天气严寒,旧伤发作,给他开了三七片和跌打丸,再贴上大膏药。阿成在家里养伤,抱着飞宇和宇婷逗乐。

外面的积雪慢慢地化了,厚厚的冰也渐渐地融解,气温在逐渐回升。阿成的腰疼也好起来了,他将田沟里的水排尽,准备扒荸荠了。香子说田里的雪还没有化尽,要他在家里多休息几天。阿成说这几天中午已经很暖和了,上午冷,在家歇一会,中午吃早一点下田。

吃过中饭，阿成挑着筐子出发了，背阴的地方，冰冻还没有融化。他穿着胶鞋下了田，先用大铁锹拂去上面一层的斑斑残雪，铲掉还没有融化的冰冻。然后，便卷起衣袖，使劲地搓搓双手，鼓起勇气向烂泥里插去。晚上回家时，香子问他冷不冷。阿成说："才下手时当然有点冷，过一会就好了。"

香子说："那肯定是冻木了，煮晚饭淘米时，我的手都冻得要命。"

"你越是怕冷就越觉得冷，你不怕它就不冷了。电视上练冬泳的人，整个身子都泡在水里呢。"

渐渐地，阿成的腰又受不住了，现在他不感觉到什么疼痛，可是腰弯下去却难以直起来，只要不那么太疼就能坚持，他想把这已经排干了水的几分田扒完才休息。现在直腰的时候，要用手扶着膝盖，慢慢地往上直，直一次腰至少要十几秒钟。坚持了五六天的时间，这一块田终于扒完了，他松了一口气。可是他睡在床上却无法翻身了，他着急了，把香子也吓得要死。香子赶紧去跟阿成妈说了。他妈过来把他死骂了一顿，走了十几里的路，请来了一位祖传的老中医。老医生给他做了检查说："你这个现在已是腰肌劳损了，在冰天雪地里下田扒果子，寒气侵袭，血脉淤积，恐怕一时难好，必须长时间调息静养。以后干活，绝对不能如此了，年轻人要爱惜身体呀。这几副中药吃完了，再到我家里去配。"

没有办法，阿成现在只有在家躺着，每天三顿中药，令人皱眉，可良药苦口，一定要坚持。为了早日康复，春节也没有停药。

春节后，腰疼稍有好转，阿成接触了几个鳝鱼贩子，准备将鳝鱼出售。正月十五之前这段时间的行情最好，过了初七，阿成就排干了池水，请来了阿兵帮忙，俩人在池子里翻泥捉黄鳝，一天时间都捕上来了。可是，让阿成难以相信的是，黄鳝折掉了许多，根本没有长。一过秤，只有一百零七斤，几乎折掉了一半。阿成十分失望，问阿兵这是怎么回事。阿兵说也搞不清楚，看阿成木讷的样子，劝了他几句，然后又用手在缸里捞了几条黄鳝仔细地观察，说："可能都是野生的，不容易驯化，不太适应人工养殖的环境。"

阿成说："放养时，我把受损伤的都挑出去了。平常喂食时都抢着争食，怎么没有长还折掉了这么多呢？真弄不明白。"阿兵也咂咂嘴，摇摇头，表示对这样的结果也不太满意。

阿成想了想说:"去年发水的时候,扒上来又放下去,一番折腾,肯定有影响。还有,年底的气温太低了不知道有没有关系。"

阿兵说:"天气冷肯定有影响,今天翻泥时,泥里还有死黄鳝,可能是冻死的。"事已至此,阿成虽然对养殖结果不满意,但也只能趁现在的行情还好出手卖掉了。

傍晚时分,好几个黄鳝贩子到了池边,对收在两口缸里的鳝鱼做了一番评头论足的议论,开始跟阿成讨价还价。阿成跟一位最有诚意的贩子以六块五毛钱一斤的价钱成交了。贩子们走后,阿成和阿兵在饭桌上算了一下账,刚才卖了六百九十五块钱,还掉贷款的本息,刚好保住修鱼池用的砖和水泥钱,一分钱也没挣到。

沮丧的情绪让他沉默了几天。然而,让他更着急的是,还有几亩田的荸荠没有收上来。春天的阳光暖融融的,大多数人家已扒了一两批荸荠了。因为去年种植面积大增,上市量猛长,今年开春的收购价已大幅度下跌了,而且春节过后,东保就告诉他,今年不准备出门打工了,他家的田自己要种了,荸荠收上来,还要尽早地还他的田。

阿成终于吃完了几个疗程的中药,他感觉腰疼已好了,香子要他多休息几日,他熬不住,下田连续扒了几天果子,觉得腰部又隐隐地疼起来,还是直不起来腰,有些害怕。休息了几日,没感觉后再下田扒了一天,仍然不行,他不敢再扒了。他心里很着急,荸荠的价钱只跌不涨,自己却不能下田,再不扒真的迟了。清明都快要到了,实在没办法,他找到了邻村几个利用农闲时打短工的村民,按每亩一百五十元的工钱包给他们扒。剩下的三亩田,终于在清明前全部扒了上来。等阿成将荸荠晒干后,收购价已跌倒一毛九分钱一斤了。

一个年度的收成到此结束了,阿成打算一年还清全部债务的希望落空了,身上的病痛却要慢慢地修养。

乡路

30/乡村,让人留恋让人忧

东保家热火朝天的装修工程已接近了尾声,去年一年的收入让他甩开膀子装修房子。四壁透风的墙体里外都粉刷一新,房顶重新用混凝土浇了一层面子,大门两边的墙面贴了瓷砖,家里贴了地砖,外面的阳台也整修好了,里墙正在上最后一道涂料。这三间大平房,虽是前几年造好的,但现在有了这样富丽堂皇的装修,在全村仍然是一流的档次。

小月的情绪也很好,喜滋滋的时候,人们会发现她嘴里以前掉了的一颗牙,已换成了一颗金牙,手指上戴上了戒指,项链也挂了脖子上,原本两根粗短的辫子变成了城里人的那种波浪卷。两个人一年的变化和表现让全村人刮目相看。唯有东保喝醉酒乱叫乱骂时,才看得出小月脸上仍有几分忧郁。按原来的计划,俩人在上海还要打几年工才回来的,可东保去年在上海又犯了事,不敢再待下去了。所以,今年只有回家安心地种田了。

小月本想将房子简单地修整一下,让屋顶不漏水,墙体不透风就可以了,手里留一些钱,在家里还要应付生产上的费用。再说,一次性用了那么多钱,也太惹眼了,会引起别人的怀疑。东保挣的钱本来就来路不正,可东保一定要大张旗鼓地将房子全面装修,还重新购买了一套新式的组合家具,俨然是一派出人头地、张狂的派头。小月哪拗得过他,俩人为此还吵了一次嘴,东保将小月又大骂了一顿,真是江山易改,本性难移。

阿成将上一年做了一番总结,认为是很不如意的。好在香子在缝纫活上还有一些收入,虽然不多,但在困难的时候还是补贴了一些家用。

太阳依旧是落了又出,日子还是要继续往下过的。昨天,刚过了清明节,稻种还没有下田,村干部们便在村子里挨家挨户地收农业税提留款和各项摊派任务了。几个干部到了阿成家,说无论如何各家各户上半年要先缴一半,说这也是为你们广大农户着想,上半年先缴一半,下半年的负担就轻松一些。阿成说,刚刚卖完了果子,因价钱掉得厉害,没卖到什么钱,有几笔债催得紧,还了一些债,家里马上用钱都要到人家去借了,现在真的没有钱,到下半年保证一块儿交足。干部们说,大家都要缴,这是国家的税款,特别是你们年轻人,要表现得积极点,不能让哪一家坏了规矩。阿成好言好语地跟干部们说了许多,什么用也不管,只得硬着头皮先交了一百五十块钱。

打发走了村干部,阿成便卷起裤脚,拿出耖耙,下了鳝鱼池,因为多少还有一些鳝鱼没有捉干净留在池子里,他要把鳝鱼池先整理一番,打算今年再试养一次。他把平了鱼池,正垒小土埂时,忽听身后有人喊他,回头一看,是勇春站在上面。一身时尚的牛仔装,让人感觉就不像是常年下田干活的人,大概是在外打工刚刚回来。阿成赶忙上了田埂,穿好拖鞋,问是哪阵香风把他吹到这里。快两年多没见面了,勇春微笑着跟阿成进了屋,香子也从厨房里出来招呼着。阿成泡了两杯茶,一人一杯。香子割了一块腊肉,准备勇春在这吃午饭,再加一个菜。阿成问勇春这两年没回家是不是在外面已结婚了。勇春说,哪有的事,现在还是一个人呢,今天来这里正是为这事找阿成。阿成说他在讲笑话了。勇春却说得很认真,说他认识的姑娘就在他们李家院子。阿成问是谁。勇春说,叫风珍。阿成脸上掠过一丝惊异,问他是怎么认识风珍的。香子在旁边听得清楚,说勇春好眼力,盯上了这个村里最漂亮的姑娘了。勇春说他年前回家的时候才遇见了风珍,一开口,勇春便有些兴奋。

香子将菜端上桌,阿成斟了两杯酒,与勇春边喝边谈。勇春已有两年多没有回家了,全家甚是着急,都知道他东奔西跑的,既没挣到钱,也没娶到老婆,特别是年龄已越来越大了。如这几年他在家里,就他家的条件,早就娶了老婆生了孩子。现在,如再不办婚事,可就迟了。年前,父母一封又一封信要他回来。这一次,他总算领会了父母的苦心。春节前,勇春乘长途汽车回来,在桥埠镇转乘一辆三轮车回家,在李王行政村岔路口下车时,忽然看见前面走来一位他从未见过的如水一般清纯的姑娘,手里提着一只菜篮子,像是上街去买菜,正向马路这边走来。随即那姑娘向正在掉头的三轮车招了招手,似乎还向勇春微笑了一下,然后就钻进刚停稳的车里,向桥埠镇方向驶去。这样一个下车,一个上车,一瞬间的事情,却给王勇春留下了一个深刻的印象,一个美好的感觉。

他肩上背着一只牛仔包,一面往前走,还一面回味着刚才那姑娘的微笑,好像是在感谢他正好给她带来了一辆车子,让她赶上了。

不久,他便知道她是李家院村的,并知道了她的名字叫风珍,但不知道她是否还记得他。于是,他刻意地经常来到村子的岔路口上,希望能再一次碰上她。结果,他真的遇到过几次,每一次那姑娘都情不自禁地露出微笑。勇春注视她时,她的脸上有些绯红的色彩,异样的感觉。

香子问他俩有没有单独谈过。勇春说:"我们一见面,就觉得很熟悉似的。正月里,在电影院门口,我遇见了她和另外一个姑娘,请她俩一起看了一场电影。我开门见山地跟她谈过了,我想请她到我家里去,或者我去她家里。她不肯,她说必须要得到她父母同意才行。"

香子问他有没有见过风珍的母亲。勇春说风珍的母亲大多数人都认识,知道她常给别人做媒,能说会道。正因为这样,他和风珍的事才必须要正正规规地请媒人,稳稳妥妥地办,考虑再三,还是过来跟阿成商量。

阿成笑着说:"可以叫香子过去跟兰花婶子说说看。不过,你可要真当回事呀,不能游戏人生了。"

香子说:"话会给你传到的,要得到兰花婶子的满意,重要的还是你自己努力。"

王勇春向阿成夫妇俩举起酒杯说:"我肯定是真心当回事,就多谢你们了。"

第二天,香子抽空去了风珍家。兰花婶子正在压水洗衣服,看香子来了,忙指着身边的凳子叫她坐。香子坐下后,便笑着说明来意。兰花婶子的眼睛转了几下说:"你讲的是王家院子的那个小勇子吧?"这上下隔壁几个村的大人小孩,兰花婶子都认识,说起王勇春,便知道他是什么样的人。她说:"他父母倒还忠厚老实。那小东西,从小就调皮。这好几年了,一直都在外面跑,听说还把外面的姑娘带回了家。"兰花婶子说她有一回去王家院子时,好像还亲眼看见他带着一个外地的姑娘在村子里玩,说着说着不由得生出一股反感:"这么不规矩的东西还有脸托媒人……"兰花婶子起先还是平心静气地说话,后来竟气愤得差一点就骂出来了,搞得香子有些磨不开,红着脸听她把话说完了。兰花婶子发现自己说话时的性子有些过了,忙叫香子别在意,说自己就是这直性子。香子微笑着叫兰花婶子别生气了,并叫她最好跟风珍商量一下,听听风珍的意见,说完香子便说小孩在家,急匆匆地回去了。

她出了兰花婶子家的院子,拐弯时,看见风珍正撷了一篮子菜从菜园里回来。香子把她拉到拐角处,将昨天王勇春托她说媒的事说了,并把刚才她母亲的态度对风珍讲了。风珍好像并不感到意外,只是脸上有些羞涩,说:"给你添麻烦了。"说罢,便低着头,提着篮子转过身,走进自家的院门。这样的事情,这样的结果,好像是在风珍的预料之中。

进了院子,她看见母亲正铁青着脸在那边晾衣服。她不敢多看她母亲一眼,径直往厨房里走去。母亲晾完衣服,便在堂屋里大声叫她。她胆怯地从厨房里出来,看见母亲的脸色仍有些不悦,进了堂屋,却不知往哪儿站才好。兰花婶子一贯就是大嗓门,特别是对自家的孩子非常严厉,经常就是劈头盖脸地训责大骂。但这次她突然改变了主意,盯了一眼风珍后,决定心平气和地问问她。

兰花婶子在桌边的长凳上坐下,一只手扶着桌面,问风珍跟王家院子那个小勇子是怎么回事。风珍不知怎么回答,腮帮子蠕动了一下,却没有发出声。兰花婶子又问了她一次,跟小勇子谈多长时间了。风珍仍站在那一动不动,眼睛只是盯着自己的脚尖子,头脑里一片空白,仿佛没有听到她母亲的问话。两句话问不出个所以然,兰花婶子便冒火了,用手在桌子上一拍:"今天他托香子来做媒了,这到底是怎么回事?"风珍惊得一颤,忙抬起头,好像才知道母亲是在问她的话,声音不太大地说是去年年底才认识他的。母亲问她以前有没有认识他。风珍说没有。兰花婶的怒气稍微平息了一些,说:"你胆子还大得很呀,你晓得他的底细呀?你晓得他是个什么东西?以后绝对不准跟他有来往,别坏了我们家的名声。你二舅妈给你介绍的人,哪一点不如他?"风珍怯怯地看了她母亲一眼,不敢发出任何一点声音。她怎么也不明白,母亲在外面总是笑呵呵的,在家里却是过分的严厉,与她父亲之间也少有笑脸,甚至经常吵架。风珍早已习惯了屈从于母亲的威严,但也在这样的环境里养成了她倔强的性格。

母亲有很严重的重男轻女观念，她的姐姐玉珍从未念过书，风珍也只念到三年级，便不让再念了，说女孩念书没有用，长大了都是别人家的人。风珍从小就在家打猪草拾粪，下田干活。一家人只有她弟弟一个人在继续读书。平日里，风珍想要件新衣裳，母亲就说人长得不好看，穿什么好衣服都没用，要丑还是丑。母亲的脾性她是清楚的，她说好的就是好的，她看不好的，即使别人说得天花乱坠，她也不相信。

母亲仍怒气未消地训斥着。风珍依旧低着头，站在堂屋里，任凭她母亲数落着，一动也不敢动。奶奶在隔壁房间里喊着风珍，风珍这才借故离开，她知道是奶奶有意在喊她。平时也是如此，母亲过分严厉时，总是奶奶护着她。她去了奶奶的房里，奶奶说想出去晒晒太阳，风珍便搀着奶奶到院子里去了。

风珍跟王勇春也确实是以前不相识，虽然是在一个行政村的两个自然村，可王勇春很早就外出打工了，在外面的时间多。风珍也是个本分的姑娘，从小也不怎么在外面乱跑，规规矩矩地在家干活，很少跟外界有过多的接触。她一贯尊崇父母，只是对母亲过分的严厉和责骂感到困惑难解，在青春萌动的季节里，也常常私下里考虑着爱情，但她非常小心谨慎，不敢妄动。去年她二舅妈给她介绍了一个男青年，她见了一次面，没什么感觉，硬是顶着母亲的压力，坚决没同意。几年前，她曾热烈地暗恋着阿成，悄悄地流下了许多苦涩的泪水，后来觉得自己是那么傻，那么幼稚，有那么多不成熟的想法。但是，她对爱情的向往永远没有停止过。

那天，勇春与她偶然相遇，给她留下了很深的印象。看他那健壮的体魄，一身时尚的牛仔装，斜背着一只牛仔包，行走在这边远的乡村路上，浑身上下洋溢着蓬勃的朝气。随后，俩人便有了几次有意无意的接触，当知道彼此就住在临近的两个村庄而一直未相识时都感到惊奇意外，相信此番相识就是缘分。王勇春见多识广的经历，再加上他的能说会道，很快吸引了风珍。相互温暖的目光里，一种强烈的愿望便在各自的心中升起。在有月色的夜晚，人们在马路上常看见他们的身影，勇春以他惯有的勇气和速度展开了攻势。风珍要他找媒人，说事情一定要通过父母才能定下来。

自从勇春托了香子去风珍家说媒后，风珍的母亲便开始注意风珍了，晚上很少让她出门。有一次，勇春吃过晚饭，来她们家院门外等风珍时，兰花婶子装着天黑没看见，故意将一盆洗碗水向他泼去，幸亏勇春反应敏捷躲得快，但他的长裤和鞋子还是沾满了污水。他知道了风珍母亲的态度，便不敢随便去找风珍了，风珍也处在了为难和忧虑之中。

王勇春没办法，只有去找阿成夫妇帮忙。阿成硬着头皮，站在风珍家院门外喊风珍，说香子找她过去有点事。风珍推开阿成家大门，见勇春在里面，还没等她进去，勇春已把手一挥出来了。香子也向风珍挥挥手，示意她跟勇春一道出去。

俩人借着月色向村前的马路上走去，两颗渴望爱情的心在这悠悠暗夜里得到了自由的奔驰，得到了相互温暖的慰藉和鼓舞。勇春热切地挽着风珍，真有一种梦里寻她千百度的感觉，风珍也感觉是相见恨晚。

勇春的父母又托了表兄弟李闫和去说媒，好几次都遭到了风珍母亲的回绝。兰花婶子真是铁了心不同意这桩事。勇春是多么无可奈何呀，好长时间里，他都是心情沮丧，精神不振，但他说什么也不愿意放弃风珍。慢慢地，他对自己以前的一些行为做了一番反省，觉得自己应该收敛些过分张扬的个性，沉下心来，等待事情的转机，争取让风珍母亲改变对他的看法。

他到阿成家，把这想法和阿成说了。阿成表示赞许，鼓励他要有坚持到底的精神。香子说，一定要有耐心，事情要慢慢来，急不得。勇春说他全家人都要他今年不要外出了，一定要在家里定好一门亲事，心里真烦呀。前天，他表叔李闫和又将加工厂转让给了他家，父亲叫他不要在外面乱跑，加工厂里的活要他全部担下来。可他不大情愿操持那加工厂，他在外面跑惯了，耐不下来性子，说那里一天到晚都是噪声，满身都是灰尘。父亲气得骂他不识好歹，这样好的事情到哪里去找，要不是表叔现在有难处，他怎舍得将加工厂转卖掉。

31/在忙碌的生活中奔波

事实正是如此，曾经是全村首富的李闩和现在已被计划生育问题闹得焦头烂额，家庭的经济每况愈下。由于老婆常年在外面，家里的豆腐坊早就停产了。生二胎时，家里的电视机、缝纫机、电风扇等一些值钱的东西都已被抵押了罚款。现在，计划生育的干部们已放下话来，要坚决打击他们夫妇这种顽固行为。若再抗拒外逃，见不到人，就将李闩和的加工厂的机器搬走，或者立即拍卖给别人。这下李闩和慌了，这加工厂可是他的全部心血，全家的生活支柱。他马上苦苦地思考对策，终于想出了一个办法。于是，他半夜里跑到王家院子，敲开了表哥家的门，说自己不能在家里待了，请表哥帮他一下，把加工厂接管住。他准备办一桌酒席，请几个在村里有头面的人作证人，当着众人的面，说自己难以支撑，把加工厂转卖给表哥。实际上，是在他走后，将加工厂无偿地转给表哥使用，等他有朝一日回家时，再还给自己。勇春的父母一口答应下来了，这样的好事，一来帮助了表兄弟，二来加工厂的收入也是可观的。这上下几个村的稻米加工全到这里来，自己一分本钱也没花，就能经营加工厂。勇春的父母表示，一定要替他看好。李闩和又立即掏出一大沓钞票，要表哥在酒席上当着众人的面，真真实实地将这些钱当价款数给自己，以消除别人的怀疑，尽量做得真实可信。勇春的母亲问李闩和啥时候回家。李闩和叹了一口气，说啥时候生了儿子就回家。

阿成和香子同时规劝王勇春，要好好地操持加工厂。阿成说："也只有你们家才能买得起，加工厂是绝对赚钱的，一点风险都没有。像我们这样的穷光蛋，也只有看着的份。"勇春有点不好意思，叫阿成别拿他寻开心了。阿成强调说："我说的是事实，我只种两亩田，马上连化肥的钱都拿不出来了。"阿成说得认真，勇春多少听明白了一些生活里的不容易，听出了阿成的话里有几分忧虑。但他一直认为阿成的生活是非常幸福的，娶了一位既美丽又贤惠的老婆，又生了一对可爱的儿女，而且老婆还有一样出色的手艺。他又笑着说阿成在故弄玄虚。阿成无奈地拍拍他的肩膀，说他没有种过田，也没有当过家，等你在家种上两年田，再体会种田人的日子是怎样的艰难吧。王勇春问阿成去年一年的收成怎样。阿成说，收成很好，但收入没有。勇春表示不解。阿成就细细地算给他听，去年发大水，四亩多田早稻颗粒无收，还有二亩多田收了一千来斤，还不够家里的口粮。种的荸荠长势特好，倒是全面丰收，但价钱从三毛一斤降到一毛九分一斤，原打算能卖六七千块钱，结果只卖了四千块钱。化肥农药的价格猛涨，每亩用了约一百五十多块，上缴的各项税费、提留款和摊派任务每亩增加到二百多块了。阿成说，更想不到的是自己的腰伤还治了三百多块，其中还有三亩多田的果子包给别人扒了，也是四百五十块工钱，你说我一年还剩多少。今年刚泡了稻种，干部就来了，要我们先预付一半的税费。现在真不知道这田能不能继续往下种了，种田人的日子真不知道怎么过了。阿成说得有些激动，他搞不明白，自己一年付出了那么多的努力，寄予了那么多的希望，现在却一无所有。

勇春听了，也咂咂舌，问阿成打算怎么办。阿成说："能有什么打算呢？我也就只会种田了，没有别的能力。现在想想，我们种田人想把日子过好，多难呀！真应了那句老话了，说我们农民，都是盼着明年要比今年好，结果到了明年还是要把裤子改棉袄。"阿成不无忧愁地叹了一口气，又说："你们家倒还好，你爸精明呀，今年你家又要经营加工厂，又多了一项稳定的收入，真叫人羡慕呀，现在是主业不如副业了。"勇春忽然想起一件事来，他告诉阿成，说他表叔走的时候，还告诉他爸，那珍珠塘若有人要，就转包出去；若没人要就那样荒着，反正也照应不过来。那珍珠塘可是李闩和请了多少次村干部，喝了多少酒，去年才包到手的。本想利用加工厂里的下脚料和豆腐坊里的豆渣来养鱼，不想塘口包到手，自己二胎又生了个女孩。一下子，计划生育的风暴卷进了他们家，老婆还没满月就偷偷地逃走了，家里的豆腐坊也随之停产，就连自己操持的加工厂也时常不能运转。去年的一场大水又将塘埂冲垮了，到现在还是个大豁口，想必鱼苗全部跑光了，塘口也就荒着。去年一年，听到李闩和讲得最多的就是"倒霉"。他说人一旦倒起霉来,喝凉水都塞牙。

王勇春问阿成愿不愿意包下这口鱼塘,现在可是个好机会。阿成感觉很突然,不能立即回答,说自己对养鱼一点也不在行。当初,行政村决定将这口鱼塘向下承包时,两个村里的人都抢着要承包,但最后还是李闩和赢得了竞争。现在,李闩和的转包决定还没有人知道,若是公布了,马上就会有人来接手。这一点阿成是知道的,所以他有些为难,一时拿不定主意。勇春说他表叔签合同时的租金很便宜,要阿成考虑考虑。阿成思考了一会,说这口塘是能承包的,这么大的水面,租金又不贵,但自己养鱼实在是外行,到现在为止,只会吃鱼,还从未在水里捉过鱼,很多的鱼种类都不认识,就连四大家鱼里的青鱼和草鱼都分不清楚,要是有一个懂行的在一起合作就好了。

勇春猛地一站,在阿成的肩膀上一拍,竟斩钉截铁地说:"只要你有信心,就我们俩合作,不懂的东西再请教别人。"

阿成似乎被勇春的情绪所感染,也爽快地说:"干就干,反正我种的田不多,不管怎样,总要找一件事做做,也许能干成。"

香子有些疑虑,知道阿成是个急性子,不无担心地说:"你们俩都没养过鱼,那么大的塘,你们能养得好呀? 勇春还要管一个加工厂呢。"

阿成听了反而坚定了起来说:"只要认真地干,不会养不好的。"此时,勇春和阿成的心情都有些兴奋,勇春说:"管加工厂是不耽误养鱼的,正好可以用下脚料去喂鱼。今年我就在家好好干一年,一定要干出个样子。"

看王勇春信心十足的样子,香子说:"今年在家表现得好的话,风珍的妈妈就不会反对你们了。"

想不到,这一件事情就这样定了下来。勇春的父母也非常赞成这件事,他们终于将儿子留下来了。又几经劝说,要阿成再把李闩和家的几亩责任田种下。阿成不想种,说种田真没什么收成。勇春的父亲说,现在种田是收成不大,外面有成片成片的撂荒田,闩和就是怕撂荒了以后更不好种。你种一年瞧瞧看,也许年底的收成好,还能挣两个工钱,你只管上缴大队里的钱,另外的租金没有。阿成勉强答应了,反正自己的田不多,只有二亩多,最担心的就是化肥农药的价钱和各项提留款涨得太快,但愿它们今年不再涨价了,让种田人有个好收入吧。

阿成扛着一把锹,一大清早就去看李闩和家的几亩责任田。他看李闩和家的田底子要比东保家的田底子肥多了,但他跟李闩和家隔了一个村民组,这边的田离他家也远多了。李闩和家的田大多数是岗上田,难管水,不太适合种荸荠。走在田埂上,阿成在重新考虑着今年的生产安排,今年只能种自家二亩田的荸荠,这一片田看来栽一季中稻算了。这样考虑是因为上一年荸荠的价钱不好,老早也没准备太多的荸荠种,现在赶紧买中稻种还来得及。另外,自己的腰伤还没有根除,荸荠种多了难往上收。优质中稻的价钱今年还可以,栽一季中稻会省不少工时。再说,他的鳝鱼池和鱼塘都要花不少的时间在上面。

加了这么多的田,阿成一下子又忙了起来,比前一段时间也开朗了许多。种田的农民啊,所有的希望都寄托在泥土里。如果没有了土地,还能收获什么呢?唉,农民也只有这样了,尽管上一年的收入不如意,总希望今年好过去年吧。

阿成、勇春两个从未养过鱼的人,开始在一起边谋划边行动。首先,俩人挑了一天的土,将塘埂上的大豁口填上了。第二天,俩人来到桥埠镇鱼苗场,这里还有最后一批鱼苗,听说还是从外地贩过来的。俩人赶紧买下,租了一辆拖拉机运回来,倒入塘中。可数字还差一大半,俩人又在附近的各个小鱼场打听了几天,都说早就卖完了。阿成忽然想起了尹师傅,他知道尹师傅从前养过鱼,而且还贩过鱼种,也许他能想到办法。于是,俩人赶紧拎着烟酒就动身了。找到尹师傅家,他家里人说他现在已在城东乡鱼苗场当场长了。阿成听了,更来劲了,算是找对人了。俩人骑上自行车,飞快地直奔城东乡鱼苗场。

嗬,好大的一个渔场,俩人推着自行车走了几条塘埂,看见前面的一口大池塘里,正有许多人在做清理工作。阿成一看尹师傅在下面,就站在埂上叫了两声。尹师傅一惊,看是阿成站在埂上,赶忙爬上了塘埂,问他从哪来,领着他俩向东头那几间场部走去。

阿成说明来意,说跟勇春俩承包了村里的一口大鱼塘,可俩人对养鱼的知识一窍不通,只在家里闷头瞎搞,怕搞不好,心里不踏实,特来请教尹师傅。尹师傅叫他不要客气，有什么难事就说。阿成说鱼苗还没放齐，想到这边来买一点。尹师傅说："现在哪有鱼苗卖？冬片在农历二月底就基本上没有了，你看我们正在清理鱼塘，准备过一段时间培育夏花了，我们的繁殖池都准备好了。"两人顺着尹师傅手指的方向看去，只见渔场东边的土坡旁，几个连在一起的圆形水泥池在阳光下特别显眼。两个人好奇地想去看看，尹师傅便领着他们过去了。勇春问："这个池子里，为什么还一个圈套着一个圈？"

阿成说："这是环形水道，因为鱼在繁殖时是需要动态的水，循环地流。"

勇春说："嗨，你已经懂得不少了。"阿成说他这两天在书上看到了繁殖池的平面图，今天才见到了实物。

尹师傅说："这个繁殖池建起来，我们这个场在全县范围内也算是规模较大的鱼苗场了。"两个人一面参观一面赞叹不简单。

尹师傅硬是留他们在这里吃了午饭。饭桌上，尹师傅鼓励他们好好地干，说那口鱼塘他见过，那么大的水面，好好地经营，潜力很大。

阿成追问尹师傅："现在能不能在别的地方买到鱼苗？"

尹师傅说："附近各家渔场都没了，要是有的话，也是从外地长途贩运来的。像这样辗转贩运的鱼苗，放养的成活率是很低的，还不如等夏花上市时补放夏花。有可能你在桥埠镇买的那些鱼苗就是长途贩运来的，那也等于白放了。"

俩人听了，一下子傻了，忙问那怎么办呢？尹师傅说那有什么办法呢，那是放在水里的东西，现在究竟怎么样也看不见。看他们有些惊慌，忙安慰他们，说只有等夏花上市时多放一点了。这养鱼，本身第一年是拿不到什么利润的，你就是全部放冬片，第一年也不一定有多少成鱼上市。你们俩今年好好打基础，主要是培育好大鱼种，到明年再放一批冬片，这样一年套一年地养，才能年年收成鱼。

两个人的这趟路算是没有白来，在尹师傅这里得到了不少经验。但是回去的时候，不像来时那么兴高采烈了，灰溜溜的，心里失落落的，觉得自己办事太草率了，为什么当时没想到要请教尹师傅呢？做事太盲目了，只凭自己的一时兴起而莽撞乱来，连鱼塘都没有清理。现在才知道放养鱼苗前，一定要清理掉鱼塘里的野生凶猛鱼类。两个人垂头丧气地蹬着自行车往回骑，仿佛看到此刻的鱼塘里，大黑鱼正在追赶着刚放养的小鱼苗，一口一个地吞食，心里后悔不已。

两个年轻人骑到鱼塘边停了下来，情绪也稍微好了些。放眼这偌大的水面，只见微波荡漾，无法知道小鱼儿此刻在水底的状况。性格一贯乐观的王勇春说："今天听尹师傅一讲，真有点吓人，感觉这养鱼也有很大的学问。今年算是没搞好，现在后悔了吧？"他问阿成，其实他自己的心情跟阿成是一样的，只不过是互相之间寻找一点安慰。

阿成说："后悔有什么用呢？也不是急的事，还是尹师傅的话，到夏花时多补一点吧。"两个人望着这莫测的水面，真有点看不透的意思。

阿成又去了信用社，打听今年放贷款的情况。一位业务员问他现在有没有欠贷款没还。阿成说去年拿的贷款，今年春节后就还了。业务员说只要不欠贷款，找个担保人就行。阿成只得再找了阿亮去信用社，说要贷三千块。阿亮进了信用社主任的办公室里，阿成等了很长时间他才出来。他告诉阿成，主任说三千块钱不行，一个农户最多只能贷一千块钱。阿亮劝阿成，今天中午找个饭店，请主任吃顿饭吧，要借人家钱没办法。阿成一口答应了。阿亮便在离信用社不远的地方，找了一家稍微讲究一点的饭店，请来了信用社主任。村主任吴玉明在镇上开会，阿亮也把他喊来了，大家一起陪信用社主任吃饭。信用社主任一面喝得满脸通红，一面故作姿态地要阿成搞简单些，说就几个人吃饭，搞得太隆重了是浪费。阿成一面应承着，一面接过服务员端来的菜盘，忙着劝酒敬茶，好不容易把两个主任喝得伏在桌子上，抬不起头来。阿成端来茶水，吴玉明喝了几口，说下午还要开会，就勉强地站起来，歪歪扭扭地走了。

阿成、阿亮两个人架着信用社主任回到了他的办公室。阿亮在办公桌上拿了一支笔塞到他手里，主任半醉半醒地在阿成写的申请上签上了自己的名字，指着一个业务员为阿成办理了贷款。阿成又返回饭店里，把刚才九十多块钱的账给结了。阿成揣好了两千九百块整钱，用零钱买了一包红塔山牌香烟塞给阿亮。他刚才在饭桌上用的一包香烟是阿亮从口袋里掏给他的。阿亮说什么也不要，说请他们吃饭也是没办法的事，我们俩谁跟谁呢。阿亮硬是不接,阿成当即拆开了,俩人一人一根点着,边往回走边抽着。阿成说他现在看阿亮抽烟比以前厉害了,阿亮说现在烟瘾是比以前大了,一天一包还不够。

阿成说:"你的酒量现在也不得了,看你真神勇,一个人喝倒了两个主任。"

阿亮似乎叹了一口气说:"每天跟他们在一起,不喝也不行,不抽也不行,现在连麻将都打上瘾了。"

阿成拍着他的肩膀说:"你这是人在江湖,身不由己呀。"俩人都哈哈地笑起来。

32/ 日子,为什么就不能平静地过

栽早稻秧之前,是乡下人清闲的一段时间。天蓝,水清,油菜花正从盛开期慢慢凋谢,明媚的阳光温暖地照射着村庄。和煦的微风拂过路边的杨柳,婆婆动人。柳絮沾落在绒绒青草上。河边的田野里,充沛的春雨早溢满了水田,一两个勤劳的庄户人已在水田里慢慢地细耕了。村舍里,不时传来两声犬吠和鸡鸣,隐隐约约也会传来妇人们的玩笑声和孩子们的嬉闹声。此时的乡下,真是一幅迷人的画卷。

今年春季的计划生育工作已适时地展开了,乡村干部们的工作又一次加大了力度。在凌晨天还没亮时,三个家庭上了等在村口的小车,去乡卫生院做了结扎手术。几家生了一胎的,已答应天亮就去做上环手术。唯有最顽固的"钉子户"——李闩和夫妇又逃走了。

半夜里,计生干部们敲了半天的门,李闩和的老爸才慢吞吞地开了门,说闩和俩人离家好几天了。干部们马上召开了全体行动人员的现场会,决定采取果断措施,严惩不贷,坚决打击这种顽固行为。

人群吵吵嚷嚷的,不知不觉天已大亮了。村民们听说计划生育工作队要在村子里拆房子,都围过来看热闹,认为乡上又在故弄玄虚地吓唬人。人们都笑哈哈的,不以为然。只有李闩和的老父亲一个劲地赔着笑脸,向乡干部和联防队员们递香烟，说好话求情。但今天，乡上恐怕真的下决心了，从他们严肃的表情可以看得出，这一次他们要坚决彻底地采取行动。今年一开春，乡里为了加强基层工作的执法力度和解决计划生育工作执行难问题，做了充分的准备，招募了一批特别的联防队员，增强了力量，确保他们的措施得以顺利执行。

有几个队员已从小车里拿出了早就预备好的大铁锤和钢钎等工具，只等干部一声令下。

"小于、小贺、小三、大瓜，上！"干部的手一挥，几个特别行动小组的队员便立即蹿上了房顶。霎时间，瓦片横飞。闩和新建的两间平房顶上，大瓜正用八磅的大铁锤在预制板的屋面上猛砸。

下面的村民们惊呆了，想不到还真的动手拆房子。上面的几个家伙在屋顶上乱砸，起劲地干着。下面的人们一起招手，喊着，想把上面的人喊下来。人们喊了几声，才看清楚了那几个上房顶的联防队员是他们再熟悉不过的几个人。这是一群时常在乡间偷鸡摸狗，打架闹事，游手好闲，不务正业，遭人唾弃的家伙。人们又看清了那个在下面扶梯子的竟然是东保。

人们真的感到莫名其妙，这一群家伙怎么会当上联防队员呢？一个个人模狗样的，还穿着迷彩服，全副武装的。啊，这真是……天都颠倒过来了。人们都说风水轮流转，现在却是风水倒着转了。

李闩和的父母对着下面的干部和房顶上的几个人，又是哭喊又是求情，还含混着咒骂："你们伤天害理呀，这怎么办呀？你们行行好哟，不能呀，不能砸房子。"任凭他们如何哭喊，瓦片已经甩光了，屋梁也被撬了下来，两间新平房的水泥板全被砸断了。小贺和小于俩合力推到了一方山墙，山墙轰然倒塌的响声和就地卷起的尘土让他们俩兴奋得就像游击队炸掉一座敌人的碉堡一样高兴。

东保一直在下面替上面的人扶扶梯子，拿拿家伙。这也是他们几个人内部考虑好的，怕他在本村人面前有难处，照顾他，所以他一直没有上房顶，让他回避一点。

正是这一群新的"中坚力量"让乡里的工作力度大大地"增强"了。这也是乡里治理一方的新的"领导艺术"。现在，给这些在别人眼里看来很坏,此刻正用得上的人戴上一顶冠冕堂皇的帽子,一来,可以让他们做点事,好让他们安分守己,不惹是生非,消除一方的治安隐患。二来,也只有他们这些人胆大,不怕得罪人,敢于出手,这是关键的。

如战火般的硝烟渐渐地消失了,乡里的干部们一溜烟地走了,留下的是一片废墟和二位老人捶胸顿足般的号啕。一个上午,许多人来劝,才好不容易把二位老人劝住不哭了。二老开始拾捡些碎料,准备再搭建一间栖身之处。

现在,这个村子里,最难受的人,除了李闩和的父母,就是小月了。她真是惊骇不已,她所惊骇的并不是李闩和家的房子被推到,而是推到李闩和家房子的人里,竟然有东保。前一段时间,东保曾喜出望外地跑回来告诉她,说乡里招聘联防队员,村主任通知他去报名试试。当时她就有些怀疑,联防队员是乡上的人,怎么会收东保呢?可第二天,东保竟真的穿回了一身迷彩服,还有一顶头盔,一根橡皮棍,接着,还有模有样地去乡里训练了几天。小月也就往好处想,联防队毕竟不是坏地方,她一想东保往好处走,心里当然就踏实了。最近一段时间东保还老不回家,有时几天才回来一次,都是穿着制服,戴着头盔,拿着橡皮棍出去的,说是出去执行任务。小月问他在做什么,他说队里开会宣布,现在乡里搞禁赌,晚上要巡逻,过些时候还要协助搞计划生育。小月见他参加巡逻禁赌,又能放弃自己的赌博习惯,还很高兴呢。那天她特地炒了两个菜,让他晚上喝两杯酒,也原谅了他第一次把橡皮棍带回家时,就装酒疯用橡皮棍在床上打她。可他到底在外面干了些什么事,她哪里清楚呢。

今天早上,外面的喧闹声吵醒了她和玲玲,玲玲硬是要出去玩,她才抱起玲玲出了门,在人群的后面,看到联防队上了李闩和家房顶拆房子,她吃惊地从人缝里看到东保在那里扶梯子递钢钎时,她真是目瞪口呆,她赶紧低下头,迅速地跑回家,坐在房里不住地啜泣。她感到她的心好像被东保踩碎了似的。她也不明白,为什么乡干部一定要把人家的房子拆掉。

东保现在可是腰杆子粗了,腿也壮了,他被聘进了联防队,当了特别行动组组长。他长这么大,从未有过这样的精气神,去年年底从上海失魂落魄地跑回家的样子也一去不复返了。快半年过去了,也没有看到小倪的家里有什么动静,想必小倪去了北京,肯定也很安全,俩人说过,两年内,决不能再去上海。现在想,那件事,上海的警察是查不出来了,事情大概也就这样过去了。现在,他的心情真是特别轻松特别舒畅。中午坐乡里的专车回到联防队后,又在街上喝了一遍酒,正醉醺醺地回家。外面下着小雨,路滑,摔了一身泥,可他一点也不恼,手里捧着没摔坏的茶杯,仍一摇一晃地往回走。东保怀着愉快的心情,从鼻子里哼出小调,一副二流子的形态表现得淋漓尽致。

东保见小月抱着玲玲站在门口,脸上立刻堆满了笑容,把脸靠近玲玲,想亲她一下。玲玲一下子有些惊恐,把小脸迅速地贴向母亲的怀里,小月一侧身,让东保进了屋。东保的舌头含糊不清地绕了几下,便歪歪地坐在一条板凳上,就着一身泥衣往桌上伏去,茶杯也倒在了桌子上。小月厌恶地看了他一眼,任凭他怎样也不理他。

天色渐渐昏暗下来,屋里亮起了灯。小月在桌边喂玲玲吃晚饭,东保才抬起头,揉揉眼睛,醒了过来。他眯着眼,用手指在玲玲的小鼻子上轻轻地刮了两下,逗玲玲开心地笑了几声。然后,他站起来,走到锅台边盛了一碗稀饭端来,就着桌上的小菜,满足地喝下去。这时,他才发现自己穿着一身的泥衣,稍有尴尬地望了小月一眼。他看出小月的心情有些不悦,但他不在乎小月的这点脸色,嬉皮笑脸地要小月给他找衣服。一个多礼拜没回家了,正想洗个澡,晚上的心情还好着呢。小月不愿搭理他,只顾着将碗筷捡到锅台上洗了。他蔫蔫地耷着脑袋去了房间里,自己找了衣服,洗好了澡,一身清爽地靠在床上看电视。小月进来,把房间角落里的那堆又脏又臭的衣袜甩到了外屋,小声地哄玲玲入睡。东保也将电视关了,点起了一根香烟。

小月见玲玲睡了,便将她被子盖好,将小床架上的厚布帘拉下,挡住飘过来的烟味。然后,坐在自己的床沿边,她仍是愠怒的,白了东保一眼,问他这几天拆了几家房子。

东保先是一愣,轻轻地弹了一下烟灰,说:"你问这事干啥?"

"这是伤天害理的事。"小月有些怒不可遏。

东保将香烟的最后一截深深地吸了一口,然后将烟蒂丢掉,口里的余烟徐徐吐尽。这么长时间了,他对小月的脾气可算是了解,也感觉她对自己

乡路

的管束越来越紧,越来越难缠了,但还是跟她周旋着。他又拿起一根烟,想点着又放下了。今天,他的心情还不错,他还不想跟她吵架,想跟她温和一点,他的一只手搭在小月的肩上,向她靠近些。小月厌恶地甩掉他的手,保持着原来的姿势。东保这才说:"怕什么呢,这是乡里叫干的,又不是我们要到人家去抢。"

小月也不像以前那样柔弱了,生活的磨炼让她的性格坚强了许多,对东保的一些行为,她不得不劝阻,甚至吵架干涉:"明天赶紧把那套衣裳送到乡里去,这事不能再往下做了,人家骂你祖宗八代都缺德。"

"这些事你也不懂,你说怎的? 这是乡里信任你,才叫你做的,我们这是在执法。你说怎的? 现在我们出门一天,就是二十块钱进账,是人家手艺人的两倍,还有吃有喝,有香烟,你说这还对不起你呀? 嘿,这叫风水轮着转了,何必缩头缩脑地过,怕谁?"

小月知道这种无知的人是听不进任何劝告的,她怕吵醒了玲玲,不想跟他辩了。于是,她呼啦一下,拉灭了电灯,躺下了。东保随即觍着脸皮一翻身,带着酒气、烟气凑了过去。小月想推开,却无力挣脱,于是眼一闭,任凭东保在她身上折腾。

33 / 生活不仅让人失望,还让人心死

上半年的计划生育和催缴各项税费提留款的工作结束了,东保他们风光的联防队特别行动小组的工作也暂告一段落,威武的头盔和迷彩服装进了衣柜里,骇人的橡皮棍也挂在了墙上。接下来,他们该回家劳动一段时间了。

下到水田里,东保真的瘫软下来了,怎么也鼓不起劲来,说是农民,可从来没有正正经经地做过农活,更不要说独立种田了。从小就游手好闲,不务正业,要不怎么会做了两次劳改呢? 小月好说歹说,让东保爸把几亩水田给整理过来了。两个人栽了几天秧,东保说他的腰都快要断了。秧一

栽完，东保便猛睡了两天。闲着的日子也难熬，东保在村子里转悠了一圈后，坐上了麻将桌，每天也是早上出门，晚上进门，兴致还很浓的。

田里的杂草，小月已薅两遍了。晚上回来，小月说田里的稻长得还不错，要东保再追一次化肥就差不多了。东保含混地答应着，却把头一歪，睡到一边去了。他这几天心里正烦着呢，上春在联防队里挣的那点工资已花得差不多了，手里再没有一点来钱，真不好过了，他决定明天去看看小于他们几个小兄弟现在在做什么。

早上起来时，他就准备去找小于，但他跟小月说，去街上买点化肥。开了大门，他看见自己的那辆破自行车还躺在阳台上，上面没有支架，连一块挡灰板也没有，轮子上仍然是上次骑时沾满的烂泥。他把车子搬到阳台的下面，清理了车轮上已干结的泥土，便直奔庙前村去了。

来到小于家门口，看见门口整齐地摆放着几辆崭新的幸福"250"摩托车。正好小贺、小三、大瓜兄弟几个都在这里，东保下了自行车，将破车随手搁下。大家见东保来了，忙呼老大，热情地将他迎进屋里。大瓜问哪阵子风把老大吹来了。东保坐在了上首，跟几个小兄弟诉起苦来，开门见山地说是来向小兄弟们周济点，说一定还。大瓜用手指在桌面上"咯"的一敲："老大，可巧了，我们几个刚刚才回来，你就赶到了。我们兄弟谁跟谁呀，你还说那个。这两个月我们出去走了几个点，你看外面的一人一辆。"大瓜得意地指着门外向东保炫耀着。"'250'呀，那天想去叫你，怕你忙，又怕嫂子不让你走，"大瓜边说边摸出几张大钞放在桌上，推到东保跟前，"老大，这点你先拿着用。嘿，你怎么都下到田里去了，那玩意多累多受罪。你要有时间，我们一道再走一趟，你也来辆'250'，看你骑的那破车，怎么骑得出去呢？"

这时，小三、小贺、小于已把他们刚才回来时顺便在街上买的卤鹅、烤鸭、烧鸡、啤酒等，全部摆上了桌子。东保真是非常高兴，他只是想来看看，这钱借到借不到还是另外一回事，没想到几个小兄弟如此热情，如此仗义，真是感激。于是几个人开怀畅饮，一个个喝得红光满面，说话绕舌，方才散去。

下午，东保在街上买了一袋尿素，直接到田里撒了，小月问他怎么追肥

乡
路

还追了一天。东保说上午就追好了，在路上遇到了几个熟人，硬拉着去吃饭了。

晚上，东保把小月搂得特别甜蜜，说家里没有早稻，这段时间自己想到外面找点零活做做，不然马上就没钱用了。小月问他去哪里，去年上海的事情现在真的一点事都没有了吗？东保说找零工，只在附近的县城里做做，不可能再去上海。他自己最清楚，去年在上海跟小倪偷黄铜的案子还在悬着，有几个胆子也不敢再去。东保就在床上把几张大钞塞给了小月，叫她在家用着，说自己在割中稻前就回家。第二天早上，小月将信将疑地看着东保拎着个小包，上了公路。

已是乡下快收割早稻的日子了，到割中稻还有两个多月的时间。而这两个多月的时间里，小月是焦急的，生怕东保又惹出什么事情来。其实，现在家里应该不缺什么东西了，房子也装修得漂亮整洁，家具电器样样都是新的，只希望东保能安安稳稳地过日子，可东保偏偏生来就有一颗游荡的心。这提心吊胆的日子，叫人怎么过啊？小月在家里真是一天天地数着日子，站在门前，有时树上的一只鸟冷不丁地叫一声，小月身上都一惊，惹得人一阵烦乱，一阵揪心。

时光在日出日落间悄悄地过去……

傍晚的时候，小月牵着玲玲去稻田里看看，今年的稻谷长势真是喜人，穗大粒饱。微风拂过，一阵阵稻浪向你涌来，沉甸甸的谷穗向你点头。小月将田埂扒开一个豁口，将田里的水排尽，等东保回家时，就要割稻了。

太阳落山了，小月领着玲玲慢慢往回走。到门口时，发现门前排着一溜摩托车，听见小于、大瓜几个人在她家的堂屋里，开心爽朗地说笑。正疑惑着，东保从屋里出来了，喊着玲玲。于是，好几个小伙子走过来，拉着玲玲，向玲玲手里塞小糖，还抢着把玲玲抱回了屋里，要玲玲看那些大包小包里的糖糖果果。小月向他们笑笑，赶紧拿出钥匙，开了里屋的房门。她心里虽然在揣测着，但还是准备做晚饭。东保对小月说，他回来时已顺便买了些酒菜。小月马上便开始忙起来，她叫玲玲跟叔叔们出去玩。玲玲翘着小嘴，一个个地叫着叔叔，逗得这些大小伙子们开心得不得了。

小贺抱着玲玲，叫玲玲摸摸她爸爸的摩托车，问漂亮不漂亮。小月这才注意到,客厅的上方,正靠着一辆崭新的红色摩托车。小月有些狐疑,想问一下东保,看屋里人多,不太好问。此刻,东保也忙得不亦乐乎,一会儿烧开水,一会倒茶。再说,若真是有什么问题的话,问东保也是问不出来的。她的疑心越来越重,那辆摩托车肯定是值不少钱,才出门不到两个月,靠做零工,哪来这么多钱。小月的心里,十五只水桶打水,七上八下的。她很快炒了几个菜,桌子上已开始喝酒了,好在许多菜都是在熟食店里买来的,一会儿工夫,也就全都端上了桌子。

小于在喊嫂子也来喝碗酒。小月说玲玲要睡觉,她到房里把玲玲哄睡后,将房门轻轻掩上,桌上的两捆啤酒已喝完,东保正兴致勃勃地开第三捆啤酒。小贺、小三都在喊小月也过来喝酒,东保也醉醺醺地向她招手,喊她到桌上来,看他的心情还特别好。这时,桌上的几个人说话已绕舌,喝得差不多了。小月来了,大家的兴致又高了起来。小月要大家照顾她一点,她拿了一只小点的玻璃杯,大家都同意了。小月一人敬了他们一大杯,他们一个个乐呵呵地喝了。大瓜站起来,又陪了小月一杯,绕着舌说:"嫂子的手艺真不错,炒的菜顶得上饭店里的大厨了,真好吃。"

小月说:"好吃你就多吃点。还是你们好,待东保就像兄弟一样。"

小于端着酒碗说:"那当然,东保是我们老大,那谁跟谁呢。"

小月说:"东保买了新车,一定是借了你们不少钱,我要谢谢你们了。"

小贺赶紧站起来,绕着舌头,还伸手比画着说:"嫂子,你不要谢,老大买这辆车子根本就没借钱,他要跟你说借了钱,你千万别信他,他口袋还有呢。"小贺还用手指做着数钱的样子给小月看。

显然,这一桌人都已喝得昏天黑地的了,东保也来了劲,他的脖子和耳根都红了,正津津有味地说着他这一回原想买个"125"的就不错了,想不到竟也买了辆"250"的,嘿嘿,他高兴得和什么似的。

小月的脸庞也微微红了,觉得有些发烫,可她还继续敬大家的酒说:"你们几个人挣钱的本事真不小呀,这么一段时间就挣了这么多钱,真不简单呀。"

小贺一下子激动了起来:"嘿,嫂子,你就别夸我们了,人家都说我们几个是草莽英雄,现在乡里有事还找我们呢,我们又当上皇家警察了。你说这点事还算什么呀，我们要是再多走几个点，老大说不定能买两辆'250'呢。"

牛皮已经吹上了天，吹得不知道南北了。小月什么都听明白了，她早就懂得他们的行话，说的几个点，其实就是窝点。她的预感完全得到了验证，脸色一下子变了。一股说不清是怒还是恨从心头升起，眼里也盈满了泪。也许是酒精的作用，她已不能克制自己了，用手指着东保就骂起来："你这个狗改不了吃屎的，还想坐牢呀……"

小于和小三一看不对劲，赶紧站起来劝小月，并拉住东保。小月骂他们都不是好东西。"滚！"就在东保目瞪口呆的时候，小月的情绪已坏到了极点，气得浑身颤抖。她也不知哪来的那么大力气，双手抓住桌面上的塑料台布，将整个桌上的残汤剩水向东保掀去。霎时，桌面上像一颗炸弹开了花似的，东保的身上、头上、脸上已一团糟，周围每个人的身上都泼满了汤水，碗碟全部落地碎响。东保感觉像一头栽在泥水里呛了一下似的，那个狼狈相。他用手在脸上一抹，一下子睁开眼，气急败坏，不顾一切地隔着桌面就向小月打去。站在桌边的几个人，也顾不了身上的油污汤水了，一起伸手使劲把他们俩架开，把东保硬拉到门外。大瓜、小贺等都垂头丧气，尴尬不已，一个个劝东保忍着点忍着点。东保喘着粗气，尽管身上已不成样子，但在这帮小兄弟面前，仍保持着大丈夫的气概，口里一边骂着小月，一边给他们一人发了一根烟。小于、小三已发动起自己的摩托车，大瓜、小贺也跨上了车，他们戴上头盔，还一个劲地劝东保要忍一点，千万要忍一点。几个人赶紧溜了。

小月在屋里哀声地号啕着，怎么就遇上了这么个不争气，不知廉耻，死不悔改的人。泪水模糊的视线里，红色的摩托车就在她的面前，她无法抑制内心的愤怒，拿起墙角的一把铁锤，不顾一切地使劲向摩托车砸去，口里还咬牙切齿地吼着："让你骑！让你骑！"

东保在门外听到响声，飞快地跑进屋一看，大惊失色，一把从后面将小月逮住，死命地一甩，小月手里的铁锤脱手飞出，正好砸在屋角的一口菜坛子上，小月也被甩到了墙根下。东保就势把她压住，愤恨不已，正好那根耀武扬威的橡皮棍就挂在墙上，东保伸手拽下，像刚才小月用铁锤砸他摩托车一样打向小月。这下，闲置了几个月的皇家警棍又派上了用场。闻声赶过来的阿成破门而入,一把夺过东保手里正挥舞的橡皮棍,把东保拉开。

这时,香子、兰花婶子和风珍等好些邻居都赶过来了,大家一看这堂屋里糟得不成样子,到处都是碎碗渣,饭菜撒满一地,走路都滑倒人;龙头砸歪,油箱砸破的摩托车躺在一旁;还有一口砸烂的小菜坛子,正往外淌着咸菜汤。东保已被阿成按坐在一条板凳上喘着粗气。香子和风珍几个人把小月从地上拉起来,扶进房里,打来热水,给她洗脸,擦洗身上的污迹。人们摇着头,这单衣薄衫的,哪经得起这样的打呀,浑身上下简直就是皮开肉绽,看得旁边的人都掉下了眼泪。兰花婶子怕吓着了孩子,把惊得大哭的玲玲抱回了自己的家里。大家也都轻轻地叹着气,劝小月休息吧。小月闭着眼,躺在床上。时间不早了,人们将房门带上,退了出来。此时的小月,一动不动,毫无声息的,寂静中,只有眼眶里往下滚动的两行泪水证明她还是活着的。

一场风暴,噬杀人心般的疼痛。

一连几天,小月就这样不吃不喝,一动不动地躺着。东保也吓得要命,可他也只能在外屋待着,进不去里屋。人们怕小月想不开寻短见,想过来劝慰她几句,可任凭怎样敲门,她也不开,不让任何人进去。

风珍急得和什么似的,突然,她又想了一个办法,找来了一根细铁丝,从窗户的玻璃缝里挑开了里面窗帘的一角,又使劲地敲着玻璃窗。几天来,小月就在这黑暗的房间里躺着,有时昏昏地睡去,有时睁着眼睛,看着黑暗的天花板,只是伤心地流泪,忽然她发现一缕光亮射进了屋里,他瞥了一眼,看见风珍在敲窗户。三天了,这是她看见的第一缕阳光。她撑着身子,慢慢地坐起来,忍着浑身的疼痛,一步步地挪向房门,吃力地拉开了门闩。风珍一进去,就赶紧把她扶到床上,又拉开了房间里的窗帘,房间里的光线顿时亮了起来。

再看小月,已经是虚弱得奄奄一息了,两片嘴唇干裂得起了泡,风珍的眼泪扑簌扑簌地落了下来,她给小月理了理头发,又转身到外屋打来一盆水,扶小月坐起来洗了脸,然后,迅速地跑回家,端来她母亲特地煮的一碗莲子粥,硬要小月喝下,小月推让不过,慢慢地喝着。小月放下碗,拉着风珍的手说:"这几天,玲玲多亏你们给带着了。"

乡路

风珍说："小月姐，你这几天不开门，把人都急死了，我还想找你说说话呢，有许多事要跟你说。"

小月把风珍的手放在自己的手心里说："这几天，你妈又逼你了？"

风珍的神情很是忧虑，轻轻地点着头说："我好想跟你商量呢，要是完全听我妈的安排，我觉得以后的日子就可能会像你现在这样了。"

小月笑笑说："那也不见得，要是你妈给你介绍的，你看着也顺心不就行了。"

"哪里顺心呀？"风珍的愁容挂在了眉头上。

"那你看那王勇春就一定可靠吗？"

"嗯，他这个人呢，就是嘴上的话多一点。我妈怎么都看不顺眼，我看他对我还是挺好的……好难呀，我妈要我愿意的人，我实在看不上。我要愿意的人，我妈又绝对不同意。我真不知道该怎么办才好呢。"

"你呀，这个时候一定要慎重，要不然，以后后悔就来不及了，主意还是你自己拿。"

"嗯，小月姐，我真想到外面打工去，离开这个家，你不晓得我心里有多烦。"

"是王勇春叫你跟他一道出去吧？"

"没有啊，我又没跟他说过。"

"骗人吧，他没说带你走？"

"真的没有呀，我有话肯定是先跟你说的。我听他说，他家里人都要他今年一定要在家里待一年，要他把亲事定好。"

"那你应该把你的想法跟王勇春商量商量。"

"我跟他商量什么呢？商量得再好，我妈也不同意。他现在一下子也不敢到我家里去。小月姐，我还是跟你说的好，你说我要是跟王勇春一道不声不响地走了，我妈还不气疯掉吗？即使王勇春先走了，我后走，凭我妈的脾气，她肯定也说是勇春跟我商量好的，他在外面等着我，那她肯定到勇春家里去吵架，要勇春的爸妈到外面把我们找回来。只有我先出去了，勇春留在家里，我妈找不到我，也就跟勇春无关了。"

小月一下子竟笑了起来："你真是个鬼精灵的丫头，还想出这么好的办法，那你就一个人先出去吧，在外面等着你的勇春。"

"唉，我一个人上哪里去呀？什么地方也不认识。要是你像去年一样在外面，我肯定就去找你了，早就离开这个家了。"风珍忽然想起，叫小月赶紧躺下休息，刚才只顾跟她说了这么一大堆的话，她这几天还虚弱得很呢，又叫她晚上起来吃点东西，小月答应着，要风珍等一会把玲玲送回来吧。

同病相怜的两个人，共有一颗忧伤的心。也许是说者无心听者有意，小月刚才听了风珍的几句话，忽然觉得自己的神经被拨动了一下，提醒了自己，脑子里油然生起了一个想法，觉得自己此刻也应该到外面去，离开这个家。不管从哪个方面讲，第一，自己应该出门挣点钱，不能让东保再出去惹事了，只能让东保安安分分地在家种几亩田。第二，东保老是在家耍酒疯，咆哮发怒，再这样下去，不被他打死才怪呢。想着想着，忧伤的心情又加重了几许，她对东保真的失望了。一股怨气从心底里往上涌，她又哽咽着，哭出了声，委屈的泪水滚出了眼眶，恸哭自己的婚姻，哀伤自己的命运。隐约的，她想起了去年在上海认识的秦姨，去找找秦姨，秦姨也许能帮得上她。她想，这样也可以帮助风珍，带风珍一道走。她也同情风珍现在的处境，又佩服风珍的勇气。想想自己当年的软弱，完全顺从了母亲的安排，离开了阿亮，放弃了自己一生的幸福，眼下落得如此惨境。她下定了决心，自己要到外面去，顺便带上风珍。

小月此番已很坚定，东保也未能阻拦住她。因为他也知道，自己是处处都悖着理。虽然不想放她走，但一时也没办法。

34 / 勇敢地去寻找新的生活吧

风珍终于跟着小月踏上了汽车，风珍妈仍是不放心地扒在车窗外千叮咛万嘱咐地叫风珍在外面要小心，什么事都要听小月的。小月叫她放心吧，说风珍鬼精灵着呢。王勇春躲在车站边的小商店里，跟车上的风珍使着眼色。风珍也无法掩饰自己的喜悦，向勇春投去温情的眼波，低头看她母亲仍不舍地拉着小月的手，一遍又一遍地重复着说过的话，竟忍不住想笑。风珍出去打工,她妈觉得省心不少,免得天天在家里怄气。再说,跟小月一道,她也放心。

王勇春骑着自行车从车站回来,哼着小调来到鱼塘边,阿成问他美什么呢。勇春就把心里的美事说了。阿成说:"你这家伙的算盘打得真巧妙。"勇春得意地摇晃着脑袋。

鱼塘里的夏花补放了两万五千尾,这段时间里,两个人按尹师傅的指点,真是精心地管理鱼塘。按王勇春的说法,就是今年的鱼塘已先天不足了,但现在必须要为来年打好基础。阿成刚刚用糠麸喂了鱼,鱼苗全部浮上了水面,呼啦啦地抢食饵料,场面非常壮观。今天是星期天,下一个礼拜轮到勇春喂鱼,阿成就顺便把装糠麸的尼龙袋塞到勇春的自行车后架上,将竹勺也递给了勇春,算是交岗了。

黄澄澄的稻谷已到了全面收割的季节。阿成将稻谷割倒,暴晒了两天后,又赶着几个晴天,将稻禾挑到了打谷场上。这一家一户的劳动,特别像阿成这样的小户人家,干活的速度和效率是无法跟大户人家相比的。因人手有限,阿成买了一台小型的人力打稻机,一个人在场地上脱粒。看上去,阿成的精神很不好,干起活来无精打采的。因为昨天下午,他发现二亩田的荸荠已枯死了许多,现在正是扎坠子,结果子的时候,一场瘟枯病漫延了荸荠田。全村的农户都做了反复的防治,可效果不好。听农技员说,可能是这段时间的气温正适合病菌生长,可市场上根本买不到专门防治荸荠瘟病的农药。一直以来,广大农户只能购买防治水稻病虫害的农药来代替使用,但这样的防治效果很不理想。

东保的几亩中稻全部包工给别人割了,一天就搞定,并且全部挑到房顶上晒开。他在门口捧着茶杯,悠闲地踱着步。忽然,他转过头急急地向阿成家的场地这边走过来,找他的女儿。这几天,玲玲常一个人跑过来,跟阿成的两个孩子在一起玩。阿成问他最近怎么样,他告苦,说是在家做保姆了,又自嘲地说是自找的,好在玲玲晚上可送到她外婆家去睡觉。

秋收之后,东保又忙乎了起来,行政村下半年催缴各项税款的工作展开了,他又穿上了气派的迷彩服,挂上了警棍,像模像样地行走在村干部的行列中,后面还跟着行政村雇佣的几个挑箩筐的村民。这一年,阿成家的税费任务可就多了,自家二亩五分田,加上李闫和家的七亩四分田,一共九亩九分田。

干部们傍晚的时候来到阿成家门口。阿成正在场地上收谷子,一扫帚一扫帚仔仔细细地扫着,一粒也舍不得丢,看一溜人马到来的时候,知道是干什么的来了,僵硬的脸上挤出几句客气话,叫他们进屋里坐。会计已坐在他家门外的一条小板凳上,打起算盘算起来了。会计说:"各项税款费用加起来每亩是二百四十七,你二亩五分田,是六百一十七块五,上半年你交了一百五,还有四百六十七块五。另外你做李闫和的七亩四分田,是一千八百二十七块八,总共还要缴两千两百九十五块三。"一群人等着阿成的反应。

阿成说:"今年怎么涨了这么多?"

王得尚书记说:"今年的负担是重了些,但没办法呀,是国家的税款嘛,你是准备现金呢,还是把稻子称给我们顶?稻子称给我们顶,算二十七块钱一担,现在就称,我们有人挑。"他用手一指后面那几个挑箩筐的村民,又说:"你最好是把稻子搞干净点,自己挑到公路上去卖,现在公路上是三十块一担,卖稻子交现金给我们。你说怎么办吧。"

阿成答应着说:"我明天自己卖吧。"

第二天,香子在帮阿成装稻包的时候,淌下了眼泪,今年就指望这堆稻谷了,可现在却要一下子卖掉一大半,去上交各项提留款。昨天,她也到田里看了一遍,荸荠已枯死得不成样子了,整个大片大片的焦黄。今年好几个村好多人家的田里都是这样的情况。农民,是多么的无奈,付出了一年的辛劳,到头来,又能留下多少果实?

阿成挑了一整天,才把一大堆的稻谷挑到公路边的收购点卖了。吃过晚饭,大家一起围拢在常理叔的小店里,跟老板来结账。大家坐在一起就议论起这一年的收成、稻谷的价钱,更免不了谈到现在的税费,说各种税太重了,简直离谱了。阿亮的四叔说:"一亩田的各项税收和摊派要两百四五十,真叫人别活了。"在这里等着收费的王得尚说:"现在大家纯种几亩田是不好过,主要还是要搞多种经营,你看村里做新房的,哪家完全是靠种田呢?都是搞多种经营,或出门打工,搞点另外的收入。"

"你就是把我们家养的几只鸡、几只鸭子都算上,也算不了多少呀!我们再不搞点副业,你还想把我们饿死不成?"

常理叔见他情绪有些激动,就向他递过一根香烟喊他:"老四,老四。"叫他坐下。像是安慰他,又像是对在场的大家说:"唉,我们农民,是最受苦的人,这就是我们农民的命……"大家觉得常理的话是这么一回事,每个人的神情都不太好,觉得农民要想过上好日子,真的很难。

阿成站在门旁,没有参与大家的议论,结了账,交掉了税款就往回走。可他也在考虑这样的问题,而且他是经常考虑这样的问题。他刚才听常理叔说农民是最受苦的人,确实是这么回事。难道农民真的都心甘情愿地世世代代就这么穷下去吗?回答当然是否定的,可这个问题究竟怎么解决呢?农民单靠手里的几亩水田怎么能致富?说实在的话,农民手里的一点土地,它的能量只能解决人的温饱问题,现在提倡的多种经营,多指一些小规模的副业。一般有特色的规模性的生产,能形成产业的,在实际操作的过程中,却存在着各种各样复杂的问题。例如,去年本地的荸荠生产,上市时三毛一斤,最后跌到一毛多;今年的荸荠,又普遍遭受到严重的病虫害,而无良药防治。从这方面看,农民的生产还需要引导、科技帮扶和适应市场。

阿成总是想到他曾去过的江南地区的农村,那里的农民大多在乡镇企业上班,跟城里没什么两样。为什么这里就不能办乡镇企业呢?

其实这里也办过,镇里也搞了一个小的经济开发区。上半年办了一个有机磷厂,说是从大糠里提取有机磷,设备都安装了,阿成还去报了名,想找个工作做做,没想到还没有开张就关门了。原来这个设备是个报废的设备,这个产业也是个淘汰的产业,根本没有发展的价值。只是乡镇里的某个领导为了应付上级的任务,利用这样的名义搞来一些补助款。因为他们不办不行,办倒了不要紧。结果,像是一场骗局,连阿成他们每人缴的一百元报名费也打水漂了。

四月份,从浙江那边来了两个老板,同时开了一个半毛衫厂和一个服装厂。这两个厂,三四天就将工人招满了,正式的生产都干了半年,结果是本乡镇的领导们三天一参观,两天一检查,每次来了都要在这里吃吃喝喝,老板无法承受,赶紧打包走人。像这种环境,企业如何能生存?

假如这里的乡镇企业能蓬勃发展,大多数农民都能进厂上班,田地集中到少数农民手里,搞规模化生产,是不是农民们的生活就能达到根本性的变化呢? 其实这样的道理大家都懂,可为什么就不能向那个方向发展呢? 这个晚上,阿成想了很久才昏沉沉地睡着了。

接连几日,阿成发现香子好像都心事重重的,话也少了许多,脸上挂着愁容。阿成想,可能是最近家里的活忙,太累了。阿成问她,香子表现得满脸忧郁,她说她想出去打工。阿成吃了一惊。香子说:"小月和风珍能出去,我为什么就不能出去呢?"

阿成说:"你走了,两个孩子怎么办?"

香子的眼角里已淌出了泪水,其实,她的心里,就是丢不下两个孩子。

阿成本身对出门打工就没有多大的兴趣,因为他也曾有过几次外出打工的经历,做过建筑小工,在窑厂拉过砖坯,还拾过垃圾,卖过小吃,吃尽了苦头。他当时对打工的结论是,若在老家也像在外打工那样吃得了苦头,出同样的力气,哪怕在家种几亩水田,也同样能挣到钱,有收入。出门打工无非是做那些苦累脏活,有时还受别人的歧视。虽然这两年在家里务农没有达到目标,但阿成仍然坚决地回绝了香子出门打工的要求。霎时,香子的泪水就在阿成的面前哗哗地流了下来,她问阿成:"这两年都是借债过日子,今年就割这点稻,昨天就卖掉一大半交提留款,这日子打算怎么过?"又问他:"欠这么多债,你准备怎么还?"她已不能克制自己,同时又急切地想说服阿成,泪水像决堤似的往外涌,眼前是一片模糊。当她看到满脸愧疚的阿成,哑口无言地木讷地站着不动时,她擦了一下自己脸上的泪水,缓和而柔声地说:"我出去试试看,看能不能找个服装厂上班。听说红莲在服装厂里,我到上海去找她,年底也没几个月了,看能不能挣一点钱回家过年吧。"

阿成顿时软了下去,他再也没有力量能劝阻住香子了,他突然觉得自己是多么软弱无能,出了很多的力气,吃了许多的苦头,结果是什么也没得到,钱依然是一分没有,债却是越来越多,以致眼下的生活几乎都不能维持了。让香子急得要出去打工,一切都是自己的过错,他又如何能说服得了香子呢? 再说,香子是多么善良啊,对自己一心要做的事,从不过多地干涉和抱怨,有的只是对他的支持和行动上的帮助。要怪也只能怪自己的运气不好,能力有限,这两年所做的事都没有成功,没挣到钱。他还从来没有强迫过香子,两人都是非常尊重对方,既然香子一定要出去,那就随她吧,他又怎么能不理解香子对这个家庭的一片苦心呢?

自从他们结婚后,香子的服装生意淡了许多,毕竟娘家那边的生意无法全部带过来,这边的生意才开始。接着,又生了两个孩子,手里的活只能是做一茬掉一茬。这两年里,阿成拿贷款做事,却未见挣钱,家里的生活越来越困难了,就连孩子吃奶粉的钱都是香子从娘家那边借来的,她的心里是多么着急,也是多么爱这个家呀。

阿成也是很爱香子的,怕她出去受苦。可是眼下,香子的决定是有几分道理的。在乡下,秋收过后,一年的光景就定了。当一个无法让人满意的年景出现的时候,也无法让人不感到紧迫。农民的生命线就是如此脆弱,民以食为天,生存是人的第一需求,面对如此状况,这个年轻的家庭也不再是无忧无虑的了,好在他们之间有着深厚的爱,所以,仍有信任,能互相理解和帮助。

一切从实际出发,阿成答应了香子。香子下午便回了一趟娘家,在红莲的母亲那里要了红莲在上海的详细地址。晚饭时,香子告诉了阿成一个意外的消息,她下午听红莲母亲说,红莲在上海一直跟她远房的一个表婶在一块上班,她表婶竟然是从前跟香子一起学徒的师姐妹田秀。阿成也为这样的消息感到高兴,如香子去了上海,遇到一个师姐妹在那里,他也会放心不少。阿成也被香子喜出望外的情绪所感染,便问她师姐妹在上海现在的情况怎样。香子说,她听红莲的妈讲,他们夫妻俩这几年一直都在上海打工,小孩丢在家里婆婆带着,两个人的日子过得逍遥自在的。阿成说:"在厂里上班好几年了,她手艺肯定好得很。"

香子说:"她呀,学徒的时候就喜欢玩,一天到晚谈恋爱,嘴皮子最厉害,生人一会儿就熟了。学东西不怎么认真,但在外面做了这么些年,肯定熟练了,现在比我肯定要好多了。"

第二天一大早,阿成背着香子整理好的一个大包,送她去车站。没想到,红莲的母亲已领着一个妇女在车站边等着香子了,说这是红莲的小舅母,早就想到外面找点事做,昨天晚上听说香子今天动身去上海,她就决定要跟香子一道去。阿成一看是吴湾村的,本来就有点熟,觉得更好了,跟香子俩一道去,正好路上有个伴。阿成叮嘱了她们一番后,叫她俩万一找不着红莲就及时回家。香子答应着,在车上坐好后,望着站在下面的阿成,又擦了几下眼泪。其实,她是舍不得离开家的,她叫阿成快回去吧,等孩子们醒了,把他们送到奶奶那去。

阿成转过身,就没有再回头,沿着小路默默地往回走,他觉得有些亏待了香子,对不住她,他的心绪难以平静。早晨的气温让他觉得有些冷,这才发现今晨已下霜了,整个田野显得萧条而荒凉,路边的小树上,不时有片片树叶飘落而下。

35/ 世界总是在不断地变化

生活跟希望总是有距离的。这个冬天,阿成几乎是在恍惚中度过的,付出了很多的辛劳和汗水,抱有极大希望的鳝鱼养殖仍未能成功。在严寒到来的季节,在鱼价最好的时候,在鳝鱼贩子的催促下,阿成冒着刺骨的寒冷从烂泥里扒出黄鳝。结果,只能保住收购时的本钱。两年的养殖,阿成发现,鳝鱼很难被驯化饲养。尽管投喂了丰富的饵料,每天看到鳝鱼吞食,不断地防治病害,调节水质,精心管理,到出售季节仍有鳝鱼死在烂泥里,尾数损耗很大。阿成做了一个总结,写了一封信,根据养殖资料上的地址投到了武汉的一个淡水养殖科研部门。不久,有了回信。信中回复的主要原因是收购的野生鳝鱼难以驯化,人工捕捉过程中也易使部分鱼种受伤。家庭养殖最好是选择人工繁育的鳝鱼苗。而眼下,全国还没有哪个单位能人工繁育鳝鱼苗。阿成丧气地把信甩在了一边,顿觉报纸广播上的一些广告也在骗人,简直不负责任。

母亲在带孩子的问题上与阿成也闹了些不愉快。母亲说她有许多的活要干,没工夫带孩子,家里还要造房子,阿成的弟弟还没有成家。其实,最重要的原因是香子出门的时候,没有跟她商量,连一个招呼也没打,这让母亲感到非常不悦。对于母亲的责怪，阿成是接受的，自己也觉得做事欠妥当，事先没有跟母亲说一声。但当时香子是怕先跟母亲说了，母亲硬是不让她走。不管怎样，毕竟是自己的孙子，再有什么不高兴，这么可爱的小孙子，还是要带着。对于母亲的心事，阿成是理解的，母亲更担心的是他们家庭的和睦关系有变化。她说，时下的人心难料，外面就流传着有不少在外打工的人回到家里就闹离婚。可阿成是绝对了解香子的，他只有劝母亲不要想得太多了，母亲的农活他也基本上担了下来，可母亲的唠叨声仍时常钻进他的耳朵里。

阿成在心情不悦时，闲时，就会想起香子。香子已走了好长一段时间了，寄回家的信中说她找到了红莲和田秀，现在跟她们在一起上班。她在上海很顺利，只是很想家，想孩子。阿成看信时，心里很不好受，只有默默地祈祷，希望她在外务必平平安安。他对香子的思念也是与日俱增，在感到无助的时候，便翻开他们以前的照片，聊以慰藉，在照片的背面，刻画着心灵深处的感怀。

在绵绵细雨的冬日里，阿成又收到了香子寄回家报平安的书信。每一页信件里，香子情意缠绵的话语里，饱含着她多少热烈的情感，温暖着阿成此刻孤独凄凉的一颗心，让人在寒冷的冬季里也感觉到世界的美妙。有时，阿成会不自觉站在门前徘徊，依靠在廊檐下，巡视着雨雾里的那一条乡间小路，仿佛看见香子正穿着那件好看的红衣裳，如一团火似的向他这边走过来，温暖着他的心窝。浓浓的情怀，有多少离愁在心头缠绕。

> 思念，如门前老树的枯枝丫杈一般，
> 在空中频频摇曳，
> 颔首呼唤远方的亲人，
> 将每一片落叶，暖暖地融进怀抱，
> 轻轻抚摸，那一片湛蓝湛蓝的温柔。
> 是否来慰藉，我心底的眷恋。
> 回首伫立，跋涉于阡陌间的泥泞，
> 将不倦的浓浓深情，埋入心坎，
> 醉梦里，乡路上，每一个匆匆的脚步声，

都似乎听得清晰。

勇春也在半月前离开了家，鱼塘全交给了阿成。冬天的鱼塘虽然没什么事，但阿成在闲时，经常去塘边巡视，他看那深深的鱼塘里，是前途未卜的感觉。因今年放养的都是小鱼苗，成鱼少，当年的投资是无法收回的。而上半年，因养鱼在信用社拿的三千块钱的贷款却快要到期了，到时候拿什么去还呢？阿成有些苦恼起来。正在他木讷讷地考虑问题的时候，忽然听到鱼塘对面的马路上有人在喊他。他看是阿亮正推着自行车向他这边招手，知道阿亮肯定有事，于是他迅速地跑过去。原来，阿亮是喊他去店里帮忙。阿亮说最近这一段时间，卖农资的生意很忙，他自己接到了上级领导的任务，有一个很重要的基层干部训练班要参加学习，抽不开身，两边的店面吴梅一个人管不过来，问阿成最近一段时间能不能去店里帮帮吴梅。

阿成想自己没什么事情忙，就答应了。阿亮急着自己的事情，也不多说客气话了，骑上自行车，龙头一摆就走了。

阿亮现在可是有名的忙人，他们夫妇二人在桥埠镇上，不论是人品还是生意场上，都做得让人既羡慕又佩服。去年，阿亮进入了村委的领导班子，凭他的才干，今年又担任了镇上的工商企业办公室主任的职务，此后更是忙得不可开交。吴梅虽然经常抱怨阿亮因注意力转移，影响了家里的生意，可阿亮觉得这样做值得，他这样不但能对本地的发展做些贡献，而且对他个人也有好处，起码各方面都得到了锻炼。再说，他的理想可不是仅仅做些小生意，他更希望家乡的乡镇企业和个体工商业都能在社会的变革中蓬勃发展，能像沿海地区的一些地方一样，繁荣起来。在被任命为镇工商企业办公室主任时，他曾信手在日记本上写了一段小诗以自励。

在废墟上建立家园，固然很难。
可是朋友，请不要灰心，
废墟上的碎砖瓦片到处都是。
随便拾起，垒筑，
那便成为风景。

几句话，表达了他对家乡的热爱，也表达了他对自己工作的热情和信心。

第二天一早，吴梅就把农资门市部的门打开了，站在门口，一脸的不悦。昨晚上，她又跟阿亮吵架了。从前，俩人打算将这边的房子建好，就把中街的店面搬过来。可现在，这边开的农资门市部生意非常好，中街的店面又舍不得关了。自从阿亮进了村委工作后，家里虽然雇了店员，但俩人还经常忙得顾此失彼。昨晚上，就是因为阿亮提出关掉一个店面而引起争吵的。

吴梅在店门口急切地等着阿成，见阿成来了，脸上露出笑容，讲了几句客气话后，交代了一下账目，把钥匙给了他。

吴梅又迅速地赶到中街的百货店里，将店里的事情交给了小英和小梅两个店员，自己立刻去了车站。最近县里的化肥厂因机械老化正在检修，处于半停产状态。年底农民的油菜和小麦还要施一次肥，因此，化肥的销售还有一次高峰期。吴梅是一定要抓住商机的，她必须要立刻联系到货源。她首先赶到县供销总社，她父母也一直在这里工作，虽然现在已退休了，住在后面的大院子里，但供销社里大多数人都是她的熟人。吴梅直接去了供销总社主任的办公室，说明了来意。主任非常热情地接待了她，说从这边的供销社调拨，资源不足且花费大，成本高，叫吴梅最好直接去化工总厂，说化工总厂里有储备，货源充足。吴梅感谢领导对她这样的关照，高兴地直奔化工总厂，午饭也没在父母那吃。

进了化工总厂的大门，传达室里的一个门卫指她去左边的一幢楼房。她看到了挂着"销售科"字样的一扇门，轻轻地敲了两下，里面传出一个男中音："门开着。"

吴梅推开门，习惯而礼貌地向正伏在桌案上专心工作的一位男士微笑着打招呼。男士扶了一下眼镜，抬起头，打量着进来的这个女人，脸一下子僵在了那里。刹那间，吴梅也惊住了，眼前的这位竟然是胡金柱。过了好一会，胡金柱才从办公椅上站起来，结结巴巴地给吴梅让座，忙不迭地找着茶杯，拧开水瓶给吴梅倒茶。这太突然了，他觉得额头上在出汗，用手在脸上摸了一把。起初也有些懵了的吴梅，看胡金柱如此慌乱，反而镇静了下来。她凝视着胡金柱那疑惑的神情，想缓和一下这屋子里的气氛，也不知道如何开口。她转动着明亮的眼睛，先顺从而平和地在胡金柱为她搬来的那张椅子上坐下,眼睛却情不自禁地湿润起来,谁也想不到,他们今天竟这样见面了。吴梅觉得自己的喉咙像被堵了似的,努力了好久,才说:"金柱子,没想到你在这里……你现在怎么样了?"

胡金柱坐在凳子上,两手扶着膝盖,叹了口气,目光避开吴梅,没有回答她的话,拼命地压抑着自己,又急忙从办公桌的抽屉里取出面巾纸递给吴梅。

吴梅接过面巾纸,拭着自己的脸颊,手也微微地哆嗦着,如此情景,让人意想不到,又有多少感慨。吴梅再次问胡金柱:"这么多年,你是怎么过的?"

胡金柱是不愿意说什么的,想想自己的境况,也真无从说起,他无奈地叹叹气:"说什么呢? 去年才出来,在大西北一待就是十年……"胡金柱的一句话,流露出多少的无助和伤感。紧接着,他提起精神,又像是在安慰此刻正处在悲伤中的吴梅:"还好,还好呀,原来判了我那么多年,也只待了十年。"

吴梅终于忍不住,低头哽咽着,"金柱子,是我对不起你……害了你。"

胡金柱又给她递了一块面巾纸:"怎么能怪你呢? 那都是我自己惹起的,命中注定的事逃也逃不掉。"

吴梅止住了哭声,悲怆地看着胡金柱,她多想能抚慰他此刻凄苦的心灵。

胡金柱此刻已恢复了平静:"吴梅,你什么也别说了,我们现在不都是好好的吗? 你这些年过得还不错吧。"

"嗯。"吴梅轻轻地点点头。

"今天怎么到我这里来了?"胡金柱已坐在了自己的办公椅上。

"噢,今天是……是想到这里来进点货。"

"要化肥?"

"嗯。"

"听说你的生意做得很好,我去供销社里时,常听人说你在桥埠镇发展得不错呢!"

"唉,可我却一直不知道你在这里上班,连你什么时候回家的也不知道。"吴梅感到歉疚得很。

乡
路

　　"那有什么呢？现在不是知道了嘛。"金柱子逐渐开朗的话语让吴梅脸上露出淡淡的微笑，二人之间的交流仿佛又回到了从前。

　　吴梅这次进货真是意想不到的顺利。在销售科里，有胡金柱的帮助，销了货再汇款。在最近一段时间里，吴梅真是非常的忙，她尽量抓住一切赚钱的机会，她现在完全是一个老练而精干的生意人。

　　自从与胡金柱再次相遇后，他的影子便在她的脑子里挥之不去。当年，金柱子被捕时，判了十五年的刑期，她多想在家等他出来呀，可十五年，那是怎样遥遥无期的等待。最后，还是自己愧对了金柱子。最近，生意虽然做得不错，可她却是闷闷不乐的样子。

　　冬季，化肥的销售忙过一阵子后，就渐渐地淡了下来，可化工总厂来年的订货会却如火如荼地展开了。吴梅说什么也不会放过这样的大好机会。早上，她安排好了店里的事，就乘上公交车，直奔化工总厂，在一个又一个的嘉宾祝词和热闹非凡的接待礼仪过后，便是盛况空前的客户招待会，吴梅被特别安排在厂领导们的一张大圆桌上。在胡金柱的介绍下，厂领导和一些同仁们频频举杯，祝贺吴梅拿到满意的订货单。吴梅推托不过，本来酒量不错的她，早已是红光满面了，胡金柱见她对付不了，还主动地替她喝了几杯。招待会上，彩灯摇曳，乐声悠扬，人亦醉了。

　　宴会散时，金柱子摇摇晃晃地扶着晕晕欲睡的吴梅，歪歪扭扭地下了楼梯。胡金柱怕她倒下去，将她的一只手搭在自己的肩上，她便软绵绵地靠在了金柱子的身上，好不容易才到了房间里。胡金柱整了把热毛巾递给了她，吴梅醉眼蒙眬地接过毛巾，慢条斯理地用这热毛巾轻轻地擦拭着自己的脸颊，好一会，还把毛巾捏在手里。她深情地凝视着站在她面前的这个男人，觉得他未曾在她的心中消失过，他一直就生活在她的心灵深处。她无法克制自己，丢下手中的毛巾，忘情地搂住了胡金柱，胡金柱喘着气息，扶着她的肩，也不由自主地吻住了她滚烫的嘴唇。两颗热烈的心紧贴在了一起，不知不觉地便酥软地倒在了身边的沙发里，长久地环绕在一起。

　　日落黄昏的时候，阿亮妈抱着孙子还在村口张望，她不知道吴梅怎么还不回来。早上孩子就有些发烧了，唉，她急得和什么似的，她决定自己把孩子抱到街上去找吴梅，总比在家里等着强，也能快点到镇医院去给孩子看看。阿亮妈紧赶慢赶，到街上时，天色已晚，店里却不见吴梅，店员小英说吴梅今天去参加化肥厂的订货会了。阿亮回来时，也有些诧异，因为吴梅很少晚上不回家的，她也知道今天孩子发烧。阿亮想，很可能是事情搞晚了，没赶上车，在她父母那住下了。因镇医院早就下班关门了，阿亮赶紧在一家私人小诊所里给孩子打了吊针。

吴梅就这样在胡金柱的房间里过了一夜，早上，她揉揉惺忪的眼睛，昨天的酒已完全醒了，可夜晚的甜蜜还没有消退。她躺在床上，两眼盯着天花板，对现在的状况非常坦然，她在好长一段时间里，都觉得对不住金柱子，好想跟他在一起，想着想着，她又侧过身，充满爱意地推了推金柱子，含情脉脉地看着他。胡金柱被她推醒了，睁开眼，坐起身子，脸色一下子变了，有些恐惧地看着她，竟然哆嗦了起来。他觉得昨晚上的事情太荒唐了，他自责地皱起眉头，不知怎么办才好。吴梅想安慰他几句，金柱子像受到了惊吓似的，站在床沿边向后退了几步，连声说："吴梅，你赶紧走，赶紧起来走……要不我先走了，我先出去，你穿好衣服再走。"他胡乱地抓起自己的衣服穿上，忙不迭地掩上门走了。

昨天晚上，阿亮想把孩子哄睡却很困难，他不知这孩子是怎么搞的，打了吊针回家，还是哭闹不已，他又没有单独哄过孩子，真是着急。孩子不愿意躺下，老是爬起身子，弓着背，俯卧着哭，用手轻轻拍他的背，他便稍微安静些。阿亮以为他睡着了，一歇手，孩子又哇地哭起来，而且哭得很痛苦。阿亮觉得不对劲，这孩子可能不只是伤风感冒，他想起最近肝炎病人比较多，是不是肝炎或什么其他的毛病。阿亮终于坐不住了，赶紧到隔壁的房间里叫醒了他妈，自己一路小跑着赶到镇政府大院里，喊醒了为镇里开车的小王，说孩子病得厉害，请他赶快帮帮忙。小王见阿亮喊得急，二话没说，就将车子开到了阿亮的店门口。阿亮迅速地进屋，抱出孩子。母亲跟着带些孩子的衣物从屋里出来，也上了车。阿亮说去县医院，车子便飞速地向县城方向开去。

几个人赶到急诊室，值班医生马上对孩子进行了检查。一会儿，儿科的一名主任医师也到了，诊断孩子是急性肾炎。医生安慰阿亮不要急，说这病很好治，没什么大事。阿亮紧张的心稍微平静了下来，他又补办了入院

253
乡路

手续,跟着护士将孩子抱进了住院部。也许是闹腾得太累了,护士给孩子吊水的时候,孩子竟慢慢地睡着了。阿亮妈一面给孩子拽着被单,一面擦着眼泪,她是多么心疼这可爱的孙子呀。一切安排妥当后,阿亮出了医院的大门,在门口的一个小卖部里买了一条香烟夹在腋下,他怕耽误小王第二天上班,叫他先回去。一条香烟,推推拉拉的,阿亮硬是塞在了车子的后座上,小王打开车灯,倒出了医院大门,回去了。

阿亮回到孩子的病床边,也有些困倦了,可没地方睡。他要母亲躺在孩子病床的另一头睡一会,自己看着孩子吊水。母亲说她不困,要阿亮歇一会,她硬是将一块毛毯披在阿亮肩上,阿亮只好趴在孩子的床边休息了一会。

阿亮觉得有些冷,他想大概天要亮了。他要去找吴梅,跟母亲说了一声,就出了医院。才五点多,天还没有亮,他来到供销社大院里,喊开了吴梅父母家的门。吴梅父亲拉亮了电灯,让阿亮进了屋里。吴梅母亲说吴梅昨天没有回家。阿亮说吴梅昨天去化工总厂开订货会没有回去,孩子病得厉害,他连夜送孩子进了医院。吴梅父母听说孩子病了,有些惊慌。阿亮说现在没事了,叫他们别担心。

他马上就去了化工总厂,天刚蒙蒙亮,化工总厂的门卫说厂里没有招待所。阿亮想吴梅有可能是住在了熟人家里,于是,他信步向化工总厂后面的家属院走去。他站在家属院的一个花坛边,看不见一个人影,也不知该在这里等等,还是该敲敲谁家的门问一下,突然他听到"嘭"的一声开门响,一个高个子男人慌乱地踉踉跄跄地从左边一排宿舍最边角的一扇门里出来,溜也似的拐过墙角走了。他有些诧异,有些好奇,便凑近看看,看见虚掩的门缝里,有个女人正在穿衣服,他一下子睁大了眼睛,他看清楚了,这个人竟然是吴梅。他真是惊诧不已,简直不敢相信自己的眼睛,脑子里一懵。片刻,他冷静了下来,他把门轻轻地推开。吴梅正在梳理自己的头发,她突然发现阿亮站在他面前,一下子惊愕住了,不知如何是好,脸色苍白地问阿亮怎么到这里来了。阿亮平静地问她,这是谁的房间。吴梅搪塞着语无伦次,让人也听不清楚。阿亮厌恶地扫视了一下房间,问:"刚才出去的那人是谁?"

吴梅没有回答,却脸色难堪地垂下了眼。阿亮转过身,正眼看着吴梅说:"孩子在县医院住院,有话回去再说。"说罢,转身就走了。

吴梅这才想起昨天孩子有些发烧,她急了,急忙赶到医院儿科病房。孩子正熟睡着,阿亮妈叫她别惊动了孩子,刚挂完吊水,正好睡呢。于是,又小声地问她昨晚去哪里了,是不是刚才跟阿亮吵架了,吴梅忙说:"没有,没有。"

一个星期后,吴梅抱着孩子出院了。孩子康复得很好,一进门就叫着"爸爸,爸爸,爷爷,爷爷"。全家人都喜出望外。只有吴梅感觉到阿亮的神色不同和家里气氛的变化。她自知理亏,目光也尽量回避着阿亮,夫妻二人就这么僵着了。吴梅知道一场风暴,一场天崩地陷就要来临,迟早是躲不过的。吃过晚饭,吴梅哄孩子跟奶奶去睡觉。奶奶心疼孙子,也知道他们俩可能闹了些别扭,便抱着孙子走了。吴梅进房门时,见阿亮面无表情地呆坐在椅子上,自己也就无声地坐到沙发上,折一堆洗好的衣服。沉默了好一会,阿亮蹦出了一句话:"离婚吧。"

吴梅像没听到似的,毫无反应地继续做着手里的事情。

阿亮又说:"那人是谁?"

吴梅仍旧低着头,慢腾腾地理着手里的衣服:"是胡金柱,我以前说过他。"

"他不是判了十五年吗?"

"减了刑,只待了十年,提前释放了,"她依旧平缓地说着,"我也是上一次去化工总厂遇上他才知道的。他在化工总厂销售科工作,这次开订货会,我们两个都喝多了。到他房间,是我自己去的。"吴梅也不抬头看阿亮的反应,她觉得应该说的都说了。

阿亮怔怔地看着吴梅,眼里不只是困惑和疑虑,而有一种强烈的怒火欲从他的胸膛喷发。他甩手拍了一下桌子,骂了一声:"无耻。"他真的没想到,自己的老婆竟是这样,还如此坦然。他一下子感到眼前的这个人是如此的陌生,"离婚,我们离婚吧。"他愤然地觉得没有必要再跟她说什么了。

吴梅也感觉自己的过失太大,对阿亮的伤害是无法弥补的,又后悔,又愧疚,她抬起头,眼含泪花:"你要骂就骂吧。"她无奈而失声地痛哭起来。她知道阿亮连说了几次要离婚是意味着什么。"阿亮,是我对不起你,你原

乡路

谅我一次吧。"吴梅呜咽着,乞求着。阿亮像没听见似的,把脸偏了过去。

这是一个多么不寻常的夜晚,是泪水和怨恨交织了星空,是恐惧和愤怒弥漫着黑夜。

吴梅是不同意离婚的,她冷静地考虑了很久。她跟阿亮已生活多年了,是有感情的,而且有了共同的事业和稳定的经济基础,有了令人羡慕的家庭,她不可能与胡金柱再组成新的家庭。她最大的理由是孩子还小,离婚的事也会伤害双方的老人。她想尽一切办法,想得到阿亮的原谅,而阿亮对自己的决定绝不更改,世上还没有比老婆出轨的行为更让人恼恨的。作为男人,这是最大的屈辱。他仿佛是铁了心,对吴梅的道歉不予理睬,对吴梅任何的积极举动视而不见,只是在父母和孩子面前装得像任何事都没发生过。

阿亮的自尊心受到了极大的伤害,他变得沉默寡言。像吴梅这样的过错,是任何男人都无法容忍的,没有别的选择,唯一的办法就是离婚。虽然,他对吴梅的感情也很深,可是正因为如此,他的伤痛更深。阿亮私下里常常发呆,晚上也经常睡不着。这段时间,他酒喝得厉害,常常在店里或办公室里过夜,为避免老人起疑误会,偶尔回家。整个冬天,他们就在这样的冷战中度过。让人觉得这个冬天过分的寒冷、漫长。

阿成也发现了阿亮与吴梅之间的关系有些微妙,知道他们一定是在什么地方闹矛盾了,也知道他们两个人的事情确实是很多,所以阿亮继续请他帮忙,他也没有推辞。再说,自从香子走后,这个冬天他也没有什么别的大事,家里的二亩田荸荠也因瘟枯病而绝收了,无须再下田。好长一段时间里,吴梅这边农资店的销售生意都是由阿成在这边主持。忙的时候,吴梅会多派一个小工过来帮忙,稍闲时,阿成就一个人在店里顶着。

一天早上,快下集市的时候,阿成看见他二婶有点神色焦虑地来到店门口,她拎着个篮子,显然刚从街上买菜回来,篮子里放着几样新鲜的蔬菜。她进门就打听香子在外面打工怎么样了,说她也想出门打工去,叫香子帮她找一找,看看有没有适合她做的事。阿成很诧异,二婶在家过得舒坦得很,怎么突然说想出外打工呢,让他感到意外了。

过了两天,阿成关了店门后,去了二叔家。这天正好是星期天,学校里没有学生，老师也大多回家了。他进门，在二叔对面的一张椅子上坐下。二叔给他泡了一杯茶后，便继续坐下来批改学生的作业。阿成坐了好一会，却不见二婶在家。正疑惑时，他二婶提着个短柄小锄头从外面进门来，她将锄头在门角放好，便问阿成有没有写信给香子。阿成说写了，昨天就发出去了。接着，他嗫嚅着嘴，显得很不理解似的，问二婶怎么突然想着要出去打工了。

"问你二叔。"她回答着阿成，一口气却是冲向了李有顺。

二叔仍旧专心地在批改学生作业。二婶见二叔没有一点反应，乜斜了他一眼，便俯身将床上一件已织了一半的毛衣伸手拿起来，坐在床沿上一针针地织着，叹了一口气，跟阿成说："在家过不下去了，我在学校食堂里，一个月就几十块钱，只靠你二叔一个人拿那点钱生活。现在在这里，什么东西都要买，而且物价也涨得太快了，去年两块钱一斤的肉，今年一下子就三块了，这几天，大白菜都五毛钱一斤。前几天，韦老师的老婆小金跟我商量，想跟我把学校食堂承包下来，如能包下来，就在食堂里开个后门，靠街面上开个铺子，摆个早点摊，早上做包子、馒头卖，想挣点钱。我回来就跟你二叔商量，想叫他跟龚校长说说。没想到你二叔就像听到一声惊雷似的，马上就阻拦，讲出一大堆问题说不行。"

阿成说："能把食堂包下来，还是不错的，在街面上摆个早点摊，也是个好主意，生意肯定还不错。"

"就你二叔说不行，先要问问龚校长才知道呀。总是要想办法挣点钱吧，不然这日子怎么过呢？现在不比以前了，以前在鼓山时，我还种了二亩多田，多少还能收点。"

"二婶，你不要说种田了，那几年种田还能收一点，现在种田真是没办法种下去了，我今年还接了别人家几亩田种了，你晓得现在一亩田负担多少吗？每亩田要向上面缴二百四五十块钱，一亩田只能割八九百斤稻，不上一千斤。今年稻子就三十块钱一担，一亩田所收的稻子几乎全上缴了，我们还要化肥、农药、牛力、种子呢。要不然香子怎么要出去打工呢？其实，到外面都是出苦力气，你不出苦力气，哪能挣到钱？另外还要有熟人介绍，带你出去，不然也难找到事做，就算找到了还不一定适合你。跟香子一

乡
路

道去的吴湾村的一个妇女，没学过手艺，还算有熟人带着，安排在服装厂钉扣子，她在家从未拿过针线活，钉得太慢，她觉得挣不到什么钱。厂里看她钉得太慢还不想要她，她前几天已回来了，昨天早上我在街上见到她了。"

这时，二叔的作业已改完了，他将一堆作业本往桌子的一头一推，接着阿成的话便说："那就叫你二婶也去钉扣子吧，瞧她一天能钉多少粒，挣多少钱。"

二婶见二叔在将她的军，她本来心里确实是打算让香子介绍她去外面做一些如钉纽扣一类的活。听阿成这么一说，她想自己从前也未干过针线活，去打工的想法是不现实的了。她冲着二叔说："我不会钉，我就不去了。叫你去问龚校长你不问，我明天自己去问。"

二叔说："你就不要跟小金在一起瞎掺和了，那事情根本是不可能的，龚校长不可能答应的。"

"还没有问他，怎么就知道他不可能答应？"

"这学校食堂是集体的，龚校长个人怎么可能一口答应给别人承包。有些事，告诉你，你也不懂。你知道小金为啥要别人跟龚校长说，要是容易说，她为啥自己不去讲呢？你不知道，龚校长跟韦老师在工作上，以前曾有过不愉快。我要去问他，说小金想承包学校食堂，那不是为难龚校长吗？"

"那我明天跟小金俩商量商量，等龚校长在外面开会回来再说吧。"二婶的语气似乎有些缓和，但又很坚定，说话时头也没抬，依旧一针针地织着手中的毛线衣。

阿成在二叔和二婶之间不好多说什么，只能两边都赔着笑，劝说几句，也没在他们家吃晚饭。出了门，天就暗下来了。其实，他是希望二婶能把食堂承包下来，早一点将早点摊摆起来。因为不管干哪一样，都比种田强。但他又十分理解二叔为人处事处处小心谨慎的态度，正因为他一贯的谨小慎微，做事低调，才使他在那一拨的代课教师中唯一一个没有被请退，虽调去了鼓山，但后来还转成了民办教师。阿成就这么一路思索着回了家。

36/在艰难的日子里跋涉前行

　　元旦过后,时间不长,香子便从上海回来了。她来到大门口,大门却是锁的。她想阿成大概是干活去了,不在家。她将行李包放在门口,转身去后面阿成母亲的家里。飞宇正在门外玩耍,老远看见他妈过来了,却不知道喊妈妈,反而飞快地向他奶奶家跑去,跟他妹妹站在门口。香子喊他们:"飞宇,宇婷。"他们就是不答应。香子看见两个孩子,眼泪就忍不住流了下来,几个月时间,她多想念孩子呀。回家了,两个孩子却生疏了,仿佛不认识她似的,还怯生生地躲着她,好像忘记了自己的妈妈,让她心里酸酸的。香子从兜里掏出糖果,两个孩子才跑过来,剥了糖果的皮往嘴里塞。香子摸摸孩子的头,去时,婷婷刚晓得走路,这么长时间了,两个孩子都长高了不少。她牵着女儿的小手在一条凳子上坐下来,这时,两个孩子才一起靠在了母亲的怀里。

　　这个冬天,阿成将母亲的一些农活做好后,大部分的时间都在吴梅的店里帮忙。前一段时间,他看见阿亮、吴梅闹别扭,没少费精力帮他们料理商店,他们俩都表示非常感谢。他更是劝他们要互相体谅,忍一忍,不要误了生意上的大事。

　　香子出门才三个月,挣了两千几百块钱。香子说年底这段时间厂里的生意忙,车工们包了老板的事做,没日没夜地加班。阿成知道香子一定是吃了不少苦,但还是喜出望外,有了这两千块钱,他可以应付一下了。上半年养鱼时拿的三千块钱贷款早到期了。元旦前,信用社的于主任已来过好几次了,阿成的嘴皮子都说破了,真是实在拿不出来。有几次,他看见于主任来了,只好从后门溜出去,不敢跟他见面。

　　第二天清晨,阿成就去了信用社,还了一千块贷款,并结清了利息。账算好后,于主任许诺,开过年可以再来贷款。阿成非常高兴地说明年的鱼塘还要干,肯定要来贷款。春节快到了,吴梅也送来了阿成在店里帮忙的工钱。本来这非常艰难的一年，眼看也能过去了，阿成的心里非常欣慰。

让他高兴的还有另外一件事，早上上街时，他二婶告诉他，她跟小金把食堂承包好了，要他在村里找个瓦匠，帮她把食堂开个后门，扒开个铺子，她跟小金准备在年底春节前将早点摊摆开。阿成立刻就答应了，隔了一天，他就找了个瓦匠，自己跟着去做小工，干了三天将食堂后门开好，铺子扒开了。吃饭时，他问二婶是怎么跟龚校长说好的。二婶说："哪像你二叔说得那么难，那么麻烦。龚校长一听说我们想承包食堂，非常高兴地答应了，他很支持的。龚校长说了，只要你们不影响学校里的伙食供应，想挣点钱搞经济是好事，还说韦老师身体不好，更应该让小金有机会多挣钱补贴家用，人家以前跟韦老师在工作上的那点不愉快根本没放在心上。他还说，现在全国各行各业都在改革，中央都号召让一部分人先富起来。"阿成全神贯注地听着他二婶滔滔不绝地讲着："龚校长还说，他想在我们学校前面的围墙边做一排门面房，给教师家属做生意或出租，为学校增加一些收入呢。"阿成听着，觉得龚校长很有魄力。现在各行各业都在抓经济，学校当然也不例外了。

当每家每户都在忙着过年的时候，东保却在家里疯狂地骂起人来，他大骂小月和小月的母亲，及她们家所有的人都不是人。看他气急败坏的样子，别人还不知道发生了什么大事。其实，家里没有一个人惹他，也没有人理他，只是他今天去王家院村打麻将时，看见风珍回来了。他正诧异风珍怎么没回自己的家，竟然住进了王勇春的家里，就听见风珍在喊他，对他说小月今年不回家过年了。他问风珍，小月在什么地方，做什么事。风珍说她不清楚，她早就离开小月了，以前在理发店里做事，但不知道她现在在做什么，是前几天小月打电话跟她说不回家的，还说已不在原地方做事了。东保见问不出个所以然，就悻悻地走了。他回到村里，把风珍在王勇春家的事跟风珍妈说了。风珍妈一听就炸了，马上就要骂到王家院子去，好在她家的几个婶子听到这事后，赶紧把她拉了回去，纷纷劝她不要急着骂，事情要搞清楚，张扬出去也不太好，毕竟是自家的姑娘。其实，这样的事情，外面多得很，家人们也都很清楚，想必俩人在外面都已结婚了，你再骂她，阻拦她，有啥用呢？既然是她自己情愿的，就随她去吧。可风珍的母亲还是不依不饶地骂着，又后悔当初怎么就让风珍出去了。当她又听说小月也没回家时，竟连小月也一起骂了。

小月近半年多来在上海的生活其实是非常艰难的。她和风珍一同去秦姨家时，秦姨家的小孙子已上幼儿园了，家里不需要保姆了。秦姨就帮她们介绍了一个理发店，一边做洗头工，一边学着理发手艺。来到外面的世界，让人觉得没有一技之长是很难维持生计的。先还有风珍在一起做伴，后来风珍跟王勇春走了，理发店又换了几家，就这么一个人飘来飘去的。想家想孩子的感觉是不必说了，只有做了母亲的人才知道，关键是又不愿意回家，就这么熬着吧。孤寂的生活，凄苦而无助。她把所有的精力都用在了钻研理发技艺上，如此操劳只为那点微薄的工资。

一天下午，店里来了一位客人，小月无意识地掠了一眼。忽然，一种似曾相识的感觉让她的心里一惊，此人竟有点像阿亮，只是皮肤黑些，胡须要密一点。小月招呼他洗头后，将布巾围上，仔细地给他理发，刮了胡须，而且做得一丝不苟。完毕，客人很满意地站起身，小月也觉得满意。客人付了账，小月帮老板给他找了零钱，然后目送着他出了门。那人出门后，走了几步，回过头又看了小月一眼，正好与小月的目光相撞，小月不由得羞涩地垂下眼，一股红晕泛在脸上。那人露出一丝笑容，才折转身离去。此后，这位客人便经常来这里，而且专挑小月给他洗头，按摩，剪发。小月也非常热情地接待着他。小月很喜欢他的言谈举止，尤其是发现他的神情更像阿亮，连笑容都有几分像，小月的情绪也就莫名其妙地好了起来。

小月给他按摩时，问他在这里做什么。他说在搞装潢，他叫张猛，在这附近的工地上承包了一项工程。小月便叫他张老板，他赶紧摇手叫她别这样叫，叫老乡。俩人一说，才知道老家只隔了一个县。小月说："难怪听你的口音跟我差不多。"

"要不我说是老乡呢。"俩人聊得投机，都快乐地笑着。

张猛常来，小月换了个店上班，张猛也跟着来了，而且总是一个人来。小月问他怎么不带老婆一起过来玩玩，他说他还是单身呢，连女朋友都没有。小月说不信。他说是真的，说小月就像他以前的女朋友，女朋友二十一岁就得白血病离世了，还说小月每天上下班从他工地前走过的时候，他都一

乡路

直看着，真的像极了，特别是小月长长的头发飘起来的时候。小月见他说得很凄凉，很诚恳，就不由得信了。可她又觉得奇怪，自己看他有些像阿亮，他怎么就看自己像他的女朋友，世上还真有这么巧的事？真叫人难以置信。按摩结束了，张猛起了身，说今天特别高兴，一定要请小月去外面吃饭。小月硬是推辞着，不肯去。张猛点头笑笑，结了账，有点沮丧地走了。

张猛来的次数多了，连老板也熟了，老板叫小月领着他到单间的按摩房里。躺在按摩床上，张猛有时会情不自禁地拉住小月，小月却若无其事的，依旧温柔而细心地为他服务，让张猛陶醉在美好的享受之中。

从一次偶然的相遇，到彼此间都是在热切地期待着相聚，小月终究是难以拒绝张猛一次次热情的邀请，还是顺从地跟着他出去吃了几次夜宵。每每跟着张猛一起走在大街上的时候，她就觉得自己仿佛又回到了少女时代，唤醒了自己的初恋情怀。

张猛发现自己对小月的依恋越来越深了。一天，小月在给他按摩的时候，他一把拉住小月的手，说："小月，你嫁给我吧。"

小月惊得奋力地挣脱开，叫他冷静点，说自己早就有孩子了，怎么可能呢？

张猛腾地坐起来，眼里闪着些许泪光说："我不在乎！你现在的家庭并不幸福呀，我们在一起重新开始，不好吗？"

小月凝望着张猛，说无论如何也是不可能的，可内心里的感动已让她的眼眶里溢满了泪水。她拭着眼角想：世上还真有这么傻的人……

出了按摩房，小月整了整衣服，低着头，将同样沉默不语的张猛送出了店外。站在门口，望着张猛远去的背影，小月还不住地擦着眼泪想：这难道是前世的约定？

小月回去后，仔细地一考虑，还是感到害怕。她怕张猛，也怕自己越陷越深。她赶紧又不声不响地换了一家很远的店去上班了。

可没过几天，张猛又靠在了理发店的门栏上望着小月笑。小月的头一懵，也只有无可奈何地陪着他笑了。张猛便心安理得地往椅子里一靠，要小月给他理发，说要理个成熟点的发型。小月细心地给他侍弄着，直到他满意。这回，小月没有推辞了，跟着张猛到饭店里吃了一顿饭，她把自己所有的情况再详细地跟张猛说了一遍，说他俩以后不能再来往了。张猛却非常激动地要求小月马上回去离婚，说这一辈子一定要娶她，又说："你的婚姻本来就是别人给你安排的，你为什么不把命运掌握在自己的手里呢？"

小月木然地摇着头，含着热泪，叫张猛别傻了，赶紧找个姑娘结婚吧，自己过年就要回家了。回家后，就可能不来上海了。

张猛站起来，斩钉截铁地说："你要是回去不来了，我一定要追到你家里去，我说话是算数的。"这叫小月怎么办呢？怎么就遇上了这么个人？

37/ 生活需要勇气，更需要坚定的信心和毅力

春节过后没几天，王勇春便来到阿成家，他跟阿成商量，能不能早一点清塘，说鱼塘他不打算包了。风珍的妈妈把他跟风珍骂得要命，他打算过年后还是带着风珍出去打工。清了塘，让阿成一人承包，问阿成行不行。阿成觉得有些意外，说还没考虑过一个人承包呢。勇春劝他，一个人干更自由点，你一定干得更好。阿成见勇春真的不想干了，就说："我再考虑考虑吧，反正鱼塘是要清的。"

勇春走后，阿成跟香子商量这件事，香子叫阿成也别要鱼塘了，就在家里种两亩田，把孩子看好，她自己还出去打工。阿成一听就不高兴了，他说无论如何，今年也不让香子出去了，他怎么能在家里带孩子呢？听了，真叫人受不了。去年在家带了几个月孩子，真是受够了罪，孩子一哭就要妈妈，每天早上都要把孩子抱到他奶奶那边去。晚上，又一手一个地抱回来，哄他们睡觉，半夜里还要抱起来把尿，真是苦不堪言。他一口拒绝了香子再出去打工的要求。香子很温顺，想自己在外地也很想家想孩子，阿成又坚决不同意她出去，也就没跟阿成再争辩了。可阿成的母亲过来了，要香子要好好地劝阿成，不要再承包鱼塘了，说那是在水里求财，望不见，心里没底。那么大一口清水塘，从来没有人在里面挣过钱，全村人在一起集资养珍珠都赔了本。她年纪大了，说阿成，阿成也听不进去，搞不好的话，就带着两个孩子一块受罪了。

香子一贯很尊重婆婆，钦佩她这么多年撑着这个家不容易，觉得婆婆的话确实有道理。她一想，这两年老债还没还清，养鱼又要借新债，要担多大的风险呀，她多想过一个安安稳稳的日子。她现在是坚决反对阿成继续承包鱼塘了。

阿成耐着性子，一个劲地劝解她，一分为二地分析给她听。阿成说香子去年那一段时间打工的结果应该是满意的，可那只能解决暂时的问题。因为人总不能永远地在外面打工吧，要想把日子过好，只有在家里好好地干，但是也不能只种几亩水稻田。就说村子里吧，谁家盖的新房子是靠几亩水稻田里的收入，哪一家不搞点副业，而现在说的副业基本上就是主业，种田倒成了副业。阿成坚决而固执地决定了，鱼塘一个人包下来，他有的是精神和力气。

正月十四，鱼塘就排干了水，本打算赶元宵节捞些成鱼上市卖掉，可想不到的是，塘里几乎没有成鱼，有的只是些半成品的鱼种和一些小鱼苗。勇春和阿成都傻眼了，等于是去年一年的精力白出了，一无所获，这就更考验着阿成如何把鱼塘坚持下去了。阿成也确实感到了难处。勇春看阿成的压力很大，就跟阿成说，自己的那一份鱼种鱼苗都不往外卖了，折成价全借给阿成放养，以后卖了鱼再还钱。阿成表示感谢，他又仔细地分析了一下原因，去年四月份放养的一批鱼种可能是人家长途贩运来的，质量不好；那一次发春水时，也没来得及关闸口，也许跑掉了一些；后面放养的夏花太迟了，已是六月天，不可能半年就长大。他觉得主要原因大概就是这些，现在结合去年的经验，一定能养好，他还是很有信心的。

阿成回家时，香子真的跟他犟上了，午饭没有做，连早上的锅碗都没有洗。他昨晚上洗澡换下的衣服也堆在那里，家里一片狼藉。看来，有婆婆给她撑腰，她要坚持到底了。

阿成在碗柜里找了些剩饭吃了，又不声不响地走了。他觉得不好跟香子发火，香子的担心也是有一定道理的，毕竟这几年白吃了许多苦，没有挣到钱。香子是善良的，他很清楚，可是人总得找点事做吧。自己也曾苦思冥想，权衡利弊，考虑了很久，还细细地跟香子说了好几遍这个道理，说他眼下没有什么好的选择，一没成本做生意，二没手艺打工，找不到牢靠的事,只有这块鱼塘承包在手里,养殖成本还不高,已经养了一年,多少积累了一些这方面的经验,估计不会赔本的。

下午,阿成闷闷不乐地跟王勇春在鱼塘里捉鱼,因中饭没吃饱,觉得浑身疲软。吃晚饭的时候,他发现香子睡在床上还没起来,家里还是那个样子,一点也没动。两个孩子围在床边,吃春节剩下的一些糖果。阿成的头顶都有些发凉了,他没有再去喊她起床,在水瓶里倒了一些水给孩子喝了,便抱了一床被子,找了一把手电筒走了。鱼塘里的鱼还没有捉完,晚上还要去看守鱼塘。他在路边常理叔的小店里买了些糕饼,边嚼边往塘边赶。他想家里的糖果孩子总吃不了两天吧,等孩子饿了,哭闹时看看香子是不是还睡着不起来做饭。

阿成是个倔强的人,对自己要做的事就有坚定的决心,面对挫折和压力也不会轻易动摇。他认为人不应该在逆境中退缩,面对困难,不能消沉,不能泄气,唯有振作精神。为了生活,他是多么愿意付出所有的精力和热情。他想,应积极向上地面对生活,要抓住一切机会,只要自己的道路是正确的,就绝不放弃,付出应有的努力,就不会没有收获。阿成的内心里,永远都是充满了阳光和期待。他想,这一次也一定能说服香子,因为香子一贯是很温顺的,她最终会理解他的。他更是不愿意让香子再出去打工了,去年香子走后,他便觉得整个生活都失去了颜色。

香子在床上睡了两天不理阿成,可阿成并没有向她发火,照样还是忙着自己的事。她想自己肯定是犟不过阿成了,想着想着,她的心情也平静了,觉得阿成说的也是有几分道理的,也不容易。都说阿成犟,其实,她不也就是爱他这种坚韧不拔、持之以恒的精神吗?她终于想通了,阿成曾跟她说过,特别是在困难的时候,两个人是不能吵架的,吵架了反而让人家笑话,家和万事兴嘛,她应该理解和帮助阿成才对。于是,她便悄悄地起了床,将家里打扫了一遍,一切恢复了正常。

阿成回家时,发现家里已干干净净,外面的竹竿上晾晒着刚洗好的衣服,两个孩子在屋里高高兴兴地玩着,香子也正在厨房里做中饭了。他知道香子已不再跟他怄气了。于是,他叫来两个孩子,将兜里剩下的两块糕饼一人一块分给了他们。飞宇高兴地拿着糕饼跑到了他妈妈那里,小女儿便扒在她爸爸的腿上啃起了糕饼。

　　阿成开始专心地经管鱼塘,他先买来石灰,将鱼塘做了全面的清理消毒,然后开始修补涵闸,加固堤坝。阿成一边干活,也在一边寻思着,有什么办法能达到最佳的经济效益。吃晚饭的时候,他把自己的想法跟香子说了,他准备在半边水浅的部分种些菱角,水深的部分养鱼,在鱼塘里搞立体养殖,多放黄白鲢,少放草鳊鱼。这样放养,今年就不用再买鱼苗了,将塘里原有的鱼种放下就够了。他认为这样放养很科学,成本又低,风险又小。他不管香子懂不懂这些事,反正都跟她说说,尽量争取她的支持。

38/冷酷的生活里也会有含笑的报春花

　　春节过后,阿亮和吴梅仍处在冷战状态中。这个年,他们过得是无精打采的。阿亮依然是铁了心要离婚,吴梅绝不答应。但争吵只是在背地里的事,生活的滋味是多么艰涩。可是吵归吵,生活还是要过的,生意也是要做的。不管你多么苦闷,日头总是一天天地出来又落下。岁月啊,让人欢喜让人忧。最近,阿亮主持的一个乡办企业工作也十分不顺,已建好厂房,安装好了机器,因材料涨价的原因,浙江来的老板撤资了。费了半年多的心血,折腾了那么多的精力,全部付诸东流了。其实,阿亮很清楚,镇上的其他领导也明白,老板撤资的主要原因是半年多来,不但没有按时招工开张,而且办事拖沓,效率极其低下,还没有投产,一分钱没挣,竟然有迎来送往的招待费七八万了。投资方的老总惊得合不上嘴,赶紧撤资散伙。这让主要负责件事的阿亮苦恼不堪,他也是毫无办法。一颗抱有很大希望的企业之星就这样夭折了,多么让人惋惜、遗憾。

　　很快,阿亮又接到了新的工作安排,一条纵贯全省的公路将在他们全镇通过,他们将参与这条公路的修建。一些土方工程和石料的生产运输也将由本镇配合完成。路基的勘察测量定位和民房的拆迁工作必须由地方政府尽快执行,提前开展。镇、村的各级领导都非常积极,都要抓住这千载难逢的好机会做些文章,搞好和促进农村的经济发展。阿亮负责的具体任务是勘察路基和拆迁民房,工作很快从北到南一条线展开了。

春日的阳光普照着原野,大地在沉睡中苏醒,阿亮带领的测量队在村庄间,在田野里,在沟渠边拉皮尺,打石灰桩,不停地忙碌着,奔波着。虽然辛苦,有些人家受些损失,但大家都盼着这条富裕路能给人们的生活带来福音。测量和拆迁工作得到了绝大多数老百姓的支持和响应,损失也得到了相应的补偿。所以,工作的进展还算顺利。这天上午,测量队的工作过了秦村,前面就是俞树村了。阿亮想起了俞树村里的表姑,一个老人孤苦伶仃地住在家里,他想去看看。十一点多时,他吩咐大家回秦村吃午饭,说自己去前面的一个亲戚家看一看。小的时候,他常去表姑家,只是后来大了,事多,都忙,好多年也没去了。特别是他跟凤云的婚事没成,更不好意思去表姑家了。看来这条公路还正好从俞树村村前经过,前面的几户人家,包括表姑家在内,房子可能要拆迁。去看看表姑,顺便看看地形能否绕过。

中午的阳光暖洋洋的,沟渠边,田埂上,绿草茵茵,紫云英刚开了几朵,油菜花却是一片一片的金黄。风儿很轻,农家屋顶上的炊烟径直地往上升得很高才慢慢地飘散开,村庄显得安详而恬静。阿亮没有走村前的大路,径直从村后的田野里越过来,他迈过了几道沟坎,便到了表姑家的房前。表姑家的房子还是土坯墙的瓦房,保持着原来的样子。他看见表姑正坐在门前的一张椅子里晒太阳,看上去很明显比以前老相了许多。阿亮叫了两声表姑,老人才抬起头,瞅了瞅,用手里的白手帕擦着见风就流泪的眼,认出是阿亮,就想站起来,招呼他。阿亮叫她坐着晒太阳,不要起来了。这时,一个四五岁的小男孩蹦蹦跳跳地来到老人的身旁,靠在老人的腿上,怯生生地看着阿亮。老人叫他喊阿亮舅舅,跟阿亮说,这是凤云的孩子。阿亮从兜里掏出两块钱,让孩子自己去买糖吃,他没想到有小孩在这里。孩子拿了钱一溜烟地跑了。

表姑很伤心地跟阿亮说:"凤云命苦呵,这孩子两岁多,他爸就走了。"阿亮听了一愣。老人又擦擦混浊的泪眼说:"都往外跑,去挣钱,命都搭上了。"

阿亮问是怎么回事。

老人说："做瓦匠，唉，从挑台上摔下来了……凤云在前面呢。"老人刚用手往前面指，那小男孩已一蹦一跳地引着他母亲过来了。阿亮看是凤云，一时两人都非常惊喜。阿亮忙从坐着的板凳上站起来。凤云赶忙招呼他进屋里，说："就在这吃午饭吧。"原来，这前面公路边的一排新房子也是凤云家的。从后门进去一看，里面竟是一个不大不小的超市。阿亮随凤云进了里屋，阳光从窗户外照进来，这装修讲究的房间里显得格外明亮。凤云抓着茶叶在泡茶，她依然很美丽，高高的鼻子，明眸皓齿的，想不到她现在竟然带着个孩子独自过日子。阿亮从心底里同情凤云，感叹这人生的变故，时事的无常。

阿亮接过凤云泡的茶，问她生意可好。凤云一边走进后面的厨房，一面说："哪里好呀，在乡下没什么生意的。"

"还可以，你这里也不闭塞，前面这条路上的车辆也不少，店里收拾得也很好。"

"唉，我也是没有办法，只能带着孩子回来跟我妈做伴，在一起住了。"凤云轻轻地叹了一口气。她没有把阿亮当外人，忧郁的话语里，还有着几分坚强。

阿亮说："我刚刚才听表姑说的。你看，我们离得也不太远，可你家的事我一点也不知道。"阿亮有些自责，觉得自己应该多少关心一点才对。

触到凤云的伤心事，她便忧愁了许多。但她努力克制着，低着头，没说话，只顾在厨房里忙碌着，还不时地过来给阿亮倒茶，两人又情不自禁地说了些往事。多年不见，确实还是感到很亲切。尽管各自的变化都很大，都经历了生活的磨炼，但对亲情、爱情和友情都有了更深的理解。人与人之间的同情和依恋是多么可贵，人与人之间的真诚又是多么难得，今日相逢，又是多么令人喜出望外。虽然多年未见，凤云仍然是记着阿亮的，她曾深深地爱过他，只是没缘分。

凤云将饭菜准备好时，阿亮从外面将表姑搀了进来，孩子坐在奶奶一边，跟着奶奶吃着他喜欢吃的菜。凤云先敬了阿亮一杯酒。阿亮看凤云此刻的心情很好，脸上泛着淡淡的红晕，一杯酒她一仰脖就喝干了，言谈举止间，能看出她的干练。她已不再是以前那个单纯的小姑娘了，现在是一个成熟的女人，而且比一般的女人还多了几分庄重。两人喝了几杯酒后，兴致高了起来，凤云仿佛要跟阿亮开怀畅饮似的。阿亮觉得酒量还不一定是她的对手，忙推说下午还有正事要办，不能多喝，凤云便立刻收住了。阿亮说下午新公路的测量队要到这边来，凤云家的这块地基将要成为一块风水宝地了。他刚来时，察看了地形，新公路大概从她家门前的老公路上交叉而过，这里就是一个十字路口了。凤云听了，非常高兴，她说这一段时间她总是在担心修新公路时，别把她家给拆迁了。对于这样的结果，她简直高兴坏了，不知如何感激阿亮才好。

吃好饭，她一定要送阿亮一程，门外正是阳光明媚，春暖花开。他们走在河埂上，她那酒后红润的脸庞，就像河边盛开的桃花一样，透着活力，透着朝气。那双明亮的眸子里，透着少女般的娇媚。阿亮开始怀疑起自己以前的眼光，是看错了她，还是低估了她。阿亮叫她回去吧。她还依依不舍地站在那里，生动的脸上，那深刻的眼神，让他感动，顿时让阿亮觉得她更可爱。

39 / 在辛勤的汗水里收获希望

阿成的心里也很紧张，看这条新公路由北向南一路而来，很可能要从他的鱼塘上经过。他担心地跑到阿亮家去问了，阿亮说："方向是这样的，但具体位置要到测量时才能定，也许偏一点就绕过去了。"阿亮劝他不要急，说："现在刚从北面开始测量，还有拆迁等工作要做，即使鱼塘真要被填起来，最快也要到年底，现在还早着呢。"阿成的心里稍微平静了些，也就是说鱼塘至少今年一年内不要紧。因为他今年的鱼苗已放下了，谁不担心会有损失呢？

不过这条新公路还是打乱了阿成的一些计划，他原打算在塘边的老公路旁搭两间小屋，因塘口还有三年的合同，他要在这里看鱼塘。另外，他还想让香子到这里来做裁缝，而且这事他已跟香子商量好了，现在泡汤了。

阿成只有做短期的打算了，于是，他去渡口边的一家私人船厂里，买了一条廉价的旧船，在船舱上搭了芦苇棚，一条很古雅的渔舟便漂在了水面上。阿成把所有的精力都投进了鱼塘，趁春上鱼塘里的水位低、水量少，他抓紧时间培肥水质，这是养鱼工作的关键所在。阿成在附近的村子里联系了一家私人养鸡场，签了合同，包了他家一年的鸡粪。这鸡粪可是养鱼的好饲料，既可当饵料直接喂鱼，又可以肥水，繁殖水体里的浮游生物，以养殖黄白鲢等家鱼。

立夏前后，水温上升了，鱼的食量也开始增长。阿成站在鱼塘边，就可以看到鱼儿在水面的草架间，跳跃着吞食青草，阿成的脸上便现出一丝欣喜。每每看到鱼儿蹦出水面，便觉得鱼儿又长大了，一身的疲惫瞬间就减轻了一半。此时，浅水区的菱角也可以栽种了。前一段时间，在清明前，他曾向塘里直接投下菱角种子，可种子刚出芽就被水里的鱼咬掉了，还把阿成急了一番。这一回，他在很远的圆圩村买了菱角的秧苗，他跟人家说好，付了订金，让秧苗长壮一点再往下栽。

他先将塘边的水花生等杂草薅净，然后挑着箩筐去圆圩村的水塘里抠出菱角苗。吃过午饭，他趁太阳还强，开始下水去栽。虽说已过立夏，可水温依然很凉，特别是下到齐脖颈深的水里，更是寒冷。

阿成将菱角苗的藤蔓理好，放在一个木盆里推下水。初下水时，冷得让人不忍往下走，他索性往水里一钻，立即让全身浸在水里，这样反而比慢慢地下水要好受些。水深的地方，有时会没过头顶，他只好将藤蔓的下端绕个球用脚趾头踩入深泥。这样，他在水里坚持了三个多小时，才将一担秧苗栽完，也实在冷得受不了了。上来的时候，比刚下去时更难受了，浑身冷得像筛糠似的颤抖。他赶紧跑回家，缩在床上，捂上棉被。如此，连续栽了一个多星期，总算将十几亩的水面栽完了。接下来，他必须要满足水塘里所有食草性鱼类的食物要求，否则，栽下的秧苗也会被鱼儿吃掉。他便不间断地去田野里割青草，草量也逐渐地增加，从每天的十几斤到七八十斤，再到一百五六十斤。村前村后的沟沟汊汊里，每一条河埂上，每一条田垄间，都留下了阿成的足印。手里的一把镰刀，磨得像月亮一样亮，像月亮一样弯。手掌上，肩膀上，都是厚厚的老茧。因为一年的光景，一年的希望，都寄托在这辛苦的汗水里。

农历五月初二，阿成便在船上整理好了床铺。从此，每晚他便来到小船上看鱼塘了。每当他在夜幕中，独自坐在船头，默默地思考着一些问题的时候，就会不时地听到鱼儿在水面欢快的跳跃声。他也就心满意足地打着哈欠，钻进芦苇棚里，陪着他的鱼儿一块睡觉了。

香子今年的裁缝生意也不错，因有两个小孩，做衣服只有在每天晚上多加一会班了。虽说一个星期能挣个三十几块钱，可这一点钱刚够阿成每个星期去养鸡场买一趟鸡粪。家里用钱却是非常紧，已有两个多月时间没有上街称过肉买过菜了，家里每天只炒些蔬菜。由于阿成和香子都很忙，菜园有时也没工夫打理，致使家里的蔬菜偶尔还断了顿。有时，阿成在塘边喂鱼过后，就顺便在塘边种菜园的齐三贵家买些蔬菜回来。清苦的日子自不必说，阿成只觉得对不起香子和孩子们。

鱼塘里的水，也如阿成所期望的肥了起来，繁殖的大量浮游生物让水绿得恰到好处，水质透明度也符合标准。阿成高兴得仿佛看到鱼儿在水下快活地游来游去，不断地成长。可是，就因为塘里水质的变化引来了麻烦，吵得最要命的就是那个齐三贵老头子，他说阿成把塘里的水搞得他不能吃水用水了。阿成也没有考虑到会有这样的结果，只能是赔礼道歉，说以后只在鱼塘的另一头下饲料，不到他们家那头去喂鱼了。齐三贵说："赔礼道歉有什么用，赶紧抬抽水机来，给塘里换水，鸡粪以后绝对不准往塘里撒。"阿成想，好不容易才将这么大个塘的水质培肥，现在却要他抬抽水机来排水换水，简直不现实。鸡粪跟人家签了一年的合同，买回来是养鱼的，不放鱼塘里放哪里，真是难死人了。齐老头看阿成过了几天还没有动静，便一下子喊来了住在塘边的另外几家人，一起跟阿成吵。连阿成去他家买蔬菜也不卖给他了。几个人又到阿成母亲那里去说理，阿成的母亲一面给他们赔礼道歉一面把阿成狠骂了一顿。阿成没办法，就跟他们到村主任吴玉明那里去评理。还好，村主任做了公道的处理，主任说："首先这口塘不是吃水塘，村里吃的是井水。你们都是从村子里搬到塘边的田地里去种菜的，只包你们用水不包你们吃水。鱼塘里的水不影响你们菜地里用水就行了，你们吃水还是跑远一点挑井水吧。"

乡路

齐三贵要主任禁止阿成往塘里撒鸡粪，主任说："阿成承包的鱼塘，就像大家种责任田一样。他为了养鱼的需要，向塘里撒鸡粪，就像你们往田里撒化肥一样，都是自己的事，别人是无权干涉的。"一场争吵就是这样的结果，齐三贵的心里真是不服。

七月份刚到，勘测路基的具体工作到了阿成的鱼塘边，如预料的一样，这口塘几乎全部在路基的石灰线内。阿成紧张地跟在工作人员后面，询问什么时候来填塘。到晚上，阿亮回村时告诉他，鱼塘的填土工作可推迟到年底，等阿成清塘过后。阿成心里的一块石头才算落地，可他在塘埂上种的那一长畦黄豆必须要马上铲除，因路基填土工程的推土机和车辆要从塘埂上经过。黄豆现在还没有完全成熟，为了配合工作，阿成只得摘下毛豆角，早上去集市上卖。

小镇的集市上，销量有限，阿成忙碌了三四个早上才将毛豆角基本卖完。下早市时，他看着筐子里还剩下一点毛豆角，决定送一点去二叔家。

到学校时，发现一段时间没来，小学校已发生了巨大的变化，学校的大门已朝着新公路的方向开了，老大门这边正在新建一幢教师宿舍。前段时间听二婶说，学校决定让每个老师集资一万元，剩下的由校方出资，每个教师可得到一间上下两层的房子，新大门这边建一排商业门面房，对外出租。

看来这一次新修公路给这所学校带来了巨大的机遇。学校前面一块从前由龚校长带领师生们从乱坟岗上平整出来的操场，因这次修公路被征收而赔偿的二十万块钱，可以让学校大兴土木，让龚校长振兴学校经济，改善教师住宿条件的计划得以实现。阿成从学校的新大门里进去，看见二婶正围着个大围裙双手油抹抹地从食堂里出来。她看见阿成便喜滋滋地迎过来，跟着阿成一同进了自家的屋子，显然她也收了早点摊了。阿成进门就放下了肩上的担子，将毛豆角往下倒，二婶赶忙蹲下用手捺住筐子："少倒点，少倒点。"她觉得太多了，要阿成带点回去。

阿成一坐下，就问二婶的早点生意怎么样了。二婶一说起生意，脸上真是光彩四射，说一早上就卖了十六笼大馒头、包子，还有油条、饺子呢。现在正是暑假，没有学生来买，这些只是街面摊子上的销量。二婶的心情可好了，她也没想到生意会做得这么顺手，感觉她家缴的一万元建房集资款一点也不用发愁了。

阿成将他二婶刚泡好的茶喝了几口，便放下要走。二婶要他在这吃过中饭再回去。阿成说回去还要割鱼草。他挑着筐子正从学校里乱七八糟的工地上走过时，忽然看见龚仪玫站在学校大门边喊她。好久未见她了，阿成略有诧异地走过去，走到跟前才知道龚仪玫在这里开了一间门店。担子还没放下，龚仪玫已将准备要关的店门重新打开了，要阿成进去坐一会，说自己正打算关门回家，忽然看见他了。她仔细地看了阿成一眼，发现他比以前瘦了许多，关心地询问阿成现在怎么样了。阿成说在家种田，一年到头就这个样子，问她店里的生意怎么样。她说平时还好，现在学生放假了，只早上开一会门，要不然怎么会现在就准备关门呢。阿成在店里打量了一圈，都是些学生用品和一些小孩子们玩的东西，说："你真会做生意，在学校大门边开文具店，既挣了钱，又不耽误教书，还过得悠闲，要不然你怎么会过得这么好呢。"说着，两人都忍不住地笑起来。阿成看着龚仪玫比以前更丰满的身体和泛着红晕的脸庞，便感慨起香子来。自从结了婚，香子操持家务以来，很少见到她有红润的脸色，让人深刻地体会到了辛苦操劳的乡下人与养尊处优少有体力活的街上人之间的生活差距。

龚仪玫要阿成去她家里坐坐，跟侯正阳聊聊天，今天在这里吃中饭。阿成说自己还忙呢，没工夫。龚仪玫说侯正阳要是知道阿成在这里不去他家吃饭，会怪她的。阿成说今天回去要割鱼草，改天有时间一定去她家。他蹲下身子，将还剩下的一点毛豆角装了一方便袋，塞在龚仪玫手里，挑着空担子走了。

阿成的整个心思都放在了这口鱼塘里，他小心翼翼地跟塘边的几家人相处着，口袋里时时揣上一包烟，瞅个机会，递上一根，点上火，聊几句。除了齐三贵不卖蔬菜给他，其他几家，阿成轮流着去买些蔬菜，为的就是大家和气。这样相安无事地过了一个多月，新的问题又来了。齐三贵一个多月前买来了三十几只小鸭子，一直关在他家门前的小水凼里养着，现在突然把它们放了出来，鸭子便呼啦啦一下子钻进了阿成的菱角苗里。这些一斤多重关急了的小鸭子，放在水塘里最能跑了。一会儿工夫，就在阿成的菱角苗里跑了几个来回，把菱角苗踏得乱七八糟。阿成正在那边往塘里投青

乡
路

草,赶紧跑来赶,鸭子往回跑时,齐三贵才从屋里出来,把鸭子赶进水凼里围了起来。此后,鸭子每天下塘的次数越来越多,阿成把它们赶回去时,齐三贵就说是关鸭子的围网坏了。几次三番,阿成便怀疑这是齐三贵故意放的,就上街买了一段新围网,又在家里扛了一尼龙袋稻子,一起送到齐三贵家,请求他把鸭子关好。

阿成站在塘埂上,看这段时间里,这些小鸭子已把菱角苗糟蹋得不成样子了,鸭子所到之处,菱角苗全部给弄翻了过去,藤蔓漂起,刚生长出的嫩芽嫩叶全部折断,损失太大了。围网和稻子送去没几天,鸭子又下塘了。阿成忍住火气又赶过去,齐三贵说这些鸭子跑习惯了,不能老关着,一天必须要放几次。唉,真是拿他老头子没办法,这事真的让阿成发愁了。买新围网送过去了,稻子也扛过去了,让他喂养都不行。真想不出什么办法来对付这些小鸭子,对付这个齐老头子了。这是明摆的,齐老头子是故意跟他过不去呀。唉,现在可正是菱角发荗生长的季节呀,鸭子在水里踏一趟,好几天都不能恢复,怎么办呢?

中午,阿成又去塘边赶了一次鸭子,回来走东保家门前经过时,看见东保正和几个人在喝酒,东保客气地喊阿成也来喝一杯。阿成哪有心思喝酒,摇摇手,扛着竹竿子垂头丧气地往回走。

下午,他在田埂上割草的时候,突然想出了一个办法。吃过晚饭,他就去了东保家,东保正无聊地在家看电视,阿成递过香烟,问东保什么时候从上海回来的。东保说有几天了,回来带玲玲去上海。阿成也抽起一支烟,磨蹭着,说托东保办点事。东保问什么事。阿成就把自己的苦恼说了,说自己也实在是没有别的办法,只有东保外面的朋友多,托东保找几个朋友帮个忙,晚上把齐三贵家的小鸭子偷走。说着,阿成随手从口袋里掏出一张一百元大钞,叫东保酬谢朋友,要他务必找个可靠的人来办,一定不能说出去。东保看看一百块钱钞票,叫阿成别急,说这点小事没问题,他马上找人解决。阿成很高兴,临走时,还把齐三贵家鸭棚房的位置和他家门口的一些情况跟东保说了。东保点头,叫他放心。阿成觉得一下子就解决了一件大事,现在他就等着齐老头的鸭子突然间消失了。

过了两天,却未见动静,阿成有些急了。吃过晚饭,他冒着小雨又来到东保家。东保正在床上睡着,满屋子酒气,地上还吐了一大堆,刺鼻的难闻,显然是醉了。阿成喊了他一声,他一骨碌爬起来,知道阿成来有事,揉揉眼,说这两天没找到人。阿成啧啧嘴,有些着急的样子。东保把一双脚放下了床沿,说今晚自己去干。阿成一惊说:"你怎么自己去干?你一个人也不行呀,外面下着雨,你酒还没醒呢。"东保说没事,酒早醒了,边说边将长裤穿上,在床头摸了一把老虎钳子。阿成担心地看着他,叫他小心点。东保叫他在家等着,转身就出了门。

阿成只好在这里等着,屋里仍然是吐酒的酸腥味,很难闻,他想到外面去站一会,外面却还下着小雨。阿成的心里有些烦,在屋里徘徊了一会,在杂乱的墙角处找到了一只粪箕,从灶台里取了些稻草灰,把东保的呕吐物盖住,再拿扫帚清除掉,从后门扔出去。一个多小时后,阿成听到了脚步声,知道是东保回来了。他忙打开门,东保将背后的一只蛇皮袋子重重地摔在地上,挺沉的。阿成慌忙将门关上。东保擦着头发和脸上的雨水说:"还没有捉完,这里是十八只。"

阿成一听,急切地说:"是不是一趟背不动?那还剩十几只,要是放在塘里,还是一样的害。"

东保说:"那有什么办法?一趟只能捉这么多,我就两只手,手都抓满了,你看这鸭子大的都有两斤重了。"阿成伸手将蛇皮袋的口子掀开,一看鸭子全堆在一起,大多数都已闷死了,还有一两只的脖颈在扭动,嘴想张开似的。他赶紧将袋口扎紧,怕鸭子叫出声来。阿成问东保还有什么办法。东保说除非再去一趟。阿成问他行不行。东保说就怕刚才走的时候弄出了动静,把齐老头惊动了。阿成问他刚才走的时候,有没有把什么东西碰倒了弄出响声。东保说没碰到东西,但没有被捉住的鸭子在鸭棚里乱跑,还叫了两声。阿成听了有点害怕。两人商量了一番,东保要阿成陪他一道去。阿成一听,身上就起鸡皮疙瘩。东保叫他不要怕,先站在远处看一看,要是齐老头一点动静没有就下手,小心点。阿成的心里七上八下地跳,可这全是为自己的事呀,他咬咬牙,硬着头皮答应了。

东保又找了一只蛇皮袋子塞在阿成手里,熄了灯,关好门。外面的毛毛细雨还在下,路已有些滑了。俩人小心地来到齐老头的房子后面,用耳朵

乡路

贴着齐老头房间的窗户,听到里面轻轻的鼾声,这才蹑手蹑脚地来到齐老头的门口,东保从兜里取出一根短绳,将大门在外面拴牢。然后两人轻手轻脚地来到鸭棚边,东保要阿成在外面站着,注意齐老头房间那边的动静,如被齐老头发现了或齐老头起床开灯,阿成就在鸭棚房子的门板上敲一下,以便东保逃走。

东保将上一次就撬坏了的门锁拿下来扔了,轻轻推开门钻了进去。阿成的心都快提到嗓子眼了,全神贯注地注意齐老头房间的动静,手里拿着根木棒,准备一有动静就随时敲打门板。阿成不知道东保在鸭棚里怎样抓鸭子,站在门外只听到里面的鸭子在棚里来回奔跑的响声。阿成的心里慌得不行,听到梧桐叶上聚集的水珠落下时发出的声音都惊得一跳,差一点就把木棒打在了门板上。

东保终于从鸭棚房里弓着腰出来了,两只手里抓满了两大挂鸭子。阿成放下木棒,就要牵开袋口装鸭子。东保示意他别急,离这远一点再装。阿成跟着东保走了五六条田埂,二人蹲了下来。阿成这才发现,东保手里的每一只鸭颈子都夹在手丫里,每一个手丫里都夹满了鸭颈子。难怪抓了这么多的鸭子,却没听到鸭子的叫声。鸭子基本上都被夹死了,没被夹死的一时也无法叫出声来。东保麻利地将鸭子装进了口袋里,俩人从田野里绕了一个大圈子后,才回到家。东保再将第一次抓回的小鸭子全部装进一只口袋里,背到房子后面,扔进了粪坑里。

第二天上午,阿成还拿着一根长竹竿子,做出去塘边赶鸭子的样子。还没到塘边,就听到齐老头在门口的骂声。阿成走过去,递给他一根香烟,点着火,问怎么回事?齐老头说:"昨晚上,几十只鸭子全给扒手偷走了。"一个在田里薅草的人,发现田埂上有许多鸭毛。于是,阿成就和好几个下圩做事的人一起,跟着齐老头跑过去,帮着老头子分析昨晚扒手来的方向和路线,又都劝了他几声,让他别太难过了。

阿成扛起竹竿往回走,暗自得意。昨晚上的事做得既精彩又天衣无缝,从此不再担心鸭子下塘糟蹋菱角了。齐老头就是做梦也想不到这是阿成干的,因为全村人包括齐老头在内,谁不晓得阿成呢?长这么大,人家树上的一颗桃一颗梨也没摘过,更不用说做什么不三不四的偷窃扒拿的勾当。

你可以怀疑任何人,也绝不会怀疑到阿成。说回来,这也实在是不得已而为之啊。

东保赚了一百块钱的路费,带上玲玲又去上海了。他今年一过年就到上海把小月找到了。小月过年没回家,一是因为自己不想回去,去年她曾托人带话给东保,要东保在家好好反省,规规矩矩把几亩田做好,别在外面鬼混,保证以后不再打人了她才回去。二是因为店里的事实在是忙,越是过节,美容理发的人就越多。最重要的是张猛说过,要是她回家了不来,他就直接追到她家里,她有些害怕。她知道自己如果回去了,东保肯定会阻止她再出来,要是那样张猛真的追过去怎么办,她不敢往下想。所以,她打电话给风珍,说自己换了地方,是怕东保突然来找她胡搅蛮缠。可东保自然有他的手段,他到了上海,直接去了秦姨家,见小月真的不在,就要秦姨提供小月的去向和线索,他肯定小月跟秦姨家是有联系的。秦姨说不知道,他就赖在秦姨家的客厅里住了三天。秦姨实在没办法,才打电话叫小月来把他带走了。

小月要他找点事做,东保就在附近的工地上找了个临时工,可他每天晚上却要到小月的店里来住,说外面的房租太贵了,住不起。小月住的是集体住宿,没办法,只得每晚陪他在店里的长沙发上睡觉,把店里搅得不成样子。小月担心这样下去老板会不高兴,又怕张猛突然间闯来,那就更麻烦了。没过几天,她就离开了这里,跟东保一道去了浦东,租了间便宜的民房,自己重新找了家店上班。

自从小月去年带了口信给东保,春节时,她还真的没回家,东保就有些害怕。现在他尽量表现得好一点,小月给他找了个水站上班,他便每天骑自行车给人家送水,虽然扛着个水桶楼上楼下地跑,他还是咬牙坚持着。回到家,他还亲自烧菜做饭,讨小月的欢心。他们似乎又进入了一段甜蜜的生活。

放暑假了,小月要他回去把玲玲接来,今年玲玲该上幼儿园了。她想把孩子接到上海来,在自己身边上学。最近一段时间,她看东保表现得还不错,自己也觉得满意,就不再说他什么了。人不就想图个安稳的日子吗?她已一年多时间没见到玲玲了,怎么能不想呢?

40 / 几分耕耘几分收获

　　阿成的菱角保住了，很快长满了水面，开出了点点紫花，一派喜人的景象。

　　九月，阿成将两亩中稻收割回家，就开始摘菱角了。第一天，他和香子两个人试摘了一下午，晚上烀好。第二天早上挑到街上，九十多斤竟卖了一百零几块钱，阿成心里热乎乎的。摘了两天，他就觉得这么大的水面这么多的菱角光靠他跟香子两个人摘是来不及的。于是，他赶紧找来亲戚朋友们帮忙，母亲也帮他在外面借来了好几张大木盆。

　　桥埠镇的销量太小了，除了阿成家外，还有好几家散户每天早上都用竹篮子拎一点去叫卖。阿成觉得自己这么大的产量，不能指望这么一点大的市场，他决定去县城看一看。母亲每晚在十一点左右帮他把一天摘下来的菱角烀好，摊在好几个大簸箕上。凌晨四点，他准时起床，装包，然后挑到公路上等车。上车后，在中途又转两站，才到县城。

　　他在东门车站下了车，天还很早，城里人才刚刚起床。他便急急忙忙地挑着担子往集市上赶，他知道这一带有个农贸市场。进了市场的围栏，他庆幸自己来得还不迟，菜市场大门口两边还是空的，他知道这里可以摆地摊。他刚歇了担子，就有个卖菜的人过来了，说这地方是他的。阿成没说话，就把自己东西往边上挪了挪。此时，两边已有不少的小贩过来，陆续摆起了地摊。阿成刚在地上铺开一张塑料布，倒下半袋菱角，秤杆子还没摆好，一个年轻的妇女提着一篮子黄瓜过来了，说她每天早上都在这里卖黄瓜，要阿成让开。阿成的摊子已摆开了，一看两边也没地方了，不想让她。那妇女尖叫着，凶巴巴地要把阿成的菱角扯翻。阿成急了要拉她，眼看就要吵架了，旁边一个卖豆角的老头劝住他俩，指着对面一小块地方，叫阿成去看看。阿成一看，地方太小了，还不到一尺宽，但还是走了过去，递了一根烟给旁边一个卖韭菜的青年，问他能不能挪一点，年轻人将韭菜稍微挪动了一下。阿成费了很大的劲将摆好的摊子搬了过去，挤挤的，只有半个摊位大。卖韭菜的青年说，这些坐地贩子凶得很，专欺负生人。阿成刚理好摊子，便有一个中年妇女过来了，问阿成的菱角批发什么价钱。阿成说："批发价一块八，零卖两块。"

那妇女说："一块五吧，我要一半的货。"

阿成想她肯定也是坐地贩子，不想跟她多说，就说："最低价一块八，不要我就自己卖。"妇女见他不松口，就放下手走了。

县城里的销量比镇上可大多了，一个早市就卖掉一大蛇皮袋。可早市过后，到半上午时，菜市场上的人就少了，阿成也有点急了。早上挑来的才卖掉一多半，还有一大袋子没怎么动。阿成想，要是早上来时批发掉一半给别人就好了。他看见早上要来批发菱角的那位妇女，在菜市场外的围栏边上摆水果摊子，水果摊上还撑着一把特别大的遮阳伞。

阿成左顾右盼地看着那些从菜市场里进进出出的人，希望有人来称个一斤二斤的。他到现在早饭还没吃，就叫隔壁的人帮他看一下，自己去买点吃的。他买了两根油条，边走边嚼地往回走，经过那水果摊时，阿成不由得向那妇女看了一眼。他坐在菱角袋上，两根油条刚吃完，那妇女果真又来了，问阿成的菱角现在什么价卖。阿成一下子有了精神，说："一块五。"

"一块五是零卖吧，我一下子要你的。"

阿成听出了小贩们说话的精明。不过这妇女还挺和气的，她叫阿成把那没开的包打开给她看看。阿成也乘机磨磨蹭蹭地跟她谈价钱："早上说一块八，你现在要就一块五吧。"

"我早上要一块五你不卖，现在你看看是什么时间了，市场上都没人了，现在最多一块二。"

"大姐，稍微加一点吧。"

"现在只能一块二，一分都不能加。"妇女毫不退让。

阿成一想，决不能带回头货回家，因为明天同样还有许多货要卖。他败了下来，谈价钱绝不是人家的对手。他马上就说："好，好，一块二就一块二。"忙把地上的也全部捡了起来，放在一起，一块称了，一共八十七斤。他把菱角送到妇女的摊位前，结了账。那妇女跟他说，明天早上来时，称一担或者全部给她都行，价钱给他一块五，问阿成干不干。

阿成说:"好呀,明天一定来。"阿成理好绳索和蛇皮袋子,扛起扁担就往车站赶。他一边走一边想,明天就先送一担到这里来,剩下的自己去另一个市场卖。看来这一个市场是销不完的,他打算明天再去西门市场试试,看两个市场卖,能不能卖快点。因为后面的产量有可能还要增加,卖完了,回家还要割鱼草呢。

第二天,他装了满满的三大包,挑了两趟才挑到公路上等三轮车。又是一番转车颠簸,下了车,他还雇了一辆黄包车才送到菜市场。阿成爽快地以一块五的价钱称了两包给这妇女,并且说,剩下的自己去西门市场卖,这里让她一个人卖。妇女听了很高兴,并对阿成说自己姓王。阿成叫她王大姐,也跟她说了自己的名字。此后,阿成每天都送两袋给王大姐,自己再去西门市场。

一季菱角,两个多月时间,阿成挣了一大笔钱。不过,这可是全家人付出的辛苦,还有许多亲戚朋友们的帮助。特别是香子,每天都坐在木盆里下塘摘菱角,起来时,两条腿好久都伸不直,手丫子都在水里浸烂了,捏拳头时都合不起来。母亲每天晚上帮他烀菱角烀到十二点。这每一分钱都来得那么艰难,那么不容易。

当菱角下市后,塘中的藤蔓逐渐衰老腐烂,正好扩大了鱼类的活动空间,此时的气温虽然逐渐变凉,但仍然还是鱼类活动和生长的旺季,阿成又加大了饲料的投喂。虽然田埂上再也割不到鲜嫩的青草,但是,这个季节河里的水草还是丰嫩的。尽管天气有些凉,阿成还是趁中午阳光强的时候下到河里去打草,有时在水里实在感到冷时,就爬到船头上晒一会太阳,抽一根香烟热乎热乎,再鼓起勇气跳到河里。皇天不负苦心人,这一塘鱼也着实长势喜人。可是,令人烦恼的事还是来了。新公路的路基一天天向这里推进,轰隆隆的机器声几乎都能听得见了。大约还有一个多月时间,最迟在年底前,这口塘将整个被新公路所覆盖。他多想把还有两年的鱼塘合同期承包完,可这已是不可能的了,连自己的两亩责任田也将被压在公路下面。唉,他现在连烦恼的工夫都没有了,他必须马上抽水清塘。修公路这样的国家大事,岂能跟他算个人的小账?

农历十一月,阿成排干了鱼塘,这一塘鱼呀,真是喜人。阿成请了许多帮手,每拉一网都是浑圆浑圆的大鱼,城里来的鱼贩子就在塘边直接过磅运走。特别是塘底下的大鲫鱼,都有巴掌大,半斤重以上,每个贩子都抢着出价钱。

阿成对这一年的收入应该是满意的,他把前几年欠的债和信用社的贷款全部还清了。一时,他的心情轻松了下来,无债一身轻嘛。积压的债务全部清除了,对他来说,就像压在心头的一块大石头被掀掉一样。可是,他也高兴不起来,因为这口鱼塘将不复存在了,连自家的责任田都没有了。虽然土地里挣不出个什么,但是,当农民真正要完全失去土地的时候,却又像丢了魂似的,下一年,他该怎么办?

41/ 新的工作、新的机会一定会有的

阿成春节前去镇上领取了补偿款。现在不但鱼塘没了,连自己的田地也真的没了。

阿亮给阿成出主意,叫他考虑在桥埠镇的街道边造个门面房做生意。阿成说:"现在哪造得起房子? 街道边的地皮都贵得要死,虽然今年挣了些钱,新公路征地的补偿款也领了些。但是还了债,剩的没多少了。"阿亮点点头,他也理解阿成的难处。

这一回,阿成只能依着香子出去打工了,因为再没有什么别的办法。母亲也只有答应给他带孩子了。他准备过了年就动身出门。

新年的第二天,阿成带了些礼物去二叔家拜年。一踏进桥埠小学,新的气象出现在眼前,白瓷砖装修的教学楼在学校的中心位置巍然矗立;教师们都搬进了新宿舍里,每户一间,上下两层,前面有小院子;学校大门两旁的门面房大都已出租给了私营户;教学楼后面新修的操场,整洁而宽阔,一些如篮球架、乒乓球台、单杠、双杠等体育设施都安装齐全;连从操场边去厕所的一条小路都修得很精致,过一条小水沟处,还像模像样地修了一座小拱桥。学校里的面貌真是彻底地发生了变化。

　　可是在这辞旧迎新的新年中,学校里却看不到什么喜庆的气氛。阿成进学校大门后遇到了几位熟悉的老师,他们打招呼的神情都很木讷。阿成到二叔家里,发现二叔的神情也不振。正感觉诧异疑惑时,他发现门外操场边的那条小路上,侯正阳正低着头,好像刚从厕所里出来往回走。阿成站在门外喊了他一声,侯正阳抬头一看是阿成,便向他招手。阿成向前走了几步,两人在乒乓球台旁站住,互相推让着各自点着了一根香烟。随即,阿成跟着侯正阳进了他的家。龚仪玫满面笑容地摆上茶盘,泡了三杯茶。今天是大年初二,她知道阿成是来他二叔家,在这个时候进她家的门还是第一次。好长时间没见面了,三个人一边喝茶,一边聊天,阿成才知道他们学校出事了。原来,从去年下半年开始,政府在全省范围内展开了清理三角债、检查小金库、整顿经济秩序等一系列活动。上级部门在桥埠中心小学里查出有挪用公款、乱收费、账目收支不清、财务管理混乱等严重问题。具体情况是,学校向上级部门申请的新修操场建设费十八万元应足够修建操场了。而学校被征用掉的老操场补偿款二十万元,加上学校在每名学生头上每学期多收一百元学费,两年有十六万元,累计三十六万元里头有十多万元去向不明。在财务保管处查到的只是一些建筑材料的购置发票八万元和一些往来的招待费批条十二万元。侯正阳接手财务保管的时间不太长,在调查人员的监督下,他又忙乱地在一大堆繁杂的账目中找到了一张账单,上面是一些农民工领工钱时的签名和红手印。农民们都不习惯打条子,只是歪歪扭扭地签个名,按个手印方便。但算来算去,这工资账也只有五万多,还有十万多元的缺口。侯正阳知道这些钱和那些材料购置款大部分都用在盖教师宿舍楼上了,也有一部分是在迎来送往的招待费里,其中还有许多不符合规定的,根本就没有报账签条子。侯正阳语无伦次地解释着,但怎么也解释不清楚。调查人员就觉得奇怪了,说怎么连条子都没有,钱就用出去了,可见这账目混乱到什么程度,这可都是经济犯罪行为。侯正阳一听,脑子一下子就大了。他接管账目还不到大半年时间,当初账目在李有顺手里,就是因为这两年学校里繁杂的账目多了,学校又决定集资盖宿舍楼,教师每人集资一万元,剩下的由学校拿钱,李有顺不敢承担这些责任而不愿管理财务。龚校长找不到旁人,就安排了女婿侯正阳管理,这一下,侯正阳觉得真的要倒霉了。

查账的时候,龚校长不在家,他一回来,侯正阳就去跟他说了。龚校长第二天就到县里去了一趟,找到了工作组,说学校里集资盖房子是他提议的,因为教师们多年来一直住在老旧漏雨的住宿里,为教师们改善住房条件是他的责任。学校原来的老操场,以前是全校的师生们在一块乱坟岗上平整出来的,现在修新公路征掉了,得到的赔偿款大部分用在了建设教师的宿舍楼上,应该也是合理的。工作组说,那也是集体资金,不能用在建设教师们的私人住房上。另外,学校为何每学期多收学生一百元学费,是乱收费,这些都属于经济犯罪。龚校长说,学校经费一直都很紧张,别的学校,包括一些中学,也是这样收费的。工作组说学校里财务管理混乱,不专业,毫无章法。龚校长说一个小学校,就那点儿事,平常也没有什么经济账要管。多少年了,都一直沿用着老办法,找一个人保管就行了,账目上的一些问题也是长期累积下来的。现在看来工作上是欠缺了,这项工作以后是要规范改正。龚校长与工作组讲了半天的理,工作组的一位组长跟他说,这些绝对都是犯错误,必须要纠正,而且要追究责任,叫他回去,等待上级的处理。

让他感到更不痛快的是,他回到学校里,刚进办公室,李有顺就向他提出要辞去教导主任的职务。他生气地将手里拿的一本书摔在办公桌上,说:"不就这么大点事吗,能有多大的责任?再大的事,我一人担着。"李有顺很不好意思地低下头,他不知道龚校长在县里跟工作组辩了一上午,没什么好心情。其实他的意思是自己担任这主任职务的时间本不长,没有必要为学校以前的许多事负责。他一贯都是胆小,怕惹事。其实他心里也为龚校长担心,他何尝不是一直对龚校长心存感激呢?当初在他们那一拨的代课教师中,是龚校长为他指了路,叫他去了鼓山小学,在那里得以转成正式教师,又是龚校长相助他从鼓山调了回来。因为韦老师的身体原因,龚校长又让他代替了韦老师的位置,担任了教导主任一职。他的心里也确实是把龚校长当成自己的老兄长一样。当然,龚校长也一直看中他工作细致,勤勉负责,为人谨慎。

李有顺受了龚校长的一通火后,觉得是应该的,他不该在这个时候让龚

乡路

校长心里难过。快吃晚饭的时候,他见龚校长还一个人坐在办公室里抽闷烟,就推开门,喊龚校长去他家吃晚饭。

从寒假之前的那一段时间开始,一直到现在,整个学校都是笼罩在郁闷的氛围里。上午,阿成在与侯正阳和龚仪玫的谈话里,也感觉到了他们对这件事的焦虑担忧,甚至还有些恐惧。现在他们每天都在惶恐中,战战兢兢地等待上级部门随时下来,对这件事做出处理。阿成尽量找出一些话来安慰他们,说这是集体的事情,不会要某一个人出来承担责任的。大家都是叹着气,摇着头,唏嘘着。

这个春节,整个学校恐怕都是在唉声叹气中度过了。

过了正月初七,阿成就和香子背上了行囊,加入了浩浩荡荡的民工潮。他们听说温州那边的工资比较高,就跟着去年在温州火车站扛包的小朱去了温州。等到了外面,才知道外面的工作很难找,情况根本不像他们想象的那样。城里到处都是找工作的民工,车站里还有实在找不到工作而又无路费回家的人,他们就在车站的角落里,以及广场边一些建筑物的廊檐下,枕着行李,在铺盖卷或报纸上睡觉。

阿成和香子跟小朱一起到了住处。阿成打算跟小朱一起在车站扛包,等小朱他们组长来了再跟他商量,现在先给香子找个服装厂上班。两人走到街上,看到一根电线杆上贴着几张服装厂的招工广告。看来,这边的服装厂还不少。一天时间,他们进了几家厂子看了,都是些私人办的小作坊式的加工厂,里面的条件差得要命,都是一间民房里摆几台缝纫机,挂几把熨斗。宿舍就在工人们的头顶上,是老板们为了节约,充分利用房子里的空间,在车间里搭建的小阁楼,上面只挂一道布帘隔开,男女工人各住一边。香子无论如何不愿进这样的小厂。他们跑了两天,终于找到了一家像样的厂子,经过考试,老板娘叫香子第二天去上班。

香子上班后,阿成就在小朱这里耐心地等待着。他们的组长终于来了,可他们组去年的老工人都来了,不需要加人。小朱又帮他找了几个组,都是人够了,阿成白等了几天。

他开始一个人到外面去转悠,抄下墙上和电线杆上一些招工广告的地址,又找了两天。结果是,有的地方因为你没有技术,挥手就叫你走人;有的地方叫你留下身份证，交一笔押金，过几天来考试，继续往下打听，却不说明为什么要先缴押金，阿成怕上当而不敢久留，更多的地方是人已招满。就连一个小餐馆里贴出的招收一名洗碗工广告，阿成去看时，竟有十几个人在排队应聘，老板在里面挑一个长相好一点的姑娘走了。阿成跑得浑身没劲，回去往小朱的床上一躺，叹口气在想，自己也别傻跑了，事情要是那么好找，外面也就没那么多到处找事的人了，车站里也就不会有找不到事想回家连路费也没有的人了。小朱劝他别急，说装卸队里也经常有人走的，再等几天，说不一定有机会。

阿成没办法，只有等几天再说。第二天，他想去香子的厂里看看。他没敢带行李，怕带行李去了门卫不让进门。他来到服装厂门口，递出香烟，跟门卫说来看他老婆，门卫让他进去了。他在二楼的车间里找到了香子，说这几天一无所获，装卸队里不要人，在外面也没找到事。香子急了，同组的一名女工对香子说，听说仓库里和剪裁房里还缺两个扛料子的人，叫香子去问问老板娘。阿成和香子立刻进了老板娘的办公室，香子说明了情况，问老板娘能不能收下阿成做普工。老板娘说前两天来了六七个小伙子，仓库里就缺两个人，收齐了。老板娘见他俩很失望，又看了一眼阿成说："要是会做车工，可以留下来，你们两个在一起做还可以互相照应着。"阿成笑着摇摇头，说不会做，谢了老板娘的关心。

从办公室出来，阿成才注意到车间里果真有许多男车工。他只是以前在家闲的时候，给香子帮过几回忙，家里的小缝纫机踩过，可这厂里的电动缝纫机，今天才第一回看见呢。再说，他从来也没打算过做服装。在老家，做服装大多是女人或一些腿脚不便有残疾的人做的事。

傍晚回到装卸队里的时候，发现装卸队里又来了许多人。最近，装卸队的宿舍里闲人太多，都是像阿成一样，过了年出来没找着工作的，一起挤在老乡或熟人的宿舍里。装卸队的领导看宿舍里的秩序很乱，要闲杂人员马上离开。

十多天时间没找到工作，让阿成遭受了很大的挫折，也对这趟行程感到失望了。听到装卸队的领导已在那头喊着驱赶窝在宿舍里的闲人，他赶紧出了小朱的房间，沉闷地点了一根香烟，漫无目的地在大街上闲逛，脑子里的思维也在漫无边际地神游,他想来想去,觉得只有回家去了。他在街上待了很久,晚饭也在小摊上随便买一点吃了,趁天黑还是溜进了装卸队,在那里又偷偷地住了一个晚上。天还没亮,他赶紧起了床,在小朱跟前借了路费,去车站买了车票,无可奈何地回家了。

阿成在路上,在汽车上,一直都在思考着自己该怎么办。他现在面临的,并不是什么暂时的困难,而是到了需要解决生存问题的层面了。因为回到家里,连那一点土地也没有了。干着急是没用的,只有全面地认识自己,分析现在的形势,找准自己应有的位置。他现在认为,有一样手艺是多么重要,没有技术,没有手艺,现在是绝对不行的,在外打工都没人要。自己以前曾做过油漆工,可自从眼睛受伤后,不能受到化工产品的强烈刺激而不敢再做了。可现在的情况是,他必须得出门打工,也就是必须要掌握一门技术,自己该学什么呢?他苦思冥想,最后决定,还是学缝纫吧,就跟香子学,在家里学,还省得学别的手艺找师傅那许多的麻烦。再说,外面服装厂里男车工多的是,这一次在外面他也看得清楚了。

有了决定,心里就平静了许多。晚上到家时,天已漆黑了。他抓紧时间给香子写了一封信,说了自己的打算。

第二天一大早,阿成就赶到街上寄了信。

当他又踏进桥埠小学的大门时,一个绝对想不到的消息让他震惊了。就在前不久,他刚动身没两天,学校也准备新学期开学了,县上的调查组又来到了学校。蹊跷的是,龚校长却在头天晚上因喝醉了酒,起来上厕所时,在小拱桥上绊了一跤,摔死了。第二天早上人们才发现他,看他那惨状,头在台阶上跌破了,糊了一脸的血迹。他斜趴在拱桥下小路边的土坡上,头颈歪扭着,弯曲着身子,痛苦的样子。这正好让调查组的人赶上了,调查组马上就认定是畏罪自杀。学校里的人都说冤枉,龚校长一生正派,怎会畏罪自杀?他就是喝醉了酒,又是高血压,晚上上厕所在小拱桥上跌倒了摔死的。因为他上惯了外面的厕所,家里新安的抽水马桶不习惯,从来没用过。

调查组的人马上就报了警。一时,县上的、镇上的、公安派出所的,还有法医,来了一批人,做了检查,查出死因是脑出血,排除了他杀与自杀的可能。

学校将龚校长安葬没几天，县公安局来了一辆车，把侯正阳给带走了，一下子龚仪玫成了这个世界上最伤心的人。

李有顺与韦老师第二天就去了县里，在看守所里见到了侯正阳。才一天多时间，就发现侯正阳的胡子长了，头发凌乱了，眼里满是恐惧，说调查组要追究责任。

俩人在县里也找不到任何熟人能说上话，就回到了镇上。镇长说不能因为龚校长不在了，就没有人担责任，侯正阳在学校里主管财务，当然要逮他。好一会，韦老师才急红了脸说："就这么大点事，龚校长都不在了，总不能还抓人判刑吧。"

镇长说："这次是全省的行动，力度大得很，我们全县很多单位都有些情况，总得抓几个吧。"俩人面面相觑，无言以对。

阿成得知了所发生的一切，感到太意外了，结果比人们所担忧的还严重，让人觉得世事真是难以预料，这还没多少天的时间，龚校长就不在了，侯正阳被逮捕了，龚仪玫原来那养尊处优姣好的面容，仿佛因哭干了泪水一下子憔悴了。

阿成见到她时，看她那悲伤的样子，知道她还处在巨大的痛苦中，让人不忍再询问她什么，怕又触碰到了她的伤心处。

阿成只安慰了她几句，说事已至此，不要太难过了，就那么大的责任，也不可能叫侯正阳一个人承担，公安局肯定是先把话说严重点，吓唬吓唬下面的人，等事情处理完了，侯正阳不会有什么事的。龚仪玫的眼里盈满了泪水，感激地点点头，她觉得阿成的话最能体贴到她的心里。

阿成也神情黯然地离开了学校，他为侯正阳、龚仪玫他们的遭遇而感到难过。

香子很快回信了，叫他闲时拆掉几件旧衣服慢慢地做，再练习做些口袋和领子。阿成开始在家里非常耐心地拆了几件衣服，重新做起来。练习了几天，他感觉还不错，用旧布头做了领子和口袋，也像个样子。他就买了一段布料，试着给女儿做了一款塔裙，宇婷穿在身上还挺漂亮的，他就更有信心了。他甚至还后悔在温州的服装厂里没有抓住机会到机器上试试看，想那电动缝纫机也应该容易掌握。

阿成就这样在家里一边练习做衣服，一边打些零工。近来，国家的通信网络进一步发展，这边远的乡村也开始架电线通电话了。一时，老百姓虽然不是家家都通得起电话，但电信局的电线杆和电线得先架到每个村庄。阿成在这段时间里，跟着抬电线杆，拉电线，做了不少小工。

暑期到了，服装厂的生产也到了淡季，厂里放了一段时间假。香子回来了，她看阿成的衣服做得不错，也非常高兴。俩人商量，阿成必须把电动缝纫机踩会，掌握好。可是桥埠镇上还没有哪家缝纫店里有电动缝纫机可学。于是俩人便到县城里去找，找了大半天，终于在一家服装培训学校里找到了电动缝纫机。阿成交了一百块钱学费，准备学一个星期。他先回去准备了两天，香子给全家每个人都裁了两套衣服。阿成就背上满满一大包已裁好的衣服，到城里练习电动缝纫机去了。这回，真像阿成想象的那样，非常顺利，会踩缝纫机再学着踩电动缝纫机，就像会骑自行车的人，再学骑摩托车一样顺手。原打算学一个星期，结果五天他就踩得有把握了，一大包的衣服也全部做完了。

这几个月来，阿成虽然只打了些零工，没挣到什么钱，但他却过得很充实，因为他觉得自己有了进步，有了方向。

香子跟阿成商量，下半年她不去温州了，一个是因为温州离家较远，再一个是想找个有熟人的厂里上班。阿成觉得有道理，他毕竟是生手，有熟人介绍，肯定会好些。香子去了一趟红莲的家里，找到了红莲的电话号码。俩人来到桥埠镇，打电话给红莲，问厂里现在还收不收人了。红莲听是香子，很是惊喜："噢，香子呀，你现在才出来呀……我已经不在厂里上班了，今年春节过来时，我就在人家服装店里卖衣服了……你别急，我在这边打听打听再说吧。"香子有些失落地放下话筒，阿成也在旁边听得清楚。他劝香子别急，那就等等再说。这样过了两天，香子想再去打电话问问，又不好意思打，拿不定主意。忽然，街上看公用电话的老刘带信来了，说有人打电话找香子。香子急忙去了街上，果然是红莲的号码。香子赶紧打了过去，红莲说："我给你联系了，不过是小厂，去不去？"

香子怕像温州那边的小厂一样，问她："是什么样的小厂？"

红莲说："那小厂还好，我昨天去跟老板娘联系了，我以前还在那里做过,老板娘人还好。我表姊现在就在那里上班。"

香子说:"是田秀呀。"

"嗯,就是她呀,今年正月也是我介绍她去的。我表姊现在带了她一个妹妹,还有几个亲戚在一起做,有一小组人,你去了跟她在一块做肯定行。我昨天去时,跟她说你可能要来,她还高兴得很呢,你到上海时,打电话给我,我接你,送你去。"

"那真难为你,谢谢你了。"

红莲说:"哪要跟我客气的。"

香子回来告诉了阿成。阿成说:"行,小厂就小厂,比没人要好,我们先在那里做着,等有时间再到外面看看,看能不能找到刁鸿宝,不知道刁鸿宝现在在不在上海了。"俩人开始处理家里的一些小事,又商量下半年是不是把两个孩子送到学校里去,听说学校里办了幼儿园,三周岁多的孩子不知要不要。香子叫阿成去问一下,若学校能收,奶奶只需早上送去,晚上接回来,免得成天跟在孩子后面跑,也减轻一点老人的负担。

阿成早听说龚仪玫一直都带幼儿园的课,就去学校里问问。可到学校时,却见她家和商店都关着门。他去二叔家才听二婶说,龚仪玫一大早哭着去县里了,今天真的是给侯正阳送监去了。前天判决书下来了,侯正阳被判了三年刑。阿成听了一惊,虽知道侯正阳一直在县看守所里还没回来,但他和所有的人一样,都觉得只不过是配合调查,是暂时关押,没想到,真的将他判刑了。唉,这样的结果,是多么不可思议,让人遗憾,让人感叹。

阿成跟他二婶说了,想把孩子送到幼儿园,早晚让他奶奶来接送。二婶说,那当然好,三周岁的孩子学校里要,现在小孩都到幼儿园来,早晚接送,大人还能做点事,比在家里好多了。

阿成心里想着侯正阳的事,闷闷不乐地往回走,他很为侯正阳不平,为龚仪玫担心。一切都安排好后,俩人便乘上汽车,去上海了。

42/不管是煎熬还是磨炼，都要坚持

坐了一夜的汽车，到站时，已是清晨，两人又转了好几路公交车，才找到了红莲在电话里说的地方。香子在一个站点旁的小店里给红莲打了电话。红莲叫香子在等着，她马上就来。不一会，一辆出租车在他们面前停下，红莲从车上下来喊香子。嗬，简直认不出红莲来了，要不是红莲喊香子，阿成根本不可能认出这是红莲。前些年跟香子学徒时的黄毛丫头，这几年没见着，变化这么大，就像电视里看到的人一个样，奇怪的发型，时尚的衣裳，脚上穿着尖得不能再尖的皮鞋。让阿成更诧异的是，红莲在跟出租车司机说话时，他竟然都难听懂了，肯定是上海话。红莲看阿成也在这里时，稍微愣了一下。阿成说："在家里混不下去了，只有都出来打工。"

香子说："阿成现在也会踩缝纫机了。"

红莲叫司机打开了后备厢，把阿成和香子的行李放了进去。上了车，红莲对司机指了个方向，就跟香子说："先在小厂里做做，有机会再换好一点的地方。"香子说给她添许多麻烦了。红莲不好意思地叫香子不要跟她客气。

车子一会儿就到了目的地。下车时，阿成便掏钱付车费，红莲硬是把他推了回去，说自己付，香子总还是她师傅呀。红莲帮着香子提着行李，来到一座小院子的门口。她敲了几下铁门上的门环，里面出来了一个老婆婆。她一边开门，一边笑嘻嘻地看着香子和阿成，问红莲他们是不是她老乡。红莲答应着老婆婆，说是。红莲低声跟香子说，这是老板娘的妈。红莲问老板娘在不在，老婆婆说在右边的办公室里。几个人正要往办公室那边走时，老板娘听到院子里的动静出来了，看见红莲领着两个人，便说："来了？"

"嗯，来了。"红莲答应着，几个人就在办公室的阳台上放下行李。红莲介绍说这是老板娘，然后又向老板娘介绍了香子和阿成，说香子是她的师傅。香子谦虚地笑笑。老板娘看看香子和阿成忙说："那好，那好。"便叫他们先去车间里看看。

红莲领着香子进了车间,正在干活的田秀看见香子:"哟,香子!"她喜出望外,忙放下手中的活,热情地搬来了一只凳子,叫她坐下,"哎哟,好长时间没见到你了,前几天听红莲说你要来,估计你这两天就要到了。"香子见了田秀也是无比的高兴,两年多不见了,想不到今天又来到一起了,她叫田秀赶紧忙自己的事。阿成与田秀以前没见过面,香子向田秀介绍了阿成,说在家里没什么事好做,也出来打工了。

田秀看着阿成说:"人家木匠、瓦匠正月里就出来找事了,你到现在才出来,事情不好找呀。"

香子说:"他也想在服装厂上班。"

田秀稍一愣:"也做裁缝呀?"

阿成笑着说:"哪是裁缝? 刚晓得踩缝纫机。"

田秀又打量了一下阿成:"刚刚才会踩缝纫机,你就敢到厂里来上班? 厂里要考试呀。"阿成一惊,心里当然没底,不知厂里要考什么。

说话时,已到十一点钟,红莲说要回去了。田秀要她在这里吃过中饭再走。红莲说她今天出来时还没跟老板打招呼呢,要赶紧回去。她出了门,正好招了路上一辆车,回过头跟香子他们挥了一下手,便钻进车子里走了。田秀跟香子说:"红莲去年就去浦西卖衣服了,服装店的老板是个小青年,听说他俩在谈恋爱了。"

香子说:"难怪她不在服装厂上班了。"

田秀叫她妹妹田红去买些菜,顺便去搪瓷厂里喊一声黄胜,叫他中午回来吃饭。田红应了一声,放下手里的活出去了。田秀招呼香子和阿成去她租的房子里,并给了香子一把钥匙,给她指了方向,叫他俩先去,自己到食堂里去端饭。

香子接过钥匙便跟阿成往外走,阿成问香子:"田秀说厂里要考试,要考什么?"

"不晓得,有的厂考开口袋,有的厂里考做领子。你现在都不熟练,考试怎么行呢?"

"那怎么办?"

"是熟人介绍的,一般的小厂里不要考的。刚才来时,老板娘也没说要

乡路

考试。"说话时,田秀已端着几个饭盒从后面赶过来了,香子开了门。一会儿,田红买回来了几个熟食凉菜和一打啤酒。香子说:"来了就给你们添麻烦。"

黄胜回来了,他老远地就跟香子打招呼,阿成今天跟黄胜也是第一次见面,马上迎出来,递着香烟。黄胜也早就抽出了香烟,两人不免一番推让。

几个人在一张小方桌旁坐下,黄胜开了酒瓶,阿成推说要少喝一点。黄胜叫他别客气,多喝一点没什么。黄胜也帮香子、田秀、田红各斟了一杯,边倒边劝她们:"啤酒就当茶喝一点,好得很,我一天不喝心里就难受。"

田秀说:"谁跟你一样,你除了喝酒还会干什么?"

黄胜赶紧制止她:"别说了,别说了,吃你的吧。"

黄胜表现出了他酒桌上的一贯水平,推杯换盏之间,他向每个人都敬了好几杯,大家也各自向他回敬了。直到他的眼角和脸颊上微微泛红,他才感觉有几分舒畅,手里的酒杯才慢慢地缓了下来。

香子张了几下口,想要跟田秀说话,看田秀一会儿炒菜,一会儿烧水,忙上忙下的,一直没机会说出来。等田秀也坐下,喝了几杯酒,才说:"田秀,我这一回来了,还想跟你在一起做,行吗?"

田秀大概早料到香子会跟她说这样的话,稍迟疑了一下说:"我们组已经四个人了,加一个人还行,你们两个人来,就感觉多了。小流水做事,有五个人还好,多一个人就有些杂工了。"

阿成接上话说:"我也不会做什么,我就跟你们后面边做边学吧。我现在不拿工资,跟你们做几个月看看。如实在不行的话,我就回家去,香子一个人跟你们做。"

田秀的面色有些为难,不好回答,她看大家酒都喝得差不多了,又赶紧忙着给每个人盛了一碗饭。放下饭碗,香子又追问田秀,因为田秀刚才还没直接回答她和阿成。田秀只顾收拾碗筷,抹着小桌子的汤迹,又给他们一人泡了一杯茶,端到桌上,说:"我是个直性子,说话不会拐弯,关键你是生手不会做,在一起做怕不好。如果按你说的,不结工资给你我还不好意思,大家都是熟人。如果结工资给你,你确实做不到什么事,别人又吃亏了。一大组人,也不是我一个人的事,真不好办,要是香子一个人来了,肯定行。"

阿成微笑着点点头,表示理解。田秀又说:"你怎么到现在才想起来要学做服装呢?做这事也很累呀,你也快往三十岁上爬了。"

阿成说:"是快到三十了,没办法呀,在家里也没什么事做,必须要出来打工,没有手艺找什么事都不行。"

田秀点点头:"你还真行,黄胜要是有你这样的精神,早就跟我在服装厂里上班了。前两年我说过他多少次,他都不愿意干。"

坐在一边的黄胜马上打断她的话:"不要往我身上扯好不好。"他有些反感。

"说你怎么啦?你还不服?你怎么就不像阿成一样老实?"

"放屁……"黄胜通红的脸上,青筋暴出,像要吵架一样,"你还以为你是什么好样子的,我最烦你一张破嘴。"

香子怕他俩真吵起来,忙打圆场说:"算了,算了,她就是刀子嘴豆腐心,你还不晓得她吗?"

田秀不屑地斜了他一眼,"看他那样……"突然对阿成说,"叫黄胜到搪瓷厂里去问问,看他们那里要不要人。"

黄胜歪在床上说:"不要听她的,刚才还把我讲得一文不值。听她在瞎说,我那里根本挣不到钱,一天就十五块,我这个月干到头都不想干了。"

"你又想要干什么了?没有哪一件事能干上三个月。"田秀训斥似的责问他。

"你别管闲事了,好不好?这是我的自由。"

看他们的样子,真叫人忍俊不禁。在旁边的田红也轻轻地笑着,她早就看惯了他们的架势,任他们俩怎样吵闹,她在旁边也毫无反应,她洗好了碗筷,就先去上班了。

他们俩争辩了几句,也确实是不记在心上。不一会,黄胜发现香烟没了,抓耳挠腮地在身上找不出一分钱,田秀忍着笑,却不声不响地在自己的口袋里抠出一张拾圆钱,甩给了他,并没好气地说道:"上班时间到了。"黄胜接过钱,傻傻地笑笑,跟阿成打着招呼,并接住阿成递过来的一根香烟,"咯噔"一声打着火,上班去了。

乡路

田秀看着黄胜的背影，摇摇头说："拿这个人真没办法。太无所谓，你要让他一天到晚东游游西逛逛，他快活得很。上班做事就装死，一年到头，没见他挣一分钱回来。"

香子笑着说："你当初不就爱他漂亮、潇洒嘛。听到他在外面叫你，你还不是骨头都软了。"

"哎哟，哟……"田秀笑得满脸绯红。

阿成说："你们俩，说话有趣，吵架也有趣，真有意思。"

田秀问香子现在怎么办？香子说："既然来了，肯定想在这里上班。"

田秀说："明天老板娘肯定会给你安排的，红莲介绍你们来的，可能不要考试的。现在厂里人少，前一段时间几组人都走掉了，老板娘正想收人呢。"

香子说："那明天就随老板娘安排了。"

"你们俩下午要把房子租好，食堂里没有早饭，还要买一个煤油炉子烧早饭，日用品在路边的小店里能买到。"

"那好，我下午先租房子，我们走了，你也上班去吧。"

第二天，老板娘把他们俩安排在三个女孩子的一个小组里。第一次进厂上班，第一次与几个说话都不太懂的外地人在一起做事，阿成有点不适应。他感到自己笨手笨脚的，心里不免有些紧张，香子在边上不时地提醒他。阿成想，关键还是自己的技术不太熟练，刚刚会踩缝纫机，跟人家熟练工相比，就好比刚学会走路的小孩。他意识到了自己的不足以及与别人之间的差距。

看阿成不太熟练的手势，那几个小姑娘的脸上已表现出不悦了。阿成主动跟组长说，自己的手不太熟练，工资少拿些，叫她们几个看着给，随便多少都没关系。小组长说："那怎么行？这样搞不好，不行我们就分开做吧。"组长可能是跟老板娘说了，下午老板娘就把香子喊进她办公室里，说了几个小姑娘的意见。香子有些紧张。老板娘说："分开就分开吧，明天你们俩就单做，看你老公好像是不太熟练，他做多长时间了？"香子脸色有些红，说做的时间不太长。香子走出办公室，心神不宁地挨了一个下午。

晚上，香子跟阿成说了。阿成反而解脱了似的说："更好，两个人单做还自由一点，不会那么紧张了。"

香子仍有疑虑地说:"我担心,两个人做流水不行,我毕竟在厂里做的时间也不长,假如有我以前没做过的工序,我做得不好,老板娘肯定就要我们走了。"

阿成说:"怕什么呢,走一步算一步,老板娘现在不是还没叫我们走嘛。"阿成像是在劝香子,还不如说是在安慰自己。

老板娘重新把他俩安排在了外面车间的两台车位上。这样也好,他们跟田秀一组坐在一起了,有不懂的东西还可以问一问。果真,自从俩人单做后,阿成的心理压力减轻了。虽然做得慢些,做些简单的不太复杂的工序,但是却是在进步。香子也慢慢适应了环境,手里的事也做得比较顺手了,夫妻俩总是能相互体谅的。但让阿成没想到的是,他拿剪刀的时候却不那么顺手,觉得剪刀总不听他的使唤,修剪衣片时,缝头总是留不准,大小不一的。有几次,差一点把衣服都剪坏了,时不时地把香子吓得心惊肉跳的,他自己也吓得一身冷汗。

最怕的是老板娘时不时地来到他身边看看。老板娘一到车间,他就紧张,手也哆嗦,生怕弄坏了。一次,他剪衣服上的线头时,竟真的把衣服剪了一个裂口,正好给老板娘看见了,说:"这是怎么搞的,你真的不会做呀?"他显然听出老板娘已非常生气。他的身上冒出了汗,可还是耐着性子将衣服拆了,拿着剪坏了的衣片去裁剪房换片。老板娘的妹妹沈玲十分不高兴地剪了一块布甩给他。他知道如果不是红莲介绍他来的,老板娘肯定会叫他走人了。

阿成很无奈,他知道这都是因为自己的手势不熟练,因为他以前在家里从来没拿过剪刀。说实在的,快三十岁了,一直拿锄头、锹把的手,何曾想过现在还要拿起剪刀干这一行。现在,只有自己努力,慢慢地适应了,必须要坚持住,做事时更要小心,一定不能出差错。

阿成非常珍惜手里的这一份工作,他觉得现在能在这里做事已是非常幸运,非常顺利了。想想正月里去温州的那一趟路程,仍然是记忆犹新,吃了那么多的苦,跑了那么多的路,那么长的时间,一件事也没找到。

他渐渐地发现,自己也很喜欢干这一行,这很符合他的性格,他一直都是干一行爱一行,勤勤恳恳地付出努力。

　　决定做这一行时，他认为是别无选择的。如果是做别的什么手艺，总还要跟人家师傅后面学两年吧，他都快到三十了，两个孩子马上都要上学了，家庭的担子丢给谁呢？所以，他觉得只有跟香子后面边干边学，还不耽误时间。找什么样的师傅能比自己家的师傅好呢？虽然这一行很累，上班的时间很长，但总比在家种田要好些吧。像现在这七月的天气，外面的太阳像火一样，在家种田时，吃过中饭马上就要下到水田里去，滚烫的水把腿肚子都烫起一道红圈，身上的汗水整天干不了，赤脚走在土路上，脚板都烫起泡。现在在厂里干活，再热的天，总还在屋里吧，虽然也是一身汗，房顶上总还有一台电风扇在转。这样的环境，阿成是满意的，做起事也是勤勤恳恳的，他感觉自己对这份工作也在逐渐地熟练起来，这样的变化让他很有信心。

　　自从老板娘把他俩安排在外面的车间，紧挨着田秀她们一组的车位，阿成和香子俩有不懂的就问田秀。他们在一起还经常边干活边说说笑笑的，阿成也不觉得做这样的活有什么累，倒觉得很轻松。不过有一次，几个人说得正有兴致时，老板娘却突然站在他们的身边，把他们训斥了一顿，几个人才知道说话的声音大概是大了点。

　　这几天，阿成他们几个男员工帮老板娘下了几车的面料。香子跟田秀说："老板娘的生意真好，今天上午仓库里又来了一大车面料，听说全是外贸的单子，家里的车工也基本上收满了。"

　　田秀说："现在忙的时候，就到处贴广告收人，人一旦多了，她就挑剔了，这个不好，那个不妙。特别是老板娘的妹妹沈玲，最能整人。"

　　阿成插上话说："那怎么能这样呢？这样做，她的工人就不稳定了。人待不住，不就要走吗？"

　　"那你要走不就走吗，她还怕收不到人？现在别的东西没有，在外面到处找事的人还不有的是，贴一张广告，几天就收满了人。她怎么会替工人考虑，都是为自己着想。今年从正月到现在，就这样走了来，来了又走，至少有六七十人了，讲了你还别不信。别看就这一二十人的小厂，你待时间长了就知道了。"

　　阿成说："刚才又有四个人一道去了老板娘办公室，看样子也是来联系上班的。"

田秀说："差不多,老板娘肯定是贴了广告,要不然这几天不会来得这么多。"

中午,刚吃过午饭,那四个人果然来了,还是老板娘亲自开车把他们接来的。看他们搬的那些行李,就知道不是才出门的人,肯定是常年在外打工的。一大车的生活用具里,有收录机和电视机,还有一个较大的衣柜。阿成说："他们还带了电视机,这里晚上到十点多才下班,哪有什么时间看电视?"正说着闲话,沈玲过来了。她要把阿成用的这台机器搬走,说来了四个老车工,前面缺一台机器。阿成急了,说："这一台我在用呀,你搬走了我用什么?"

沈玲说："是老板娘叫我来搬的,今天来的几个人都是老师傅,老板娘说要把好机器给他们用,外面阳台上还有一台旧机器,马上找机修工来修修给你。"阿成一听涨红了脸,无话可说。沈玲手一招,新来的两名车工动手就搬。

阿成无可奈何地看着自己的机器被搬走了,真的觉得受到了莫大的屈辱。这岂止是对他的蔑视,简直是歧视。一时,他真的想走掉,不在这做了,可出了门,又能到哪里去呢?

香子劝他："算了,给一台旧的就旧的吧。"

田秀也说："老板娘决定的,任何人都没办法,她自己请来的人嘛。现在的人多了,别跟她犟了。"

阿成忍着气,一声不吭地在熨衣服。半下午时,沈玲在门口叫阿成去跟机修工把那台修好的旧机器抬过来。好几天,阿成的心情都不好,也不怎么跟田秀她们说笑话了。

厂里的事情真忙起来了,全部都是时间非常紧的外贸单子,客户们都等着要货。老板娘来到车间里,要求每天晚上加班到十一点,她看到所有的车位都坐满了,很开心地巡视了一圈。

田秀一面忙着手里的活,一面小声地唠叨着："这一阵子肯定要忙,老板娘要狠赚一把了。"

香子说："老板娘的事情多了,你不也能多挣一点钱吗?"

乡
路

田秀哼了一声说:"你想得挺好,再怎么忙,我们一个月就那么多钱,再多也多不到哪里去,现在做的时候,又不对我们讲工价,我们产量做多了,她就把价钱往下压。当老板的,哪个心眼那么好?"

香子说:"你们一组在这里待的时间最长,老板娘对你们好像还不错。"

"当时来的时候还好,她也承诺过,对我们先讲工价,现在一次也不讲。"

"那你不问她,她肯定是不讲了。"

"问她?现在怎么问她也不讲了,她讲她自己都不知道价钱。你讲,哪有老板拿单子进货时不晓得价钱的,哪个相信?当时她找我们来的时候,是她厂里没人,当然讲什么她就答应什么。她去找裁剪王师傅的时候,硬是出高价把他从别人厂里挖来的,尽讲好听的。那天正好红莲在我那里,老板娘跟红莲熟得很,就叫红莲劝我们也到这边来,我们还以为老板娘人不错呢,就跟王师傅一道过来了。我们现在在这里,一直都是王师傅关照我们一点。厂里要不忙的话,我们去领货,王师傅都特地多加一点给我们。要不然,我们也早就走了。你指望老板娘呀,她需要你的时候,对你客气得要命,把你当她家里人一样。看她现在的样子,根本就没正眼看你,现在她跟王师傅都闹起矛盾了。"

"为什么呢?王师傅人挺老实的呀。"

"对呀,就是王师傅人太老实了,她需要他的时候就哄他。当时,老板娘自己出的一千五百块钱一个月。王师傅给她裁剪打板子,有时还修机器,其实也不算多,现在她又后悔了,嫌王师傅的工资高了。最坏的就是她的妹妹,在中间挑。她姐姐给她一千块钱一个月,她大概心里不平衡。那个沈玲,你们以后一定不能得罪她,车间里所有的事,她都管。"

阿成早上刚上班,就到楼上的裁剪房里领包去了,结果却空着手下来了。香子问他怎么没领到衣服,阿成说:"上面一个包也没有了,沈玲讲昨天晚上全部给里面车间的人领完了。"

田秀听了,头一抬,说:"我昨晚去领包时,还有二三十个包,现在就没有了?"

"嗯,没了。下面要裁新款,王师傅已在画板子了。"

"哦，我当是怎么回事呢，是要换新款了，老款当然就给人家抢去了。沈玲肯定又照顾她的关系户了。"

阿成有点不太明白："大家领货为什么要抢呢？一点秩序都没有。"

田秀笑道："这里还有什么秩序？谁狠谁就是秩序。哪个不晓得算账，老款一天能出多少货。你做新款，两天都做不出一包衣服，谁愿意先换新款？"

香子说："他没在厂里做过，不晓得算那个账。"

唉，小小的厂里，真还有些复杂，存在着如此的潜规则，还暗藏着许多的矛盾，这大概就是经济社会中人际关系的一种表现吧。

吃过午饭，阿成才领到了货，他抱着一个小包，还拿着一件样衣和几块样板下来了。田秀叫他把样衣给她看看，是什么样的新款。阿成递过去，田秀打开一看："哟，这么难做，这一天能做出几件呀？看这下半段的裙子像个小鱼网一样大。"

香子也凑过去："这上半段的胸衣全是对格子呀，还有这么多的花边和扣襻子。"香子从上面看到下面，"这下摆这么窄的边是怎么打的？"

田秀说："这是用卷边压脚卷出来的，你用手工不好打。"

"卷边压脚我还没用过，是怎么卷的？"

"我也不会卷，我们一组卷边都是田红卷。"

"那要叫田红教我了。"

田红朝香子笑笑，说卷的时候再教她。

阿成把这件样衣翻过来调过去，仔细地看了看，还是看不懂，只是说："沈玲讲这是出口到意大利的衣服。"

田秀已低下头在做自己的活了，说："外国人的衣服，又大又麻烦。现在的衣服款式太复杂，越来越难做了。"

香子打开包，教阿成应该先从哪里开始，俩人又埋头忙起来。阿成这段时间，进步很快，手势也熟练了许多。他刚刚才到厂里来上班，人际关系也不熟，一切都感到生疏，不习惯跟人家争来斗去的，别人在心里算的那些小账他也不懂。既然厂里安排先做新款式，他也就心安理得地慢慢做起来了。他知道，就是跟别人抢，也抢不过人家。

乡路

　　他们先开了一个小包,香子跟阿成做到第二天下午才做个差不多的样子,到最后一道工序时,香子叫阿成先去用切刀把裙子下摆上的毛毛头切齐,自己从田红那里借来了卷边压脚,准备叫田红教她怎么卷边。忽然,阿成神色慌张地跑过来,将手里的衣服拿给香子看,他刚才在切刀上不小心将衣服切了进去,下摆处被切了一个四五公分长的大口子。香子也呆住了,出了这么大的漏子,不知道怎么办才好。她问田秀,田秀拿在手里,也啧啧嘴说:"这么大的裙子,要换片的话,都是好几米的料子,给老板娘知道了,肯定要倒大霉。要不然干脆把下面全部剪掉切齐,这么长的衣服,短几公分,不注意的话,不容易看得出来,看看能不能充得过去。"香子咂了一下嘴,觉得只能这样了。她是不敢去问老板娘的,最好是能充得掉,老板娘不知道就好了。

　　田红过来教了一会香子怎么卷边,香子学着卷,可卷得不太好,香子拆了几次,还觉得不满意。阿成拿在手里看看说:"就这样差不多了,不能再拆了,越拆下面的毛毛头越多,就更不像样了。"他在烫台上将几件衣服又整理了一番,忐忑不安地送到了后道,交给了沈玲。

　　不一会,沈玲就拿着两件衣服来了,说:"这下摆卷得不好,每一件衣服都冒了好几处,赶快修一下。"香子一看,几处冒头的地方,沈玲都用线头绕住,做了记号。她赶紧拿过来,一处处地拆开,在机器上修起来。阿成高兴地在香子肩上一拍,说好幸运,沈玲没看出那件切短了的衣服。

　　香子将两件衣服修好后,阿成赶紧送进了后道。他正在高兴今天的错事没让人看出来时,沈玲又抱着几件衣服进车间来了。他心里一惊,只见沈玲铁青着脸来到他们身边,将手里的衣服重重地向正在埋头干活的香子身上抛去,衣服从香子的头上滚到了地上。香子遭到这突然的袭击,惊得头一抬,诧异地看着沈玲,用手摸摸被摔乱的头发。还没等她开口,沈玲将手里的另一件衣服也甩给了香子,劈头盖脸地训斥:"衣服是怎么做的?下摆卷得不像个样子,全是接头。早就跟你们说过,一件衣服上只准有一个接头。还有这件衣服怎么短了四五公分,是怎么回事?这衣服一千多块钱一件,做坏了要赔的,不会做就不要做了。"沈玲的话像连珠炮似的,说完还狠狠地瞪了一眼。

香子蒙头蒙脑地挨了一顿训，眼泪"倏"地掉了下来，车间里的人都向这边看过来。香子低下头，擦了一下眼泪，继续做着手里的事。

吃晚饭的时候，阿成端着饭盒从食堂里出来。香子将手里的工具收拾了一下，叫阿成把饭端回去吃。阿成跟在香子的后面，回到了自己租的小屋里。香子又淌下了眼泪，说："不做了，明天回家去。做的工钱不要了，算赔她的那一件衣服。"阿成的心里也很难过，不想在外打工是这样的麻烦，一些小事常常受人家的气。这真叫在家样样好，出外事事难。他把饭盒里的饭分开一半，叫香子吃饭。香子说吃不下，不想吃了，还是在流眼泪，坚持说明天回家去。

阿成吃过了，把香子没吃的饭盖好，看看外面的天色已暗了下来，他想今晚就不去上班了。于是，他点起煤油炉子，准备烧水洗澡。因为他们今晚没上班，厂里就不供应他们热水了。香子在屋里洗澡的时候，阿成便在外面慢慢地踱着步，他心里虽然也不是个滋味，但他想还是劝劝香子吧。香子洗好了澡，他喊香子出来乘凉。香子说："不热。"她还是很郁闷的样子，放下蚊帐，在床上睡了。

一会儿，阿成也回到了屋里，坐在床边，他看香子侧着身子睡着不动，说："明天还要去上班。"

香子说："我不去，那些人太欺负人了。"

阿成说："总不能讲回去，就真的回去吧，还是要坚持下去的。要是我们刚出来没几天就回去，还可以说是我们找不到事做回家了。现在都上班一个多月了，回去了，怎么说呢？假如有人问，我们怎么回答？难道我们说把人家衣服做坏掉了，老板不要我们；或者讲外面的衣服我们不会做，回来了，这怎么讲得出口呢？"香子没吱声。阿成又说："她说那衣服一千块钱一件，是在吓唬人，也不一定就真的扣我们的钱。过几天，厂里就要发上个月的工资了，我俩上个月才来，就做了半个月的事，一直到现在加一起都没有一千块钱的工资，看她发工资的时候是不是真的扣。明天把那几件衣服再修一遍给她，剩下的那一件衣服就留下来，放在那里，等她们要衣服出货的时候，保险拿面料来给我们换片。"

香子叹了一口气，小声地说："那下摆的边，我也卷不好呀，今天拆了几

乡路

次都不行。"

"这工序你以前没做过,才做头一回还没习惯。我看你后面卷的比刚卷时要好多了,明天再卷就差不多了。怕什么呢?也没办法呀,我们已经出来了。这次出门,我还在家里做了那么长时间的准备,如果我俩现在回去了,除非以后再不想出门了,不然不可能再有勇气出来,我想还是不能回去的,没有爬不过的山,没有趟不过的河,必须要坚持下去。"

香子侧过身,叫他睡觉了。阿成看香子的情绪好了些,就拉灭了电灯。

第二天早上,香子和阿成照常上班去了,田秀说:"昨晚上你俩回去了,我真以为你俩不想干了。"

阿成说:"我是不想干了,没办法呀,已经出来了,现在回去了真不好讲。昨天晚上,老板娘没有到车间里来吧?"

"老板娘没来,沈玲来了,到你车位上看了一下,还翻了你那几件衣服,大概是看看有没有修。还问我们,你们俩到哪去了。我们都装作没听见,一个都没睬她。"

香子将昨天那几件下摆要修的地方拆了,仔细地修好。

这几天正是高温,车间里真是热得透不过气来,抬头看看吊扇,吊扇无精打采的,好像没有一点儿风下来。这批活的工期越来越紧,老板娘一天几次到车间里来催。吃晚饭的时候,沈玲又到车间里来了,她说:"老板讲今天晚上大家要加一个通宵的班,明天一定要全部出货。"

这大热的天,已经是连续许多天晚上加班到十一点钟了,人都很疲倦了,今晚还要干个通宵,很多人都在叽叽咕咕地说受不了啦。可老板的决定,谁也不敢违抗。再说,她真要出货,有什么办法,只能撑着干了。

沈玲从裁剪房里拿来一大块面料,甩给了阿成,叫他赶快把那件做短了的衣服换片,明天一定要出货。

过了一会,老板娘戴着个眼镜,笑眯眯地从外面的车间走到里面的车间,说:"大家今晚就辛苦一点了,忙过了这一阵子,就可以休息了。大家辛苦了,大家辛苦了。"

既然是老板决定的,工人们是无法改变的。阿成和田秀他们赶紧去食堂打来几瓶开水,又去路边的小店里买了几块面包,为晚上通宵加班做好准备。前面刚来没多长时间的几个人，大概对这里的情况不太熟悉，什么也没准备，干到天要亮的时候，连一口水也没喝，口干得唾沫都是白的。阿成看他们疲倦得要命的样子，给他们一人倒了一杯开水，几个人非常感谢。在一起一说话，大家才知道还都是来自一个地区的老乡，真是老乡见老乡，两眼泪汪汪。那天几个人才来时，跟着沈玲强行抬走阿成机器时的小小不愉快，早已烟消云散了。阿成问老乡，这段时间在这里干，感觉怎么样。老乡递了根香烟给阿成，阿成说不抽，老乡硬是打着了火给点上了，说："在这里做也太辛苦了，每天晚上加班到十一点，今天还干了个通宵，一夜到天亮一口水也见不到。你们肯定是经常干通宵吧，还准备了开水和面包。我们才来，什么也不晓得。"

阿成说："我们也才来没多长时间。"

老乡又说："这个老板家的伙食太差了，每天就是土豆和豆腐。"

阿成说："还有一样是粉丝。厂里人都说清水炒土豆，清水豆腐干和清水煮粉丝是老板家的三样宝，天天少不了。"几个老乡都笑了起来。

老乡又说："这么多天了，没吃过一回荤菜。"

阿成说："还荤菜呀，老板娘怕我们吃了荤菜，头发昏呀。"一个车间里的人都笑起来。阿成自己也忍不住笑了，他又拍了拍老乡的肩膀说："老乡呀老乡，谁叫我们背井离乡。"

阿成摇摇头，回到自己的车位上干活去了。

一阵大忙过后，厂里也渐渐地闲了下来。那几个老乡也真的不愿意在这里干，要走了。刚刚才熟悉了些，阿成还有些舍不得的样子，问老乡："你们真的要走啦？还没干到一个月，到时候结工资有没有麻烦？"

老乡说："真的走了，在这里干不下去呀，我们才来是生人，领包领不到，抢还抢不过人家。我们来的时候，老板娘讲得好听，有问题时，她又不管了，一点秩序都没有。我们先跟她讲过了，干一个月试试，一个月内要走的话不扣钱。所以，我们要走就趁早走。"

"你们跟老板打交道还真有经验。"

"哪有什么经验？我们这些人到哪里都是给人家卖苦力的，老板要把你怎么整就怎么整。"

乡
路

里面的车间,也有两个小组的人要走了,沈玲站在门口跟他们吵架。香子叫阿成这几天注意点,在车间里少说点话,免得引起不必要的麻烦。阿成说:"她当真把人都搞走,人都走了,她厂里做什么。"

香子说:"别人走了,还有地方去,我们什么地方都不熟。"

田秀一边做着手里的活,一面搭上话说:"现在事情不忙了,有人要走,老板也不会留。活正好供应不上来,还嫌人多麻烦呢,食堂里还要多烧伙食,连裁剪师傅都走了。"

"王师傅走啦?"阿成问田秀。

"前天走的,你们不晓得呀? 昨天不是又来了一个新裁剪嘛,我上午到裁剪房里就看到了,姓高,以前在他们镇丝绸厂里跟老板娘是同事。"

"那王师傅到哪里去了呢?"

"王师傅到庙集镇的那个厂里去了,就是高师傅原来做的那个厂,高师傅就从那个厂来的。"

"那他俩不是正好调换了一下嘛,有这么巧的事?"

"高师傅到这里来了,那个厂肯定就缺裁剪的,王师傅正要找事,就到那里去看看,不就正好了吗? 王师傅现在去上班,还是走前面的这一条路。"大家都觉得有点好笑。

香子说:"王师傅到那里,不晓得有没有这边工资高了。"

"那就搞不清楚了,他自己找去的,估计也不好问人家要高工资了。"

厂里开始发上个月的工资了,老板娘一个组一个组地叫到办公室里去。田秀领好了,回来叫阿成去。老板娘打量了一眼阿成,说:"这一段时间,看你很有进步,要好好地干。"阿成点点头。老板娘又说:"那件衣服做坏了,是你剪的吧?"阿成知道她明知故问,没作声。

"那衣服换片的料子太多了,要扣五十块钱。"

阿成答应了一声,便拿起了办公桌上的一支笔,在老板娘递过来的工资单上签了字,然后拿起老板娘数好的四百四十块钱出来了。

阿成回来时,对香子说:"那衣服扣了五十块钱。"香子多少有些紧张的心放了下来,脸上露出了微笑说:"五十就五十吧,谁叫你把她衣服剪坏掉呢。"

田秀问阿成领了多少钱。阿成说："四百九，扣了五十，还有四百四。"

田秀说："还好了，我们四个人两千七百八十块钱，一个人七百不到，就算香子跟我们工资差不多，那你半个月也做了一百四五十。"

阿成笑着说："保我伙食费差不多了。"

田秀说："你下个月肯定要多不少了，看你现在做事已经很不错了。"

阿成今天的心情确实是不错的，不管多少，今天总算是第一次领到了工资。

43/ 在新的工作中找到了希望

现在，虽已立秋，暑热还没有散尽，服装行业仍在淡季，厂里的活也经常接不上。阿成和香子交完了货，已休息半天了。听说楼上在裁衣服，阿成便去裁剪房里等着领包。高师傅叫他先拿一个小包下去，开包动手做，等一会儿包分好了再喊他上来领。阿成看高师傅忙不过来，人挺和气的，就先拿了一个小包下去了。田秀问阿成领的是什么衣服，阿成说是一款一步裙。田秀看了样衣说："这是很好做的，是返单的老款式，以前我们做过，价钱还合算。"

阿成很高兴，便跟香子俩埋头忙起来。

过了一会，忽听楼梯口处有人吵起来，阿成一抬头，看是田秀正吃力地搬着一个大塑料筐，从楼梯上下来，边走边跟后面的高师傅吵架。田秀把塑料筐搬到自己的车位边重重地放下，心情很不好地坐到自己的车位上。香子回过头一看，是跟阿成刚才领的一模一样的衣服，心里明白了，跟阿成俩对视了一下。阿成也向后瞥了一眼，示意香子不要说什么了。

可香子还是回过头来问："田秀，裁剪房里现在有没有包了？"

"不晓得。"她刚才跟高师傅吵架的火气还没消似的，脸上不悦。但她依旧埋头踩着缝纫机，忙着手里的活，像是回答香子，又像是自言自语地说："管他留给哪个的，现在没事做，都要抢。"

乡
路

阿成稍等了一会,才不声不响地上了楼。高师傅说:"一件都没有了,一大筐全给那个女的一个人搬走了。我还跟她吵了,说你早就在这里等了,叫她留一半给你,她都不肯,小女人太霸道了。"高师傅显然很生气。阿成说:"给她搬走就算了,活一少,她们抢惯了。"

阿成回来时,香子问他有没有了。阿成说:"没了,高师傅在准备裁别的款式,总不会让全厂人都歇掉吧。"两个人不声不响地只管做手里的事。

田秀筐里的活也终于要做完了,她去了几次裁剪房,裁剪房里一包衣服也没有,看样子后面也没有了。可她发现里面车间的两个小组竟还有好几包衣服放在台板下面没开包。她满脸不高兴地回到车位上,叽叽咕咕地骂了一阵子,她又从口袋里掏出钥匙交给田红,叫田红去她屋里把她昨晚上下班后自己裁的一件衬衫拿过来。

田红一会儿就回来了,将一个塑料袋递给了田秀。大家帮她注意着门外,看老板娘来了就叫她一声。一个上午,田秀捉迷藏躲猫猫似的将自己穿的一件衬衫做好了,拿到烫台上整理的时候,给沈玲进车间看见了:"哎,田秀,车间里不准做私活呀,没事就回去休息。"

田秀火了:"你发货是怎么发的?别人还有几天的货,我们一件都没有了。你没有货给我做,我就自己做一件衣裳穿,又怎样了?"

沈玲说:"你不服就找老板去,发货现在是高师傅的事,与我无关。"

"高师傅说你,你说高师傅!"田秀毫不示弱地跟沈玲辩着。沈玲没工夫理她,转身走了。

田秀非常不顺心地回到车位上,自言自语地说:"不干了,重找厂去。她还以为我们赖在这里不肯走呢。看样子今年在这里待不下去了,她要在我们头上整了,像个怪样子,一天到晚还受她的气。"

阿成随口答道:"去哪里找厂?带我一个。"

田秀说:"真的呀?我下午就去。"

香子说:"你打算去哪里呢?"

"去杰盛厂。"

"杰盛厂?"阿成说,"杰盛厂在哪里?"

"就在庙集镇,就是王师傅去的那个厂,在庙集中学附近,好找得很。"

阿成说:"你在这里熟悉得很,肯定能找到。"

"那你下午真的跟我一道去呀?"

"嗯,你走时喊我一声。"阿成答应着。香子看了阿成一眼,问他是不是真的去。阿成说:"答应去,肯定跟田秀一道去看看再说。"

半下午的时候,田秀借了两辆自行车,阿成骑上一辆,俩人一道去了庙集镇,找到了杰盛厂。王师傅正在裁剪房里摊布,看田秀来了,放下手里的活迎了出来。田秀问他这边的情况,王师傅便带他俩到了老板的办公室里。老板非常欢迎他们过来,说这边还有几台车位,又回答了田秀的一些问题。田秀很满意,说明天早上就搬过来。

太阳下山的时候,两个人又骑着车子往回走。阿成说:"刚才在他们食堂里,看到晚饭的菜已炒好在盘子里了,土豆里还有几块肉片,闻着香味就想吃一点。"

田秀笑着说:"哪个也不像我们老板娘那么抠,天天就那三样宝。"接着又跟阿成说:"我们一组肯定是搬了,晚上我去跟老板娘打声招呼,明天早上就走,你回去还要跟香子商量一下再说吧。"

阿成说:"我们手里还有活没做完,要走的话,肯定要先把它做掉。"

第二天一大早,田秀几个人就搬走了。阿成在车间里问香子怎么办。香子说:"其实搬到哪里都是一样的,田秀搬到那里去,有王师傅照顾她,又不照顾我们。她自己的脾气也不好,到哪里都跟人家争,要占上风。我们到这里来,本想靠她帮助一点,没想到她连我们做的那一点东西都抢。我讲呀,去了也没什么意思。从这里走了,老板娘肯定还要扣工资,扣伙食费。"

阿成说:"先把手里的事做掉再说吧,要搬的话,迟两天也不要紧,反正跟那边老板说好了。"

香子又重复了一遍说:"我觉得搬不搬无所谓。"

阿成知道香子是不太想搬的,俩人在缝纫机上继续忙起来。过了一会,香子对阿成说:"你去跟沈玲说一下,前面的车位现在没人做了,把你原来做的新机器换过来。"

阿成看见沈玲在外面,喊了两声。沈玲过来问他干什么?阿成说他现

307
乡
路

在用的这台旧机器容易断针断线,不太好用,想把他原来做的那台机器换过来。沈玲听了,不屑地说:"换什么换呀? 放在那里好了,搬来搬去的麻烦,你也不怎么会做,一台破机器给你就行了。"

阿成不曾想讨了个没趣,找了一堆不中听的话,真不是个滋味。他知道像沈玲这种人,打心眼里瞧不起外地打工的人。他回到车位上,愤愤地说:"走吧,我们也不干了。"

阿成把手里领的货做完后,也去跟老板娘说自己不想在这里干,要走了。老板娘惊讶地摇着头说:"你们也要走呀,是不是在外面把厂找好了,考试也通过了?"阿成没有回答,再看一旁的沈玲,一双鄙视的眼神,让人不想理她。老板娘又说了一大堆要扣工资、扣伙食费的话。

阿成说:"该扣你就扣,随你了。"便转身出了办公室。

阿成跟房东退掉了房子,香子也收拾好了简单的行李。阿成将一个大蛇皮袋背上后背,前面又挂着一个布包,一手拎着两只水瓶,一手提着煤油炉子和锅。香子一手提着两只塑料盆,另一只手拎着一只塑料桶,桶里放着碗筷、饭盒等小物件,后面还背着一床草席。

远郊的路上还没有公交车,两个人就这样艰难地步行着,向庙集方向走去。四五里的路,感觉很长,提东西的手也有些酸。大约走了一半路程的时候,阿成将大蛇皮袋重重地放在了路边上,说:"歇一会吧。"香子也放下了草席和塑料桶。

阿成叹了口气往草席上一坐,说:"小时候听奶奶讲,荒年的时候,村上的老一辈人都一个个背着草席麻袋,装些破衣服去江南要饭。看看我们现在这个样子,真的跟那时的情形差不多了。"

香子叫阿成分一个大包给她背。

阿成说:"我背都累,你哪能背得动? 走吧。"两个人又慢慢地向前走去。

这边的秦老板给阿成收拾了半间旧库房住下,还给了一圈电线,叫阿成自己装上一只灯泡和一只插头,可以烧电饭锅。香子觉得这样不用租房了,一个月少了一百块钱房租,还可烧电饭锅,比那个厂里要实惠多了。

上了几天班,阿成觉得这里的秩序要好不少,秦老板自己在外面联系业务跑生意,厂里的生产由他老婆安排得很有条理。只是秦老板开厂的时间不长,业务量有限,下半年应该是大忙的时候,可工人们还偶尔能休息。

香子说:"这里事情有时接不上,也挣不到什么钱了。"

阿成说:"这里做事还很有秩序,这几个月就当我还在学手艺吧,来日方长,急什么呢?"

现在,让阿成最感到欣慰的是,他总算掌握了一种新的工作技能,也适应了新的工作环境。他认为这是他人生中的一次转折。眼下,他的收入虽然不高,但总是在慢慢地上升,他觉得是很有希望的。

44 / 环境让人脱胎换骨地走向新生活

他们现在就住在集市的旁边,闲时,上街买日用品也方便了许多。从家里来上海的时候正是夏天,也没带多少衣服,眼下已是深秋,天气渐渐地凉了。俩人趁一批活做完的空档,来到了街上,准备买些衣服和鞋袜。转了一圈,俩人来到一座小桥边的地摊上,香子买了两双袜子,阿成在付钱时,忽然发现一个熟悉的身影骑着自行车从身边闪过。阿成回过头,仔细地望着,连声大喊:"东保,东保。"自行车滑到桥坡下才停住。果真是东保,阿成跑了过去,俩人高兴得和什么似的,都知道对方到了上海,却不知道各自在上海的什么地方,想不到在这里竟然遇着了。东保说他住在附近,就在前面的那个村子里,要阿成和香子去看看。阿成答应了,说自己也在这里,就在中学隔壁的一个小厂里。于是他跟香子俩一道,随东保去他那里。

东保在路边的菜市场上买了些菜,挂在自行车后架上,说先带香子和阿成去小月的理发店里看看,顺便喊小月也回去吃晚饭。

阿成问:"小月自己开理发店了?"

东保说:"今年开的。"

一会儿工夫,几个人到了集镇的中心地段,这里一排有好几家理发店。阿成和香子跟着东保在一家非常讲究的理发店门前停下。东保架好自行车,径直走进店里。阿成和香子跟着。

东保进了店堂就大声喊："小月，小月，看谁来了。"

店里的人多，香子寻着东保的声音，在店里转了一圈，也没找到小月，直到有人拉她的胳膊，她扭头一看，才大吃一惊地发现是小月。哟，她哪敢相信，这就是小月，整个就是一个电视剧里的人，一下子竟把香子搞得有些唐突、慌乱，好半天才恍过神来，笑自己眼钝。

说来也是，人是跟环境走的，环境最能影响人，改变人。小月在上海这么长时间里，真的发生了惊人的变化。原来的两根粗辫子早没了，大概是长期做理发的缘故吧，最新的发式出现在她的头上，唇膏、眼影一个不落，露脐式的短衫也穿在她身上。最惊人的变化是她竟能说出一口流利的上海话。要不是亲眼看见，怎么也不敢信。在这之前，谁能想到一个既老实又胆小，识不了几个字，从小就放牛割草，泥里一把，土里一把的小月，竟然有如此的变化。也许她自己都曾担心过，到城里还不一定能认识路。这就是环境的力量，时事在造人，变化大得让人出乎意料。阿成也坐在沙发上啧啧嘴，感叹这世界真是变化莫测。

小月今天也非常高兴，陪香子和阿成一起吃晚饭。东保在厨房里忙得个不亦乐乎，阿成笑着说："东保什么时候把厨师也学会了，快点来吃吧。"

小月劝阿成喝酒，说："别管他，他现在就这样。他最大的优点就是喝酒好客，剩下的就狗屁不是了。"

东保很讲究地炒好了几个菜，坐到桌上就开始一人一大杯地陪着干。一会工夫，该他喝的酒他都喝了，他已是醉醺醺的样子。香子提醒阿成，怕时间太晚了，厂里关了大门，进不去。俩人就吃了点饭，跟东保、小月告辞了，并要东保和小月有时间到他们住的地方去玩。

阿成走后，东保还在喝酒。小月叫他别喝了，怕他喝多了又要闹事。自从东保来到了上海，小月就搬到了浦东。但张猛还是找过来了，他一有空就装成顾客，来这边与小月会面，却经常发现小月愁眉苦脸的，仔细询问后才知道她现在在这边上班的收入很少，生活困难。于是他建议小月自己开个店，他拿钱给她。小月早就有开店的想法，就是手里没有本钱。她很感激张猛，感谢他为她想到这一层，便托人写了个欠条，先借着用了。张猛还说他马上要到浙江那边做一个新工地，以后一段时间不能来看她了。小月其实也很留恋张猛,不想他离开,依依不舍的。

店里的生意晚上最好,小月等炉子里的水烧热了,给玲玲洗好了脸,就拎起手边的小包准备去店里。东保的酒已经喝多了,眼珠子都是红的,他不要小月走,猛地站起来,把门"砰"地关上了,拽下钥匙,在小月面前一晃:"晚上不要去了。"小月的头皮子就是一麻,怕他要耍酒疯,便放下了手里的小包,问他要干什么。东保瞪着醉眼,把手招招,"今晚这些碗筷,你给我收拾干净,你吃了就想走呀,你刚才说谁狗屁不是,这么急着找谁去?"

东保一通乱骂,小月只有忍着气往椅子上一坐,不想理他。她也确实没有办法对付这样的酒鬼,两行眼泪流了下来。东保将一杯酒往小月脸上一泼,骂道:"我还没死,你哭个球呀!"

小月捂住脸,再也忍不住了,歇斯底里地甩给他一句:"那你就早点死呀!"

东保更来劲了,他猛地一站,由于用力过猛,带动了饭桌,几只碗碟从桌上摔下来打碎了。他一手攥住小月的衣服,差一点没把她从椅子上提起来,另一只手呼地扇过去。小月拼命地捂住脸扭过头,她怕东保打在她脸上。因为东保一打她,就故意往她脸上打,让她见不了人。可她又怎能躲得开这一通劈头盖脸的乱打,不但打得她满口流血,脸上血肉模糊,还打掉了她嘴里的一颗牙齿。小月早已跌翻在地,玲玲吓得大哭,一下子爬到她妈妈身上,央求她爸爸别打她妈妈了。东保恼怒地把玲玲抱起来甩到一张椅子上,玲玲蹲在椅子上哭喊着。小月趴在地上捂着脸,呜咽着,她不想起来了,就让他打死算了。东保却不肯罢休,抓住她的后背,把她拖到房间里的木地板上一摔,仍怒气冲冲地问她,他到底哪儿狗屁不是了。

小月不吱声,身子靠着床腿,坐在木地板上,不哭了,也不流泪了,就那么蓬头垢面地,傻傻地,目光呆滞地坐着。东保用脚踢了她几下,叫她起来,别装死,小月也毫无反应。

东保的老毛病又犯了,喝酒就闹事,真是个懒惰无知、劣性难改的家伙。虽然有时他也发过恨,要认真地做一点事,但没有哪一样能坚持下来。去年在水站送水,干了两三个月,就嫌太累不干了。歇了两个多月,又在外面跑着洗抽油烟机,修理煤气灶。干干停停,东游西荡。没钱的时候,就去小月那里拿,别人还不能说他,说他了,心里就发毛。自己不争气,还

311
乡
路

觉得别人瞧不起他。

　　小月虽然对他睁一只眼,闭一只眼,但现在也不轻易让他,给他脸色看那是常有的事。她觉得经济大权必须由她自己拿着,东保是不知道个数的。所以,东保老觉得自己在受气,很恼火,觉得家里的位置颠倒了。另外,张猛跟小月常有来往,他也有所察觉,只是没有证据,更让他窝火。总之,他手里没有钱,也狠不起来。小月手里的钱又不是他挣的,不可能让他乱花,他也没办法。有时,他也尽量做些讨好小月的事,小月偶尔带几个小姐妹回来吃饭,东保便会乐哈哈地忙上忙下,烧菜做饭不厌其烦。他最反感的就是小月在众人面前不给他面子,瞧不起他,踩他,他所窝的火就一下子涌上来了,趁着喝点酒,就绝对不客气。这一回,小月真是死心了,离婚的念头早就有过,只是一时不忍,毕竟有了女儿是个家,也要考虑家庭其他人的感受。但这无止境的折磨,让人如何忍受。

　　小月在家睡了一天,想清楚后,起了床,洗了把脸,揉揉依旧红肿的双眼,换了身衣服,真的向庙集法院走去了。

　　法院门口的接待室里,一位工作人员惊讶地看着小月脸上的伤痕,问她怎么回事。小月犹豫的神情不知道怎样说,工作人员叫她有话慢慢讲。小月镇定了一下,拭着眼泪,说她想起诉离婚,不知道应该怎么办,自己又不会写起诉材料。这位工作人员说,法院里有婚姻问题咨询办公室,叫她去那里详细地说清楚,有专业的工作人员帮着写材料。

　　小月来到咨询办公室门口,里面的一名女法官和正在等待的几名妇女看见了眼角乌青,脸上还有几道血痕的小月,都一起向这边投来震惊的目光。一位已坐在法官对面,正在说话的妇女竟欠起身来,让小月先过来,并叫她有话就大胆地对法官说。

　　小月忧郁的目光微微地向那位妇女表示了感谢,木讷地坐在椅子上。法官问她有什么话要说。小月嗫嚅着,内心里不免有些慌乱。女法官叫她别紧张,慢慢说。小月的眼里盈满了泪水,她极力地克制着情绪,慢慢地向法官说出了自己的事,说到伤心处,泪水便滚滚落下。后面的几名妇女,仿佛忘记了自己今天也是来办事的,都全神贯注地听着小月的叙说,还不时地叹息几声。末了,法官将代写的起诉书递给小月,叫她在上面签字。小月签了名字,并按了手印。法官收起起诉书,向她点了一下头说:"好了,先回去吧,等法院传票。"

小月又擦了一下眼泪,转过身,向后面一直在等待着的几位妇女表示了歉意,她发现长椅上又多了几个人,其中还有两位男士。由于自己的到来,已耽搁别人很长时间了。

那几位妇女都向她鼓励地点点头。几双同情的目光里,更多的是对弱者的悲悯和对施暴者的愤恨。

小月出了法院的大门,心里一下子轻松了许多。此刻,她才发觉自己的脑子才是真正地清醒了。以往,怎么就那么傻,竟一味地迁就着东保,以为离婚还是什么特别见不得人的事。今天,到法院里来才知道,世上离婚的人多的是,不是哪一家。

东保在家接到传票时,惊得慌了神。小月曾经说过要跟他离婚,他觉得那只不过是吓唬吓唬他而已,今天竟然来真的了。他由害怕转为恼怒,他在家里等着,却不见小月回来,玲玲也没回来。

小月现在带着玲玲暂时住在了店员吕萍萍的租住屋里。这几天很忙,到很晚才下班。三人进了屋里,吕萍萍便找水瓶烧水洗脸。这一段时间里,由于吵架,小月感到身心特别疲惫,她靠在椅子上懒得动。玲玲放下手里的玩具,端着一把小椅子说:"我给妈妈按摩,妈妈太累了。"小月将一只灌了铅一样的腿放到椅子上,幸福地看着玲玲的一双小手在自己的腿上乱揉乱捏,舒服极了。吕萍萍削好了一只苹果递过来,"玲玲吃苹果啰。哟,玲玲真乖,真懂事。"她突然说:"哟,小月姐,你的腿脚怎么都浮肿了?"

玲玲一面接过苹果,一面抬起头睁着大眼睛说:"妈妈天天站着给人剪头发,太累了。"

小月说:"这两天周末,太忙了,过两天就好了。"吕萍萍舀好水,把脸盆端过来,小月催玲玲快洗手洗脸。很晚,她们才结束了一天辛苦的生活。

过了几天,小月在一个下午回来了,一声不吭地找自己和玲玲的衣服。自她去法院后,她就从幼儿园把玲玲接到店里,就没打算回来住。小月翻出一大堆衣服在整理。东保见此情景,不由分说就夺走小月手里的东西,问她什么意思?小月感到疲惫,懒得理他,东保更是咆哮如雷。小月叫他

乡路

去法院里问。东保真傻眼了,霎时,恨从心头起,所有的脏话都从嘴里骂了出来,然后抡起了巴掌,劈头盖脸地向小月扇去。小月本来就感到头昏腿沉,身体胀痛,一下子就跌倒在地板上。东保猛踢了几脚,小月哪能站得起来,弓着身子,嘴里流着血,骂了他两声:"畜生,畜生,你简直不是人。"小月本打算东保下午不在家时回来取些衣物,没想到一回来就落到他手上。东保现在怎么解气就怎么打,手里抓起几根铁丝,不顾一切地往小月身上抽,边打边骂:"你跟哪个勾搭上了,要把老子甩掉,看老子今天就拆掉你的骨头。"小月只有抱着头任他打,他反而越打气越大,见铁丝打在她衣服上没什么作用,就凶狠地要把小月的衣服扒掉。小月护着身子在地板上滚着,凄惨地哭叫,她哪里能逃脱得掉。东保将她的两只手硬是掰到了一起,用一根细铁丝把她的双手绕紧,又逮住她的双脚,把两只脚也捆住。凭小月怎么挥,也动弹不了了。这时,他才得心应手地把小月的衣服撕开,用铁丝在她身上猛抽,直到小月一点声音也叫不出来时才收住手。小月真是死去活来,闭着眼睛,一点也不能动。

店里的几个小姐妹见小月久去未归,一起壮着胆子过来了。一看这情景,一起吓得哭了起来,赶紧解开铁丝,帮小月穿上衣服。吕萍萍立刻打了120,又打了110。救护车和警车几乎同时赶到。大家忙乱地将小月抬上车,小月蜷曲着身子,痛苦地呻吟着。救护车刚开走,两名警察就把东保铐起来带走了。

急诊室里,两个医生在给小月清理创口,小月的头上、胳膊上都包了纱布,缠了绷带。小月无声地流着泪,忍受着巨大的痛苦,浑身难受得不得了。很晚,小月才被送进病房。

第二天天还没亮,值班护士便急匆匆地跑到医务室喊:"王医生,王医生,昨晚来的那个病人情况很严重,她在床上弓着身子翻滚着叫痛,看样子疼得很厉害。"

王医生跟着护士来到病房,只见小月蜷曲着身子在微微地抽动,怎么叫她,也不见她回答。她已昏迷了,情况十分危急。医生马上组织了内科、外科、泌尿科等各科专家会诊。经检查,发现小月的双肾有很大问题,现在已到了肾积水的程度,说明她早就有肾病了。此番身体再经受这样重大的伤害,所以才病到如此严重的程度,需要紧急抢救,做透析。

病房里一片眩白,小月死一般地躺在病床上,身上缠着绷带,插了许多针管,失去知觉的身子慢慢地恢复了过来,浑身又胀痛得让她不知怎样才好。她想弓起背,却又不能翻身,只有痛苦地流着泪,身上难受的滋味让她情愿死掉。

过了好几天,身体才感到好受一些。医生跟她说,会慢慢地轻松下来的。然而,医生还告诉了她一个更让人难以接受的现实:她需要换肾,双肾都要割除。小月麻木地听着,微睁的眼慢慢地闭紧,她仿佛就在等待死亡了。

这样的情况让所有的人都难以接受。吕萍萍站在病床边,也无声地流着泪。这将如何是好呢?换肾要多大的费用?到哪才能找到肾源呢?特别是现在东保又被警察带走了,什么人能为小月处理这些要命的事?

确确实实,医院也感到了麻烦,因病情太重,病人失去了自理能力,又找不到病人的家属,也就无法商讨治疗方案了。

吕萍萍现在既要照顾小月,又要照看玲玲,在家与医院之间来回地忙碌,还不时地劝慰小月。小月流着泪点着头,多亏她遇到了这么好的小姐妹,不知以后有没有机会报答她了。

病情虽然稳定了下来,对于接下来的治疗,小月是不抱希望的,她从哪里能拿得出这么多的治疗费呢?她知道自己的病比她父亲当年的病还严重,已是在劫难逃了。医生说换肾,有几个人能得到肾源?小月已向吕萍萍说过几回了,说玲玲在这里就托付给她了,自己连老家都回不去了,什么时候自己不在了,请她把玲玲交给她外婆,拜托她了。说得吕萍萍流下了眼泪,叫小月别说傻话了,病一定会治好的。

医院联系了派出所,派出所马上就放了东保。东保到医院里来了,在病房门外瞅了小月一眼就走了,院方再也找不到他。

院方遇到了个很大的难题,现在只能用保守治疗的方法维持着,定期给小月做透析。小月几次都说没钱不能再做了,总是吕萍萍淌着眼泪把她劝住。抑或是人在任何时候都有求生的本能和欲望吧,每一回,小月流着泪做完透析后,又痛哭一场,她如何舍得下女儿玲玲?滚滚红尘,又如何不让人留恋呢？只怪自己的命不好。

　　所有的存款都用光了，小月真是极度绝望了。她的脸上已不再有笑容，甚至好几天都听不到她哭了，就那么懒懒地靠在床上，麻木的样子。吕萍萍也黯然神伤，她从食堂端来晚饭，小月一口也吃不下，她已两天没吃进一粒米了，用微弱的声音哄着玲玲吃晚饭。

　　当黄昏的光线越来越暗时，她的心情也越来越沉，总觉得夜晚像鬼魅一样压抑着她，自己将在这黑暗中不会再醒来。因而，她经常在睡梦中惊出一身冷汗，便用被子捂住头，嘤嘤地哭泣。

　　吕萍萍正要带着玲玲出门的时候，有人敲了两下病房的门。吕萍萍开了门，竟然是张猛进来了。小月听到声音，睁开了眼睛，她先是惊愕，转而嘴角艰难地露出一丝不易察觉的微笑，她叫吕萍萍搬个凳子来。张猛坐到病床边，小月轻声地问他："你工地在浙江，怎么又回来了？"张猛说他回老家去了一趟，想想还是顺便来上海看一看她，没想到还没两个月时间，小月竟病成这般模样了。小月说这病没救了，不想往下治了。张猛叫她不要多想，说他刚才在医务室里已了解了她的病情，病是一定要治的，多大的困难也要克服。小月的眼里充满了泪水。张猛给她拽拽被子，叫她早点休息，有话明天再说了。

　　第二天，小月叫吕萍萍扶她坐起来，勉强在床上靠了一上午，也不见张猛到这里来。到中午，换班的护士进门便说："王小月，王小月，告诉你一个好消息，刚才在医务室，听说你的肾源问题已解决了，是你老公给你配的型。"护士边说边情不自禁地露出满脸喜色，小月和吕萍萍俩人都感到惊异——东保来医院配型了？俩人都半信半疑地看着喜滋滋的小护士，正疑惑间，张猛走进了病房，小月便问："张猛，你……"

　　"太巧了，真太巧了，"张猛满脸的喜气，"我们俩竟能完全符合配型的要求。"

　　小月完全明白了，声音颤抖地说："张猛，这怎么行呢？你跟我非亲非故的呀。"

　　张猛说："你不要多说了，我一定要救你，我昨天找你时，你店里的几个小姐妹已告诉了我你的情况。我进了医院，就联系好了做配型检查，一切顺利,完全能配得上,这真是我们的缘分。你就安心静养着,现在就等着医院安排我们动手术了。"

小月早已泣不成声,拉住张猛的一只手,将头埋在了他的臂弯里,呜呜地痛哭着。

45/生活中不仅仅有欢笑,也有较量

经过两年多的施工,一条笔直而宽阔的公路全部竣工了,乌青的路面,规则分明的分道线,让人感觉到扑面而来的现代化气息。

阿亮的精神也非常振奋,因为这条公路让他出了成绩,也给他带来了活力和快乐。尽管他跟吴梅之间还是马拉松式的冷战,但已看不到他以前那样的萎靡和颓唐了。因为他也有了新的打算和安排,他将原来的生意做了些调整,抽出一笔资金,再贷上一笔款子,在俞凤云的超市旁建了一个加油站。以他商人的眼光看,这里绝对是块风水宝地。

他看着自己加油站的工程一天天的进展,心里无比高兴,这是克制吴梅,实现自己目标的第一步。

与此同时,吴梅的心情却非常糟糕。尽管阿亮在家不吵不闹,全家人在一起平静如水,相安无事,但到如今,阿亮仍然对她不予理睬,不能原谅她的过失。她无法阻止阿亮将生意上的资金抽走,因为阿亮说那是更具有发展潜力的行业。更让她惶恐不安的是,阿亮近一年多来,晚上已很少回家,他与俞凤云的关系基本上是公开化了。阿亮投资建的加油站,是俞凤云家的地皮,就建在俞凤云的小超市旁边。近两年的时间里,她苦撑苦守着这个婚姻,想尽办法挽回阿亮的心,都白费了心思。有时,她真的担心自己撑不下去,想答应离婚算了。可是,她又徘徊不定,拿不定主意,舍不得丢弃原本不错的家庭和自己的事业。而且,这毕竟是她的过失所引起的呀。彷徨之中,她还真的去跟胡金柱说了,她也实在是找不到一个可以倾诉的人,把胡金柱吓得直摆手,不敢听她往下说。胡金柱非常惶恐地对她说:"以后千万不要来找我了，要是阿亮知道了，那更不得了。我们那……唉，真是荒唐。不能再一时冲动了。"吴梅竟找不到一个诉苦的地方，一切只有顺其自然了。天真要掉下来，她也没办法。

月有阴晴圆缺，人有悲欢离合，自古以来难预料。

现在的俞凤云却能幸福地享受着生活，她毫不遮蔽和阿亮的关系，有时甚至故意张扬，张扬的目的也就是为了刺激吴梅，让她早点放手。她不时地对阿亮也施加些压力，不过，分寸得当，收放自如，让人佩服她的精明。阿亮在她眼里，已是她生活的全部，阿亮的魅力让她着迷。现在，她会根据自己的想法，给阿亮细心地安排伙食，管理着他的生活，给他精心地配上了行头。看阿亮那一身笔挺的西装，锃亮的皮鞋，够气派潇洒，腰间露出的大哥大更是身份的象征。她感觉阿亮成熟的体魄比年少时更具风采。

生活啊，真是奇妙，在你想要得到某种东西的时候，怎么也得不到；当你对他早就没了指望，不抱任何幻想的时候，它却意想不到地来到你身边，让你惊喜，让你陶醉。

46／走遍千山万水，还是父爱无边

每一个新年，都是人们期待的，盼望的。特别是常年在外的人们，在新年到来之前的很长一段时间里，就一天天地数着日子，期待着一年的辛劳有个满意的结果，盼望着回家能够和亲人们团聚。那些留守在家的孩子们，也是眼巴巴地盼着，盼着爸爸妈妈早点回来，给他们带来喜欢的礼物、好吃的糖果、好看的衣服，然后偎在爸爸妈妈的怀里亲个够。

阿成回到家里，正式放寒假了，两个孩子闹着要爸爸带他们去学校拿成绩单。阿成就骑着母亲每天送孩子上学的三轮车，将两个孩子带到了学校。下了车，孩子们很有礼貌地跟学校大门口的几位老师行了礼。这时，在文具店里的龚仪玫看见阿成送孩子过来，便走出店门，拉住两个小孩，在他们的头上喜爱地抚摸了一下，叫他们快去教室里，说小周老师正在等着他们发成绩单和奖状呢。两个孩子欢快地向教室奔去，阿成紧跟在后面，把他们送上了台阶，才放心地走回来。他看见龚仪玫的店门口摆着许多小孩的玩具和各式各样的作业本以及铅笔等文具，一块小黑板上写着"清仓大减价"。店里凌乱不堪，地上飘着许多碎纸和搬东西时散落下的小物件。阿成疑惑地看了一眼龚仪玫，龚仪玫的脸上现出一丝愁容说："这生意我不想做了，把这些全部处理掉，准备关门出去打工了。"

"为什么呀？"阿成有些不解。

"我本来也不想出门，从未想过要出去打工，觉得在家里这样过挺好，可我现在在这里待不下去了。"龚仪玫满面愁容，已落下了眼泪。阿成也立刻明白了，是生活的变故让她早已心力交瘁了。看她现在，红润细腻的脸庞已不复存在，细密的鱼尾纹浮现在眼角，脸色晦暗，显得比她的实际年龄要老几岁。她跟阿成说："过了年，我想跟你们一道出去打工，我出去能找到工作吧？"阿成劝她说："时间快得很，过两年侯正阳就回来了。"

"他就是回来了，也不愿意在这里教书了。这里是我们的伤心地呀，我这个学期的课都没有带下来，还没带到一半就辞掉了，想把这个店搞结束。"她擦了一下眼角的泪水又说："我听你妈说，你们夫妻俩今年在外面打工比在家里好多了。你今天要没到这里来，我打算去你家找你呢。"

"你走了，你小孩怎么办？"

"送给他爷爷奶奶去，我都跟他们说好了。上个月我去看侯正阳时，也跟他说了，他也同意，说等他出来了就一起去外面，他更不想回到这地方来了。"

阿成见她如此坚决，说："你真不想在这里待，那就出去，离开这里，思想解脱一下也好，不必老在这里闷着。到了外面，工作慢慢找总会找到的。"

龚仪玫的情绪稍好了些，说："我想也是，出去慢慢找。我跟你们一块走，是考虑能有个落脚的地方，刚出门时找事肯定难。"

"那肯定是的，到我那里总有个地方先待下来，我跟香子再帮着你好好找。"

龚仪玫的脸上已露出了些许的欣慰。

阿成又说："过了年我跟香子俩打算先到南方去一趟，看看我父亲，他多年没回家了。有可能我们就从那边直接去上海，你也不必着急，你把家里的事一定要安排好,等我到了上海就打电话给你,现在学校里装电话了吧?"

"装了,学校里有电话。"龚仪玫马上撕了一张纸,将学校里的电话号码给了阿成,并嘱咐他一定要放好,不能丢了。阿成叫她在家等电话,到上海时,他和香子去车站接她。

放学铃响了,两个孩子领好了成绩单,而且还各自拿着一张"好孩子"奖状,兴高采烈地跑过来向爸爸报告。阿成看了俩人的成绩单和奖状,高兴地把他俩抱上三轮车,朝龚仪玫挥了一下手。龚仪玫目送着他们出了学校。

阿成回来后,把龚仪玫想要出门打工的事跟香子说了。香子也深表同情,说去了一定要帮她到外面找事情。她又跟阿成说,因为要去南方,过了年还要尽量早点动身。阿成点头说是。

新年是短暂的,好不容易回家的人过不了几天又要远行,离开家人,丢下孩子,让人牵肠挂肚。

阿成和香子过了正月初七就赶到省城买了南下的火车票,多年的愿望终于要实现了。坐了一天一夜的火车,到广西南部的一个车站下车时,天已黑了,他俩在车站附近找了个小旅馆住了一个晚上。第二天八点多又乘上了汽车。

汽车在逶迤的公路上行驶,举目窗外,已是阳光明媚,春暖花开了。他们也是第一次亲身地感受到这南方的春天来得这样的早,处处都是如此的春意盎然。一路上山峦叠翠,不时能看到奇峰耸立、怪石嶙峋的南方山岭的特有景色。绿水清幽的山坳里,那些略显老旧的石屋和木楼,恰到好处地掩映在连片的绿色里,隐没于山水之间。

转了两次车,快近中午的时候,他们按信封上的地址找到了安塘村。一个不大的村庄,散落在一条砂石路的两旁。询问了好几个村民,终于有人把他俩指到了村东头大路边的一座农舍小院外。走进狭窄的小院子,一位四十多岁的妇女正从屋里出来。阿成和她相互打量了一下,阿成说:"阿姨,我找李有才,他是在这里住吗?"那妇女便向屋里喊着:"有才,有才。"阿成知道是找着了,心想,这妇女肯定就是父亲在信里说的佟阿姨。他便跟那妇女说:"你是佟阿姨吧? 我是来找我爸爸的。"那女人似乎明白了,就引他俩进了屋。

刚从阳光明亮的室外进入屋里，有些不适应，感觉光线很暗，只听见声音，看不见人。站了好一会，阿成才看见他父亲从东侧房间的一扇门后面伸出头来。阿成走近几步，看见父亲坐在一只高凳子上，手里挂着一只拐杖，正准备站起来。他看清楚了，他父亲拄着拐杖拖着一条腿站了起来。他一下子惊愕住了，父亲怎么少了一条腿。

霎时，他急切地问："爸爸，你的腿怎么了？"香子也惊愕地看着阿成的父亲。

李有才也感到突然，望着阿成和香子，惊讶地说："阿成……你们怎么来了？"

阿成一串串的泪水掉下来，只是说："爸爸，你腿怎么了？"

这时，李有才的眼眶也有些湿润了，颓然地又坐到凳子上，说："小腿给毒蛇咬了，没办法才锯掉了。"

阿成扶着父亲剩下的那半条腿，伤心地哭起来，问他是怎么搞的？他父亲噙着泪水，摇头没有说。

佟阿姨也眼眶红红的，拿着个手帕替香子擦着泪。俩人又把阿成劝住，阿成擦掉泪水，稳定了情绪，他发现这房间里摆满了各种小商品，是一个小小的商店。父亲的高凳子旁，迎着一扇敞开的窗户，是一个不大的柜台。阿成将放在一边的手提包拿过来，打开了拉链，拿出昨天买的两条香烟、两瓶酒，又掏出两千块钱给父亲。父亲不接，佟阿姨也坚决地说不能接。

香子说："这是应该孝敬二老的，无论如何也要收下。"阿成父亲才勉强收下。

接着，阿成又将两个孩子的照片递给了父亲。李有才拿过照片，看着两个孩子的模样，脸上顿时浮现出微笑。

午饭的时候，佟阿姨在菜园里弄了几个蔬菜，烧了一盘腌制的火腿。

李有才说："这里离集镇远，很难及时买到新鲜的鱼肉。"

阿成说："南方现在就有这么好的蔬菜，佟阿姨烧得很好吃，这烟熏的火腿我还是头一次吃呢。"

饭桌上，香子只向阿成爸和佟阿姨各敬了一小杯酒，就低着头，好像有什么心思似的，一直不言语。阿成问她是不是有什么不舒服，香子也没反应。

饭后，香子仍然是神情忧郁的样子，阿成觉得奇怪，问她到底怎么啦。

香子还是犹豫不决的样子说："阿成，我对你说一件事情，你听了不能太难过了。"

阿成问她究竟是什么事。香子说："我看到你爸爸，觉得他就是那年在上海给你捐角膜的那个人。"

阿成一惊："你说什么？"

香子说："他就是我对你说的那个穿旧中山装的人，虽然当时我只在他正面看了一眼，但那天的印象很深，他右额上有一颗黑痣很明显，我也看清楚了。

阿成又一次地惊愕住了，他疑惑地看着香子，张着嘴喃喃地说："这是真的？"似乎他还难以相信。突然，他猛地转过身，跑进屋里，站在父亲面前，睁大了眼睛，怔怔地盯着父亲，父亲的右额上果真有一颗显眼的黑痣，"爸，那年是你在上海给我捐的角膜？"

李有才被阿成这突然的问话给愣住了，但他很快反应过来，他看看阿成，又看看跟在后面的香子，迟疑着。

阿成说："我问过好几回医生，给我捐献角膜的是谁，医生都不肯说。刚才是香子说的，她说她在手术室门口见过你，那天是不是你呀？怎么是你呀？你怎么不说话呢？你为什么要这样做？"

李有才看了一眼一直站在旁边的香子，垂下眼对阿成说："你很小我就丢下了你们，我对不起你妈，更对不起你们兄弟俩呀，也没办法帮助你们什么。那年回家，知道你眼睛伤了，我心里很难过……都是因为我没有管你们呀！我想只有这样才能帮助你，你现在眼睛看好了就好，我也放心了。"

阿成再也无法控制自己了，伏在父亲的腿上，泪雨滂沱般号啕起来："爸爸呀，你怎么能这样做呢？这也害了你自己呀。"

香子看着眼前这对父子，哽咽着。佟阿姨也站在一边啜泣着，将伏在他父亲腿上大哭的阿成扶起来，劝着他说："你爸当然是为你好，他多年未回家，也感到内疚，现在一切都很好，你爸知道你现在的情况，也很放心了。"

阿成啜泣着，一时还无法克制自己，觉得父亲这样做，付出的代价太大了。他一下子又想起了当时的情景。那年手术后,他是那么高兴,愉快地回了家,还觉得自己是那么幸运。原来,这所有的一切,所得到的幸福,都是父亲默默地给他安排好的,还预先给他寄了一千二百块的医疗费。

晚上,在阿成的一再询问下,父亲才说了他当年是怎样来到这里的。他说当年逃出来后,也不敢回家,跑得离家越来越远。大部分时间是要饭,或者是给别人家做些零活以求一口饭吃。后来认识了老金和李成龙,他俩带他来到了广西,在这一带山林里待了好长一段时间。他发现后面的半山腰上有个采石场,隔三差五的有人在放炮炸石头。这里很偏僻,离最近的集镇也有二十多里,他就在采石场上帮着做事,混口饭吃。混熟了,他晚上就住在工棚里看工具。后来,就在采石场里干下来了。在采石场里做事,经常将胳膊、腿划破碰伤。佟阿姨是这一带唯一的赤脚医生,他们经常来她这里处理伤口,买药,采石场里的人跟她家都很熟。她老公有一次癫痫病发作,歪倒在水沟里死了。过了两年,采石场的老王给父亲和佟阿姨做媒,他却没有答应。那一次回家后,他才跟佟阿姨办了手续。

阿成说:"你在采石场待了那么多年,怎么不回家呢?"父亲说:"那时也天天想家,可又不敢回去,后来想回去,又觉得两手空空的,不好意思回去。直到政府要求人人都要办身份证时,我才不得不回去。那次晓得了家里的情况,我心里才安心些。我知道你眼睛受了伤,心里又不是个滋味,十几年没照应过你们,对你们亏欠呀。听说你必须等有人给你捐献角膜,我回来后四处打听,才知道像你那样一只眼受伤,另一只眼睛正常的情况下,基本上是得不到捐助的。那天你送我去鼓山,去你二叔那里,在路上你说跟上海黄浦江医院的刁医生认识,我就记下了。后来我考虑了很久,想只有这个办法才能帮助你。我带着身份证去上海跟刁医生联系上了,当时他就答应了,跟你就说是义务捐献的,按照医疗规则要保密。所以,我后面回信给你时,说过几次,叫你不要来这里找我了,找到了又有什么用呢?"父亲伤感地摇摇头。

阿成还是追问着:"那你的腿是怎么搞的,是怎么给蛇咬到的?"

"那年从上海回来后,这里正流行病毒性感冒。这边人防治病毒性感冒都要用中草药煮汤喝。你佟阿姨说家里的两种草药不多了,我就背着筐子上山去采。本来已是冬天了，山上的蛇应该很少的，可我用锄头挖草药时，却在土里挖出了一条蛇，我还没看清楚它时，它就在我的脚踝处咬了一口。"他叹了一口气，又说："这都是命中注定的，我把腿扎紧了，雇车去县医院里打蛇毒血清，医院里却因为冬天里受蛇伤的人少而没有储备蛇毒血清。时间拖长了，没办法只有锯掉小腿。"

阿成听着听着，不由得用手在他父亲的断腿上摩挲着，又仔细地望着父亲那一只捐出了角膜已没有了光泽的眼。他想，如果父亲没给自己捐出角膜，视力正常的话，一定能看清那条蛇，就不会给毒蛇咬着了。阿成哽咽着说："我以后一定要承担对你的责任，现在我们日子比以前也好过多了，我跟香子俩在外打工收入也算稳定。"李有才摇摇头说："我怎么能要你们负担呢？你有两个孩子，还有你母亲，负担也不小。我这边跟你佟阿姨也过得去，我在这屋里开个小店，你佟阿姨还经管着诊所，她的一个女儿已出嫁了，也常回来看我们。"

阿成和香子在这里住了两天，便启程去上海了。他觉得父亲虽然远离家乡，流落到这里，却遇到了佟阿姨这样一个善良而通情达理的人为伴，也让人感到一些欣慰了。

颠簸了近两天的路程，阿成和香子到了上海，不顾旅途的辛劳，立即给龚仪玫打了电话，说自己已到上海。

龚仪玫接到电话，马上就动身，她赶上了白天的班车，傍晚就到了上海。阿成和香子休息了一天，身体感觉好多了，去车站接来了龚仪玫。

香子做好了晚饭，三个人边吃晚饭边商量明天怎样去找工作。阿成说："来了你就别着急，慢慢找，肯定是能找到工作的。"

龚仪玫说："来了就给你们添麻烦，还要你们陪我出去找。"

香子说："你从来都没到过这里，肯定要陪你一道去找了。我们也没出过门，明天正好出去玩玩呢。"

阿成说："首先要考虑找什么样的工作。"

龚仪玫脸上略显难色说："我什么也不会，又不会做衣服，要是会做衣服，跟你们在一起做就好了。"

香子说："你在家开商店，能在商店上班就好了。"

龚仪玫微微地点了一下头说:"店里的事情我稍微熟悉一点,不晓得这边的情况怎么样。"

阿成说:"那不还差不多? 你若想好了,明天就先从商店、商场开始找。现在刚过完年,人家店里要招人的话,都在店门口贴招聘启事,也有在外面的广告栏里贴的。"

香子说:"红莲在服装市场上卖衣服,我们明天先从这边找,再到她那里去看看。她过年都没回家。"

龚仪玫非常同意香子和阿成的主意,有了目标,心里就踏实了些,脸上的神情也放松了不少。三个人说说笑笑地吃过了晚饭。

第二天,三人很早就吃了早饭,乘公交车,过轮渡,去往浦西。在繁华的商业区,一上午走了七条街道,在四个大商店里做了登记。一般都是店员在里面做接待登记,说过了元宵节,明天老板过来了再通知面试。三个人才知道今天是元宵节了。龚仪玫说:"难怪街上的人这么多。"

阿成说:"大上海哪一天的人都多。"

三个人觉得上午还算顺利,情绪也越来越好。他们在一个小餐馆里吃了中饭,就准备去服装大市场找红莲。香子在电话亭里给红莲打了电话,红莲告诉香子,她在服装大市场的东六街288号,店名是"飞翔时装专卖"。

三个人乘了两站公交车,就到了服装大市场。服装大市场里的人就像商业街上的人一样多,熙熙攘攘的,络绎不绝。他们很快找到了"飞翔时装专卖"店。红莲嘱咐了一个店员几句,就要带他们三个人出去吃中饭,三人忙说已经吃过了。

店里挂着堆着的满是衣物货品,显得狭窄拥挤。红莲在靠墙的一张办公桌上为他们一人泡了一杯茶,他们围坐在一起。

香子问:"店里的老板呢?"

红莲说:"这几天过节,老板带几个店员到郊县搞展销去了。"

阿成说:"到你们服装大市场这边来找个工作,能找到吧?"

红莲以为他开玩笑呢,说:"你想来,就肯定能找到,你看我隔壁就要招一个售货员呢。"

阿成看她隔壁的店门口果然挂着个小招牌,上面写着:"急招售货员一

325

乡
路

名。"阿成笑着说:"看来找个售货员的工作还真不难。"

红莲说:"现在春节刚过,去年回家过年的人,有不来的,也有不愿意干重新找工作的。节后一段时间,一般都在调整期,机会肯定要多一点。"

香子说是龚仪玫来找工作的。

红莲看着龚仪玫,说感觉有些面熟,就是想不起来在哪见过。龚仪玫也说看红莲面熟。

香子说龚仪玫在桥埠小学里代课呢,就那么一点远。红莲在家时,经常上街去玩,肯定在什么地方见过面。

红莲朝龚仪玫友好地笑笑,她一面给他们倒茶一面思考着问题,放下茶壶说:"龚老师要在这边找工作,依我看,你不要找这些售货员做。我建议找一个更适合你做的工作。"

"什么事呢?"龚仪玫的眼里闪着亮光。

"我看就你的条件,应该去外滩那一带,或者去外滩对面的新开发区,就是东方明珠下面那一块,那些地方有许多高级宾馆和星级酒店,到那里去应聘。我看你有文化,身材又好,长得又漂亮,像你这样有气质的人到那些地方去上班,过不了多长时间,就不会让你做普通的服务员。到时候你肯定能升职做上领班,甚至会是大堂经理,比在商店里做售货员前途好多了。"

这一番话把阿成都听得兴奋起来,他劝龚仪玫到那边去看看。

龚仪玫说:"那些地方肯定要求很高,我哪里行?我连上海人讲话都听不懂。"

红莲说:"这没关系,你适应一段时间就好了。那些大酒店也不单单是招待上海人的,来的都是全国各地的人,只要你说普通话就行。"

香子也鼓励着说:"去看看,多一样选择哦。"

阿成催着说:"我们还有一下午时间,从这里到外滩不远,正好过去看一看,再过轮渡到浦东,回去一点也不绕路,走吧。"

红莲把他们送到门外,叫他们以后再过来玩。

三个人出了服装大市场,按红莲的指点,乘上了一辆公交车,一会儿工夫就到了外滩附近。他们没有心思到观景平台上去欣赏外滩的美丽风光,径直在大街上寻找大酒店、大宾馆门前的招聘启事。

一路寻找着，龚仪玫在两家宾馆里留下了联系方式，做了登记。三个人又抓紧时间去轮渡站，过了轮渡，太阳已西下了。他们怕时间来不及，招了一辆出租车，把他们送到了东方明珠下面。因没有准确的地点，只有用这种方法在附近寻找目标。他们一条条街道寻找着，在世纪大道的一条岔路口旁，发现了一家大酒店的门外挂了一张很大的招聘启事。看上面的时间，是今天才贴出来的。三个人一同来到酒店大门门口，门卫问了情况，只准一个人进接待室。龚仪玫进去做了登记，留了联系方式。

等他们坐上公交车返回时，街市上已是灯火辉煌了，对面外滩上欢庆元宵节的烟火表演已经开始。回头望去，那冲天的烟火，满天的礼花，正灿烂着天际。

这一天的时间，他们很辛苦但很满意，虽然今天联系的几个单位都不能立刻有结果，但都有了答复，等通知去参加考试或面试，说明还是有希望的。龚仪玫昨天才来时的忧虑和担心消失了。一回到住地，龚仪玫帮香子做饭，她忙上忙下的，竟一点不觉得累，还一再地感谢香子和阿成，说把他们俩累了一天。

吃晚饭的时候，香子便问龚仪玫怎么打算，准备应聘哪一家。龚仪玫笑盈盈地还没说话，阿成就说了："红莲说的对，还是下午那几家酒店值得考虑。"

龚仪玫说："我也是这么想的，这几家酒店都说在一个星期内打电话通知去考试，先笔试，再面试。"

香子说："那你明天就在这里歇着等电话吧，我们明天要正式上班了。"

龚仪玫说："我明天在这里给你们做饭。"

阿成说："今天留的联系电话是我们厂办公室的号码，我明天跟老板说一声，你就在办公室里等着。"

"那怎么好意思，有电话你就叫办公室里的人喊我一声。"

"也行。"

奔波了一天，阿成觉得疲倦了，他打了个地铺，马上就在地上睡着了。香子和龚仪玫睡在床上，也很快进入了梦乡。

乡
路

只过了两天的时间，龚仪玫就陆续地接到通知，每一次她都认真地参加了考试，隔几天又去面试。一个星期后，她接到了两家酒店的录用通知。晚上，她跟阿成和香子商量，应该选择哪家酒店。阿成说："这两个地方，正好一个在浦东，一个在浦西，两个酒店环境都很好，我看都差不多，你自己考虑，选择哪一个都行。"

香子说："两个酒店都好，你真幸运，做事顺利得很。"

龚仪玫思考了一会说："我看就在浦东这边吧，这边离你们近，我还要经常到你们这里来呢。"

香子说："也好，也好，到时候你到我这里来，我到你那里去，都还方便，近一点。"

做好决定后，龚仪玫就在第二天早上带着行李上班去了。阿成和香子也没工夫送她，说有闲时再去看她。

平淡的打工生活在忙忙碌碌中度过。阿成和香子一直到五一节前一段时间，厂里不太忙时，才有时间去看看龚仪玫。

俩人在门卫室外等着，由门卫进去叫来了龚仪玫，龚仪玫高兴地将他俩领进酒店里。从富丽堂皇的大厅和过道走过，来到龚仪玫的宿舍里。真是高档的酒店，服务员的宿舍都是单间的，阿成啧啧嘴："这条件多好，比我们那好多了。"

龚仪玫一直从心里感激阿成和香子，今天俩人来看她，甭提多高兴了，一定要留他们在这里吃午饭，下午再陪他们出去玩玩。

香子说："我们来看一下就走，不能耽误你工作。"

龚仪玫说："没关系的，我可以请半天假，前一段时间我也替别人顶过班。"

阿成说："这里工资一定不错吧。"

"上个月工资发了，一千八百块钱。"

香子一啧嘴："顶我们两个人了。"

龚仪玫脸上露出愉快的笑容，说："这都是你们俩给我帮忙的呀，我真不晓得应该怎样感谢你们。"

阿成说："别客气了，能帮助到你，我们就非常高兴。"

香子怕龚仪玫多花钱，说今天还要去红莲那里，不在这吃饭，马上要走。龚仪玫不依，坚决要留他们吃过饭再走。阿成说："是要去红莲那，她在这里熟，问他有没有更好一点的厂，我们这个小厂的效益不太好，现在开始到淡季就没什么活了，我们想换个地方。"

龚仪玫依依不舍地把他们送出了酒店大门，看着他俩上了公交车。

到了服装大市场，两人在市场大门外的小吃摊上吃了两碗面条。到红莲店里时，红莲也正好刚吃过午饭。红莲怪他俩怎么不过来吃饭，问他俩在厂里做得怎么样。香子说："上次来的时候，匆匆忙忙地就走了，还没来得及跟你多说话。我们去年就跟你表婶她们换了厂，今年你表婶她们来得比我们早，我们来时她又走了，不清楚她们去了哪里。现在我们这个厂里的情况不怎么好，想再换个地方，又不晓得到哪里去，你对这边熟悉，想问问你，可有什么好厂子。"

红莲说："我也说不出来几个厂，现在的情况变化大得很，有的厂去年好今年不一定好，有的厂说不准干了几年就不干了，也有许多厂刚开张。等黄峰回来了我问问他，他比我知道的多。"

香子说："黄峰是谁，是老板还是男朋友？"红莲笑着说："两样都是。"

阿成边喝茶边跟红莲说："我有一个朋友，原来也在浦东那边做服装，还带班做车间主任，这两年失去联系了。去年年底我还找过他一次，没找到，不知道他到什么地方去了。"

红莲说："他是上海本地人，还是我们家里人？"

阿成说："他是江苏无锡人，很早之前我跟他在我们省城打工认识的。"

红莲说："黄峰经常在一些服装厂里进些库存货到郊区去搞展销，他跟服装厂里的人打交道多，你那个朋友姓什么？"

"姓刁，叫刁鸿宝。"

一会儿工夫，黄峰从服装店的后门进来了，是一位非常英俊精干的小伙子。红莲向他介绍了香子和阿成。他非常客气地给阿成敬香烟，给他们倒茶。红莲问他在外面进货，有没有在哪个服装厂里认识一个叫刁鸿宝的人。黄峰思考了一下说："外面姓刁的人不太多，我只在南浦大桥下面浦东那边的一个厂里遇到过一个老板姓刁，但不知道他的名字，是个年轻人，厂子就在大桥跟轮渡之间的一条马路上。"

阿成说:"我那朋友原本也在黄浦江边的一个厂里,他早就离开那里了。他只是做服装的,在厂里做车间主任,不是老板。"

红莲说:"这也讲不清,打工的人做上老板有的是,你过轮渡回去的时候,正好顺便去那边看看。"红莲又问黄峰,知不知道有哪个效益好的厂现在还收人。黄峰说他只去谈生意,哪知道人家厂里工人工资的情况,以后要知道哪里有好厂,回来就和他们联系。阿成和香子非常感谢黄峰和红莲提供的信息,说回去时一定走那边顺便看看。

俩人怕耽误了时间,就匆匆地离开了。过了轮渡,就注意马路两边有没有服装厂或服装公司的招牌。走不多远就看见了一个俊达时装有限公司,俩人进了大门。在楼下的办公室里,阿成询问现在这里收不收车工,办公室里的一位领导说车位都是满的,现在不收人。阿成问厂里有没有一个姓刁的,旁边的一位正在整理文件的人说厂里没有人姓刁。

走了二里路,又发现一个凯悦服装厂,门卫拦着不让进,阿成说进去找一个朋友。门卫问他找谁,阿成说找一个姓刁的。门卫说:"你说出名字,我进去帮你叫。"

阿成想想说:"叫刁鸿宝。"

门卫叫他们在门口等着,他去给他们叫。一会儿工夫,门卫回来了,说他两个车间都找了,没有人叫刁鸿宝。阿成又悻悻地离开了。

俩人不抱什么希望地在路上往前走,看见前面不远处就是公交车站。他们怕回去晚了,赶紧奔过去,准备乘车回去。就在快到站牌的时候,香子在前面说:"这里又有一个服装厂。"阿成朝她手指的方向看去,一块白底黑字的长条状牌子挂在路边的大门旁,从上到下写着"鸿宝服饰有限公司"。阿成一怔,觉得有些蹊跷,心想这不会是刁鸿宝开的公司吧。他探头向围墙边的门卫室里看了一下,决定去问问,他轻轻敲了一下门。

门卫问他:"干什么?"

他说:"找人。"

"找谁呀?"

"找刁鸿宝。"

门卫以为自己听错了,又问了一声:"你找谁?"

"找刁鸿宝。"

门卫确认自己没有听错,说:"你找我们老板?"

阿成一下子有些慌了,他不敢确认这个叫刁鸿宝的老板就是他要找的刁鸿宝。他说:"我听一个朋友说的,他就在这里。"

"那你叫什么名字?我去问问。"

"我叫李阿成。"

门卫朝院子里走去,阿成和香子站在大门外等着。十几分钟过后,听到身后的院子里有人喊他:"阿成,阿成。"

阿成回头一看,果真是刁鸿宝,激动得一下子就迎了上去,抓住刁鸿宝说:"你这家伙,我找了你好长时间。"

刁鸿宝脸上也乐开了花,说:"你什么时候来这里了?"

"我去年就来上海了,找不到你,还去医院里找你哥了。人家说他前年就离开了那里,去美国留学了。今天这么巧,在这里找着了。"

"快进去,快进去,唉,嫂子,走这边。"刁鸿宝喜出望外地把阿成和香子领进了办公室。阿成和刁鸿宝都沉浸在意外的兴奋中,办公室里一个年轻的女孩子给他们一人泡了一杯茶送过来。

刁鸿宝说:"真没想到呀,我们有四五年没见面了吧,你现在在上海做什么呀?"

"我在服装厂上班呀。"

"你也做服装了?"

"没别的事干呀。出门打工,没一样手艺也不行,跟你嫂子后面学着干。"

"那嫂子肯定是老师傅了,在哪个厂里干,干得怎么样?"

阿成说:"马马虎虎的,我们才出门时间不长,也不晓得外面的情况。你这几年发大财了,开了这么大的公司,什么时候开始自己干的?"

"干了有三年多了,这几年运气还好,一直做得还顺利。"

"顺利就好,你这发展得真快呀,看你这车间里,有二百多人吧。"

"车间里有二百多人,加上后道、裁剪、办公室、仓库,一共有二百八十几个人。"

"不小不小,规模不小。你真有板眼。"

两个人都高兴地笑着。

阿成忍不住口里还在念叨着感叹着："真想不到你开了这么大一个服装公司。跟你相比，我到上海来，简直就是讨饭了。"

"你怎么能这么说呢？你在那里干得怎么样？我请你到我这里来做行不行？"

阿成说："我到你这里来，又能做什么呢？我又没什么好技术。"

刁鸿宝说："你能做什么我就给你做什么，你愿意做什么就做什么。嫂子肯定好手艺。"

阿成说："她肯定比我强多了，她很早就做这一行，快干十多年了。现在在我们那个厂里，老板拿来的样衣全部都叫她做。"

刁鸿宝说："那太好了，我样衣间里正要找人呢，你们俩什么时候来，我派车子去接你们。"

阿成说："我要回去跟老板说一声，不能说走就走呀，至少这个月要做结束吧。在人家那做这么长时间了，应该有个交代。"

"行，你说什么时候来就什么时候来。天晚了，走，嫂子，我们吃晚饭去。"

香子一直在边上笑着看他俩说话，担心时间太晚了，说："吃了晚饭就坐不上公交车了。"

刁鸿宝说："吃过晚饭我开车送你们回去。"

阿成和香子跟着刁鸿宝进了公司食堂里面的一个小餐厅。刁鸿宝又喊来了他的老婆潘玉云和两个车间主任小朱和小许，还有办公室里的那个女孩子小靳。香子和潘玉云是第一次见面，刁鸿宝安排她们坐在一起，他自己和阿成坐在一起。刁鸿宝的心情非常好，搬来了两捆啤酒，他要求两个主任和小靳都要向阿成和香子敬酒。阿成不善于喝酒，每次只是勉强应付着喝一点。同样不善于饮酒的刁鸿宝总是拿着个酒瓶，想方设法地要往阿成的杯子里倒。阿成没办法，就用手捂住杯口。两个人都喝了不少，开心得像孩子一样。

吃过晚饭，路上真的没有公交车了，刁鸿宝喝得晕晕乎乎的，早忘记了自己说过要开车送阿成了。潘玉云叫来厂里的司机小王开车送阿成和香子回去。刁鸿宝绕着舌头拿出一张名片给阿成，叫他来时打个电话，他派车去接。

阿成直到睡在床上还处在兴奋之中，他为又遇到了刁鸿宝而感到高兴。

过了两天，阿成向秦老板提出下个月不在这里做了。秦老板问他为什么。他就直说了，说遇见了以前的老朋友，也是干这一行的，要求他去。秦老板也很爽快，知道拦着没用，就和和气气地答应了。

五一节大家放假时，阿成开始搬家了。说搬家，也没什么东西，两个行李包，一包铺盖卷，还有草席、被子等。刁鸿宝叫小王开来一辆小轿车就装走了。

刁鸿宝给他们安排了一间像样的宿舍。香子很高兴，觉得比以前用一块布料围住废仓库的一角做宿舍好多了。厂里的面貌跟乡下小厂相比，真是大不相同。刁鸿宝安排香子去样衣间做样衣，叫她有什么事就找潘玉云。阿成去后道整理成品服装，负责出货，刁鸿宝又叫阿成抽时间去驾校报名，学习驾驶，有时要开车把成品服装送去大市场。

一切都由刁鸿宝和潘玉云把他们安排得妥妥当当的，阿成觉得非常顺畅。香子的工作也轻松了许多，不像以前在车位上抢着做那么累了。两个人也把所有的精力都投入自己的工作中，以感谢刁鸿宝。

刁鸿宝的生意做得非常精明细致，对待工人也是一贯的慷慨大度，事业上取得了很大的成功。自己独立开创事业才短短几年时间，业务扩展迅速，现在又兼并了一个厂，并注册了一个新的公司，开始做起了外贸生意。

闲暇之余，阿成漫步于厂区的大道上，不免生发感慨，没想到当年的毛头小伙子竟有如此的才干和魄力，现在干出这么大的事业。同样在外打工的农民工们，有几个人能有这样的成功？

47/再回乡

时光荏苒,阿成和香子在刁鸿宝这上班已经几年了,刁鸿宝的事业也在平稳地发展。他俩对这里的收入也很满意,而且也非常尽心尽力地把自己的工作做好。只是这天长日久在外打工,想家的念头越来越浓,外面的世界虽然很好,但对故乡的眷恋总在人们的脑子里永恒不变。在外漂泊的人们谁不想家呢?谁不想念那故乡的山山水水、阡陌田园,想念故乡房前屋后的那些野花和小草,想念故乡里那些踽踽劳作的善良的乡亲?特别想的是,临别时,孩子们那摇动着的双双小手和老父亲老母亲的千叮咛万嘱咐。想家的滋味是多么难熬,想家的滋味是枕巾上的涩涩泪珠。生活的脚步就是这样艰辛而沉重,什么时候才能跟父母和孩子们永远地团聚在一起呢?

龚仪玫在酒店里也干了两三年时间,真的当上了大堂经理。这期间,侯正阳也刑满回家了。他也来到了大上海,在龚仪玫酒店不远处的一个民办学校里任教。他们租了一套房子,小孩也带来了,一家人终于团聚在一起。

年前回家时,阿成也将家里的电话装通了,香子感到非常高兴。这样,她就可以经常打个电话回去了。每每打电话时,那边的两个孩子都抢着跟妈妈说话,听到孩子们那亲热稚嫩的声音,电话这头的香子感到既幸福又难过。小小的一根电话线,连接起了无限的亲情。可是,它又怎能承载无尽的母爱呢?她多想每天陪在孩子身边,辅导他们读书,牵着他们的小手出门游玩,再把他们抱起来,亲亲他们的小脸。有时,她不舍地放下电话后,还忍不住地抹着眼泪。

世纪之初,大上海以无与伦比的竞争力获得了举办世博会的机会。举国振奋,政府积极筹办,世博会会址选择在具有无穷魅力的黄浦江畔。

事情的发展是难以预料的,刁鸿宝刚刚兼并了别人的一个工厂,正要大展宏图的时候,工厂却要拆迁了,给了刁鸿宝蒸蒸日上的事业一个沉重的打击。而且这里划在了世博会会址第一批动迁行列,这就意味着工厂马上就要关门停产。消息一传开,全厂一片哗然。

工厂停产就是眼前的事情,很多工人都在寻找新的工作岗位,已有好几个工人找老板结清了工资,去别的地方上班去了。阿成和香子也在焦虑之中,因为马上就能找到合适的工作是不容易的,这一大片的地区,拆迁的工厂很多,一下子就把附近的一些单位填满了。

面对工厂即将停产,人心惶惶的局面,刁鸿宝是何等的焦急。他必须马上拿出新的方案、新的办法来应付这突然的变故。就在他到处寻找新厂址没有结果而一筹莫展时,阿成向他提出一个建议,问他能不能将工厂搬迁到内地去,说老家桥埠镇的经济开发区里建了许多现代化厂房,搬去了立即就能生产。真是一语惊醒梦中人,刁鸿宝觉得这是个好办法,考虑了一会,就开始了可行性方案研究,还赞赏了阿成的眼光。

这件事虽未最后决定,但首先必须要稳定人心,有步骤地实行搬迁计划,他召集了全体员工大会。刁鸿宝站在会场中间,谦逊而有礼貌地说:"今天请大家到一起来开个会,想必大家都已经知道了是什么情况。但是,在这里我首先还是要感谢大家一直以来对本公司做出的贡献和帮助,感谢全体员工在本公司一贯的、认真的、积极的工作态度。"稍一停顿,他便进入主题,"现在,国家在前进,社会在发展,举世瞩目的世博会将要在我们这里举办。我们必须要服从政府的安排,工厂肯定是要搬迁了。"

他扫视了一下会场,大家都在等着他往下说。他胸有成竹地说:"但我们这个搬迁绝不等于关门停产,而是会有更好的发展。我们要适应新的形势,我马上去内地,联系一个更好的厂地,环境更优的地区。另外,我还要向大家宣布一个好消息,就是我们公司的外贸订单又增加了一倍。我希望大家能跟我们一道去新的地区、新的工厂发展,希望继续得到大家的帮助。我们公司也将用更好的待遇回报大家。我们去建设一个新厂,一个规模更大的公司,在场的各位都会有更大的发展空间。"刁鸿宝气宇轩昂、振振有词的讲话,具有强烈的号召力和感染力,赢得了全场工人的热烈掌声。

虽然老板的主意已定,信心十足,但工人们仍然是摸不着方向的,知道老板决心搬迁,不停产关门,但不知道往哪搬,搬到什么地方去,人们的心里没有谱。刁鸿宝也深知工人们的疑虑,只拿空话来鼓舞人是不行的,必

乡
路

须要马上付出行动。他立即跟阿成商量,叫他陪潘玉云一道去他老家桥埠镇考察,具体看看那里的交通状况和基础设施建设等一些投资环境,跟那边的行政管理部门取得联系。阿成见刁鸿宝真的有意将工厂搬迁到他的老家,简直是兴奋不已,他立马就答应了陪潘玉云一道回老家去,跟开发区联系。

下午,阿成将他负责的一款衣服全部整理好,送到大市场。回来路过滨江公园时,他看见龚仪玫手里拎着个纸包,一个人在马路上散步。阿成停下车,问她怎么是一个人在散步。龚仪玫说今天是星期天,她送小孩过来上辅导班,在外面等他。

阿成看时间还早,就跟她在公园的环形道上走了一段时间,问侯正阳在这边工作是否习惯,租的房子离这里有多远。龚仪玫非常感谢阿成和香子对她的帮助和关心。她对眼下的生活很满意,说工作也顺利,收入比在家时好多了,心情也好。她感慨地说,真不知当初为什么那么愿意窝在家里,习惯那一点点的安逸和自足,从没想到要出来闯闯,认为在外面奔波的人,都是在家里过不下去了。殊不知外面的世界如此广大,照样可以过得很好。

阿成说,人到哪里都行,只要挣到钱能生存,有许多人都在外面买房子定居了。

龚仪玫说,这也正是她跟候正阳目前最大的理想,他们也想在这边定居。阿成祝他们的愿望早点实现。

阿成说他们的服装公司因世博会征地,马上要搬迁离开这里了,有可能要往他们的老家桥埠镇迁移。龚仪玫立刻现出了惊讶又难舍的神情,感慨地说:"生活总是在变化的,没想到你们又要离开这里了。如果真是这种情况,跟公司一道回老家也好,只是我们又离远了。"

彼此间真诚的友谊,让人无限的留恋,一种依依不舍的情怀让人不忍分离。龚仪玫的脸上浮现出一层感伤,她说不管离得多远,都会记住在一起的友谊,记住他们对她的帮助,记住彼此年轻时的那些交往。阿成当然也不会忘记那段友谊,那美好的过往,留在心中是一段美妙的回忆,是内心里一片温柔的宁静。

第二天一大早,潘玉云将车子开到阿成的宿舍旁,阿成上了车。小车绕出了市区,上了高速公路,阿成还在向潘玉云滔滔不绝地描述着自己家乡这几年的变化,说家乡的公路这几年直了,也宽了,镇子也大了,还有一片好大的开发区。此刻,他坐在车里,真是心潮澎湃。如果刁鸿宝将工厂搬去了桥埠镇,他就真的能在老家上班了,他一定要在镇上买一套房子,每天都能跟孩子们在一起了。他想,这生活里突然间的变化,也许就是他最好的机遇。

阿成在开发区的管委会里找到了立新,立新现在已是桥埠镇开发区管委会主任了。立新热情地接待了潘玉云,握着她的手,表示热烈欢迎她和刁老板来桥埠镇投资兴业,并马上带她参观了开发区的面貌。

内地这边有这样好的投资环境是潘玉云没有想到的,就连经常回来的阿成也感到惊讶。整个开发区坐落在郁郁葱葱的罗山脚下,这里将前两年因修公路挖土方时留下的空地和废弃的一大片采石场充分地整理和利用,规划成了一片现代化的经济开发区,一条宽阔的中心大道连接着前面的国道。立新指着大道两边的大厂房对潘玉云说:"这些厂房,我们都是刚盖起来不久,现在已从广东、浙江那边迁过来四家工厂了,还有一家是台资企业,私营企业你们刁老板还是头一家。国家产业转移是个新趋势,我们也在这里积极准备呀。"

潘玉云问:"企业入户手续在这边要通过哪些部门?相关手续能不能及时办理?还有厂房的租金是多少?"

立新说:"现在的手续非常简化,我们全程派人协助办理,厂房廉价出租,企业生产前三年免税。政策各方面绝对优惠,工人也好招。"

再前面就是罗山景区。站在开发区便可看到,湖心岛上几幢雕梁画栋的亭台楼阁,精巧而雅致地掩映在绿树丛中。立新用手一指说:"你看这边的环境多好,我们整个罗山都要建成森林公园了。去年开石矿时发现的一个山洞,是亿万年前形成的钟乳石岩洞,一直保持着原始状态,从未遭受人为的破坏,里面真是景象万千。现在省旅游局已在搞开发了,可是世上无双,江淮一绝呀。山上的古庙也在重修。"

潘玉云看着周围的景致,也兴致盎然地说:"这里的自然环境真美。"

乡路

立新继续介绍说："还有我们镇也在搞房地产开发，就在那一片，离老街很近，房价也便宜。我们这里确实是既适合创业，又是适合人居的好地方呀。"

阿成跟在他们几个人后面，也各处走走看看。立新转过头跟阿成说："你以后也不要出远门了，在家就可以上班了。"

阿成说："当然了，我们想的就是这样。这也是以前没想到的事呀。"

在整个开发区仔细地看了一圈后，几个人回到了招待所里。潘玉云握着立新的手说："我这次代表公司做了初步的考察，等下次刁老板亲自来了跟你们签协议。"

立新说："欢迎欢迎，欢迎刁老板早点过来。"

潘玉云这次考察非常成功，她立刻就打电话向刁鸿宝做了介绍。电话里，刁鸿宝还把他们这次的考察赞扬了一番。

阿成在招待所里安置好了潘玉云，便想回家去看看。

48/人生啊，每走一步都要认真地思考

两个孩子看到爸爸突然回来了，非常高兴，围着爸爸转，亲热得不得了。阿成抱起婷婷，想自己很快就能回家上班了，以后可以每天跟孩子们在一起，心里真是高兴。他从包里拿出小糖和饼干，哄两个孩子在家要听奶奶的话。自己想去阿亮那里看看。

见到阿亮时，阿亮的面容比以前憔悴了许多。按理说，阿亮的日子应该是顺心的，既担任了干部，也当了老板做生意，而且这个偌大的加油站已落成营业了。阿成问阿亮现在的生意怎么样。阿亮无地自容地摇摇手说："没意思，生意做得好，日子过得一塌糊涂。"

阿成问他怎么了。

阿亮说："一言难尽。"他的脸上布满了有苦难言的愁容。

这半年多来，阿亮的心快烦透了，俞凤云催他跟吴梅离婚催得越来越

紧。以前，暗地里来往，别人不知道，她也没什么可说的。可现在，早已公开化了，无人不知。阿亮也早有承诺，再没个名分她怎么受得了？总不能永远就这么不明不白地来往。特别是现在，俩人共建的加油站早已营业，阿亮基本上就在加油站里跟她住在一起了。你说，一张结婚证还能没有吗？凤云整天嘀嘀咕咕地吵个不停，搅得阿亮心神不宁。

阿亮有时也回家，有时也回桥埠镇的店里转转，但那只不过是屈于父母和外界舆论的压力，表示自己还是这个家里的人，还是这个店的主人。他和吴梅在家人和亲戚朋友面前，或一些公众场合下，仍表现得相敬如宾。可他去找吴梅离婚，吴梅是不搭理他的，他有什么办法呢？家里的父母也站在吴梅一边，他总不能老在家里吵。父母都已老了，受不了。他就这样受里外夹攻，让他疲惫不堪。

阿成也不知道该怎么劝他，只叫他心放宽些，事情慢慢处理。他急着要去上海上班，在家歇了一晚就走了。

阿亮现在过得真不像个人。在吴梅和父母这边，他从不回家，也不管家，还抽走了家里生意上的钱款，跟别的女人在一起过，毁了自己的名声，给全家人脸上抹黑。在凤云这边，他的承诺一直没兑现，她要的结婚证到现在还没看见影子，也怪不得她催得紧，甚至找理由跟他发火。她可是真的急了，因为他俩在一起已有两三年时间了，应该有个结果，不逼紧点，他什么时候才能和吴梅离婚呢？这个事，不死命地逼阿亮，难道还能去逼吴梅吗？只要把他们吵离了，凭自己的一颗心，怎就不心疼阿亮呢？到时候再待他好点吧。俞凤云的心里也不是个滋味，怎么办呢？也只能用这种办法了。

这个晚上，又是一通无休止的吵闹，两个人一晚上都没睡好觉。一大早，就有汽车进站加油，鸣着喇叭叫人。俞凤云一骨碌就爬起来，一只手揉着没睡好的眼睛，另一只手打开油枪，开始给汽车加油。

阿亮也叹着气爬了起来，灰头土脸地去上厕所，蹲在厕所里抽了一根香烟，浑浑噩噩往回走时，随手丢掉了嘴里的烟头。突然"轰"的一声，山崩地裂般的一声巨响，加油站火光冲天，汽油爆炸了，俞凤云倒在了火海里，阿亮被气浪掀到围墙根撞晕了。

等阿亮在一片呼唤声中醒过来的时候，消防队还在奋力地救火，顷刻之

乡路

间,加油站没了,俞凤云也没了。警车开来,阿亮戴上手铐,被带上了车。

　　阿成一到上海,赶紧给母亲打个电话报平安,却从电话里得到了加油站爆炸,阿亮被逮捕的消息。他简直不敢相信自己的耳朵,追问了几遍,母亲说事情发生在大清早,大概就在他刚上车不久。阿成有点懵了,作为阿亮最好的朋友,他一定要回去看看。

　　吴梅知道阿成回来了,便跟着他一道去了。

　　看守所里,一名警察从号子叫出了阿亮,把他带到了接待室里。他一看是阿成和吴梅,那满脸复杂的表情,说什么呢?